U0905096

昆仑·大结局

凤歌 著

四川文艺出版社

目录

第一章

同圆同缺

梁萧觉背后风起，一反手将来人手腕扣住，但觉来人并无武功，忙又放手。回头看去，那人黑须及胸，面庞瘦削，不由吃惊道："郭大人？"花晓霜、花生见他与那人说话，便也各自止步。

来人正是郭守敬，不待梁萧多言，忙扯住他笑道："王老弟，你我缘分不浅，虽一别多年，竟在这里遇上。"然后一边说话，一边拉住梁萧向后。梁萧听他称呼自己"王老弟"，心中十分纳闷。

郭守敬虽面上含笑，眼神却游移不定，来到一辆马车后面，他左右瞧瞧才低声说："梁大人，你胆也忒大了！这城中的守卫大多是你南征时的旧部，十个里有八个都认识你，你贸然入城不是自投罗网吗？"梁萧微微动容，叹道："也罢，好歹我已进城了！"郭守敬紧握他手，笑道："当日只听说梁大人身故，郭某恨不能以身相代，却不料是谣言。今日遇上，怎能轻易放你过去？"梁萧苦笑道："郭大人你可把我闹糊涂了，不放我走，难道要拿我见官不成？"郭守敬作愠色道："你把郭某人当什么人？你坐我的马车，我送你入城，你即便要走也得先去我府里盘桓几天。"梁萧道："梁某乃大罪之人，只怕会连累足下。"郭守敬摆手道："你我以学论交，不比他人，梁大人若再要推辞，那就是瞧我不起了。”

梁萧心中一暖，便不再推辞。郭守敬转身叫来马车，他原本是携眷出游，便命妻妾合乘，腾出一辆马车给梁萧。梁萧抱着赵昺与花晓霜同坐，郭守敬又让家仆接下花生的行李，还牵来一头毛驴与他代步。

马车经过城门，畅行无阻，花晓霜悄声道：“萧哥哥，你这位朋友是谁？”梁萧将郭守敬的来历说了。花晓霜恍然道：“原来是他！”梁萧怪道：“你认识他？”花晓霜道：“我听奶奶说过，这位郭大人原是紫金山一脉刘秉忠的弟子。刘秉忠精通水利星算之法，有经天纬地之术。奶奶说过，论学问他本不差，只可惜他却辅佐蒙古皇帝，于大节有亏，故而大家都瞧不起他。”

梁萧沉默半晌，忽道：“晓霜，郭大人也为蒙古人出力，你会不会瞧不起他？”花晓霜一愣。梁萧又道，“郭大人不仅治河修桥，还修订历法，尽力为天下百姓做事。若能如此，在蒙在汉又有何分别？”花晓霜想了想，笑道：“我懂了，这就叫‘不羞污君，不辞小官。进不隐贤，必以其道’！”

梁萧皱眉问道：“此话怎讲？”花晓霜道：“这是孟子赞柳下惠说的话，说他不以侍奉恶毒的君主为耻辱，不因官职卑贱而推辞，做官必定竭尽全力但绝不改变操守。”梁萧叹道：“不变操守，难免吃亏。”花晓霜道：“是啊，所以孟子又说他‘遗佚而不怨，阨穷而不悯’，遭到遗弃却不怨恨，身处困窘而不发愁。”梁萧默然地点头。

又顷抵达郭府，是夜，郭守敬设宴相待。须臾饭饱，他安排厢房供晓霜、花生歇息，便自将梁萧引至书房，又着童子烹茶，相叙别情。片刻茶沸，郭守敬便屏开仆童道：“梁大人，自你反出南征大军后，圣上雷霆震怒，三日都没有临朝。伯颜大人也几乎获罪，幸得群臣力保，方才脱身。”

梁萧捧茶不语，郭守敬叹息一阵，又说：“不过，你那部将土土哈、李庭好生厉害。和林一战，他二人大破西方诸王夺回成吉思汗的武帐，生擒蒙哥之子昔里吉；继而讨伐东方诸王又获全胜，军功赫赫，威震朝野……”梁萧搁下茶碗，道：“郭大人，这些事不要再提了。”郭守敬知他心意，叹道：“也罢，不谈国事。”便起身抱过一堆卷宗，“梁大人还记得我在扬州说过的话吗？这些卷宗，都是各地官吏辛苦测来的天文数据，但非大人神算不能厘定！”

梁萧翻看卷宗，随口问道：“历法的名字定了吗？”郭守敬道：“圣上有言：‘海内一统，天授其时’，故名《授时历》。”梁萧叹道：“说来好听，哪儿有什么天授其时，若没有尸山血海，哪儿有他孛儿只斤的天下？”郭守敬笑笑不语。梁萧也不愿多说，便铺开草笺对着灯烛援笔推算，郭守敬则在一旁运筹，两人算至二更天方才各自歇息。

从此以后，梁萧在郭府隐而不出，潜心修订历法，郭守敬辟出一间小轩与他居住，并另派心腹照应。郭守敬长年治水观星，耽于学问，平日最喜谈天论地、运筹算数，只苦于少有知己。因此梁萧一来，令他欣喜若狂，白日主持天文测量，时辰一到便匆匆回府与梁萧制作仪器、推算历法。二人志趣相近，言语投机，说到要紧处，须臾都不忍分离。郭守敬索性又在轩中支起一榻与梁萧联床夜话。这么一来，一干妻妾独守空房，不免有些怨言。

半月时光一晃即过，花晓霜闲来无事，白日助梁萧推算历法，夜里就挑灯研读《神农典》。以往风尘困顿难得有此闲暇，如今安顿下来，她终于有时间捧卷细读，令她领悟良多。这一晚，她才将《神农典》四卷读罢，便合卷沉思：“婆婆说得对，用药之道如同武功，以之救人则为药，用之伤人则为毒，是药是毒不在药物，而在医者本心。”她望着烛火，遥想世上疫病横行，自己却闲散度日大违医者良心，想了半夜方才解衣入睡。

次日用罢早饭，花晓霜说道：“萧哥哥，我也闲了大半个月了，今日天气甚好，我想上街设摊与人看病。”梁萧道：“我陪你去。”花晓霜笑道：“那可不成，推演历法是泽被千秋的大事，若耽搁了你，我就是古往今来的大罪人了。我问过府里的嬷嬷，斜对郭府大门有个功德牌坊，算命的、卖果子的都在下面营生，我就去那里，有花生相陪，你大可放心。”梁萧修订历法，算到紧要处不忍放开，又听说只在附近，便应允了。

花生早得了信儿，将针药桌凳收拾妥当后，便身着直缀僧衣站在庭心等候。赵昺青衣小帽，扮作烧火童儿，笑嘻嘻地拉着花生衣角，二人在府里闷得久了，都想上街透一口气。梁萧叮嘱道：“莫要走远，申酉时分我来接应，若有不妥，花生先来报我。昺儿莫要顽皮乱跑，更别向人说起你的名字……”二人嫌他啰唆，嘴里嘻嘻哈哈地答应，两条腿却早已溜出门去。

出了门，果见一个牌坊，顶上镌着“功高岳穆”四个大字。三人径至坊下支起摊子，插了一个白布标儿，上写“悬壶济世”。待了半晌也不见人来，花晓霜面嫩，不敢学梁萧强拉病人，只好呆呆坐着。花生向她讨过几枚铜钱，领赵昺买果子吃，留下吃剩的枣核儿，两人便趴在地上当作弹子玩耍，一来二去，倒也欢喜。

过得片刻，忽听到远处传来呜呜之声，好似法螺鸣响，跟着便见人群如潮水般涌上街头，再听呼啦啦马蹄声响，数十匹高头大马如风驰来，马上骑士一色的红袍金箍、头陀装扮，手挥长鞭，大声呼叫。人群左右避让，顷刻间就将大街两侧塞满，居中留出两丈宽的一条大道。

花晓霜被人浪一冲早已不辨东西，摊儿又被几个无赖撞翻，好容易收拾妥当，四下一望，却不见了花生与赵昺。她大惊失色，大声唤两人名字，可人声鼎沸，叫声根本传不出去，好容易挤到前排，只见西边数百喇嘛黄衫皂靴，迤逦而来，当先的百人分列两行，羽葆交错，宝瓶生辉；金剑光出，银轮常转。在人群中耸起一头白象，披金挂银，瓔珞宛然，象背上负了一座纯金大轿，四面中空，只顶上挂着珍珠帘子，其中隐约可见一个盘膝静坐的黄袍喇嘛。数百名喇嘛口诵经文，手中的经筒骨碌碌地转个不停。

直至喇嘛去尽，花晓霜也不见二人影子。正暗自焦急，人群中突发一声喊，人们又如潮前涌，花晓霜被人流裹挟，不由自主地穿过长街抵达通衢之地，只见一个巨大的广场，广场上数万人围着一座莲台，台高三丈，遍饰锦缎，台下方圆数十丈皆铺满波斯地毯，毯上站立千人，有僧有俗，还夹杂着百十名女尼。

白象穿过人群来到台前，伸出长鼻搭在台上。黄袍喇嘛穿帘而出，足踏象鼻，登上高台，只听数万人齐声高呼“八思巴”，叫声此起彼伏，气势如排山倒海。花晓霜省悟到“八思巴”就是这喇嘛的名字，定睛一看，喇嘛双手下按，众皆寂然。八思巴盘膝坐下，双手捏莲花印诀状，朗声道：“今日是我佛生日。”说的竟是汉语，且语声浑厚圆润，颇为动人。花晓霜应声心动，寻思道：“我也忘了，今日乃四月初八，正是释迦诞辰。”她心挂花生二人，没有听经的心思，掉头望去，人山人海，哪儿有两人的影子。

正觉焦躁，忽听人群中一个洪亮的嗓子笑道："奇了怪了，太阳怎么成了佛祖的儿子？"人群先是一静，忽又哄地笑了起来。八思巴长眉微耸，转口又说："今日乃我佛生日。"那人接口又说："这回佛祖又成了太阳的儿子！嘴是两张皮，怎说都是理。"八思巴双目一张，厉声大喝："何方妖孽，给我出来！"声如平地惊雷，在偌大的广场回响不绝。人群一寂，再无声息。

这时忽听一个声音道："娘！"嗓子稚嫩却极清脆。花晓霜听出是赵昺，心头一喜，纵身起来，踩上众人头顶极目望去，只见一个小小人影蹿出人群，直奔台下抱住一个女尼。这一下极为突兀，是以众守卫忘了阻拦，而女尼也是惊慌失措，摊开两手。花晓霜认出小孩儿正是赵昺，大吃一惊，踩着众人头顶一路直奔过去。

女尼呆了呆，忽地捧住赵昺脸儿，颤声道："你是昺儿？"赵昺泣不成声，只是点头。女尼又道："你……你还活着？"这女尼正是赵昺的生母全太后，临安投降以后，大宋皇族被押北还。忽必烈为绝后患，命谢太后、全太后以及宋帝赵显剃度为僧尼，随同剃度的宫人数以百计。今值释迦诞辰，帝师八思巴当众讲经，全太后等人奉命出行，不料却遇上这个幼子。她早先听说崖山一役后，赵昺被陆秀夫背负投海，伤心至极，此时乍然相逢不觉惊喜交集，一把将他搂住，眼泪一串串滴落下来。

赵昺逃出临安以后，头一回遇上亲人，哭了一阵，抹泪道："娘，昺儿没死，昺儿好想你……"举目望去，又瞧见谢太后与兄长赵显，不由喜道："奶奶、哥哥。"不料那二人望着他却如见蛇蝎，脸色煞白，齐退一步。谢太后厉声道："哪来的野孩儿？快走开！"赵显伸手要将全后与赵昺分开，全后急道："他是昺儿……"谢太后怒道："他不是昺儿，昺儿已经死了！"这时蒙古王公皆是一片哗然。八思巴也转过目光来看是发生何事。

赵显发急了，抓住赵昺狠狠一掀，赵昺被摔倒在地，大哭起来。全后欲要上前却被谢太后死命拉住。两名守卫抢上前来，分别抓住赵昺手臂，宋廷众人无不失色，却无一人敢上前。忽见人影骤闪，花晓霜与花生左右奔到，四名守卫挺矛上前，花生双手一拨在四杆长矛上面，众守卫齐声惨哼，左右跌出。花生立即扑到赵昺身前，两名守卫欲要阻他，却被他连环两脚踢成滚地葫芦。

花生拉起赵昺，咕哝道：“你真淘气，梁萧知道了，一定怪俺。”赵昺伤心至极也不理他，只是大哭。花生眼瞅见十余个元兵恶狠狠地扑上来，忙将赵昺往花晓霜怀里一塞，夺过一杆长矛格住众人刀枪，神力所至，众元军虎口尽裂，刀枪叮叮当当掉了一地。

花晓霜抱起赵昺直奔人群，忽觉劲风飒飒裹着热浪滚来。花晓霜挥掌一格，却只觉耳鸣眼花，一颗心几乎跳了出来。定睛望去，前方立着一个年老的喇嘛，高大枯瘦，皱纹满面，灰眉修长，压着一双凹目，目光如冷电般森森投了过来。花晓霜被他看得心头发紧，便展开“风袖云掌”，举步向前。

那喇嘛见她掌法精妙微露讶色，袈裟无风而动高高鼓起，花晓霜只觉热风扑面，肌肤如受火炙，当即纵身跃起，挥掌拍向喇嘛肩头。老喇嘛见她能挡住自己一拂，越发惊讶，却不知花晓霜乃天生九阴之体，遇上纯阴内力势必受害，若纯阳功夫上身，就好比火星溅水，自然化去了。

老喇嘛让过来掌，枯手如电抓出，扣住花晓霜的手腕。花晓霜只觉那爪子灼热难当，好似烧红的火钳，情急间使出九阴掌，将一股阴力送了过去。老喇嘛长眉一挑，心想：“汉人女娃儿的内劲好不古怪，若非老衲已将‘大圆满心髓’练到九成，几乎要被她伤了。”当即怒哼一声，运功将“九阴毒”化去，同时掌中加劲，花晓霜吃疼，不由叫嚷了起来。

花生回头望见这一幕，撇开一众护卫，将手中长矛挺出，向那老喇嘛手腕刺去。忽地眼前发花，只见前方出现了一个大胖喇嘛，肥脸上笑嘻嘻的，已信手将铁矛捉在手里，只一搓，精钢矛杆便短了一截，细细的铁屑自他指间落下。花生一惊，又用力疾送，但胖喇嘛双手如风，一眨眼，竟将双手搓到他右手边上。花生无奈，撒手后跃。胖喇嘛又嘻嘻一笑，将铁矛一搓，搓出两把铁沙后撒在半空，叽里咕噜地说了句话，只见瘦喇嘛忽地挥掌，只听见呼的一声怪响，满天铁沙尽数熔化，化作千百点暗红火星向花生迎面射出。

花生眼见不对，使出“一合身”相，化拳为掌拍向火星，不料胖喇嘛后发先至又拍一掌，那火星本已含有瘦喇嘛的内劲，又被胖喇嘛的阴柔掌力裹挟，无异于两个喇嘛联手一击，一如劲矢利箭，哧哧哧地穿透“大金刚神力”。

花生惊得魂飞魄散，正要束手待毙，忽觉一道大力从旁涌来，千百火星好似撞上无形壁障坠入波斯地毯，升起缕缕青烟。

花生掉头望去，忽地喜上眉梢，叫声“师父”。花晓霜应声望去，只见远处站了一个白眉白须的高大和尚，手持一根乌木棒。老和尚听见叫喊，白眉一拧，还没说话，花生就一个虎扑将他大腿抱住，咧嘴哭道：“师父，你上哪儿去了，不要俺了吗？”九如怒道：“放手，成何体统？”花生道：“俺一放手，你又跑了。”九如眼珠一转，笑道：“乖徒弟，你把手放开，为师一言九鼎，这回一定不跑。”花生道：“你一言九鼎，待会儿又抱九个鼎来哄俺？”九如不料数月不见，小和尚已精明许多，惊怒交迸，前踹后踢想要将他甩开，怎料花生死抱不放，浑似铸在九如腿上一般。围观众人见此情形，先是惊奇，继而哄笑。众护卫正要上前擒拿，忽听那胖喇嘛用蒙古话道：“不得妄动。”因他身份贵重，护卫应声止步。

九如忽地伸手拿住花生背心，花生浑身一热，双手便登时松开。九如将他丢在旁边，乌木棒一顿，哈哈笑道：“狮心、龙牙，吐蕃人说话都是放屁吗？”枯瘦喇嘛正色道：“老衲从不放屁！”九如笑道：“妙极妙极，你从不放屁，全都憋在肚里。”旁人都笑起来，众喇嘛皆面有怒容。胖喇嘛冷声道：“九如和尚，你不要骂人。”九如笑道：“那好，咱们约好了什么时候？”胖喇嘛冷笑道：“明天早上。”九如道：“说好是明天，怎的今天你们就来欺负和尚的徒弟？”胖喇嘛一怔，皱眉道：“他是你徒弟？”又冷哼一声，挥手道，“好，你们走，明天一块儿来。”九如笑道：“爽快，女人小孩我也一并带走啦！”瘦喇嘛道：“不成，他们身份古怪，不能走。”

九如哈哈大笑，声若洪钟，乌木棒嗖地伸出刺向瘦喇嘛的眉心。瘦喇嘛识得厉害，于是低头疾退。九如棒子刺到半空，突然转折，又扫向胖喇嘛。胖喇嘛抵挡不及，噌噌噌地倒退丈余。瘦喇嘛见他转攻同伴，心下稍定，却不防九如招式未足，嗖的一声又反手刺来，瘦喇嘛心头恼怒：“当我害怕吗？”便运足神功来捉九如棒头。

就在这时，人群中忽地蹿起一人，形若大鸟落到瘦喇嘛身后，挥掌飘然击他背心，瘦喇嘛心头一凛，当即圈回掌势抵挡来人，不想那人本是虚招，手掌斜出扣住他捉拿花晓霜的手腕。瘦喇嘛只觉一股洪大内劲顺着腕脉直蹿上来，手掌登时松脱，于是那人大袖一拂，将花晓霜轻轻揽了过去。

瘦喇嘛又惊又怒，正要发劲挣脱，忽觉心口微闷，原来是被九如一棒抵住。胖喇嘛救援不及，眼睁睁瞧着两人联手制住瘦喇嘛，又见后来那人身穿青袍，戴了一个青面獠牙的修罗面具，不由厉声大喝："九如和尚，你埋伏帮手，暗算伤人吗？"众护卫呼啦一下围上来，还未动手，忽听八思巴幽幽开口："今日佛诞之日，不宜大动干戈，且让他们去吧。"九如笑道："大活佛说话必然算数。"便撤了木棒，青袍客也将瘦喇嘛手腕放开。

瘦喇嘛脸色铁青，反身走了两步，忽地锐喝道："你也吃我一下！"便双掌一抡，只见滚滚热浪涌出。青袍客不闪不避，只挥掌画了一个半圆，两人掌力相撞，瘦喇嘛只觉对方的掌力如怒涛迭起，一浪高过一浪，陡然立身不住，倒退两步。青袍客只一晃，就稳稳站住。

瘦喇嘛吐出胸中一口浊气，心中骇然不已，瞋目叫道："你是什么人？留下名来。"青袍客却不作声，只一挥袖，挽着花晓霜径直离开。九如正要转身离去，忽听八思巴道："明日卯时，吾辈在大天王寺恭候佛驾。"九如哈哈一笑，便带花生穿过人群，快步走出一程。看见那青袍客与晓霜并肩而行，笑道："梁萧，站住！"青袍客转身作揖，说道："九如大师，今日之事，梁某感激不尽。"九如道："你戴这劳什子唬谁？"伸手就抓他脸上的面具，梁萧中指微曲，拂向他小臂诸穴，口中道："大师别开玩笑，我戴这东西，自有难言苦衷。"几句话工夫，两人一进一退，竟拆了七八招之多，九如抓不下他的面具，梁萧也脱不出他的五指。

听他说完，九如住手笑道："这么说，因为你反出元营了？"梁萧奇道："大师也知道？"九如双眼一翻，冷笑道："我见过楚仙流，听他说起过。若非如此，和尚非打烂你屁股不可。"梁萧默然不语。九如摆手道："此事搁下，先找有酒有肉的地方再说。"花生笑道："好啊好啊！"九如瞪他一眼，道："好你个头！"梁萧道："不如去郭大人府上。"九如道："不管什么大人小人的府上，和尚都不去，和尚自有和尚的去处。"梁萧知他清高自诩，于是只得依从。

九如当先引路，花晓霜问道：“萧哥哥，你不编历法来这儿干吗？”梁萧微微有气，冷冷道：“编什么劳什子的历法？捅出这么大的娄子，若非九如大师及时出手，看你怎么收场！”花晓霜抿嘴一笑，抚他脸上的面具道：“这面具哪儿来的，怪吓人的。”梁萧随口道：“街上顺手拿的！”花晓霜笑道：“早知道，也给我拿一个。”梁萧白她一眼，说道：“你一女孩儿家，戴这丑怪面具做什么？观音菩萨你戴着才好看。下回遇上，我给你买一个。”花晓霜听了这话，心知他怒气已平，于是淡淡一笑，不再多言。

众人跟着九如，七绕八绕地钻进一个小巷，尽头处是一座破旧小庙，庙内的神像只剩一堆泥土，门前坐了个老者，扎道士髻，穿和尚袍，白发稀疏，皱纹满面，众人到时，他正靠在门框上打盹。

九如伸棒将老者敲醒，笑道：“朱余老，来客人啦！”朱余老睁开浑浊的眸子也不说话，只向众人咧嘴笑笑，露出寥寥几枚牙齿，而后拄了拐杖，向巷外慢慢走去。众人见他扎道髻，穿僧袍，却有个俗家姓氏，不伦不类，顿感好奇，目送他去远才踅进神像后的一进小院。庭院正中有一株粗大榆树，亭亭如盖，两侧却是厢房。

九如笑道：“坐，坐，不须客气。”梁萧摘下面具道：“大师就住这里？”九如道：“不错。”花晓霜忍不住道：“大师，那位朱老先生当真……当真有些奇怪！”九如笑道：“有什么奇怪的？他本是道士，朱余老是他的俗家姓氏，后来八思巴与全真教御前斗法，全真教输了个精光，从掌教护法到看茶的小厮都被按在地上剃了光头，普天下的道观十个有六个变成了喇嘛庙。这儿本也是道观，道士们害怕，便一哄散了。朱余老年纪大跑不掉，只得穿了袈裟做和尚。不想刚做几天，就有市井泼皮欺他老弱要强占寺院。幸被和尚遇上，管上一管，但这朱余老病弱不堪，庙中又无香火，和尚就让他还俗，将庙产租赁出去，稍稍课些钱米度日。”

花晓霜动容道：“大师你这么做岂不亵渎了神佛？”九如瞅她一眼，冷笑不语。梁萧深知这和尚藐睨俗法，不可以常理度之，便道：“晓霜，朱余老年老体弱，若不这样打理，岂不生生饿死了？佛法乃济世之道，但若不能济小，焉能济大？”九如拍手笑道：“好个不能济小，焉能济大，这话说到和尚心里去了。”梁萧笑笑，问道：“大师可与那些喇嘛认识？”九如笑道：“和尚的拳头倒是认识好几个。”

梁萧正要细问，却见朱余老提了个大竹篮进来。人还未到，酒气肉香便扑鼻而来，花生口涎直流，跳将过去，撕下一只鸡腿便吃。九如被他占了先，不禁怒道：“没大没小，岂有此理！”挥棒便打，花生一不留神，屁股挨了一记，跟着又被绊了个跟头，但他嘴里依旧狼吞虎咽，片刻不停，等到翻身爬起时，手中只剩了一根光溜溜的鸡骨，他还未解馋，又将鸡骨头舔了一遍，圆眼盯着竹篮骨碌碌乱转。

梁萧赞道：“小和尚这挨着打吃肉的本事一看就是打小练出来的，佩服佩服。”九如哼了一声，朱余老呵呵直笑，将酒肉果子摆上桌案，拄了拐杖，又去门口打盹。

吃喝半晌，梁萧复提起前问，九如笑道：“也没什么好说的。就是我在山东时遇上几个喇嘛强抢民女，来参什么欢喜禅……”花晓霜奇道：“什么叫作欢喜禅？”九如道：“你女孩儿家，这种事不知也罢。”花晓霜见他神态诙谐，隐约明白事关羞耻，一时满面通红，不敢再问。

九如瞅她一眼，忽地笑道：“奇怪，公羊羽猖狂半世，怎么生了这么个扭扭捏捏的小孙女？”花晓霜瞪眼道：“你……你怎么知道他是我爷爷？”九如道：“这还不简单？你方才跟龙牙上人对敌，用了花家秘传的‘风袖云掌’，公羊羽是花家的赘婿，瞧你这年纪，若不是公羊羽的孙女，难道是他女儿？倘若如此，那公羊羽老蚌生红珠，未免惊世骇俗……”梁萧听老和尚越说越不堪，忙岔开话道：“九如大师，这么说，那位瘦喇嘛便是龙牙上人了，他的掌力有点儿门道。”

九如笑笑说道：“那厮的‘大圆满心髓’有七成火候，一手‘荼灭神掌’也算不弱。可说到厉害，他师弟狮心法王的‘慈悲广度佛母神功’以柔克刚，更胜半筹。”梁萧道：“狮心就是那个胖大喇嘛吗？大师与他交过手？”九如笑道：“方才说了，我在山东遇上的那群喇嘛就是他俩的徒子徒孙。原本和合双修也无不可，但也须两相情愿才是。那帮臭喇嘛借修行之名，行奸淫之实，可恶至极，和尚看不过眼，一把火将那鸟寺烧了，又顺手把那群臭喇嘛一并废了武功，剥光衣裤，悬在泰州城门上吊了一夜……”

梁萧拍手赞道：“快哉，当为此事浮一大白。”花晓霜瞧着二人，心道：“花生老实巴交，他师父却和萧哥哥一般胡闹。人说物以类聚，有时也大谬不然。唉，真奇怪，天下那么多老实人，我怎么就独独喜爱萧哥哥呢？”念起女儿家的心事，不觉轻轻叹了口气。

九如与梁萧干了一杯，说道：“说起来，此事本也寻常。但龙牙、狮心却认为丢了莫大的面子，千里迢迢来山东寻和尚的晦气。不过，那时候和尚正被一个大对头痴缠，东窜西逃，片刻不得安枕，也实在无暇与他们纠缠，便露了一手功夫望其知难而退。他二人见了，也知奈何不了和尚，便说密宗之中还有能胜过他二人的高手，要我于明日卯时到大天王寺一会。和尚当时被那对头追得急了，无暇多说却也不甘示弱，随口便应承下来。但直到本月上旬，和尚才摆脱那个对头，来到大都却又巧遇你们。”

梁萧动容道：“当今之世，有谁能将大师逼成这样？”九如笑道：“话不可这样说，人外有人，天外有天。何况那厮强在缠夹不清，和尚却是不耐久战，硬拼下去不免两败俱伤，是以还是脚底抹油，溜之大吉为上。”

梁萧见他不说，也不好追问。片刻酒过三巡，梁萧见赵㬎闷闷不乐，果子肉食一箸未动，便问：“㬎儿，不开心吗？”赵㬎眼眶一红，轻声道：“娘做了和尚，奶奶、哥哥也不认我啦！”梁萧想起他身世凄惨与自己大有干系，心中愧疚，唯有抚着他的头，长叹一口气。

赵㬎忽地牵他衣角，说道：“叔叔，若能再见娘就好了，㬎儿有许多话想要与她说。”梁萧道：“那有何难？我送你去见她便是。”赵㬎喜道：“真的？”梁萧笑道：“我什么时候骗过你？”赵㬎这才眉开眼笑，跳了起来。九如浓眉一挑，忽道：“梁萧，你可知宋室遗族住在什么地方？”梁萧笑道：“大师若知道，还望指点一二。”九如捋须道：“和尚为明日之事打算，曾去大天王寺踩过一回盘子，怎料却误打误撞，进了囚禁宋朝后妃的无色庵。”

梁萧动容道：“两座寺院挨在一处吗？”九如道：“相距不过百步。那无色庵地方不大却毗邻禁军大营，守备兵马成千上万，很难接近，当时和尚若稍一大意就会被人察觉。”他顿了一顿，又道：“话虽如此，但若时机凑巧也非无机可乘。明日之会，八思巴约斗和尚，公平起见，不愿官府介入，便传下法旨，明日凌晨，撤去大天王寺左近禁军。如此一来，无色庵的守备势必削弱，你不妨相机潜入。不过，依和尚所见，还是小心为妙，宋室诸人其心不一，有些人只想自保，可未必顾念什么祖孙之情、兄弟之义。若凭你梁萧一人的本事，本也不用怕他，但这小娃儿娇嫩贵气，可经不起什么折腾。”

梁萧沉思半晌，对花晓霜道：“不知《神农典》中，可有什么迷药能将几百人同时迷倒？”花晓霜想了想，说道：“迷昏千百人的方子是没有的，但有一个‘神仙倒’的方子，若顺风施为，能够一下子迷昏十多人。”梁萧笑道：“那也够了，大不了多用几回。”九如笑道：“善哉，此法不伤人命，实为美事。和尚左右要去那大天王寺厮混，顺道陪你走一遭吧。”梁萧大喜，拉起赵昺施礼道：“若承大师相助，必定万无一失。”

商议已定，九如便将花生拎到一旁考较功夫。梁萧与花晓霜则去张罗药物，配成数剂“神仙倒”。这“神仙倒”不只是仅有药物，还有相应机关一具，名叫“龙吐水”，这机关细长如管，藏在肘间，用时只需牵动机关就有药丸射出，化作无色烟雾。梁萧制成两具“龙吐水”，自备一具，另一具分给花晓霜防身。

将近丑时，一行人抵近无色庵，果见守卫森严。梁萧放出一发“神仙倒”，迷倒了几个守卫士卒，而后众人越墙而入，穿过两道月门，但见前方庵房无数，大多都漆黑无光。梁萧觉出花晓霜掌心渗汗，低声问道：“害怕吗？”花晓霜笑道：“有你在，我便不怕。”二人相视一笑，双手握得更紧，忽听九如笑道：“和尚守在这里，省得你俩卿卿我我，平白教坏了我徒弟。”

两人面皮发烫，花晓霜低声道：“萧哥哥，房屋这么多，怎知人在哪里？”梁萧道：“让昺儿一叫便知。”花晓霜急道：“不成，会惹来官兵。”梁萧笑道：“你也太胆小了，我有‘神仙倒’，怕他做什么？”花晓霜道：“还是稳妥些好，寻个人问问。”梁萧自知她谨小慎微，不肯多生事端，于是笑了笑，举目望去，一盏孤灯如豆，在黑暗中分外清晰，当下背起赵昺纵到屋前，却见昏黄的窗纸上投下一个女子的倩影。

女子手挥目送正在弄琴，琴韵低回流转，女子应弦和道：“太液芙蓉，浑不似，旧时颜色。曾记得，春风雨露，玉楼金阙。名播兰馨妃后里，晕潮莲脸君王侧。忽一声鼙鼓揭天来，繁华歇，龙虎散，风云灭。千古恨，凭谁说？对山河百二，泪盈襟血。驿馆夜惊尘土梦，宫车晓碾关山月。问姮娥，于我肯从容，同圆缺……”歌声欲扬还抑，似在竭力压制心中的痛苦，偶尔曲断歌歇，但一缕愁思仍是悠悠不绝。

梁萧听罢这曲，触动心怀，一时忘了破门而入，忽觉赵昺身子发抖，颤声道：“蕙姑，是你吗？”屋内响起一声低呼，两扇门吱呀一声敞开，走出一个缁衣素面、眉目如画的女道士，双颊上尚自挂着泪珠。

赵昺从梁萧背上跳下来，喜道：“蕙姑，真是你呀？”那女子身子一晃，伸手扶住门框，颤声道：“殿下……”原来，这女子姓王名清蕙，本是南宋宫女，才慧过人，赵昺幼时从她学文识字，此番历劫重逢，二人百感交集，搂在一处，禁不住泪如雨下。

赵昺哭了一阵，忽想起此行目的，问道：“蕙姑，母后呢？”王清蕙拭去眼泪，强笑道：“太后正念你呢，我带你去见她。”目光一转落到梁萧身上，梁萧见她神色疑惑，叹道：“昺儿你随她去吧！”赵昺急道：“你不去吗？”梁萧摇头道：“我在这儿等你。”赵昺只得任王清蕙拉着，向东走去。不多时，便见东边一间厢房亮了起来。

梁萧望着灯火，胸中一痛：“昺儿找到母亲，但我的母亲又在哪儿？我……我浑浑噩噩这么久，却连她身在何方也不知道。”他靠坐在假山石上，望着满天星斗发愣。花晓霜见他一派颓丧，握住他手，说道：“萧哥哥，你想到不开心的事了吗？”梁萧微微摇头，花晓霜偎进他怀里，叹道：“萧哥哥，我瞧你眼神就知道你不快活！”

梁萧微微苦笑，正欲说话，忽听远处传来一声怪笑，一个苍劲的声音道：“老秃驴，不要逃，我看见你啦。”梁萧一惊：“这怪人怎么来了？”当即扬声叫道：“释岛主？”那人咦了一声，道：“谁叫老子？”梁萧听他口气，似乎清醒许多，笑道：“释岛主，你连陪你治病的小朋友也不记得了？”释天风略一沉默，忽又哈哈笑道：“想起来了，陪我打架的小子吗？好啊，待我揪住这老秃驴再来与你叙旧。”

梁萧听他记得自己，更觉惊奇。释天风叫声一起，附近房舍逐一亮起灯火，却听释天风又道："我瞧见了，出来出来……咦，老秃驴怎么变成了小秃驴？哼，你当拔了胡子老子就认不出来了？这个光头，我可是认得明明白白的。"他叫声中还夹杂着呼呼的响声，似是掌风激啸，忽听花生哎哟一声痛呼，接着便听九如喝道："老乌龟，你莫要得寸进尺！"

释天风笑道："奇了怪了，怎么出来两个秃驴？哈哈，老秃驴，这小秃驴是你孙子吧，难怪都是光头。"九如呸道："他是你老子。"释天风奇道："他是我老子？你是他爷爷……"他猛然明白过来，厉声怒叫："老秃驴，你骂我是重孙子吗？"二人虽口中互骂，但拳掌相交的噼啪声不绝于耳。

花生扬声叫道："师父，俺来帮你。"九如喝道："没你的事，躲开些……"话音未绝，轰然大响，一座假山应声而倒，忽听释天风厉声长啸，远处两道人影腾起数丈，一左一右纵上屋顶，缠斗一处，出手之快之奇，当真让人不可思议。

梁萧恍然大悟："九如大师的对头竟是释岛主，这也难怪，这老人委实称得上'缠夹不清'。"眼见不少人走出房子，他便发出数枚"神仙倒"，出房者还来不及观看就已昏迷。

梁萧心知不可久留，抢身到全太后房前，低声叫道："㬎儿，再不走就走不了啦。"房中默然片刻，只听全后在低声交代，而赵㬎却只呜呜哭泣，片刻工夫，王清蕙挽了赵㬎出门。赵㬎满脸是泪，抽噎道："叔叔，娘不肯走，她说她走了，会连累他人，她……她让我走得远远的，再也不要回来！"越说越伤心，忍不住大哭起来。

梁萧心头暗叹，王清蕙双手合十，忽地施礼说道："汉祚运移，天地反复，大宋仅剩这点血脉，还望壮士大仁大义，善为护持。"梁萧道："大仁大义不敢当，但㬎儿的安危你尽管放心。王姑娘，你肯和我一道走吗？"赵㬎闻言，拉住王清蕙衣袖道："蕙姑，你跟我一起走吧！"王清蕙敛眉苦笑，合十叹道："问姮娥，于我肯从容，同圆缺。"赵㬎瞪着眼，茫然不解。梁萧略一沉默，叹道："人各有志，姑娘一心与故主同圆同缺，共历荣辱，实在令人敬佩。只是前途艰险难测，还望善自珍重。"然后拱手一揖，转身抱起赵㬎，与花晓霜大步奔出。

不出十步，就见庵外火光冲天，喧哗一片。梁萧心中暗暗叫苦，忽见花生在前方团团乱转，搓着两手不知如何是好。他将赵昺递给花晓霜道：“我去瞧瞧。”便纵身上房，却见数百名元军士卒堵在门外，手持兵器，盯着一处屋顶，那里有两道黑影忽来闪去，斗得正急。敢情一众禁军闻声赶来，却被九如与释天风吸住了心神。

两大高手斗到紧要处各使出平生绝学，释天风恍若流光魅影，一眨眼工夫，也不知出了几拳几脚。九如也将乌木棒插在身边，拳随身转，直来直去，饶是如此，释天风虽有天风飙来之势也占不得丝毫便宜。

原来，那日释天风追赶贺陀罗不得，又在山东境内闲逛月余。这一日，偶然遇上九如和尚。他曾四次为九如所败，多年来一直耿耿于怀，此番东来只为寻他晦气。别的事情他早已不记得，九如的武功相貌却须臾不忘。三十年不见，两人各有精进，释天风所学原本杂而不纯，晚年才悟通“无法无相”，得成正果；九如专心修炼“大金刚神力”，数十年之功也非同小可。斗到五百余合，九如因不耐久战，撒腿便跑，释天风却死缠烂打，穷追不舍。

九如虽轻功了得，比起释天风却逊了一筹，二人追追逃逃，从山东斗到河南，又自河南直下江北，再由江北一路北上，九如屎隐尿遁、使奸弄诡，却总是摆脱不掉释天风的追击，即便头两日侥幸逃脱，第三天释天风一准也会找到。

两人一逃一追不久就到了黄河岸边，九如百般无奈，狠心抱了一块巨石，扑通跳进河里。这法子大出释天风意料，他正在兴头上，怎肯就此罢休，也随之跳入河中，潜了一阵，因黄河水浑浊不堪无法视物，只好回到岸上，释天风大声叫骂想激九如上岸，谁知骂了三个时辰，仍是不见九如的影子。释天风只当老和尚溺死河中，悻悻不已。怎料他这边死守河岸，九如却抱了大石，屏住呼吸，在河底走了一个时辰，从下游隐蔽处上岸，脚底抹油直奔大都应约。

释天风虽因练功失忆，心智混乱，但与九如几番巨斗仍略占上风，数十年心愿得偿，追到黄河岸边，失忆症已好了七七八八，便索性静坐一日，倒也忆起不少往事，连梁萧的事也想了起来。但因胜负未分，他的心病也难全好，一时恍兮忽兮，沿河行走，逢人便问九如消息。功夫不负有心人，竟被他从一个渔人那里探知到九如行踪，释天风得知九如没死，欣喜若狂，赶忙追到大都城中，昼夜搜寻，终于发现九如踪迹，赶来无色庵中。九如慌忙躲避，花生却因躲闪不及被释天风揪了出来，九如无法可施，只好出手抵挡。

二人越斗越急，释天风不耐，便伸手展足，拧腰转背，丝丝锐风自他周身射出，活像一只刺猬，团团滚向九如，这正是灵鳌岛镇岛绝学“仙猬功”。九如与他厮斗已久深知此招厉害，也将“大金刚神力”使足，一拳一脚，蕴藉十方之力。这两大神功全都出自佛门，均得无相之妙，此时也是棋逢对手，翻翻滚滚，直斗到一座极高大的屋顶上。

地上的禁军看久了，有人还醒过来，叫道：“两个人都是奸细，放箭射他们下来。”众军听了这话，纷纷取下弓箭瞄准二人射击。释天风正斗得高兴，忽被打扰，心头火起，怪叫一声，弃了九如突入人群，指东打西，一转眼就打倒数人。众军士见他势如鬼魅，惊得大喊大叫，举刀抡枪齐扑上来。九如心中窃喜，哈哈笑道：“老乌龟你慢慢耍，和尚不奉陪了！”说完就跳下房顶，拔足便走。

释天风情急间顺手抓起一名禁军，喝道：“老贼秃，接着！”他将那人如流星赶月般掷向九如。九如心知若不接下，这名禁军势必头开脑裂。他虽为人狷狂，可佛性暗藏，不忍见人送命，一反手将兵士接下，轻轻放在一旁。释天风大乐，笑道：“接得妙，再来再来！”双手乍起乍落，抓起身畔的禁军不绝掷出。九如随放随接，手忙脚乱，忍不住破口大骂：“老乌龟，你打架和尚奉陪，不要拿旁人出气！”

释天风叫道：“好啊！”话音未落，他却将手中两名军士随手掷出，九如刚刚接住，忽见人影一晃，释天风已追到眼前，双掌若风吹败叶落向他的胸口。九如因两手抓人，胸前空门大露，如若用手中两人格挡自能挡下释天风的掌力，但老和尚一生光明磊落，不肯舍人救己，心中暗叫一声：“也罢！”不闪不避，气贯胸膛，硬生生接下释天风的双掌。

释天风这两掌挟浑身之力，直有摧云断石之威，虽以九如之能却也噔噔噔退出丈余。九如瞪圆双目，嘿笑道：“老乌龟，你打得好！”口中血如泉涌，一时染红颌下白须。

释天风一击而中也颇感意外，笑道："老秃驴不济事了吗？不要逃，再接我一掌！"说罢便一纵丈余，飞身扑来，九如暗自苦笑："老和尚横行一世，竟死在一个臭疯子手上。"于是放下手中二人，正要舍命一搏，忽见眼前黑影晃动，梁萧抢到他身前，足下稍旋，右掌横切释天风手腕，左手并指若剑，直刺他额心。释天风小臂圈转，变掌为爪叼向梁萧脉门，额头不退反进撞向梁萧手腕，双腿连环踢出，狂风骤雨般蹴他下盘。这三招同使，妙至毫巅，梁萧虽慌乱避过，左手二指却收缩不及，只觉释天风印堂处射出一缕锐风，刺在指尖，令他又酸又麻。他心头一凛："好家伙，无相神针？"

释天风这三招被梁萧躲过，不怒反喜，笑道："好本事！"便将九如撇在一旁，拳掌齐出，尽向梁萧招呼。梁萧使开"碧海惊涛掌"，仓促间拆了两招，但觉释天风招式精绝，抵挡吃力，心忧如此下去，永无了局。眼角余光扫向四周，只见众禁军已收拾队形逼了过来，九如靠在墙角，气色灰败。

梁萧心中一紧，适逢释天风一掌挂来，便勾手卸开，右掌虚拍，释天风正要拆解，忽见一颗粉色小丸迎面射来，他不知来者何物，便顺手一扫。只见那小丸哧的一声化作一团烟雾，释天风吸入少许，顿觉头晕眼花，几乎站立不稳。

梁萧放出"神仙倒"实属无奈，他口含解药，不畏药性，眼见释天风步子虚浮便纵身跃至他上方，掌中夹指点他"膻中"穴。指力方到，却觉释天风的胸肌其滑如油，将他指力卸在一边，梁萧见他中了迷药还有如此能耐，心中敬佩，正要变招，忽听释天风一声怪叫，然后躬身后掠，乍起乍落，越过一处房屋后，顷刻消失不见。

梁萧不料他中了"神仙倒"仍有脱身之能，不由惊服其能。忽听脚步声响，转身一看，数百禁军已把弓扯满，箭镞亮晶晶一片。他转身挥袖，将剩下的"神仙倒"一并射出，化作团团烟雾，只听箭雨呼啸，激射而来，梁萧挥掌扫开箭雨，退至九如身前，众军士向前进逼，想要生擒，不想却一头撞入"神仙倒"的药雾之中，一时间扑通连声倒了五十来人，剩下的禁军争相后退，乱成一团。

梁萧趁乱扶起九如，退回无色庵中，叫道："花生！晓霜！"九如轻咳一声，指着远处："你看那里！"梁萧掉头一看，花生直挺挺地扑在假山下面，花晓霜与赵昺却俱不见踪影。梁萧心往下沉，额头上渗出冷汗。九如在他肩上一拍，叹道："不要慌乱，小和尚还活着！"梁萧定睛看去，果见花生背部起伏，尚有生机，当下将"鲸息功"透入他的背心，走了一个周天，将被制的穴道冲开。

花生哎哟一声，跳了起来，大嚷："晓霜，晓霜！"但见梁萧脸色阴沉，心中一紧，一扁嘴哭了出来，九如叹道："此地不宜久留，花生，你背我回朱余老那里。"花生见他身上血迹未干，惊道："师父你也受伤了？"九如骂道："什么叫也受伤了，小小流了一点血罢了！"花生愁眉苦脸地将他背起，梁萧强压下心中波澜，咬了咬牙，带着二人穿过无色庵，越墙而出，庵中尼姑女眷皆眼睁睁瞧着，都不敢阻拦。

三人避开禁军回到朱余老的住处，朱余老见三人狼狈形状，十分惊讶，慌忙张罗热汤。九如摆手道："不用烧水了，快拿十斤酒来。"朱余老目瞪口呆。梁萧皱眉道："大师有伤在身，怎能喝酒？"九如笑道："这你有所不知了，酒这物事，不仅能消闷解乏，还可疏经活血，畅通穴脉，对和尚来说便是最好的补药。和尚喝一分酒便多一分气力，如果喝到十足，哈，任凭什么内伤外伤，全都不在话下。"梁萧失了花晓霜与赵昺，心头沉重如铅，明知此乃老一派歪论却也无心与他争辩。

朱余老捧来酒坛，九如大喝一口，咂了咂嘴，向花生招手道："你把被人打倒的经过仔细说给我听。"花生摇头道："俺也不知出了什么事，背心一痛就扑在地上啦。"九如咦了一声，道："你没瞧见对头？"花生连连摇头。梁萧忍不住厉声喝道："蠢材，连对手也没瞧见，好啊，你除了吃饭，还会做什么？"花生心中既害怕又感内疚，忽地捂着脸呜呜痛哭。梁萧一句骂过已有几分后悔，再见花生一哭，不由神色一黯，便再无言语。

九如又喝一口酒，笑道："梁萧，你不用发急，那人是谁，和尚我已猜到了几分。"梁萧双目一亮。九如笑了笑，说道："放眼天下，能在不知不觉中制住花生的人物屈指可数。"他逐一扳起手指，"除去你我，还有老穷酸公羊羽、老怪物萧千绝、老乌龟释天风、老色鬼楚仙流，嗯，以及贺陀罗这条臭蛇。释天风与你交手分身乏术，前面那三个家伙气派又大，定不会暗算伤人，嗯，想来也只有臭蛇贺陀罗……"梁萧摇头道："不会是他。"九如奇道："此话怎讲？"

梁萧便将贺陀罗滞留海岛的事情说了。九如笑道："贺臭蛇这个跟头栽得痛快！"继而白眉一拧，"如此说来，那和尚漏说了一人。"梁萧惊道："天下还有什么高手？"九如道："大元帝师八思巴人称藏密第一高手，不过和尚没有称量过他。此人少年聪明，是密宗里不世出的人物。十六岁时，他的佛法武功就已经无敌于吐蕃，其后与中原全真教两次斗法，将道教群雄皆压得抬不起头来。是以他若有此本事，那也不足为怪，但此人身份贵重，应当不会亲自出手……"梁萧心如乱麻，勉强点了点头。

九如将酒一饮而尽，脸泛红光，头顶笼罩一团氤氲白气，忽向花生招手："乖徒弟，过来。"花生抹了泪，没好气道："干吗？"九如道："花生，你是不是我的好徒弟？"花生点了点头。九如道："天色将明，卯时也到了。为师喝了酒，需要小憩片刻，大天王寺我是去不了啦，你是我的乖乖好徒弟，那就替为师走一趟，会会那些密宗高手，免得别人说我老和尚言而无信。"

花生吓了一跳，他生平最怕与人争斗，再想起胖、瘦喇嘛的能耐，更有说不出的胆怯，摇头说："俺打不过，俺不去。"九如怒道："你还做不做我徒弟了？"花生道："做！"九如道："那你去不去？"花生道："不去。"九如听他答得爽利，微微皱眉，心念一转，锐声喝道："好，你不去，那和尚也不认你做徒弟了。"

花生顿时目瞪口呆，脸色时红时白，泪水只在眼眶里打转。九如硬起心肠，闭眼不睬。花生呆立半晌，神形恍惚地转出门外。他丢了人，又被梁萧责骂，心中已是说不出的难过，此刻又被师父逼上绝路，不由悲从中来，蹲在巷子一角呜呜哭了起来。

忽觉有人走近，花生泪眼迷离，抬头一看，梁萧正默默望着自己，于是哽咽说："梁萧，对不住。"梁萧叹道："我才该说对不住，刚才我不该骂你。"伸手将他搀扶起来。

花生听他一说，心里略略好过了些，转过身子，低头便走。梁萧叫道："你去哪儿？"花生道："俺去大王寺。"梁萧道："是大天王寺，哼，你连名字也记不住还去做什么？"花生汗颜道："对，对，大天王寺。"心里默念了几遍，牢牢记住。

梁萧沉默一下，忽道："花生，你说，咱们是不是兄弟？"花生道："是啊！”梁萧道：“那你可否记得，当日我们在海船上结拜时曾说过，要共当患难，共享欢乐！”花生早已将誓言忘到爪哇国去了，经梁萧一提，方才模糊记起。

梁萧沉默一下，叹道：“既是共当患难，要去大天王寺，又能少得了哥哥我？”然后他仰望天际明月，冷冷道，“况且我也想瞧瞧，那帝师八思巴有什么了不起的能耐。”

花生道：“可晓霜……”梁萧摆手道：“那人冲我来的，迟早都会现身。哼，晓霜有个三长两短，这天下间只怕不得太平。”说着眸子里透出浓浓煞气，花生瞧得打了个寒战，慌忙耷拉下眼皮。

梁萧戴上阿修罗面具，郑重说道：“花生你记住了，你我一朝是兄弟，终生是兄弟，无论如何我也不会丢下你不管。”花生听了这话，心如火烧，大声道：“对，一朝是兄弟，终生是兄弟！”二人相视一眼，前嫌尽释，便齐声大笑，披着星辉月华，漫步向大天王寺走去。

长街十里，空寂无声，白露如霜，清辉泻地。城头戍卒的歌声苍劲洪迈，冲天而去。两人抵达寺外时已是寅卯之交，寺内宝炬流辉，亮如白昼。寺前却是空旷无人。

寺门紧闭，两座千斤石狮并排横在门前。梁萧一皱眉，扬声道：“八思巴，九如弟子花生尊奉师命来赴卯时之约，阁下大门紧锁，石狮拦路，也算是东道之谊吗？”

寺中略一静默，只听一个声音缓缓说：“非也，敢问天有门乎？地有门乎？”语声柔和中却也暗藏威严。

梁萧听出是八思巴，冷冷道：“笑话，天地渺渺，哪有门户？”八思巴道：“非也，倘若心无所碍，十方阎浮世界，尽开方便之门。”

梁萧心头一动：“不好，今日佛门相争，不仅是斗神通，还要比佛法。我只图嘴快，先输一阵。”便眉头一皱，向花生道，“和尚，人家考较你呢！”花生歪头想了想，抽了抽鼻子，走到门前，双手推在一尊石狮上，喝一声“去”，那石狮被他“大金刚神力”一撼，骨碌碌滚出三丈远。花生又抱住另一尊石狮，又喝声“起”，千斤石狮扛过头顶，奋力一撞，寺庙大门顷刻粉碎。

花生扛狮而入，举目望去，寺前广场上竖起一根旗杆，旗杆下密密层层的都是喇嘛。花生呵呵笑道："去吧！"石狮重重掷下，轰隆一声，大地为之震动。

众喇嘛见他蛮闯进来均是目瞪口呆。龙牙厉声道："臭和尚，你敢砸门？"花生有梁萧相陪，胆气大壮，圆眼滴溜溜一转，笑道："有门吗？俺没瞧见！"他从前偷吃九如酒肉，九如一问："臭徒弟，是你偷肉吃了吗？"花生立马推诿："有肉吗？俺没瞧见！"每每将九如气得横眉怒目。今日龙牙一问，花生听得耳熟，顺口便答，不过略加变通，把"肉"字换成了"门"字。

龙牙见他神气懒散，怒气更甚，啐道："胡说，大门就在那里，你是瞎了眼吗？"话音未落，忽听八思巴的叹息声从偏殿传来："龙牙，他若瞎了眼，你就瞎了心。"龙牙悚然一惊，合十道："帝师教训得是，是龙牙着相了。"说罢便低眉垂首，不敢再言。

狮心见势不妙，竖掌于胸，飘然出列，阴阴笑道："小和尚，你师父怎么没来？"花生一怔，正要如实回答，忽听梁萧长笑道："九如大师乃当世神僧，佛法通天，岂能与尔等一般见识，派上个把徒弟已算瞧得起你们了。"花生听得他的声音从寺内发出，心中奇怪，抬眼望去，梁萧戴着修罗面具，迎着如水晨光，盘坐在大雄宝殿的飞檐之上，晨风西来，吹得他长发狂舞。

龙牙、狮心二人的心神被花生吸住，对梁萧何时上了房顶居然一无所知。龙牙神色数变，厉声道："降魔九部何在？"九名红袍喇嘛应声出列，一般肥瘦，一般高矮，且手持一式的金刚降魔杵。龙牙手指梁萧，道："赶他下来！"

九人哄然应命，立即纵上房顶，将梁萧围在正中。大雄宝殿离地二丈有余，九人提了百斤兵器，却能纵跃而上，轻身功夫十分惊人，众喇嘛见状，齐齐喝了一声彩。

梁萧一手按腰，笑道："龙牙，你当人多就厉害吗？"龙牙却微一冷笑，朗声道："假面人，休得张狂，你听这是什么？"便举手一拍，忽听偏殿中传来小儿哭声，哭了一声，忽又止住。

哭声短促，梁萧却听出是赵昺，头脑一热，只觉心血上涌，高叫道："八思巴，你堂堂帝师竟也干这等无耻勾当？"八思巴淡淡说道："闲话少说，贫僧就在此处，你有能耐，不妨过来。”

梁萧不料他的算计如此周详，花晓霜虽没出声，想必也在殿内，一时方寸微乱，扬声道：“好，我便过来。”正要纵向偏殿，龙牙却冷笑道：“假面人，你要见那孩儿，先得过降魔众这关。”然后，他微一狞笑，又道，“不过，交手之时，他们可以攻你，你却不得还手，若有一指加诸其身，那小孩只怕有些不妙。”

梁萧听他口气，心想八思巴抓住赵昺却不向忽必烈邀功，足见还不知昺儿身份，疑惑间，降魔众里一个黑脸喇嘛低声道：“假面人，这比斗不公平，你若害怕，大可认输。”梁萧冷冷道：“谁要认输？”黑脸喇嘛神色一变，喝道：“好，请接招！”金刚杵挟起凌厉劲风横扫而出。

梁萧错步让开，另一名喇嘛抢上一步，手中铁杵飘飘然直点向他的后心，不防梁萧身形忽矮，当下人影俱没。当的一声，两支金刚杵撞在一起，溅起耀眼火星。

其他喇嘛见状，齐齐大喝，七道金光不分先后扫了过来。梁萧使开“十方步”，东一转，西一旋，蹿高伏低，九条金刚杵也随他身形越使越快。快到极处，只见一道淡淡的青影在九道金光中出没无端，形如一条飞蛇，游走于满天电光之间。忽听哗啦一声，只见一个喇嘛挥杵打空，击穿房顶，只留下一个破洞。再斗两招，又有一名喇嘛收势不住将一根檩子击断。

狮心见梁萧已被困住，转身对花生笑道：“小师父来得辛苦，狮心特意安排了一曲‘十六天魔舞’，专为小师父消闷解乏。”

花生想也不想，随口应道：“好呀！”狮心见他满不在乎，暗暗惊异：“小和尚听说“十六天魔舞”之名居然无动于衷？”微一沉吟，双手一拍，人群分出一条道路，走来二十七名绝色少女。其中十一人身穿窄衫，头戴唐帽，手持诸般器乐，余者均是梳云鬟，戴牙冠，挂云肩，束绶带，璎珞披肩，红绡坠地，手持昙花铜铃，面带媚容艳色。花生有生以来何曾见过如此阵仗，只觉眼花缭乱，一时间莫名所以。

众女依列站定，为首一名鹅蛋脸少女移步上前，欠身笑道：“小师父好呀！”花生面红心跳，忸怩道：“俺……俺很好。”那女子见他举止局促，寻思道：“狮心师父年纪越大，胆子却越小了吗？哼，对付一个不经事的小娃儿也须劳动十六天魔？”当下淡淡笑道：“小师父，你这可不对呀。我问你好，你就不问我好吗？”花生一怔，忙点头道：“俺好你也好，大家都很好。”

众女瞧他呆傻神气，无不莞尔，鹅蛋脸女子笑道：“小师父，你说我好，我好在哪里？”花生瞅她一眼，低声道：“你好看。”众女都觉得好笑。一名圆脸少女佯嗔道：“小师父太偏心啦，莲萼姐姐好看，我们就不好看了吗？”

花生不解风情，面色涨紫，一时间汗流浃背，便一迭声道：“都好看，都好看。”一个细眉大眼的女子笑道：“这才像话，那小师父你又评评理，谁更好看一些？”花生一愣，瞅瞅这个，又瞧瞧那个，但觉个个妙艳无方，难分轩轾，心头不觉已生出迷乱。莲萼看得分明，忽而笑生双靥，手中铜铃轻摇，除了龙牙、狮心，众喇嘛皆个个后退，闭目盘坐，突然之间，偌大的广场安静下来。

花生正觉奇怪，十一名乐女奏起曲子，真是吹声迤逦，弹声靡靡，响板悠然，令人生出非非之想。莲萼朱颜含笑，步走圆方，唱道：“十六天魔女，分行锦绣围。”歌声娇媚，勾人绮念。圆脸少女轻轻一笑，接口道：“千花织布障，百宝帖仙衣。”余韵未歇，细眉大眼的少女也唱：“回雪纷难定，行云不肯归。”

众女手呈拈花之形，忽地齐声应和：“舞心挑转急，一一欲空飞。”伴随歌声，众女双臂起落，背翻莲掌，手势变化多端，恍若生出千手万臂一般，纤纤莲足挑转不定，又若鸾鸟舒翼，盈盈欲飞。花生从未见过如斯妙舞，只看得眉飞色舞，心中生出无边喜乐。

莲萼见他眼神茫然，心知已入迷阵，心中得意，微微带笑。突然间，人群中发出一声吼叫，一名喇嘛跳了起来，双眼充血，手舞足蹈，向前急奔数步，忽又滴溜溜打了个转儿，口吐白沫瘫在地上。花生被这一扰，恍然惊醒，挠了挠头，讪讪道：“哎呀，俺何时迷糊了？”

“十六天魔舞”歌舞共施能生极大魔力，定力稍逊就会神志错乱。喇嘛群中，除了几个顶尖儿的人物，其他人都要闭目凝神以密宗心法相抗。但也有人不知好歹，睁眼偷看，这一瞧顿被乐舞吸住心神、癫狂昏厥。花生自幼修炼禅宗神通“大金刚神力”，禅定功夫极深，虽迷惑于一时，但一听喇嘛咆哮立时醒转。众女见他一霎之间眸子又转清明，不由心中凛然，小觑之心尽去，举动更趋妖媚，或是娇嗔薄怒，或是巧笑嫣然，舞姿妖娆，宛若天魔幻形。花生瞧得神驰目眩，心头又生迷乱，忽听耳边一声沉喝：“花生，闭眼！”

这一声如雷霆贯耳，花生听出是梁萧呵斥，便慌忙合眼。谁料双眼虽闭，靡靡之音仍是丝丝入耳，各种天魔妙姿随那乐声仍在脑海盘旋。也怪梁萧身处斗场，情急中只叫小和尚闭眼却没叫他捂耳。花生心想：“捂了耳朵，岂不更好？”可转念又想：“梁萧只说闭眼，没说捂耳，俺若不听，一定挨骂。”

他听了一会儿，越觉心痒，终究按捺不住眯眼去瞧，这一瞧，便见众女目放奇光，身子柔若无骨，如蛇蚓般扭曲不定，幻化出许多前所未见、想象不到的奇妙姿态。花生但觉一股热血涌遍身心，脸上渐渐露出欢喜之色，手舞足蹈，已然伴随众女翩翩起舞。他自幼习武，体格柔韧，这一舞虽无赵飞燕之轻盈，但折腰衬腮、手挥目送之间却流露出几分杨玉环的绵软。

梁萧见花生陷入乐舞，不自禁连声长啸，身法也越来越快。降魔九部见他似要突围而出，纷纷怒吼，金刚杵使得更为猛烈，砸得瓦砾四溅，木屑纷飞。突然间，梁萧足下在大梁上一顿，凌空拔起，高叫道：“都给我下去吧！”叫声出口，咔嚓一声巨响，大雄宝殿陡然坍塌。

巨变横生，九个喇嘛无处立足，皆手舞足蹈伴着瓦砾纷纷坠下。原来金刚杵重逾百斤，驾驭费力，降魔九部使得越快越难收势，故以梁萧有意加快身法，诱得他们一轮乱杵，砸得房顶千疮百孔，而后突然发难，顿足震断大梁。

他一招得手便如大鸟般越拔越高，飘飘然连画三个圆弧，一个大似一个，不待第三个圆弧画尽已在六丈高空，双袖忽振，势如轻絮一团，飘然垂直落下。龙牙、狮心齐齐抢上，以隔在他与花生之间，防他出手救援。

梁萧眼见花生已眉开眼笑，越舞越快，心知如此下去后果不堪设想。他忖度眼下形势，龙牙、狮心已难应付，更有八思巴虎视在侧，即便侥幸胜出，只怕花生已经神志错乱。刹那间，他心中连转数个念头，忽地大袖一卷，负手而立。

龙牙、狮心见他并无出手之意，均想：“这人不管同伴死活吗？”忽见梁萧屈指一弹，口唇微张，发出啾啾之声，初时细微莫辨，渐渐却响亮如啸，直冲云霄。间中啾啾昂昂，韵律之奇特粗犷，众人均是闻所未闻，听了片刻，心中生出蓬勃生意。只见那十一名乐女被这啸声一扰，竟已走音窜板，韵律大乱。

梁萧大袖拂出，只听那啸声绵密如水，越发悠长，忽低沉，忽雄壮，忽而曲折如线，忽而凄厉如枪，往往于不可能处高升低落、横生奇变。那曲调也越变越奇，非宫非商，不徵不羽，处处皆违背音乐常理。

“十六天魔舞”既为乐舞，随乐而舞，乐曲是其根本。这一套“天魔曲”是以精神力量蛊惑敌手，若对手定力越高，乐女的精神力则越强。这些乐女皆是自幼修炼此曲，不但深明乐理且内功了得，加之管弦合奏，威力更增。此番对付花生原本未尽全力，可被这奇怪啸声一搅后，纷纷逼出浑身解数，竭力与啸声相抗。殊不知，“十六天魔舞”虽经千锤百炼终是人类之音，梁萧口中的啸声却是出自大海长鲸，是鲸族经历亿万斯年悟出的天籁，与之相较，人音自然落了下乘。

又过片时，众乐女渐感吃力，香汗如雨，罗衫浸湿，皆露出玲珑身段。众舞女也停住舞蹈，纷纷摇铃助阵，但二十七人联手仍是抵不住梁萧的怪啸。急管繁弦间，啸声忽如鹞鹰一般蹿入云中，拔出一个细若钢丝的高音。刹那间，铮铮数响，琵琶胡琴相继断弦。那啸声却悠悠乎乎在极高处盘旋数下，又细细耍了个花腔，向上更拔几分，只听噼啪连声，龙笛箫管已然生出长长的裂纹。

“十六天魔舞”均以精神制敌，一旦败落立时反噬其主。众女骑虎难下，唯有守着哀弦危柱苦苦支撑，再也没有余力对付花生。花生禅心深厚，束缚一解，顿时清醒，定睛往场中一瞧，心中大为惊奇。

天魔女为啸声所趁，身不由己随之起舞，时而陀螺乱转，时而满地翻滚，时而抱成一团，扭腰摸臀，丑态百出，哪还称得上“天魔”二字？花生越瞧越觉滑稽，忍不住咧开嘴哈哈大笑。他这一笑，好比春风融雪，众女身上残存的精神力顿时消失无踪，不禁神色惨变，口角溢血，一个个东倒西歪，瘫软于地。

花生大感惊讶，抢到莲萼身前欲扶她起来，忽觉一道灼热掌风扑面扫来，他眼鼻酸热，当即扭身出拳。拳掌相交间，龙牙挫退半步，只觉内腑滞涩，气机隐隐不畅。花生趁机搀扶天魔女，众女不想他如此好心，一时又惊又愧。

龙牙顾着换气无暇阻拦，眼睁睁地瞧着花生扶起诸女，心头惊怒：“这小和尚接了老衲一掌竟能若无其事？”梁萧大袖再拂，收了啸声，长声说道：“八思巴，你还有什么伎俩？”说着便走向偏殿。

狮心一晃身拦在前面，嘻嘻笑道：“以足下的本事，降魔九部算不了什么。适才老衲不过借题发挥想瞧一瞧足下的本事，但你想见帝师却没那么容易！”梁萧冷笑道：“我偏不信邪！”正要举步，忽见喇嘛皆从腰间取下转经筒，信手摇来，嗡嗡乱转。倏忽间，只见百十圆筒脱出手柄，如群蜂出巢，迎面扑来。梁萧正待后退，圆筒忽又转回，咔嚓一响嵌回手柄。这一放一收虽是百名喇嘛同时施力，却整齐如一，更无半点撞击。狮心瞧着梁萧，嘴角似笑非笑，隐隐带有讥讽。

梁萧双目如电扫过人群，忽地发声大喝，身形拔起，只听嗡声大作，十多枚转经筒忽地激射而来，劲风呼呼，刮得他长发竖起。梁萧一足点地，双掌一分，身如风车陡转，使出“碧海惊涛掌”中的“涡旋劲”来。

“涡旋劲”是“碧海惊涛掌”的“六大奇劲”之一，合于水流漩涡之性，对手一经扫中势必下盘虚浮，身随之转，只消功力稍弱，不转到口吐白沫决不罢休。转经筒被这奇门掌力一带，不但不撞向梁萧，反如众星捧月一般绕着他呼呼旋转。

众喇嘛大惊失色，纷纷抛出转经筒，但一入“涡旋劲”，尽被梁萧掌力裹走，片刻间，梁萧身边的圆筒大大小小已有六十多枚，乍眼望去，仿佛一道飓风在人群中扫荡。众喇嘛均目瞪口呆，纷纷走避。梁萧使性大发，大喝一声：“回去！”一阵撞击声响，转经筒脱出旋涡，忽地扫向人群，众喇嘛皆皮破血流，惨呼声此起彼伏。

狮心见此神威，细眼怒张，厉声喝道：“莲花生佛！”龙牙大袖飘飘，应声钻入人群，长声应道：“天魔降伏。”众喇嘛得了号令，四面散开，东一团，西一簇，结成九品莲花之形，正是密宗绝学“莲花伏魔阵”。相传此阵为密宗祖师“莲花生”所创，降妖伏龙，威力奇大。

梁萧放眼一观，笑道：“要斗阵法吗？”便直闯入阵，双掌齐出，将一队喇嘛打得七零八落。龙牙、狮心见状大惊，梁萧攻击之处正是“莲花伏魔阵”的“莲蕊”。

莲花伏魔阵，九瓣一蕊，九瓣变化均由“莲蕊”带动，“莲蕊”深藏花间，乍看极不起眼。但常人万难料到这小小一队人手就是阵法的枢纽，往往被假象迷惑，强攻佯装发令的狮心、龙牙，从而背腹受敌，至死不悟。可惜今日遇上梁萧，“莲花伏魔阵”出自天竺，虽与中原阵法不同，可却暗合天竺数术，梁萧曾得兰娅指点，通晓天竺算学，所以其中究竟一瞧便知。

“莲蕊”遭袭，阵法因此乱象丛生。龙牙按捺不住，飞步抢出，一招“荼灭神掌”落向梁萧后心。梁萧反掌抵挡，二人拆了数招，梁萧却始终占住“莲蕊”，龙牙虽奋起全力也难将他逼开，反被梁萧御主驱奴，带动莲瓣九阵之一，冲击其他八阵。

狮心心中大急，深知若是任由梁萧占住“莲蕊”，统率九瓣，“莲花伏魔阵”势必自相冲击，不战而溃。一时间顾不得身份，几步抢上与龙牙联手夹击，力图将梁萧逼出“莲蕊”。他两人虽礼佛论道平平，武功却是一等一的高。梁萧以一敌二，立时相形见绌。

又斗两招，梁萧忽地一掌拍向龙牙面门，龙牙挥掌迎出。两掌方交，梁萧掌心生出一股吸力，龙牙一时收势不住，顿被吸住，这吸力是六大奇劲中的“陷空力”，取法弱水三千、陷没万物之理。龙牙暗叫不好，正待运功挣脱，梁萧却早已使出“涡旋劲”，右臂一抡，拖得他马步虚浮，嗖地撞向狮心。狮心大凛，向右横移让过龙牙，然后挥掌拍向梁萧左胸，梁萧微微一笑左掌挥出，又将狮心的手掌吸住。龙牙、狮心不惊反喜，齐运内力，心中均想：“合我二人之力，还不将你挤成肉饼吗？”

梁萧觉出两股内力一同涌来，当下默运心法，使出六大奇劲中的“阴阳流”，这一劲力来自冷暖海水上下交流之理。龙牙的“大圆满心髓”吸收烈日精华，至阳至大；狮心的“慈悲广度佛母神功”则走阴柔一派。梁萧将两大神功导入经脉，须臾一转，立时老阴生少阳，老阳生少阴，“大圆满心髓”涌向狮心，“慈悲广度佛母神功”则冲向龙牙。二人大惊，匆忙运功抵御，殊不知自家内劲越强，同伴所受的冲击也越大。两人此时为求自保，各自将功力运到十足，一时间，龙牙肌肤泛红透出滚滚热浪，狮心肥脸上则白里透青，身上迸出刺骨寒气。

这时众喇嘛见三人凝滞不动，只当龙牙、狮心已将梁萧制住，一个喇嘛有心立功，壮着胆子纵身上前，挥起一拳打向梁萧后心。梁萧本就借敌攻敌，自身消耗不大，此刻饶有余力，听到风声，足下一转，又使出了“涡旋劲”。龙牙、狮心自相苦斗已无抗拒之能，顿时被带得飞旋而起。这喇嘛躲闪不及，被狮心肥大的身躯一撞，立即飞出丈余，跌了个四脚朝天。

梁萧大喝一声，奋起神威，将龙牙、狮心当作两样绝佳兵刃，舞得呼呼乱转，这一个灼热如火，那一个奇寒胜冰，所到之处无人可挡。一时间，只见他纵横驰骋，将“莲花伏魔阵”冲得七零八落，再难成形。

花生隔在一旁，被三四十名喇嘛围住。这些喇嘛均是好手，花生已是寡不敌众，且战且退，直退到背靠旗杆。但见来人个个面目狰狞，不觉心中害怕，抱着旗杆便往上爬，两个喇嘛跟来捉他，被他一脚一个踢了下来。

他一心逃命，一直爬到十多丈高的旗斗里，往下一瞧，下方人物细小，浑似一群蚂蚁，始才惊觉自己爬得太高，心里好不忐忑。

梁萧以龙牙、狮心为兵器，初时无往不利，但他以一人之力困住两大高手，时辰一久，真气渐浊，举动已是稍稍迟缓。众喇嘛却前仆后继，勇悍如故。梁萧心知如此缠斗，必输无疑，掉头四顾却不见花生影子，他心中惊疑，瞧了半天才发现他已爬到了旗斗里，披襟当风，好不快活。

梁萧这一气非同小可，怒道：“臭和尚，快下来，我挡不住了！”花生瞧得下方敌人来去如潮，心头便似十五个吊桶打水——七上八下。左思右想，忽觉尿急，当即灵机一动，高叫：“梁萧，俺来帮你。”拉开裤带就冲着下方痛痛快快地撒了一泡臭尿。

旗杆下的喇嘛正在仰天叫骂，忽觉雨从天降，有人闭口不及，嘴里落了数点，但觉又咸又骚，他们定睛一看，不由暴跳如雷，哇哇怒叫，一时间不管不顾，抡起金刚杵对着旗杆扫出。旗杆咔嚓折成两截向北倾倒。花生大惊失色，抱了旗杆便向下滑，边滑边叫：“梁萧救俺……”梁萧只好撤去“陷空力”，龙牙、狮心早已精疲力竭，只得双双滚到一旁，大口直喘粗气。

梁萧快步如风抢到旗杆下方，腾空纵起，一掌击中旗杆。旗杆坠势稍缓，花生趁机翻落，脸色青灰，心有余悸，转眼一瞧，梁萧虽闭目凝立，但双掌颤个不停。他瞧着不对，忙问：“梁萧，你怎么了？”梁萧涩声道：“我……我不舒服，你……挡一挡。”原来他苦斗良久，内力虚耗殆尽，旗杆下坠之势又极猛烈，他拼力一阻，内腑大受震荡。花生应声发呆，忽见喇嘛拥来，不及细想，俯身便抱起旗杆，运足“大金刚神力”，只一抡就扫翻七八人，等到一圈抡完，地上已倒了二十多人。众喇嘛发一声喊，皆四面散开。

花生信心倍增，旗杆一横，直有横枪立马、一扫千军之势。众喇嘛瞧得愕然，纷纷扑来。花生一心护卫梁萧，瞪起环眼，把旗杆使劲舞开，横推竖捻，上下翻飞，扫得众喇嘛只能在旗杆外圈游走，竟无一个能抢得进去。

梁萧调息半晌，气机平复，眼看花生将旗杆使出如许威力，不由笑道：“小和尚好本事。”更不怠慢，便飞身纵上旗杆，喝道：“花生，送我一程！”花生会意，旗杆一抡扫开众人，指向偏殿大门。梁萧长啸一声，顺着旗杆一阵狂奔，奔到旗杆前端，将身一纵抢入偏殿。

第二章

谁生谁死

一入门中，只觉热浪扑面涌来，梁萧定睛一瞧，原是殿中悬了一口盛满沸水的巨大铜锅，下方柴火正旺。铜锅后面，八思巴袒露右肩，端然静坐，身后侍立一名红衣喇嘛，正是在临安见过的胆巴尊者。

梁萧一转眼，忽见赵昺坐在胆巴脚下，四肢僵直，唯有一双眼珠滴溜溜直转，看见梁萧便泪如走珠。梁萧不见花晓霜，心中微微慌乱，忽见八思巴双目陡睁，微微笑道："檀越请坐。"随手抓起一张蒲团，挥手掷出，离梁萧还有一尺时忽地下旋，不偏不倚地落在他的脚前。

这一掷拿捏由心，梁萧皱了皱眉盘膝坐下，仔细打量这位当朝帝师。只见他肌肤莹白、眉目俊秀，面上轮廓圆润，浑然不似降龙伏虎的罗汉，倒像是饱读诗书的儒生，当下问道："八思巴，还有一个人呢？"

八思巴微微一笑，说道："此间只有你我四人，还有其他人吗？"梁萧怒哼一声正要发作，八思巴却敛眉一笑，叹道："善哉善哉，檀越的心已乱了！"梁萧一怔，按捺怒气说道："八思巴，别的人暂且不说，但这个孩子我要带走！"

八思巴合十道："好说，你我赌斗一回，胜了某家，这孩子便由你处置。"梁萧道：“怎生比法？”八思巴一笑说道：“容某家先说一则故事。”梁萧因未知他弄何玄虚，略一沉吟，立意静观其变，当下点头道：“请说。”

八思巴微微笑道：“但说昔日天竺有位国王，夜梦九色鹿王，美丽非凡。国王心向往之，张榜索求于国中……”他说话之际，双手结为诸般手印，如莲花，如宝剑，成方像圆，幻化如意。随他手印变化，铜锅上的乳白水汽渐渐凝成一头牝鹿，昂首奋蹄，跃然欲活。梁萧见状凛然，寻思以内力裹住水汽令其成形本也不难，可要如此逼真却大非易事。

只听八思巴续道：“这一日，一农夫发现鹿王踪迹，告诉了国王，国王大喜，发兵围猎。其时鹿王身边尚有幼鹿两头，鹿王眼看无法逃脱，向国王跪拜道：‘我命运乖蹇，落在大王手里，剥皮食肉也是应该。但求大王慈悲，饶我孩儿性命。’国王欣然答允，哪知两头幼鹿却说：‘母亲既死，我俩怎可独活，只恨我们年纪幼小不能换得母亲性命，情愿同生共死，绝不苟且偷生。’毅然跟随母亲赴难，国王长叹道：‘鹿犹如此，何况人乎？’于是舍下鹿王，不顾而去。”随他言语，水汽聚散开合，幻化出种种兽状人形，或大或小，若走若奔，较之皮影戏还要生动，直到国王释鹿，水云幻象才烟消云散。”

梁萧虽不知这则寓言源自佛经，却已明白这喇嘛言外之意无非向自己示威，好让自己学这鹿王低头服输，便默然片刻，笑笑说：“好吧，帝师说过了，我也来说一则鹿的故事。”八思巴讶然道：“檀越也要说鹿？”

梁萧缓缓道：“却说某山之中生有一头牡鹿，俯饮清泉，仰食野果，也算逍遥快活。”话语间，梁萧双掌虚拍，一掌以“陷空力”内收，一掌以“滔天炁”外烁，后者也是六大奇劲之一，威力奇大，如果全力使出，大有怒浪滔天之势。这两大奇劲一放一收，又成六大奇劲之“生灭道”，涛生云灭间，白汽凝结成团，状若牡鹿奔跃。八思巴见状微露讶色，赞道：“好掌法！”

只听梁萧续道：“却说这一日，牡鹿去溪边饮水，草中蹿出一头苍狼将其扑食。苍狼餍足还未离去，又来一头猛虎，苍狼力弱惨遭猛虎吞噬。猛虎踌躇满志返归巢穴，哪知半路上又与一位猎户狭道相遇，猎户骁勇，以药箭钢叉杀死猛虎，满心欢喜扛虎返家。怎奈山路陡滑，猎户失足跌落悬崖，连人带虎摔得粉碎，尸身散落草莽之中被虫豸钻咬，不久化为骷髅。虫豸朝生暮死，很快躯壳朽坏，归于土壤，滋养土中的草木重又生长。这一日开花结果，终又引来一头牡鹿……”

随他掌力变化，水汽先后变为苍狼、饿虎、猎人、草木、虫豸，须臾间演出一个小小的生死轮回。直待牡鹿重出，梁萧才拂散烟云，微微笑道：“所以说，帝师今日猎鹿，焉知来日未始不为鹿所猎，天道循环，报应不爽。”

八思巴闭上双眼冥思半晌，叹道：“好寓言。”轻轻一笑，拈指道，“胆巴！”胆巴应声上前。八思巴淡然道：“我且问你，大手印之中共有几多印法？”胆巴恭声道：“分为四十九大手印，一个大手印包含四十九中手印，一个中手印含有四十九个小手印，三者叠乘共计印法十一万七千六百四十九门。”

八思巴道：“善哉，且问修习至今，你共得几多手印？”胆巴道：“胆巴鲁钝，仅得三千。”八思巴叹道：“遥想为师十五岁时便会三千了。”胆巴惶恐道：“师尊天纵奇才，远非胆巴可比。”八思巴摇了摇头，说道：“但十八岁时，为师的心中却已只记得三百手印，又过八年仅记得三十了……”胆巴一怔，心想哪有越记越少的道理，尽管疑惑，却又不敢擅问，只听八思巴又问：“胆巴，你猜猜，现如今为师还会几多手印？”

胆巴额上已然汗出，呆怔半晌，拢眉合掌道：“胆巴驽钝，猜不出来。”八思巴一挥手，飘然拍出，只见大锅下篝火依旧，大锅上却水汽全无。八思巴悠然道：“诚所谓万法归一，为师现今只得一法，便是这八思巴印！”胆巴当即愣在当场，茫然不解。

梁萧笑了笑，挥指射出一道锐风，将八思巴封住大锅的掌力冲开一道缝隙，霎时浓白水汽汹涌而出，八思巴左掌拍出又将缝隙堵上。梁萧使的是六大奇劲的“滴水劲”，所谓滴水穿石，“滴水劲”聚于一点，无坚不摧。八思巴一手捏印，一手阻挡梁萧的指力。顷刻间，梁萧出手好似强弩利箭，越发密集。八思巴眼见难以抵挡，便两掌乍分，自水汽中化出一头牡鹿，低角冲向梁萧。

梁萧深知这牡鹿看似虚幻，实则蕴藏极大威力，当下舒掌化为苍狼，两兽捉对儿厮杀。八思巴手一挥，又变猛虎扑狼，梁萧化出熊状来攫猛虎，八思巴口宣佛号化出蛟龙腾空，宛转射落，梁萧双掌忽交，变出一把大剪刀向蛟龙拦腰剪出。

八思巴见他使出这种孩子气的招数，不觉微微一笑，双掌一合，水汽凝聚变成自身形象，盘膝合十，须眉毕显。“剪刀”与它一碰，顿时化为乌有。胆巴见状，冲口而出：“善哉妙矣，好一个万法归一，好一个八思巴印。”

梁萧听这叫声，心间猛地想起朝云暮前，花晓霜曾念过的那首偈子，“一切有为法，如梦幻泡影，如露亦如电，应作如是观”。他的心中豁然开悟，忽地撤去掌力，任由那一尊云烟法相飘然迫近，微微笑道：“八思巴印，何足道哉？”八思巴听他大言不惭，便冷冷说道：“檀越还有高招吗？”梁萧摇头道：“高招没有，但请问帝师，诚所谓万法归一，那么一归何处？”

八思巴浑身一震，双目大睁，向着梁萧呆望片刻，低眉叹道：“善哉善哉，某家输了。胆巴，你将这孩儿给他！”胆巴诧道：“上师……”八思巴叹道：“佛门弟子皆以佛法为先，武学不过小道。佛法败了，某家还有什么话说？”

胆巴无奈，伸手拍开赵昺的禁制，赵昺跳了起来奔到梁萧身旁，叫道：“叔叔。”梁萧抱住他道：“霜阿姨呢？”赵昺眼眶一红，哭道：“我不知道，我醒来就在这里了。”梁萧隐约感到此中有一个极大的阴谋，但真相如何却如隔雾看花，一时间难以洞明。犹疑间，忽听砰然大响，墙壁破开一个窟窿，花生灰头土脸地闯了进来，一见梁萧，大声嚷嚷：“梁萧，他们两个打一个。”说话间，龙牙、狮心随后纵入。龙牙脸色惨白，狮心虽笑容不改却是眉间泛青，显然并未复原。

梁萧站起身来，淡淡说道：“花生，你带昺儿先走。”花生一愣，脱口道：“你呢？”梁萧道：“我随后便来。”花生摸了摸光头，笑道：“俺去师父那里等你！你要和晓霜一起回来！”梁萧点头道：“一定。”花生见他举止从容，大感放心，便呵呵一笑，抱起赵昺向外冲出。龙牙、狮心同声呵斥，横身阻挡。却见梁萧忽地抢出，大喝一声，双掌齐出。二人早先在他手底吃尽苦头，早已成了惊弓之鸟，梁萧掌风还未至，二人匆忙闪开，花生趁机掠出偏殿，一溜烟走了。

八思巴叹道：“人已到手，檀越怎么还不走呢？”梁萧冷然道：“大师健忘了些，还有一个人在你手里吧？”八思巴敛眉笑道：“你说的是那女子？好，檀越若有耐性，再听某家说个故事！”梁萧心头一沉：“晓霜果然在他手里！”想了想，便点头道：“你说。”

八思巴长叹一口气，说道："但说从前，有个孩子自幼出家。他年少聪明，经文过目成诵，抑且口齿伶俐，擅与高僧辩论。"梁萧笑道："这说的是帝师自己吧？"

八思巴淡淡一笑，不置可否，接着说道："却说那一年，小孩还未满十三岁。蒙古大军进逼吐蕃，小孩与弟弟随叔父去见蒙古大汗，求他不要进犯吐蕃。但蒙古大汗不理睬他们，小孩的叔父又得病死了，只留下小喇嘛兄弟二人。幸好大汗的兄弟四王爷喜爱小喇嘛，便收留了这对兄弟。小喇嘛费尽唇舌，侥幸说服了四王爷，让他信奉我佛妙谛，使兵马不入吐蕃。谁料天有不测风云，这一天，四王爷的帐下来了一名老喇嘛，他与小喇嘛宗派不同，但本领高强，能言善辩。他污蔑小喇嘛出身邪派，妖言惑众。四王爷将信将疑，下令小喇嘛与他斗法，并说如果小喇嘛胜了，就赶走老喇嘛，倘若败了，就处死小喇嘛兄弟。当时小喇嘛年不满十五，修炼尚不足，但为活命也只好拼死苦斗。这一场斗法足足较量了半个时辰，小喇嘛被对方逼到帐角，眼瞧便要输了……"说到这里，他忽然住口，梁萧问道："后来如何了？"

八思巴的眼中流露追忆之色，幽幽叹道："后来吗？恰逢观战的宾客中有一个了不起的年轻人，他虽年纪不大武功却很好，他见老喇嘛以大欺小，心生不平，便乘众人不备偷出帐外，悄悄站在小喇嘛身后，透过帐幕将内力度入他的背心。小喇嘛得了帮助，一举打败了老喇嘛，不但保住了性命，更侥幸做了四王爷的上师。从那时起，小喇嘛便悄悄发誓，如有机会，定要报答这位恩人。"

梁萧点头道："这人善助弱小，是条了不起的好汉。只不过大师的往事与今日何干？"八思巴叹道："大有干系，如果这位恩人求我相助，某家是否该答应他？"梁萧沉吟道："大丈夫恩怨分明，怎能有恩不报？"八思巴道："檀越说得是，八思巴修行半生，却终究勘不破恩怨二字。唉，既如此，檀越请再接招吧！"双掌一合即分，猛然拍出，梁萧莫名其妙，但这"八思巴印"却来如惊雷，唯有以"碧海惊涛掌"应对。

两人遥遥发掌，每交一掌便各退寸许。二人掌力一时越发越频，风声满天啸响。若换作平时，鹿死谁手难以预料，但梁萧入寺以来，连番苦斗，疲态尽显。八思巴以逸待劳，精力正旺。不一时，梁萧头顶升起缕缕云气，雪白浓重，笔直若柱。其他三人见八思巴胜券在握，纷纷相视而笑。

又斗两招，梁萧一声大喝，一记“滔天炁”扫中铁锅下的柴火，火星迸射落向八思巴。八思巴挥掌拂开，正欲反击，忽见梁萧大袖掸出，这一拂用上了“涡旋劲”，大锅呼啦啦腾空旋转，搅起一大股沸水，状若一条水龙，至八思巴身前。八思巴慌忙撤回掌力将沸水荡开。梁萧占得先手，掌力绵绵不绝，搅得沸水柴火此起彼落。八思巴武功虽高，但这般水火交煎，殊难抵挡，不一会儿，光头便被滚水溅上，疼痛至极，衣角也被火星点着，腾腾燃烧起来。

胆巴尊者见状，拗起地上青砖举手掷出，只听当的一声，大锅洞穿，沸水泄出将篝火一举浇灭。一不做，二不休，龙牙、狮心也各自出手。但四人要么心里有愧，要么顾惜身份，虽是群殴却不一拥而上，只是各守一角，轮番出手，以车轮战消耗梁萧的内力。

又斗半晌，梁萧只觉内力流逝如飞，心中虽暗暗叫苦，但不知花晓霜下落又不甘轻易离开，仗着“碧海惊涛掌”苦撑了一炷香工夫，渐渐眼花耳鸣，出掌越发滞涩，不由心想：“留得青山在，不怕没柴烧，先走再说！”然后猛向后跃，一掌逼开龙牙夺门而出，狮心发声沉喝，运掌一拍想将他肋下。梁萧伸臂一挡，浑身热血上冲，一颗心几乎跳了出来，他猛吸一口气，借着狮心掌力，背着身子蹿向门外。不料门前却人影晃动，一人突然出现，伸出一指点向梁萧后心。梁萧收势不及，后心一麻，委顿在地。

那人五指连弹，指尖隐有雷声，瞬间封住梁萧十处大穴。梁萧瞧他手法，心头一惊，定睛再瞧，来人一身俗家装束，黑衣裹身，鹰鼻深目，两鬓斑白如霜，额上布满细密皱纹。梁萧不由喝道：“你是谁？”那人一番动作似乎甚为疲倦，身子佝偻，轻轻咳嗽，不理梁萧，却忽向殿内道：“帝师大恩，萧某生受了！”

八思巴叹道：“惭愧，惭愧，此人一身武功可敬可畏。倾我大天王寺一寺之力也几乎拿他不住，如此人物，绝非无名之辈。敢问萧兄，他到底是谁？”黑衣人又咳数声，冷冷道：“你答应过萧某，不可问他来历。”

八思巴道：“八思巴委实好奇，既然萧兄不肯说，那也罢了。”走上前来，屈指弹中梁萧“膻中”穴。

黑衣人皱眉道：“你做什么？”八思巴叹道：“此人武功太高，萧兄的‘轻雷指’只怕制不住他，我补上这一记‘金刚弹指’，可保万全。”黑衣人冷笑道：“‘金刚弹指’算什么？”龙牙、胆巴均是面有怒容，狮心也收敛了笑意，但迫于八思巴在场全都不敢发作。

黑衣人把袖一拂，扛起梁萧转身便走，出了大天王寺，将梁萧丢入一辆马车后，振缰疾行。梁萧默运“鲸息功”冲开三处穴道，但上行至“膻中”穴时便遇滞涩，不觉怒道：“有能耐就解开我的穴道，大家一拳一脚分个高低。”黑衣人略一默然，叹道：“若是能公平胜你，在惠州我便动手了，何苦这么费尽周折？”梁萧心中电光一闪，脱口而出：“沿路折人手足的就是你吗？”

黑衣人冷笑道：“事到如今，告知你也无妨。当日你在崖山现身的消息传到北方，我便带你南征时的旧部去广州寻你踪迹，费了好些时日才终于在惠州城郊和你遇上。当时我瞧你步眼身法便已知不是敌手，再加上你机智过人，出手暗算也难成功。所幸那小姑娘多管闲事总爱与人瞧病，我左思右想，便想出这个折人手足的法子引你前来大都。八思巴少年时欠了我一个人情，我本拟请他出手，但他武功虽高却也未必能够胜你。哼，如此这般，费我无数心机也没想出什么万全的法子。万幸昨日来了个九如和尚，你们又彼此相识，是以八思巴为我想出一条驱虎吞狼的妙计，他从龙牙、狮心处得知九如正被一个对头缠上，而那高手也来了大都。”

梁萧心中了然，便恨声道：“释天风是你们引来的？”黑衣人讶然道：“那怪老人是灵鳌岛岛主？难怪了。”沉默一下，又道，“不错，你们前往无色庵，我在暗处瞧见，知会了八思巴。八思巴便将释老儿引至无色庵，叫你们斗了个两败俱伤，本来你也该受些伤损，但怎料你用了诡计竟将释老儿逼走，八思巴只好出手制住了小和尚，将那女子、小孩一并掳了。本想今晚再用这二人诱你前来，不料九如和尚伤后却不肯认输，竟将你早早送上门来。”说罢大笑两声，但笑声中却全无喜悦，唯有伤感嫉恨。

梁萧悔恨交加，此刻想来，前来大都途中自己似乎见过此人，偏偏自负武功，只当他是寻常路人，以至于敌明我暗、一败涂地。他越想越怒，厉声道：“你我素不相识，为何一再暗算？你是忽必烈的走狗吗？”黑衣人冷冷道：“忽必烈算什么？自从蒙哥汗去世，蒙古人里便再也没有我萧冷瞧得上的人物。”梁萧心神剧震，失声道：“你是萧冷，萧千绝的徒弟？”

黑衣人转过头，鹰隼般的眸子在他脸上一转，冷冷道：“论辈分，你该叫我一声大师伯。”梁萧呸了一声，怒道：“去你的大师伯，我与萧千绝那老浑蛋全无干系！”萧冷怒道：“孽障，你骂你师公什么？”伸手便掴向梁萧脸上，但掌到脸旁时复又停住，紧绷面皮扭过头去，梁萧却嚷道：“有种便打，不打的不是好汉。”

萧冷瞧着他，冷声道：“你真当我不敢揍你吗？哼，我怕我一旦动手就忍不住取你性命。”说到这儿，萧冷眼露凶光，面肌微微抽搐，似在竭力克制。梁萧冷笑道：“是汉子的就敢说敢做！”萧冷猛地掉头，双拳紧攥，十指入肉，眼中似要滴出血来，足足瞪了梁萧一盏茶的工夫，却终究按捺怒气，沉声道：“我要杀你早就杀了，何必等到现在？”梁萧道：“你不杀我，届时必要后悔。”萧冷嗤了一声，冷冷道：“你别忘了，那小姑娘还在我手里，我虽杀不得你，就不能在她身上撒气吗？”梁萧一愣，皱眉道：“你一不打我，二不杀我，只千方百计地抓我，到底打的什么主意？”萧冷长吐一口气后，便只顾赶车，再不作声。梁萧怕他对花晓霜不利，只得忍气吞声。

行了一程，马车戛然停住。萧冷将梁萧拽出车外，梁萧一瞧却是城郊，苍山滴翠，曲径通幽，山林深处露出一角飞檐。萧冷呆呆瞧着那角飞檐，神色茫然若失，过了半晌才抓起梁萧，循着小路上山，不一会儿，便见山路尽头立着一座庵堂。

萧冷放下梁萧，顺手封了他的哑穴，长叹一口气，缓缓道：“师妹，我又瞧你来啦！”只听庵堂内一个女子的声音道：“师兄，你这是何苦……”当下，梁萧一阵天旋地转，险些晕了过去。

那女子轻咳数声，从容说道：“你带了萧儿的朋友来给我瞧病，我很是承你的情。不过朋友归朋友，却并非萧儿本人。我说过了，你若不将萧儿安然带来，还俗之事再也休提。”梁萧听得心如刀割，“母亲”二字在喉间转来转去，却只能恨哑穴被制，无法吐出，急得他面红耳赤，几欲发狂。

萧冷幽幽叹道：“师妹，你不肯嫁我也罢了，何苦要在这荒山吃斋念佛，瞧你受罪，我也打心底难受。”萧玉翎沉默半晌，说道：“师兄再也休谈。我若还俗，师父势必旧事重提，逼我嫁你。唉，一去十年，我早已心丧如死，只求能在这里坐守古佛青灯，了断残生。师兄若还顾念一点儿同门之谊，还请成全贫尼。至于这位小姑娘，也请你带还给萧儿，要么……要么我那孩儿势必……势必着急……”说话声中，她数度哽咽，几不成声，只听一个清脆的声音叫道：“哎呀，阿姨……您……您是萧哥哥的母亲？”梁萧听出是花晓霜，心头又是一喜。

却听萧玉翎叹道：“傻孩子，你如今才明白吗？唉，若换了萧儿，老早就猜出来了。”花晓霜支吾道：“阿姨……您又不说，我自然就不知道了，嗯，我原本就笨，萧哥哥时常这么说我。”萧玉翎却轻轻一笑，温言道：“那孩子就是性急，但听你说起他的事，阿姨欢喜得不得了，你说他处处都好，足见你对他一片真心。”花晓霜急道：“阿姨……你……”萧玉翎轻轻笑了一声，又说：“你害羞什么？你性子好，萧儿能得你照顾是他的造化。不过，我自己的孩子我知道，也许他长大了能略略收敛些，但本性却未必能褪得干净。唉，想来远不及你说的那么好，晓霜，以后请你千万容让他一些。”

花晓霜嗯了一声，轻声道：“可萧哥哥对我真是很好，阿……阿姨，萧哥哥就在大都，你干吗不去见他呢？”萧玉翎沉默半晌，苦涩道：“不成，我已发下毒誓绝不还俗，绝不离开此处半步，否则……唉……就要做一件为难的事儿。”

花晓霜道：“那我叫他来见你。”萧玉翎道：“那更不成，他若来了，岂不闹个天翻地覆？他师公是个很厉害的人，萧儿是斗不过他的。你若真心喜欢他便答应阿姨，立个重誓，今生今世都不要告诉他我在这里。”花晓霜道：“我……我……”支吾良久，却始终无法立誓。

萧玉翎叹道：“罢了，晓霜，你过来。你若定要与他说，那我再交代你几句紧要话儿。”堂中一静，忽听花晓霜出声闷哼，跟着似有重物落地。梁萧一颗心悬了起来，但听萧玉翎叹道：“没奈何，且让你睡一阵子。唉，早知如此，就不该向你泄露身份。师兄，你蒙了她的双眼，千万别让她记得路径。”梁萧听说花晓霜仅是昏厥，才稍稍宽心。

萧冷沉默了一会儿，忽道：“这倒不必了，你那宝贝儿子我已经带来了。”

萧玉翎失声惊叫："什么？你……你敢违背师命？他说过，不得带萧儿与文靖来，你……你是骗，是……是骗我开心吗？"她当下心绪激动，竟有些语无伦次。

萧冷眉间露出一丝苦涩，叹道："师妹，从来只有你骗我，我又什么时候骗过你？唉，你若肯还俗，即便师父有令我也顾不得了！"萧玉翎默然许久，忽道："好，你带他进来。"萧冷便提着梁萧入内，地板上的花晓霜昏迷不醒，观音塑像下坐着一名白衣女尼，虽容颜俏丽，却肌肤苍白，额上眼角布满鱼尾细纹，她瞧见梁萧，身子微微一颤，合上双目，眼角流出两行泪来。梁萧也是泪如泉涌，却偏偏无法言语。

过了半晌，萧玉翎睁开眼望着梁萧，目光百变。这十年来她迭经变故，心志早已坚韧了不少，终未放声大哭，良久叹道："师兄，你解开他的穴道！"萧冷摇头道："不成，他武功太高。"萧玉翎咳嗽两声，轻叹道："这小姑娘说的却是真的，他的武功真的那样高强？"萧冷苦笑道："我向来不打诳语。他若得了自由，势必带你离开，那时我决计挡他不住。"他目视萧玉翎，脸上透出沉痛之色，缓缓道："我怎能让你再离开我十年？"萧玉翎身子一震，强笑道："师兄，这些年来，你虽费尽心思，我却始终没有答应，你何苦还要如此痴缠？"

萧冷道："你数月前说过，只要我将梁文靖父子安然带到你面前，你便肯还俗。"萧玉翎道："那时我因挨不过你纠缠才用上这个法子。师父曾逼你我发下毒誓，不得再与他们父子相见，我以为你对师父百依百顺，决不肯违拗半分。谁知你竟敢破誓带来萧儿，倘若被师父知晓，如何是好？"萧冷哼了一声，道："纵然遭受严惩，我也心甘情愿。"萧玉翎苦笑道："就算这样，你也不过带来萧儿，文靖在哪儿？"萧冷道："只要抓到儿子，老子的下落一问便知。"萧玉翎道："好，你解开他的穴道。"萧冷摇头道："这小子聒噪得紧，我若让他出声，不免自讨苦吃。"他目光闪烁，盯着萧玉翎："再说，若你知道他老子的踪迹，未必不会偷偷去寻他。你得立个誓言，我再解开穴道。"

萧玉翎黯然道："师兄你多心了，我已答应师父永不离开此地。我与萧儿十年不见，你不让他言语，我怎知他是真是假，或许你只是寻了个容貌相似的人来骗我。"萧冷被她一激，怒道："你信不过我？"伸手拍开梁萧哑穴。梁萧脱口叫道："娘……"萧玉翎身子剧震，伸了伸手似要将他搂住，但终究又收回手去，泪光闪闪，强笑道："萧儿，当真是你？"梁萧涕泪交流，哽声道："娘……我做梦都会梦见你……"

萧玉翎心如刀割，涩声说："娘又何尝不想你，这些年……你……你过得好吗？你爹呢，他怎么样了？"梁萧心口似被重重一击，望着母亲，几乎说不出话来。

萧玉翎见他神情，只觉一阵心神恍惚，苦笑道："难道说，他……他有了别的妻子吗？萧儿，你只管说，好歹这么多年了，他便是再娶我也不会怪他。"萧冷望着梁萧，不觉心中惊喜："那厮若另有新欢，师妹势必彻底死心了。"梁萧本不忍直言真相，听了这话，便忍不住叫道："哪里会……爹他……他早就去世了。"

萧玉翎如遭五雷轰顶，目瞪口呆。萧冷亦是呆住，他与梁文靖虽有刻骨之恨，梦中也想夺他性命，却不料这生平大敌早已死了，欢喜之余又感失落，忽然呵呵惨笑起来。

萧玉翎听得笑声，激灵一下，忽地搂住梁萧，急声道："你说什么？他……他怎么会死？怎么会死？"梁萧张口欲言，忽听一个阴沉沉的声音传来："老夫杀的，那又如何？"语调铿锵，如断金铁。

屋内三人听得这声皆是同时变色。萧冷面色惨白，扑通跪倒，涩声道："师父！"萧玉翎望着门外，眼神迷茫："师父，此话当真？"萧千绝冷笑道："与其让这小子添油加醋说给你听，不如老夫先说来痛快。只怪那姓梁的功夫不济，敌不住老夫的'太阴真炁'，死了也是活该。"

萧玉翎只觉胸中剧痛，身子微微一晃，惨笑道："你骗我，你答应过不杀他……你答应过的……"萧千绝冷冷道："你叛我十年，我骗你十年。大家两下撇清，各不相欠。"萧玉翎闻声，忽地止住哭泣，点头道："不错，只怪我太傻，我早该知道，依你的性子决不会放过他。"

萧千绝冷冷道："那是自然。"萧玉翎双眼通红，恨声道："你让师兄与我发誓不能再见他父子，也是怕我知晓真相吗？"

萧千绝冷哼一声，答非所问道："萧冷，你做得好啊！"萧冷苦笑道："萧冷知罪，任由责罚。"萧千绝略一沉默，叹道："也罢，做了便做了，小鸟儿迟早要上天的，老夫年纪大了，也不能永远地管着你们，起来吧！”言语间颇是萧索。萧冷起身道：“多谢师父宽宥。”

梁萧久不出声，此时却忽道：“萧千绝，你敢与我公平一决吗？”萧玉翎一愣，忽听萧千绝冷笑道：“小子有种，老夫就等你这句话！萧冷，解开他的穴道。”萧冷不敢违拗，当下解开梁萧数处大穴，但“膻中”穴却解之不开，不由额上汗出，颤声道：“弟子无能，解不开‘金刚弹指’的禁制。”萧千绝啐道：“雕虫小技！”一道劲风穿堂而入，拂中梁萧心口，梁萧“膻中”穴立即豁然而开，长身站起，猛地一掌击向萧冷。萧冷因为他解穴气息已闭，只能匆匆横臂一格，只见他噌噌倒退六步，跌坐在地，吐出一口鲜血，面色已呈淡金之色。

萧玉翎惊道：“萧儿……不要杀他……”梁萧怒哼一声向萧冷道：“你虽骗我一场，却让我见了我娘，恩怨相抵，这一掌算作利息。”只听门外萧千绝不耐道：“臭小子，废话太多，打是不打？”

梁萧一吸气正要出门，萧玉翎却拽住他道：“萧儿，我有几句话要与你说。”萧千绝冷冷道：“婆婆妈妈，臭小子，老夫在山顶紫竹林等你。”便一阵风似的去远了。

萧玉翎待他走远，又对萧冷说：“师兄，烦请你先回避一阵。”萧冷狠狠瞪了梁萧一眼后，也拖着步子走出了庵门。

萧玉翎挽着梁萧在佛像前坐下，梁萧年纪已长，被她如此亲昵挽着，甚不自在，耸肩道：“娘，你拽这么紧做什么？”萧玉翎白他一眼，嗔怪道：“你再大一些我还是你娘，往年你拉屎拉尿，怎么不说别拽紧了？”梁萧不由讪讪，转眼盯着花晓霜，欲言又止。萧玉翎会意，伸手在少女背上一拍，花晓霜醒转，见了梁萧，狂喜道：“萧哥哥！”梁萧心中欢喜，但当着母亲却故作淡漠，只嗯了一声将她扶起。萧玉翎见他二人耳鬓厮磨，不觉隐有醋意，说道：“好啊，有了媳妇儿便忘了娘吗？”

花晓霜双颊嫣红，梁萧也面皮发烫，便伸手抱住母亲，强笑道：“也罢，省得你吃醋。”萧玉翎双目一红，望着屋顶叹道：“有醋可吃也好了。”梁萧知她念起亡父，心头一颤，低头道：“娘，待我报了爹的仇，一定全心孝敬您，让您快快活活，再也不会伤心难过。”萧玉翎摇了摇头，说道：“萧儿，我怕你做不到。”梁萧一怔，道：“我怎么会做不到？”萧玉翎道：“你不会听娘的话。你若不听话，我又怎会快活？”梁萧急道：“我一定听您的话，若有违拗，叫我天诛……”

萧玉翎慌忙捂住他的嘴，嗔怪道：“举头三尺有神明，怎能发这样的毒誓？”梁萧正色道：“孩儿说的千真万确，绝无虚言。”萧玉翎望着他，点头道：“好，萧儿也成了男子汉啦，唉，倘使……倘使我让你不要为你爹报仇，你答不答应？”

梁萧瞠目结舌，呆了半晌，摇头道：“杀父之仇不共戴天，别的事我都能答应你，唯独这件事万万不行。”萧玉翎神色一黯，缓道：“好，既然如此，那我要你与晓霜姑娘一刀两断，你又肯不肯答应？”花晓霜大吃一惊，梁萧正色道：“娘，你非要与我为难？”萧玉翎叹道：“我失去丈夫，深知其中的痛苦。晓霜若是失去你也不免抱恨终生。长痛不如短痛，若你要去送死，不如早早与她分开。”梁萧望向花晓霜，只见她眼角泪影闪动，不由进退维谷，僵立当场。

萧玉翎叹一口气，抚着梁萧肩头，柔声道：“乖孩子，娘已失去了你爹，无论如何也不能再失去你！”梁萧面色一沉，冷冷道：“娘，你就认定我一定会输？”萧玉翎一怔，叹道：“萧儿，娘从小命苦，若非有你师公照拂，我早已死于非命。你师公对娘并不坏，唉，只是他为人太过固执，做了许多错事却总当自己对了。萧儿，无论如何，请……请看在我的面子上，不要与他动手。”梁萧腾地站起，高声道：“不必说了。我千辛万苦练成这身武功，只为今日一战。”于是他狠起心肠再也不瞧母亲，转身走出庵外。

花晓霜紧跟上去，说道：“萧哥哥，我陪你去。”梁萧回头望她，见她神色局促，便双拳紧握，心念一动，忽地抓住花晓霜的左臂，取出那具“神仙倒”。花晓霜面红耳赤，急声道：“萧哥哥，我……我……”梁萧叹道：“你的心思我再也明白不过，但暗器伤人不算好汉。”说罢将“神仙倒”揣入怀里，望得山顶紫竹成荫，便迈开大步走了上去。花晓霜呆了呆，也小跑跟在后面。

到了林前，只见萧千绝负手立于修竹之间，身形傲岸，衣袂飞扬，宛如一只黑色大鹰雄踞山顶，他瞧见梁萧，点头道：“小子有种，我当你不敢来呢！”梁萧冷道：“你老怪物也有种，我还当你夹屁而逃了呢！”

萧千绝眼中忽地利芒一闪，冷笑道：“小子，怎么不带剑来？”梁萧道：“我不用归藏剑也照样胜你。”萧千绝道：“老夫的‘天物刃’摧金断玉，你不用兵刃可别说是老夫占你便宜。”随手一挥，劲风如刀掠过，身周五根粗大紫竹应声咔嚓折断，那断口光滑平整，宛若利刃切成一般。

梁萧瞅了一眼，淡淡说道：“竹子是死的，人是活的！”萧千绝笑道：“好，让我瞧你活是不活？”双袖一振，竹林瑟瑟颤响，千百竹叶如箭镞般向梁萧嗖嗖射来。梁萧使开“涡旋劲”，竹叶绕他身周一转后，反向萧千绝射去。萧千绝正面迎着那道竹叶激流，步履沉滞，似若逆水上行，竹叶至他身周便哧哧下坠，刺入泥土。

萧千绝大笑道：“胜了一个八思巴就敢小看天下高手吗？”食中二指一并，点向梁萧心口，梁萧挥掌拍出。指掌相交间，二人均是一震，只见萧千绝右掌斜掠，手臂来回弯曲，掌风飘忽不定。梁萧看出其中厉害，不敢硬接，便后退半尺，施展“碧海惊涛掌”，虚空抓拿，运劲相抵。

花晓霜从旁观战，眼看二人出手并不迅疾，略略放下心来。却不知二人掌指间已是劲力磅礴，超乎常人想象，四面紫竹因抵敌不住，皆纷纷向外弯折。梁萧拆了数招，忽有所悟，原来萧千绝右指使的是剑法，左掌则取法单鞭。他悟明其理正欲设法破解，不料萧千绝左掌直戳向他面门，竖劈使出画戟的戟法，右拳大开大阖却是铜锤的锤法。

霎时间，萧千绝仅凭一双赤手就变出诸般兵器，以及各类外门兵器，如万字夺、太极圈也被他随手化来，变化之奇，匪夷所思。梁萧迭遇险招，忽地记起幼时母亲曾提及“天物刃”，说是有一般变化名叫“百兵之变”，将天下各类兵刃招数化入拳法，错杂使来，且变化灵动诡奇，远非真刀实枪能比。

再斗数回合后，萧千绝退了两步，左手如托山岳，右手则虚扣弓弦，呈弩箭之态，梁萧只觉锐风扑面，慌忙摆头，数缕鬓发飘然折落。他心中骇异：“老怪物了得，竟能凝气成锋发出无形之箭！”但见萧千绝气箭不绝，即以“滴水劲”相迎，劲风相交在空中哧哧作响。花晓霜瞧出其中凶险，情不自禁跨前一步。

萧千绝见“无形弩”奈何不得梁萧，便沉喝一声，“百兵之变”顿时化作“千锋一向”，掌力突然聚敛，大起大落，宛如雷轰电击，霎时间，一片紫竹林竟被他折损近半。梁萧左掌以“陷空力”化解来掌，右掌则以“滔天炁”反击，双掌如轮速转，千变万化，将天风飒来、涛生云灭之态演化得淋漓尽致。萧千绝久斗无功已是焦躁起来，虽掌劲不衰，出手却越发迅疾。梁萧只得以快打快。只瞧得林中青黑双影如风如电，花晓霜心惊肉跳，只觉双腿发软。

转瞬斗到百招上下，萧千绝长啸一声变出“万刃无形”来，这路变化乃是“天物刃”的最末一变，也是他生平大成之学，威力盖世，不弱于天下任何武功。梁萧只觉对方出手越发不可捉摸，且更为可怖的是，四周一竹一石、细沙微尘皆为他内力牵引，均成杀人利器。当下捡起一截断竹，以竹代剑，使出“归藏剑”，左掌则使“碧海惊涛掌”，掌剑同施，一时倒也不落下风。

萧千绝见状，暗暗喝彩，要知梁萧以弱冠之年练成如此武功，着实难得，以老怪物之孤高桀骜也不觉生出惜才念头。梁萧斗到这个时候，心中除了仇恨也对此人多了几分敬佩。二人一旦有了惺惺之意，出手便少了几分杀气，多了几分切磋，于是拆招时穷究变化，精妙毕显。花晓霜瞧得眼花缭乱，更为忧心，攥着身旁一根小枝，纤指因用力过度微微发白。方自入神，忽觉背心一麻，不能动弹，抬眼一瞧却是萧冷，不由惊道：“你……你做什么？”

萧冷却不说话盯着斗场，眉间焦虑。花晓霜恍然明白，生气道：“你想用我胁迫萧哥哥害他打输吗？不要脸，大……大浑蛋……”她出身诗礼之家，温文尔雅，此时知道梁萧遇上生平强敌，一分神便有性命之忧，心头一急，骂了出来。

萧冷任她谩骂，只是不理，花晓霜责骂无功，最后忍不住呜呜直哭，忽听萧玉翎在身后叹道：“傻孩子，别哭，你越是哭就越合他的心意。”花晓霜心中咯噔一下：“是呀，我哭得越凶，萧哥哥就越是分心。”想到此处，她咬牙收泪，心中打定主意，无论萧冷怎样折磨自己也不叫喊一声。

萧玉翎又叹了一口气，说道：“遥想当年，‘活修罗’萧冷凭一把海若刀傲视群雄，何等豪气，何等威风，而今却沦落到拿小女孩儿当人质，这般伎俩，真是叫人不齿！”萧冷冷笑道：“只要师父胜出，萧某宁可被视为卑鄙小人。”

师兄妹凝目对视，萧玉翎伸手入袖抽出一柄蓝汪汪的短刀，萧冷面肌抽搐一下，涩声道：“冯夷刀！”然后他长叹一声，撩开衣襟下摆，抽出一柄四尺长刀，也是色作湛蓝。萧玉翎眉间一颤，低声道：“海若吗？”萧冷轻抚刀锋，神情似哭似笑，自语道：“海若、冯夷，鸳鸯双刃，同炉而制，到头来却不能同鞘而眠……”说罢凄声长笑。原来，这一长一短两把宝刀本是同炉所铸，性为鸳鸯，萧千绝分授两大弟子，大有深意。

萧玉翎听他笑声凄苦，胸中一痛，低眉持刀摆了个架势，轻声道：“师兄请了！”萧冷收住笑声，容色渐冷。萧玉翎轻叱一声，挥刀劈出，萧冷横刀格住，刹那间，金铁交鸣不绝，师兄妹已斗在一处。

萧冷因昔年受伤，经脉大损，十年来武功不进反退，萧玉翎却大有进益，况且萧冷本就被梁萧所伤，此消彼长，不出十招，尽落下风。再斗数回合后，虽双刀互击，铮然长鸣，萧冷却只觉胸口闷热，内伤发作，一口热血涌到喉间，海若刀把持不住，荡了开去。萧玉翎纵身上前，金刃破风抵在萧冷胸前，萧冷面色惨白，身子晃了晃，哇地吐出一口鲜血。

萧千绝与梁萧交手，本是神游身外，物我两忘，斗到三百来招，他倚仗自己老辣功深，渐占上风。他自忖胜券已握，便分心旁顾，谁知一瞧之下，看见两大弟子正持刀相斗。萧千绝虽杀人如麻却极重师徒情分，忽见萧冷吐血，心神大受震动，但时下生死相搏岂容片时疏忽，梁萧掌剑齐出，分袭他胸腹要害。萧千绝虽已勉力卸开梁萧掌势，而剑势却未全然避过，因此竹剑掠腰，带起一溜血光。

萧千绝发声厉叱，手掌过处，竹剑断成两截，指尖顺带扫过梁萧胸口，梁萧左胸当即见血，殷红一片，但他一招占先，不容萧千绝退让，手中残竹奔他面门掷出。萧千绝挥袖震碎，却听梁萧一声大喝，双掌拍来。萧千绝腰胁负伤，径取守势，一时间四掌相接，声如竹管迸裂。霎时间，两人疾如旋风般对了四十余掌，一口真气用尽，各自后跃数丈，蓄足真力，想好克敌招数后，又同声骤喝，蹲身跃起，各使生平绝学，拼力一击。

这一招生死立现，却忽见一道人影飞抢而出挡在二人之间，这一下来得突兀，二人真力蓄足根本无法收束。只听裂帛似的一声轻响，两道绝强内劲同时击中那人。

只见那人身子一晃，鲜血夺口而出。未及软倒，梁萧因相距得近早已抢出，一把将她抱入怀里，惨叫道："娘……"脑子一滞，嗓子发堵。萧玉翎惨笑一下，鲜血自口角汩汩涌出，涩声道："萧儿……师父……别……别再打啦……"梁萧一愣，陡然惊起，急声道："晓霜，救我娘，救救我娘……"再也不管萧千绝，抱着母亲抢到花晓霜面前，不住口地说："救救我娘，救救我娘……"只见花晓霜镇定沉着，左手搭上萧玉翎的手腕，右手从怀里取出针盒，以"五针回元"之法刺她五处紧要穴道。

针已入穴，花晓霜默思半晌，缓缓抬眼看着梁萧，梁萧一喜，抓住她的手腕道："我娘有救是不是……"花晓霜眉眼一红，倏地充满泪水，摇了摇头，涩声道："阿姨伤得太重，我……我救不了她……"梁萧浑身一震，后退两步，死死盯着她喝道："胡说，你是大夫，怎能不救我娘？你救不了她，还算什么大夫？"花晓霜说不出话，心中只觉委屈至极，泪水一串一串地流了下来。梁萧自觉说得太重，一愣神趴在地上，向花晓霜连连叩头，大声说："我该死，我该死，晓霜，我求你了，你是天大的神医，求你救救我娘，求求你了……"他边说边磕响头，额头被尖石擦破，一时间血流满面。

花晓霜急道："萧哥哥，你别这样，你先起来，先起来呀！"梁萧闻声一喜，抬头道："你能救我娘，是不是？你必然想到了巧妙法子，我知道你本事最大，古时的名医都及不上你……"花晓霜彷徨无计，悲从中来，转身扑在地上，放声大哭起来。梁萧望着她，心却一直向下沉，似乎永远到不了底。

萧玉翎听得吵闹声，努力睁开眼，轻声唤道："萧……儿……"梁萧恍惚听到，俯下身来，血泪交流，止不住地滴在母亲脸上。萧玉翎颤着纤指拭去他脸颊上泪痕，微笑道："傻孩子……别哭……大夫能救活人，还能救死人吗？何况娘不怕死……"梁萧悲恸欲绝，哭得更是伤心。萧玉翎轻叹道："萧儿，你千万不要自责。其实，听到你爹的死讯后，娘就不想活了，只是担心你，所以无法立刻解脱，唉，如此也好，瞧你武功这么高，再没人能欺负得了你，娘打心底里高兴，可以……可以安安心心……去见你爹了，可以天天听他说故事，永永远远也不分开了……"她望着天空，眼神渐渐迷离，"萧儿……娘要去了，你答应我一件事，好不好？”

梁萧哽咽道：“别说一件，一千件，一万件，我也答应你。”萧玉翎笑笑，轻轻抚着他脸：“好孩子，你答应我，永远也不要……不要向你师公寻仇……”当她说到“不要”二字时，语气格外沉重。

梁萧如遭电击，猝然呆住。萧玉翎抓住他的手，颤声道：“你……你若不答应，娘……娘死也不能瞑目。”梁萧埋着头，十指深深陷入泥里，良久才抬头，忽见萧玉翎的眼中神光散乱，终于心一软，咬牙道：“好，我答应你，今生今世绝不向萧千绝寻仇。”他一字一句，说得万分艰难，一句话说完后，不觉心力交瘁，瘫坐在地上。

萧玉翎前挡“碧海惊涛掌”，后被“天物刃”击中，五脏俱裂，已生机尽绝，只为这一桩心事始才熬到现在，现得了他这句话，身子一放松，惨白的面颊上掠过一抹嫣红，她仰头遥望，分明看见云天之间，梁文靖青衫磊落，正笑着向她招手，那日合州城外的川江号子犹在耳边响着，她的心中涌起无穷的喜悦，低声唤道：“靖郎，靖郎……”两声叫罢，含笑而逝。

萧千绝却始终面色铁青，默立一旁，直待萧玉翎断气才缓过神来。顺着她临死前的目光，他仰天望了片刻，蓦地惨声长笑，狠狠盯着梁萧，咬牙道：“臭小子，是你说你爹死了吗？”梁萧此刻已是脑中空空，任凭萧千绝喝如霹雳，只是抱着母亲遗体，置若罔闻。

萧千绝恨声道：“老子是蠢材，儿子也是蠢材，你若不说你爹死了，翎儿岂会送命？哼，只怪老夫心软，若当日将你一并宰了，哪有今日之局？”他亲手杀死爱徒，本就痛悔至极，于是一腔恨火无处发泄，全都烧到梁萧身上，怒笑道：“臭小子，你不是要杀老夫吗？来啊！”花晓霜见他睁目咬牙，神色狰狞，梁萧却痴痴呆呆，动也不动，心头一急，抢到二人之间，张臂将梁萧护住。

萧千绝已有几分狂乱，方要出手，忽听萧冷高声道：“师父且慢……”萧千绝叫道：“怎么，你也要给翎儿报仇吗？好得很，为师给你掠阵，你来宰他。”萧冷摇了摇头，叹道：“这不怪他。”萧千绝浓眉一拧，怒道：“不怪他，那要怪谁？”他本已是万分自责，萧冷这句话无疑揭了他心上的疮疤，一时狠狠地看着萧冷，眼中布满血丝。

萧冷却不理会，呆呆望着萧玉翎的遗容，喃喃道："都怪徒儿，若非我鬼迷心窍将人引来这里，她什么事都不会发生，是我害死玉翎，玉翎去了，徒儿活着也无趣味。"当即海若刀一横，脖子鲜血溅出，顷刻便已丧命。

萧千绝措手不及，愣在当场。他自幼孤苦，无一个亲人，后来收了徒弟，满腔柔情皆落在三个爱徒身上。三人中伯颜热衷功名不为他所喜，只有萧冷、萧玉翎最得他欢心，怎料一日间却双双殒命。萧千绝只觉苍天下坠，浑身冰冷，怔了半晌，再次回望梁萧，目光似欲择人而噬，厉声道："你……你害死我的翎儿，又害死了冷儿，老夫若不将你碎尸万段，誓不为人！"梁萧已是心灰意冷，了无生趣，听得这话，心想死了也干净，当下便一动不动，闭目待死。

花晓霜见萧千绝跃跃欲上，情急上前两步，叫道："不怪萧哥哥，全……全都怪你！"梁萧听得这话，立时魂飞魄散，要知萧千绝正当盛怒，十个花晓霜也休想挡他一击，她此刻距离萧千绝太近，梁萧救援不及只能屏息凝视。

萧千绝蓄势待发，闻言一愣，冷冷道："你一小妮子懂什么？滚开！"袖手一挥，掌风掠过花晓霜面颊，几缕秀发飘然落地。花晓霜只觉面颊生痛，汗毛倒竖，再看萧千绝的狰狞神情，心底已是说不出的害怕，但一想梁萧命在须臾，忽又生出无穷勇气与这天下第一大魔头四目相对，大声道："你杀了梁伯伯，阿姨伤心之下才会生出死念；阿姨去了，这位萧伯伯也是伤了心才会自尽。你不害死梁伯伯，阿姨就不会死，萧伯伯也不会死，千错万错，都是你的错。你只顾自己痛快，随性杀人，害别人痛失亲人，如今你也失去至亲之人，还不明白其中的痛苦吗？己所不欲，勿施于人，你不愿失去亲爱之人，为什么还要夺去别人的亲人呢？"她原非伶牙俐齿的人，只是今日屡见人间惨事，激愤异常，一时心有所想便随口道来，清楚爽快，话语全无凝滞。梁萧越听越惊："小丫头好大的胆子。"他忧心不已，便放下母亲遗体，默默站起身来。

萧千绝只觉花晓霜字字刺心偏又句句在理，任他如何转念也找不出话来反驳，不由暴跳如雷，叫道："放屁，放屁，统统都是放屁！"掌风挥出，"天物刃"的锐风只在花晓霜的脸上掠来掠去，刮得她肌肤生痛，花晓霜睁大双目，却不肯退让。萧千绝顿足怒道："老夫生平不杀女人，再不滚开，我今日可要破戒了！"花晓霜轻蔑一笑，冷冷道："你要杀便杀，何必多言？想来你除了杀人，就不会动别的念头了吧，只不过今天你杀别人，明天别人也会杀你。"萧千绝怒道："谁有能耐杀得了我？"花晓霜道："现今或许没有，可你本领再大，也有衰弱朽老的时候。你杀人无数，就没人会寻你报仇吗？届时你腿也动不了，手也抬不起，又如何招架呢？谁又会好心好意帮助你这大恶人呢？"

这本是极寻常的道理，但萧千绝一生执拗却从未仔细想过，此时不由心想："冷儿、翎儿都已不在，伯颜又热衷功名无法承我衣钵。老夫就算诛尽寇仇，无敌于天下，但这般形影相吊又与村野孤老何异？"突然之间，他意冷心灰，闭眼默立时许，长长叹了一口气。但这示弱念头一闪即逝，忽地他双目陡睁，冷笑道："孩子话！老夫纵横天下，怕得谁来？哼，仇人多又如何？来一个杀一个，来一对杀一双……"他又转向梁萧，瞋目喝道，"臭小子，老夫今日且不杀你，但瞧你将来如何报仇。"转身抱起萧冷，走出两步，忽地纵声惨笑，跟着足下一紧，向着山下奔去了。所过之处鸟雀惊飞，只听笑声虽去远，凄厉却犹如狼嚎。

花晓霜心神陡弛，忽地头晕腿软坐倒在地。梁萧心头一惊："老怪物暗下了毒手？"纵身上前将她搂住，涩声道："你没事吧？"花晓霜身子发抖，伏在他怀里抽泣起来。

梁萧见她只是后怕便放下心来，于是拍拍她肩，反身抱起萧玉翎的遗体，但觉入手冰冷，心中茫茫然一片。花晓霜见他发愣，拭泪道："萧哥哥，先放在庵里，再做棺木好吗？"梁萧点了点头，到了庵中，只坐在遗体前一言不发。花晓霜瞧他神气古怪，唯恐他做出傻事，不敢离开，只握着他手陪他坐着。

默然许久，梁萧忽地叹道："晓霜，你说得对，己所不欲，勿施于人。伤人者自伤，天地间原是有报应的。"花晓霜听他终于说话，心头一喜，叹道："萧哥哥，我是急了才这样说那个大恶人，其实，他……他也挺可怜……"

梁萧接口道："他虽然可恶，可若论罪孽深重，却未必及得上我。"当下便将与南朝群雄结怨，一怒之下从军攻宋等事向花晓霜一一道来，只听得花晓霜目瞪口呆，头脑中一片混乱。梁萧一直说到钱塘坠江，方道："我本来不信鬼神，如今却很茫然，大约我杀孽太重，所以老天降罪，先让我连累阿雪惨死，又让我亲手杀死母亲，还不许我再向萧千绝寻仇。”他顿了一顿，叹道，“我统率大军，杀人如麻，是为不仁；连累义妹惨死，自己却苟且偷生，是为不义；我本爱莺莺，可又怜你孤弱将她逼走，是为不忠于情；错手杀死母亲，又不能为父报仇，是为不孝。我这样的不仁不义、不忠不孝之徒，苟活世间真是天地之羞！”

花晓霜听得浑身乏力，泪眼迷离，心中思绪万千，却又理不清楚。却听梁萧又道：“晓霜，你心肠最好，将来一定荣归极乐，而我罪孽深重，势必堕入阿鼻地狱，永世不得超生。是了，我明日便托九如大师送你回天机宫，世上胜过我梁萧的好男儿成千上万，你必能找到你的称心夫婿……”花晓霜一惊，牵住梁萧衣袖道：“我……我不去，我不回去。”梁萧皱眉道：“晓霜，你要听话。”花晓霜哽咽道：“我死也不离开你，如果你堕入阿鼻地狱，我也不去什么极乐世界，我要做一个小鬼，永远陪你受苦。”她越说越伤心，不由放声大哭。

梁萧亲手杀死母亲，负疚极深，早已万念俱灰，因怕花晓霜伤心，本想断了她的痴念将她骗走，而后寻个僻静所在，引刀自尽，一了百了。谁知她却宁死不去，梁萧恶斗一日又迭经惨变，早已心力交瘁，惊急之下痰气上冲，居然昏了过去。

第三章

众叛亲离

迷糊了好一阵，梁萧醒转过来，环顾四周，却是庵堂后的卧室，被衾帷幕上犹有母亲留下的馨香。他心中剧痛，挣起身来，忽听庵堂中传来低低人语。

梁萧撩开一线竹帘，悄悄望去，花晓霜双手合十，跪在蒲团上凝望观音塑像，含泪说道："大慈大悲的观世音菩萨，弟子花晓霜在此许下心愿。弟子不才，情愿毕生行医，萧哥哥若杀一人，弟子来日便多救一人，但使一息尚存便永无休止。弟子别无所求，只求菩萨垂怜，但凡萧哥哥所犯的罪孽均由弟子承担，但凡萧哥哥所受的痛苦均由弟子承受。倘若不能，花晓霜愿随梁萧哥哥堕入阿鼻地狱，历经万劫……"

花晓霜将心愿念诵两遍，正要拜伏，忽听一边传来竭力压抑的低泣声，掉头看去，只见梁萧手攥竹帘早已哭倒在地。她心头慌乱，上前扶起他道："萧哥哥，你什么时候醒的？我……"梁萧双臂一环，忽地将她搂住，他这一抱力量甚大，花晓霜几乎喘不过气来，可又不忍挣扎只好呆呆站着。

梁萧哭到身子发软，放开她道："晓霜，我不想活啦！活着一日便有一日痛苦，如此苟活又有什么意思！"花晓霜心中百味杂陈，也不知是喜是悲，她伸手抚着梁萧的鬓发，柔声道：“做过的事虽不能挽回，但前二十年为恶，后四十年若能行善那也是好的。”

梁萧沉默时许，点了点头。花晓霜握住他的双手，凝视着他，认真地说道：“萧哥哥，我求你一件事好吗？”梁萧道：“你说。”花晓霜缓缓道：“萧哥哥，请你无论如何都不要寻死，但凡有一线生机都要好好活着。”梁萧愕然良久，叹道：“好，我答应你。”

花晓霜知他一诺千金必不反悔，不觉破颜而笑伸手将他扶起。二人手挽手坐了一阵后，梁萧终于平静下来，劈砍树木，做了一口简易棺材盛放母亲遗体，又去附近找来骡马扶柩北行。

未近大都，九如师徒与赵昺迎面赶来。尚在远处，九如便叫道：“小子，你脱身了吗？嘀，找得和尚好苦。”大步流星赶到近前笑道，“和尚伤势一好，便去大天王寺闹了个天翻地覆。八思巴那厮倒也硬气，宁挨和尚的拳脚也不肯透露半句。和尚见他义气不弱也不好过分相逼，但他不说，和尚就不会打听吗？四下里一问，才知你被马车装走了，一路找来，总算没有弄错方向。”说罢拈须大笑。

梁萧心中感动，拱手道：“有劳大师如此挂心，梁萧感激不尽。”九如一瞅棺柩，皱眉道：“这是谁？”梁萧黯然道：“这是家母。”九如白眉一扬，诧道：“从何说起？”梁萧将来龙去脉说了一遍。九如听得须眉戟张，怒道：“萧老怪那厮白活了一把年纪，这件事做得混账之至。哼，他去哪里了？和尚非逮着他，斗上个三天三夜不可。”梁萧道：“我答应家母不再向他寻仇。大丈夫一诺千金，此事就此作罢。晚辈如今只想南归，将家母与家父合葬。”他心灰意冷，语气大是萧索。

九如看他一眼，心想这小子已是霸气尽消，只怕从此一蹶不振了。梁萧停柩城外，独自进城向郭守敬告辞。郭守敬问明缘由，惊叹不已，想他空负奇才却无法济世，心中无限遗憾，本想送他出城，但梁萧婉辞谢绝。郭守敬无奈，便唤来酒水，两人对饮三杯，挥泪而别。

九如师徒、花晓霜三人陪梁萧扶柩南归，沿途只见兵马络绎不绝向北开发，士卒皆面容愁苦，说话却是江南口音。略一打听，才知忽必烈颁下圣旨在江南征兵，讨伐高丽、日本。

梁萧沉思一下不由叹道："九如大师，你见识卓越，梁萧有不明之处，尚请指点迷津。"九如道："但说无妨。"梁萧道："敢问天地之间为何会有战争？"九如笑道："这个吗？但凡人有善恶之心、无餍之欲，便不免有战争。"梁萧皱眉道："什么叫善恶之心、无餍之欲？"九如道："自古征伐，不外有道伐无道，无道伐有道。所谓有道无道，那便是善恶之心；两国交锋，斗来斗去，终不离攻城略地、夺人子女，即便如始皇帝、汉武帝，乃至近代的成吉思汗，个个都是征讨不休，永无餍足之辈，这就是无餍之欲了。"

梁萧沉吟道："若能破除善恶之心，摒绝无餍之欲，那便天下太平、永无战争了吗？"九如摇头叹道："当年如来执无法之相，欲破众生痴顽，但辛苦一生终归入灭于娑罗双树之间。其后千载以降，众生痴者仍痴，顽者仍顽，战无休止，祸乱丛生。以如来之摩诃般若，无量慈悲尚且难化解世间的戾气凶心，又何况他人呢？"

梁萧苦笑道："佛祖都没有法子，看起来天底下终归是免不得战争了！"九如目光扫过道上兵马，笑道："佛法为修身之理，却绝非济世之道，是以统统都是放屁罢了！小子，我跟你说，与其探究什么道理莫如率性而为，世上可怜人多得很，瞧不过的便救他一救，又何必问什么道理？"梁萧忍不住道："小可真不明白，大师既不将佛法放在眼里，为何又以和尚自居？"九如笑道："你见过乌龟壳吗？你说人是钻进壳子里的厉害还是跑到壳子外面的厉害？"梁萧迟疑半晌，方道："这个似乎并无定准，要看乌龟壳有多大了，若是不够大，人钻进去怕是更要难些。"

九如哈哈一笑，摆手道："小子太笨。不论龟壳大小，只能进的不算厉害，只能出的也不算厉害，须得能进能出，以无观有，以有观无才是真正的厉害。而这个乌龟壳子，那便是佛法了！"

梁萧皱眉想了一会儿，点头说："以无观有，以有观无，这能否解作以死观生，以生观死呢？"九如捋须笑道："解得妙，正所谓生死互现，生死如一。"梁萧恍然明白，九如这是借题开导自己，让自己不要太过沉浸于丧母之痛，当下心中感激，抱拳道："大师言如金玉，梁萧受教了。"九如冷笑道："受教什么？道理自在人心，和尚不过做个向导，引它出来。"梁萧点头称是。如此这般，老少二人高谈阔论，以排遣路途寂寞。花生嘴舌笨拙，从不费心思考什么道理，别人说话，他也只是默默听着，半声不吭。

九如瞧梁萧甚有慧根，不觉心生喜欢，说道：“梁小子，你不如拜和尚为师，与花生做一对师兄弟吧。”望着梁萧，眼里颇有期盼之意。梁萧看了花晓霜一眼，花晓霜红着脸道：“你做和尚便做，瞧我做什么？”梁萧一笑，在她耳边低声道：“我若是做和尚，你便是我的活菩萨。”花晓霜面颊更红，虽口中不言，心里却很欢喜。九如瞧得，心道：“宁拆十座庙，不破一桩婚，罢啦罢啦！”哈哈一笑，便再也不提此事。

行不多时，就到了通州地界。九如举目一瞧，忽地咦了一声。梁萧顺他目光瞧去，只见天地交际处，出现了一个黑点，这黑点越变越大，顷刻可见须眉，却是灵鳌岛岛主释天风，但见他神色慌张，来势却快得惊人。九如连叫晦气：“说乌龟，乌龟就到，老乌龟最会缠人，和尚我还是溜之大吉。”九如一拍屁股便想走人，忽听有人高叫：“梁公子，千万替老身挡他一下。”

梁萧循声望去，两人随在释天风之后正向着这方全力奔来。其中之一正是凌水月，另一人却是释海雨。梁萧心想这释天风颠三倒四，终非长久之计。他新遭母丧，不忍再瞧别家离散，应声抢出拦住释天风的去路。

释天风怒道：“让开让开！”他无心恋战想要绕过，梁萧却使出“十方步”后发先至，又抢在他前面，左掌“陷空力”内收，右掌“滔天炁”外放。释天风躲避不开，只好出手抵挡。拆了两招后，他迫退梁萧，忽又虚晃一枪想要开溜。但梁萧早有防备，“十方步”变化无方，结成了一个大小称意的笼子。释天风虽轻功无匹，但论及咫尺变化却不及“十方步”精妙，任是东驰西突也难脱身。九如在一边看见，乐得大瞧热闹。

凌水月母子赶到，见梁萧不负所托，惊喜交集。但二人攻守太急，想要相助也插不上手。凌水月瞧得九如手中的乌木棒，心头一动，双手合十道：“敢问是金刚行者吗？”

“金刚行者”是九如早年的绰号，多年无人叫起。九如忽听得，不觉笑道：“区区贱号，难得释夫人还搁在心上。”凌水月心中大喜，忙道：“拙夫心智失常，性情乖戾，还望大师广施功德，出手相助。”九如瞧着斗场，白眉微皱，忽见释天风急兜了几个圈子，发声长啸，斜刺里蹿起，这一下势子又快又巧，梁萧一个遮挡不住被他凭空跳了出去。释天风双足还没点地，忽听一声洪钟似的长笑，乌木棒横空扫来。

这一棒来如惊鸿照影，以释天风之能也只得缩身闪避，稍一停顿，梁萧就如旋风般抢至，又将释天风困于“十方步”中。

释天风脱身不得，哇哇怪叫，出手越发迅疾。两人以快打快，顷刻间拆到百招上下。凌水月母子不知梁萧如何能强到此等地步，只瞧得惊心动魄，不住称奇。

再斗数招后，释天风迭使“仙猬功”，梁萧不胜防范，手忙脚乱。九如见状，乌木棒一抖，喝道：“老乌龟看招！”忽地点向释天风数处大穴。凌水月听得这声，老脸羞红，心中暗恼：“这老和尚怎么口无遮拦，你叫他乌龟，岂非骂我不守妇道？”但情势急迫也不好多言。

释天风被两大高手夹攻却是精神一振，出手越见神妙，虽以一敌二竟也不落下风。九如、梁萧越斗越惊，均想：“合我两人之力若还制他不住，岂不被天下人耻笑？”于是各自动了好胜念头，梁萧足下越转越快，出掌也快如闪电，九如手中的木棒更似一条乌龙只在释天风周身缠绕，但他自顾身份，每每出招必先招呼。只不过一口一个老乌龟，言者无意听者有心，凌水月在一旁面红耳赤，大觉气恼。

三人旋风般拆了十余招，释天风忽地一招逼开九如，双目陡睁，挥指刺向梁萧眉心。九如见梁萧吃紧，木棒斜飞，喝道：“老乌龟，瞧后面！”棒势如风，点向释天风“鸠尾”穴。释天风怒道：“那又如何？”并不回头，反手抓出，这一抓穷极天下之变化，九如一时不防，竟被他拿住棒头。刹那间，二人一起用劲，只听咔嚓脆响，乌木棒居中折断。九如赞道：“好个老乌龟！”白须飘飘，左拳携劲送出。释天风一晃身，半截木棒刺向梁萧，唰唰唰一连三击，将梁萧前身诸穴一并笼罩。梁萧无奈躲闪，“十方步”露出破绽。释天风见状将木棒一丢，纵声长笑，掠空而出。众人同时变色，心知若任他使出“乘风蹈海”，纵有天下之兵也休想追得他上。

凌水月与释海雨从左右抢出，释天风身化流光，势如白驹过隙，自二人之间一闪而过。就在此时，忽见前方人影晃动，花生一个箭步拦在前面。释天风适才几般变化，虽看来简单，实则用尽浑身之力，此时诸般招式均已用尽，见避让不及，怒喝道：“小贼秃，滚蛋！”然后释天风双掌齐发，奋力拍出，花生举臂一挡，登时发声惨呼，跌出两丈开外。

释天风被这一阻也身不由已倒退两步。九如、梁萧早已抢到，九如点他背心，梁萧按他腰胁，释天风虽有“仙猬功”傍身，也抵不住两大高手合力一击，只见他晃了一晃，咬牙瞪眼，旋即委顿在地。

梁萧纵身抢出，叫道：“花生，你怎么样？”花生狠吸一口气，撑地跃起，拍手笑道：“俺不碍事，就是胸闷些。”九如沉声道：“不要乱动，三长一短，呼吸九次。”花生不敢违抗，依言静坐调息。

凌水月低头查看，见丈夫并未受伤，这才完全放心，长长松了一口气。释天风怒道：“老太婆，我要跟老秃驴打架，不想回去……”九如、梁萧见他还能言语，各自一凛，九如为防万一再点他六处穴道。释天风额上青筋暴出，怒视九如道：“老贼秃，你做的好事！”凌水月眼圈一红，道：“也好，老头子，你既然要走，不如写纸休书先休了我吧！”释天风先是一怔，而后低头咕咕哝哝。

凌水月叹了口气，柔声又说：“我想通啦，你定要四处走走，我也不拦你啦！只要你带我同去，不论你赢也好输也罢，一路之上终归有个照应。”释天风听了前面两句，神色大转柔和，但听到“输也罢”三字，勃然大怒：“我怎么会输？老太婆说话不吉利！”说到此处，眼神忽转浑浊，生出狂乱之色。

凌水月见他心病又发，束手无策，忽听九如笑道：“释兄神功盖世，老和尚自认不如，这场架，也不必打了。”释天风两眼发亮，叫道：“此话当真？”

九如一晃手中的半截木棒，笑道：“这降龙杖是和尚的招牌，招牌都被你拆了，和尚想不服输也不成了。”释天风听罢眉飞色舞，呵呵笑道：“这不算什么，和尚你武功也很好，与我相比，不过差上一分半分！”

其实论及武功，二人难分高下，若有输赢，也多是运气。但老和尚胸中长空瀚海，胜负不萦于怀，见凌水月神色凄凉，索性屈己从人，出口认输，解去释天风的心病。释天风心结一解，神志旷然清朗。

凌水月对九如感激不尽，当即放下心事，与梁萧、花晓霜畅叙别情，听说吴常青去世，不觉愣住，半晌才道：“天妒英才，吴先生医道绝世，怎么就这样去了？我还想送老头子去崂山，求他医治断根呢！”长声喟叹，愁眉不展。

花晓霜道：“师父说过，心病本要心药医。释岛主他心结一解，只需静养两三月当能复原。”她声音虽小，但字字清晰，语调柔和，令人不由自主便会信服。凌水月笑道：“我却忘了，霜儿是吴先生的高足！”花晓霜红着脸道：“姑婆婆哪里话？我连师父一成本事也及不上的。我献丑开个方子，释岛主照着服了或许好得快些。”凌水月执住她手，欢喜不止。花晓霜取出纸笔，写了药方，说道：“三月之内不可妄动肝火，更不可四处奔波劳苦，与人争强斗狠。”

凌水月闻言心想：“以老头子的武功，一旦撒起疯来，我和海雨困他不住啊。”略一斟酌，笑道：“敝岛在五台山下有所别庄，老身欲携外子前往休养。众位若是不弃，不妨也去盘桓几日。”梁萧摆手道：“我要护送家母南归，恕难以从命。”凌水月问明缘由大失所望。忽听九如笑道：“和尚也想去五台山参禅，就陪贤伉俪走一遭吧！”凌水月转忧为喜，称谢道：“有大师相陪，就万事无忧了。”九如只怕孤掌难鸣，让花生同行。花生听说要与梁萧、花晓霜分别，心中不舍，大闹别扭。花晓霜道：“花生，安置好梁伯母，我们再来寻你。”小和尚知她不打诳语，方才收泪点头。

众人依依相别，释海雨将梁萧拉到一旁，低声道：“梁兄弟，今日一别，不知何时再见，大恩不言谢，来日但有差遣，灵鳌岛上下慨然赴命，绝无二话。”梁萧允诺，释天风叫唤众人解穴，众人装作不闻，气得疯老头哇哇怒叫。

梁萧辞过众人，与花晓霜、赵昺启程向南，风尘仆仆行了十余日，才抵达襄、樊附近的乱葬岗。梁萧置备棺椁将父母合葬，入土时不免大放悲声，恨不得以身相殉，花晓霜费尽言语，好歹才将他劝住。二人在坟前结了两座草庐，守冢尽孝。

闲暇无事，梁萧、花晓霜便各自教导赵昺修文习武。赵昺天性不爱习武，进境缓慢，学文倒是一点便透，十分颖悟。梁萧心想：“大宋崇文黜武，亡失天下，这孩子却不明白。”但他母亲惨死，父仇难报，心灰之余，对武功一道也失去兴致。赵昺不肯用功，他也不加勉强。

三月工夫转瞬即逝。这日早饭过后，梁萧对花晓霜说道："三月孝期将满，我想到天机宫走一趟。"花晓霜闻言脸色苍白，颤声道："你……你又要送我回去吗？"梁萧失笑道："别误会，我去天机宫是为了我们的婚事。"花晓霜惊喜过望，面色绯红，一颗心突突乱跳，低头轻声说道："你……你又拿我寻开心！"梁萧苦笑一下，拉住她的手道："我虽不算什么乘龙快婿，可也要见见泰山泰水吧。要不你我私订终身，花大叔的脸上定不好看。"花晓霜看他一眼，暗想私订终身有什么不好，想罢又觉自己过于大胆，面颊发烫，只得默默点头。

于是三人收拾东行，走出不远便见大道上烟尘弥漫，一队队人马驰往西南。骑马者均是携刀挎剑，器宇轩昂。梁萧冷眼瞧着，暗暗留心。

才走了五十里路，赵昺见道旁有座茶社便连声叫渴，梁萧摸出一枚铜钱讨了三碗茶水。正喝着，忽见道上又来两骑在茶社外停住，两名骑士一边谈笑，一边跨了进来。一照面，双方皆是各露惊容，为首的黄衫男子还过神来，笑道："梁兄弟吗？一别数载，叫明某好生挂念！"梁萧长身站起，淡淡说道："得蒙明主事挂念，幸与不幸倒是难说。"

来者正是明三秋、明三叠兄弟。当年为争天机宫宫主，明三秋曾与梁萧在灵台大战，此时相逢，梁萧不免心生警惕。明三秋却意态从容，望花晓霜笑道："霜小姐也在，真是凑巧。"花晓霜乍见故人，喜胜于惊，问道："明主事，家父家母可还好吗？"明三秋笑道："令尊好又不好，令慈可是大大地不好，几乎连命也丢了呢！"这几句话一出口，吓得花晓霜脸色惨白。

梁萧见明三秋说这话时，面带笑意，不由心想："这厮当年被我打败，今又如何得了自由？难道说天机宫又出了乱子？若论使奸弄诡，十个花大叔也及不上他。"他笑了笑，淡淡说道："明主事很得意啊！"明三秋笑道："明某数十年的心结一朝得解，自然得意。"

梁萧心想这人数十年苦心孤诣，只为争夺宫主宝座，一朝得解，那就是宫主之位已经到手了。他脸上笑嘻嘻的，手臂却忽地一伸拿向明三秋的心口。明三秋见他眼神飘忽，心中早有防范，对方爪势未至，他已纵身跃出，梁萧的指尖擦衣而过，心头不由微微一凛。

明三秋更是骇然，本以为这一退足可避过天下任何擒拿手法，谁知差点儿便被梁萧拿住。一招之间，二人已都生戒心。梁萧一挥手，“滔天炁”涌出，明三秋挥袖一挡，只觉一股巨力直冲上来，胸口乍热，暗惊道：“好霸道的掌力！”于是他身形一转，斜扣梁萧手腕。梁萧见他招式之中几乎再无数术痕迹，不觉赞了声“好”，翻掌横撩，明三秋爪势回缩，笑道：“足下也不坏！”说话间，两人已拆了七八招。明三秋越斗越惊，灵台一战后，他已将“东鳞西爪功”练得出神入化，脱出数术约束，更是趋于圆熟自然，不想这生平宿敌竟也精进神速，令人惊畏。

拆到二十招上，梁萧见明三叠负手旁观，心想这厮也不是好人，于是唰唰唰三掌向明三秋劈去。明三秋见来势猛恶方要抵挡，却忽觉梁萧劲力陡消，未及转念，就见他倒掠而出欺至明三叠身前，明三叠未及抬手已被拿住胸口。明三秋知他心意，垂手笑道：“避强凌弱，算什么好汉？”梁萧听得一怔，点头道：“好，我不伤他。”随手拍了明三叠的穴道，丢在一边，跟着挥掌拍出击向明三秋，掌未至，风先到，笼罩丈余，激得砾石飞射。

明三秋长吸一口气，方要挥拳相迎，忽听得有人叫道：“梁萧，且慢动手。”梁萧心神一震，应声收了掌力，掉头望去，只见十余骑呼啦啦飞驰而来，遥遥还有马车相随。梁萧认出为首一人正是花清渊，数年未见，他唇上髭须虽未白，面容却似苍老了许多。

梁萧见他无恙心中惊喜，便回顾明三秋，却见后者嘴角含笑。正在疑惑，花晓霜已按捺不住，颤声叫道：“爹。”花清渊听得叫声，顾不得骏马奔驰正急，当即翻身跳落急奔过来，将女儿一把搂入怀里，泪如泉涌，连声叫道：“好孩子，好孩子！”花晓霜百感交集，口不能言，只是伏在父亲怀里放声痛哭。

梁萧见他父女久别重逢，眼角也是一热。这时其他人马陆续赶到，除了“病天王”秦伯符外，童铸、修谷、左元、杨路无不在列，天机八鹤倒来了五个。众人望着梁萧，只见他神色古怪，似惊讶又似愤怒，一时各自下马站立一旁，回头望着两乘马车徐徐驶近。

当先的马车近前停妥后，只见车帷掀开，花无媸缓步踱出，花慕容随在身边。梁萧心中奇怪：“花无媸也出宫来了，难道出了什么大事？”当下拱手道：“花前辈别来无恙。”

花无媸淡淡笑道：“托福，还过得去。”梁萧不愿与她多说，正欲向花慕容问安，不料花慕容却神色冷淡，偏过头去。他心中捉摸未定，忽听秦伯符叹道：“梁萧，你长大啦！”梁萧胸口暖热拱手道：“秦天王一向安好？”秦伯符望着他轻轻叹了口气，而后捋须点了点头。

花清渊收拾心情，将女儿上下打量，本以为这些日子她必然形销骨立病得不成样子，哪知一见之下，女儿却一扫病容，肌理莹润，光彩照人，只是眉宇之间添了几分风霜之色。花清渊一时惊喜不胜，叹道：“霜儿，当日我去崂山探你，却只见到吴先生的坟茔，唉，真是急杀我了！”花晓霜叹道：“爹，多亏了萧哥哥，这些日子，我都与他在一起。”想到梁萧要向父亲提亲，不觉春色染眉，双颊羞红。花清渊听得这话，面色僵硬一下，勉强笑笑，正要与梁萧说话时，第二辆马车却已到了。当下上前两步，掀起车帷，只见凌霜君怀抱一个襁褓从车中钻了出来，看见女儿，她不禁泪水夺眶而出，花晓霜也扑了上去，母女二人相对落泪。

花晓霜哭过一场后才缓过神来，望着明三秋道：“明主事，你尽会骗人，家母好好的，你怎么说她大大地不好，几乎连命都丢了？”众人一怔，明三秋却笑而不语。

凌霜君双颊泛红，扯过女儿在她耳边低语了两句，花晓霜瞪着襁褓中的婴儿，冲口而出：“他是我弟弟？”只见凌霜君微笑点头，花晓霜却顿足道，“既是难产，就该在宫里好好休息，出来了也不能待在当风的地方！”她心急口快，将母女间的隐秘话儿一气说了出来，凌霜君顿时面如霞烧，气道：“哎呀，你这孩子……”花晓霜这才醒过来，也是面上一红，便挽着母亲走到避风的地方。

梁萧恍然大悟，只听明三秋笑道：“花宫主天赐麟儿是大大的喜事，但失了爱女心中抑郁，却又不是好事，今日一家团聚，真是可喜可贺！”花清渊叹道：“哪里哪里，全是托了众位的福。”梁萧道：“明主事，你何必与我绕圈子，惹来老大的误会。”明三秋笑道：“若非如此，岂能见到阁下的真功夫？”

秦伯符忽道：“梁萧，明老弟再非主事，已继黄鹤之位了。”梁萧默然点头。明三秋叹道：“多亏清渊兄量大如海，宽宥了明某的罪过。想当年，我一心夺宫，但经过那日以后方才明白，天机宫本以隐世为务，清渊兄本性淡薄，做这宫主再适合不过。现如今，明某但求钻心武功学问，再无奢念！”梁萧心想：“他说‘数十年心结一朝得解’，原来是这个意思。”想到他抛却名利专心学问，不由心生敬佩，拱手道：“方才多有得罪，还望明兄见谅。”明三秋见状，微微一笑不再多言。

花清渊默默看了梁萧半晌，忽道：“梁萧，多谢你照看晓霜……”话没说完，忽听花无媸轻轻咳嗽道：“清渊，你过来，我有话说。”花清渊愣了一下，走上前去，花无媸拉住他手说道：“别忘了我出宫时跟你说过的话。”只见说话声中，花无媸食指如飞在花清渊手心悄悄划动，说话完毕才放开他手。花清渊的面颊抽搐几下转身说道：“梁萧，我有几句话，不知当讲不当讲？”

梁萧道：“花大叔有话直说，梁萧无有不从。”花清渊沉默时许，低声道：“我此次出宫，要办三件大事，第一便是寻找晓霜踪迹，万幸得你庇佑，她安然无恙；第二件嘛……”他凑近梁萧耳边，似欲低语，梁萧心知必是紧要为难之事想求自己相助，当下凝神细听，忽然间，却只觉腰间“肾俞”“气穴”“中极”“关元”四处大穴同时一麻，已被花清渊封住。

梁萧绝未料到花清渊会动手暗算。但他身负“鲸息功”，穴道一经受制，内力顿生反击冲开“关元”穴，脱口叫道：“花大叔，你做什么……”而后梁萧右臂一振，花清渊只觉虎口发热，身子歪斜，几乎被他挣脱。

梁萧欲要再挣，却只觉背心劲风乍起，一道沉猛绝伦的内劲透背而入，这内劲再也熟悉不过，不由脱口叫道：“秦天王……”虽应掌屈下一膝，身子却兀自不倒，正想奋力挣起，只见天机五鹤一起上前与花清渊合力，六人十二只手，将他死死摁住。

巨变忽生，花晓霜和赵昺目瞪口呆，花晓霜惊道：“爹……”正要迈步冲上时，忽觉后心一麻，已被凌霜君按住“至阳”穴，心中更是一惊，叫道：“娘……”赵昺却跳到花清渊腿边，拳打足踢。花清渊见这小孩恁地凶狠，一时间不知所措。花慕容纵身上前，将赵昺抓在半空，赵昺踢打一阵后，浑身发软，哇地哭出声来。

花晓霜芳心欲碎，脸色苍白，转头望着花无媸道：“奶奶，是你的主意吗……”花无媸只哼了一声，冷冷不答。

花清渊叹道：“梁萧，我这次出宫要做的第二件事，就是倾一宫之力将你擒住，以慰大宋军民在天之灵。”梁萧本是茫然无措，听了这话，心中豁然雪亮，惨笑道：“好，花大叔，你做得好。”说话声中，血流如线自口角不绝淌下，滴滴答答地落在地上。

秦伯符寒声道：“梁萧，我们这次拿你，实在很不光彩，但你用天机宫的本事对付宋人，攻城灭国，杀人无数，当真是罪不容诛。秦某乃生平第一次暗算伤人，心中却无一丝愧疚。”他话语铿锵，字字如针，刺得梁萧心头大痛。一想到这两位生平最信赖的长辈出手暗算，凄凉之余怨恨大生，咬牙道：“成王败寇，暗算就是暗算，何必花言巧语。”

秦伯符长眉一挑，喝道：“臭小子，如今你还不悔悟吗？大丈夫敢做敢当，你做鞑子平章的时候就没想到过今日吗？你屠杀大宋百姓的时候就没想到过报应吗？”他与梁萧曾共经患难，虽嘴上不说，心中却对他异常看重，见他误入邪途已是伤心无比，骂得两句，只觉气往上冲牵动痼疾，一时间面红耳赤咳嗽不住。花晓霜见状急道：“秦伯伯，萧哥哥他早就后悔……”梁萧接口喝道：“我做就做了，从没悔过，花晓霜，你再说一字休怪我翻脸无情！”花晓霜见他声色俱厉，不由得心头一颤，一低头，泪水便沾湿了衣裳。

天机宫众人见状，纷纷心想：“这小子性情乖张，莫可理喻，难怪会犯下此滔天大错。”忽听花无媸道：“拿‘囚龙锁’来！”

左元取来一副铁枷，黑中泛紫结构繁复，花清渊伸手接过，铐住梁萧手脚，然后发动机关，咔咔数响间将他手足牢牢锁住。复又叹道：“梁萧，寻常手段只怕困不住你，只得用上这个，怪只怪……唉，花大叔当年没将你从明归手中救出来，以致你误入歧途，今日被锁的，该是大叔才对……”说到这里，不由得双目泛红。

梁萧低头不语，花清渊长叹一声将他放入马车。天机宫众人均是面色凝重寂然而行。沉寂中，只听见赵㬎呜咽之声越发刺耳，花晓霜浑身无力靠在母亲身上，已是心如乱麻，主意全无。凌霜君见她容色举止，已猜到她的念头，心中一阵凄凉：“霜儿生来命苦，怎么又遇上这个姓梁的恶徒，老天待她实在太薄……”想着想着便怔怔流下泪来。泪水滴在婴儿脸上惹来一阵啼哭，凌霜君只得收拾心情尽力哄劝幼子。

花晓霜听得母亲哭声，这才回过神来，按捺心情，轻声问："弟弟叫什么名字？"凌霜君望着婴儿，眼中满是怜爱，柔声道："我们唤他镜圆，小字圆儿。"花晓霜喃喃道："镜圆，破镜重圆吗？"凌霜君脸一红，轻声道："你不在我身边，我孤零零的一人，曾想一死了之，多亏你父亲细心劝慰。唉，想不到过了这些日子，我恨他的意思也淡了，挨了几年便生下了他。所幸你奶奶说话算数，让我们寻你回去。"凌霜君望着爱子，眼神中是说不出的柔和喜悦。

花晓霜望着婴儿红扑扑的小脸，心中一酸："好在他不像我，从小就要受苦。他将来会做天机宫宫主，我却只是一个命途多舛的女子，明日如何，全然不知……"想着想着便觉心如刀绞，于是默默低下头去，凌霜君瞧在眼里，心中越发伤痛。

行不多时，蹄声忽止，花清渊掀开车帷。梁萧放眼一扫，暮色已然转浓，四周黑松林间环抱了一个百丈大坪，居中耸起一座木台，台上数十根火把烧得正旺，散发着松香气味。台下则密密层层站了许多人，人数虽多却无一人喧哗。

这景象似曾相识，梁萧一转念恍然憬悟："这不是百丈坪吗？"想起那日云万程歃血为盟，萧千绝孤身显威，自己失声一呼以致母亲远走，父亲丧命。种种情形在心间一闪而过，一时间恍若梦寐。忽见一条人影越众而出，笑道："各位别来无恙？"梁萧举目望去，来人颀长挺拔，英气迫人，居然是死对头云殊。

只听花清渊道："云兄弟，你安排得如何？"云殊淡淡地道："承蒙宫主照顾，此间万事已备只欠东风了。"说罢转头与花无媸、秦伯符见过，轮到花慕容时，云殊声音转柔："慕容！"花慕容嗯了一声，欢喜里还透出一丝羞涩，问道："这些日子，你定然十分辛苦吧？"云殊笑道："辛苦是辛苦，十分却算不上。"花慕容脸一红，低声道："当着众人，不要贫嘴。"云殊只微微一笑。

花慕容复又叹道："云殊，你说的那人已被我们拿住了。"云殊雄躯一震，冲口叫道："当真？"秦伯符将梁萧带出车外，云殊瞧向梁萧，二人目光交接，只见云殊面色青红不定，忽地又长声笑道："好得很，今日倒可以开个除恶大会了。"

花清渊犹豫道："云兄弟，此人与我天机宫渊源极深，还请云兄弟高抬贵手……"云殊摇头道："花宫主，换了他人，云殊尽可答应，但此人决计不可轻饶。"

花清渊欲言又止神色黯然，花慕容一咬嘴唇，忽道："云殊，我也知萧儿大错特错，可他自幼失怙乏人教诲，抑且年少识浅，不免行差踏错，你瞧我面上……"话未说完，云殊已自摇头不止。

花慕容还要再说，忽听花无媸叹道："云殊说得是，梁萧虽对我天机宫有再造之恩，但那终是私恩，统兵攻宋，屠杀百姓，却是公愤，孰轻孰重，大家都该明白。况且他一身奇术皆出自天机宫，若不将他正法，本宫四百年的清誉必当毁于一旦。"这话一出，天机宫众人均是一凛，花晓霜只觉天旋地转，当即瘫倒在凌霜君怀里。

云殊面色一沉，蓦地厉声高叫："将这奸贼押上台去！"何嵩阳应声出列目光狠厉，冲梁萧脸上狠狠啐了一口，连踢带踹揪着他走上木台，重重掷于地上。众人不知发生什么，哗然议论，只见云殊走上木台，手臂轻轻一挥，台下顿时寂然。

云殊的目光扫过人群，沉声道："而今中土沦陷，蛮夷猖獗，云某丧师辱国，百死莫赎，本是无颜相见诸公。云某虽才识浅薄，为人驽钝，却也不忍亿万同胞号泣于铁蹄之下，做牛做马，为隶为奴。今日召集诸公，诚盼大家同心协力，练就一支雄兵，再与鞑子一决雌雄。"

台下的南方武人经历战乱，受尽亡国屈辱，听了这话，均是热血尽沸，纷纷叫道："对，将元狗赶回北方！""我黑风寨五百人马尽听云大侠调遣！""咱们誓死跟随云大侠，杀他娘的狗鞑子，哪怕只留得一个也决不甘休！"众人哄然叫道："对，哪怕只留得一个鞑子也决不甘休！"

忽听老成者冷言道："云大侠言辞虽壮，但兴兵复国却非寻常事，先不说当今元人兵强马壮、气焰正盛，就是重兴义军也谈何容易！敢问粮草从哪儿来？军器从哪儿来？招兵买马所需的钱粮又从哪儿来？"众人只图一时痛快，哪里想到这许多关节，经此一说，不禁面面相觑，大为泄气。

云殊微微一笑，说道："钱粮马匹，云某自有办法筹措，不出一月，当有足够银钱供给数万兵马。各位请尽管放心！"众人欣喜若狂欢声叫道："云大侠手眼通天，咱们不放心你还能放心谁去？”“若非奸臣当道，云大侠早就打败鞑子中兴汉室啦！”“是啊，天底下的豪杰当数云大侠第一，谁不放心你，俺郭老三叫他血溅五尺……”

云殊连呼惭愧，但见众心如一又觉欢喜。他双手一挥让众人噤声，朗声道：“今日请诸位前来本是要缔结一个紧要誓约，但眼下盟友未至，云某想要先行了结一件大事。”说着一指梁萧朗声道，“此人姓梁名萧，曾为鞑子平章攻我城池，杀我黎民，当真罪不容诛。承蒙天机宫诸位高手相助，侥幸将他擒获，诸位说说，该将这厮如何处置？”

众豪杰又惊又喜纷纷叫道：“割舌挖心。”“活剐了他……”一时间只见无数怨恨目光均射到梁萧身上。梁萧虽四肢被缚，但意态倨傲如故，瞧也不瞧台下一眼，众人见他如此张狂，越发愤怒难忍，纷纷刀剑出鞘向着台前拥来。花晓霜张开小口，浑身发冷，偏又无力动弹，只觉眼前阵阵发黑，几乎昏了过去。

忽听笑声传来，有人扬声说道：“云老弟生擒此獠，可喜可贺，不过如此趣事，怎能不让洒家掺和？”群豪循声望去，只见数十个金发胡人牵着骆驼马匹从暗中络绎而来。云殊笑道：“贺陀罗大师，你可来迟了！”贺陀罗银衫白发翻身下马，笑道：“此等盛会，洒家总不能空手白来，因货物搬运费时，故耽搁了一阵。”他双手一拍，只见身后走出一位九尺巨汉，高鼻深目，金发垂肩，肩上横一根碗口粗细的八尺铜棍，还担了四口木箱，他足下虽行走如风，可每走一步，双足便入地半尺。

巨汉走到贺陀罗身前，双肩一抖，只见四口木箱飞出三丈，越过众人头顶，坠在台前，又听哗啦一声，木箱寸裂，金光迸出。众人定睛看去，四口大木箱中全是粗大金条。众人皆是哗然一片，既惊叹黄金贵重，又骇然于巨汉的神力。这四箱黄金不下千斤，那人一掷数丈居然浑不费力。

云殊动容道：“壮士神勇，敢问大名。”巨汉将铜棍就地一插，合手道：“咱是钦察人忽赤因。”他语气虽生疏，字句却吐得清楚。

秦伯符打量他一眼，忽道：“敢问，阁下练的可是‘小黑魅功’？”忽赤因一愣，摇头道：“‘小黑魅功’是什么？”秦伯符盯着他，皱眉说道：“当年

‘无妄头陀’修炼‘大金刚神力’不成，故别创一门邪功，每修炼一次便要吸食活人鲜血。无妄自称‘小黑魅功’，一经练成，力大无穷，有移山扛鼎之威。但此功杀人吸血，未免邪毒太甚，后来他受高手围攻，身受重伤遁往西域，从此便再无消息。”

忽赤因面无表情，静静听罢，笑道：“咱这气力是天生的，并非‘小黑魅功’。不过，咱听说中原有一门唤作‘大金刚神力’，若能遇上倒想会会。”秦伯符淡淡道：“你听说过‘大金刚神力’，那可听说过‘巨灵玄功’吗？”只见忽赤因目光闪动，朗笑道：“原来阁下便是病天王，久仰久仰！”

秦伯符点头道：“看来你是有备而来，少时秦某也想请教一二。”只见忽赤因眼里凶光一闪，但笑不语。贺陀罗忽地笑道：“云老弟，今日咱们究竟是结盟还是比武？”云殊道：“自然是结盟。”贺陀罗指着金条道：“这些便是洒家带来的见面礼。”云殊欣然笑道：“大师想得周到。”

贺陀罗目光一转，向梁萧笑道：“平章大人，你平素的威风上哪儿去了？哈，想必风水轮流转，人人都有倒霉的时候。”梁萧淡淡说道：“说得是，想必你是游泳回来的吧！”贺陀罗目涌怒意，冷冷道：“哪里话，多亏平章留下的造船术，我与云老弟才能渡海回来！”

原来那日贺陀罗与云殊被梁萧丢在岛上，丧气之余只好继续造船，梁萧尽管拖延工期，却也不想置二人于死地，所说的造船之术大体不差，是以二人用心琢磨，过了月余，终于造出一艘海船驶回大陆。

贺陀罗想起被骗之事备感恼怒，大声说：“云老弟，这厮如何处置？”云殊笑道：“主随客便，大师以为如何？”贺陀罗笑道：“云老弟客气了，你们汉人名将岳飞有句话说得好：壮志饥餐胡虏肉，笑谈渴饮匈奴血。咱们结这东西之盟乃亘古未有之大事，若只用牛羊三牲祭拜天地，未免大落俗套，不如就拿这厮作祭，饮其血，食其肉，岂不快哉？”他虽是笑语晏晏，众人却听得头皮发麻。云殊怔了怔，拍手笑道：“好，就这么办！”

花晓霜不由尖声叫道：“不要！”叫声未竭便听群豪纷纷叫道：“不错，对付如此恶人，正该如此！”“碎碎将他剐了，方能消我心头之恨……”转眼之间，花晓霜的凄厉叫声便被众人的怒吼湮没不闻。花慕容再也忍耐不住，高叫道：“云殊，杀人不过头点地，何苦这样折磨人？”云殊眉头一皱，还未答话，贺陀罗却已笑道：“姑娘言之差矣，凡成大事者，岂能有妇人之仁？梁萧这厮杀人无数，叫他骨肉成泥也不冤枉。”

云殊忖道：“说得对，当日我便是妇人之仁，以致被那些文官庸将处处掣肘，最终兵败崖山。从今往后，只要能驱逐鞑虏、恢复华夏，什么事情我云殊都做得出来。既能与贺陀罗这等大恶人结盟，剐杀一个仇人又算什么？”当下正色道：“慕容，我主意已定，毋庸再言。”

花慕容一怔，气道：“人是我们拿的，如何处置也该由天机宫做主！”云殊得天机宫资助，与花慕容更有婚姻之约故而处处容让，不料她却在紧要关头让自己难堪，一时恼羞成怒淡淡说道：“军国大事，哪容妇道人家插嘴？”花慕容不料他出言如此无礼，全不似平时体贴模样，不觉惊怒交集，叫道：“好呀，这便是你的真面目了？我今天却偏要插嘴，看你如何对我！”说罢便要跃上台去与云殊动手。

花无媸伸手按住她，厉声喝道：“慕容，住口！云殊说得对，国家大事，你妇道人家不得干预！”花慕容委屈地落下泪来，大声道：“娘，你也这么说？”花无媸叹道：“事关天机宫数百年清誉，此刻除了置身事外，已别无他法。”花慕容身子一颤，回头望向花晓霜，只见她双目含泪，眼里满是哀求，不觉胸中酸楚，只得捂着脸钻进马车。

云殊硬起心肠，沉声道：“何兄，你来执法！”何嵩阳笑道：“这敢情好，这活剐歹人的勾当，老子最是在行，保管不让他死得痛快！”说完便抽出一把牛耳尖刀，衔在口中，正要去撕梁萧衣衫，忽听一个稚嫩的声音道：“何大叔，我来帮你。”何嵩阳侧目一望，却是靳飞之子靳文，点头道：“好，小文，这恶贼害你全家，你正该报仇。”靳文蹿上前来狠狠踢了梁萧一脚，梁萧怒目陡睁，神光迸出，靳飞被他一瞪，心生怯意，情不自禁倒退两步，于是他吐了一口唾沫，恨声道：“你还凶？哼，何大叔，我先弄瞎他的招子。”他年少气盛，一心想在群豪前逞威，只见他夺过尖刀，狠狠向梁萧的眼睛扎下去，不料梁萧虽被“囚龙锁”困住，却是功力仍在，瞧得刀来，身子向右一晃，靳文一刀扎空，雪亮刀锋自他面颊划落，血花四溅，割出两寸长一段血淋淋的伤口，深可见骨。

靳文未能扎中一个被缚之人，羞恼异常已是杀机陡起，反手又是一刀戳向梁萧心口，花晓霜见状，眼前一黑昏了过去。群豪均叫可惜："这一刀下去，岂不让这厮死得太容易？"

眼看刀落，却见一枚石子破空飞来，当的一声击中尖刀，靳文虎口流血，尖刀脱手飞出。只见人影一晃，明三秋已大袖飘飘卓然立在台上，天机宫众人见状无不变色。云殊惊道："明先生，这是为何？"明三秋摇了摇头，叹道："梁萧算学独步古今，杀之可惜。"云殊皱眉道："算学不过小道，社稷安危才是大节。"明三秋哈哈笑道："好个大节，试问你杀了梁萧，就能复兴宋室吗？"云殊一愣，不觉语塞。

明三秋又道："梁萧纵有千般不是，但他算学通神，乃难得的人才，若云兄实在不忿，不妨废了他的武功将他留在天机宫中，从此潜心数术，绝迹江湖。"云殊尚未答话，就听贺陀罗阴笑道："让他坐享清福，岂非便宜了他？"转头又向云殊道，"时辰不早了，快快了结此事，大家早些结盟！"云殊点头道："此事不劳明兄过问，还请退下。"

明三秋负手冷笑一动不动，云殊眉间透出怒意，目视花清渊道："花宫主，你说如何？"花清渊心中矛盾，尚未开口，却听花无媸冷冷说道："明三秋，你自作主张，不将宫主放在眼里吗？"明三秋只微微冷笑，望着花清渊道："花宫主，明某这数年来安心从事，从不与你为难，只因为佩服你性子淡薄，有容人之量，但若论其他的本事，明某对你半点儿也不佩服。"

花清渊面色发白，叹道："不错，若论其他本事花某确是远远不及明兄。"明三秋点头道："若非梁萧出头，天机宫早已不属你花家。不过，明某虽然输与他，却输得心服口服，尤其算学一道，明某更是五体投地。明某平生虽自负，但当真佩服的只得他梁萧一人。今日杀他，你们不过图个痛快。诸位，杀一个梁萧或许不打紧，但只怕再过数百年，泱泱华夏，也未必能出一个与他颉颃的算学奇才。"只见他微微一顿，扬声又道，"更何况明某人最瞧不起的就是明哲保身的缩头乌龟。"他的目光扫过天机宫诸人，隐隐透出一丝不屑。

花无媸面色沉静，淡然道："如此说来，明三秋你是不屑再做天机宫的人了？"明三秋哈哈一笑，大声说道："你这些年来千方百计，不就要逼我反叛好出手对付吗？好得很，今日明某便如你所愿。"他将手一挥，沉声道，"从今往后，明三秋与天机宫一刀两断，所作所为与天机宫再无干系。"

台下皆是一片哗然，花无媸也有几分意外，明三秋这些年来委曲求全，自己想要寻他不是也无把柄，不料他今日竟为一个往日对头破门而出。梁萧本已心哀若死，闭目待戮，却不料万马齐喑之际，为自己出头的竟是明三秋，一时心中好生不是滋味。

忽听贺陀罗笑道："云老弟，这就是你说的'南朝武人一体同心，并肩协力'吗？好个一体同心，好个并肩协力！"云殊已是脸涨通红，扬眉道："明三秋，你若定要附逆，云某可对你不客气。"明三秋长袍一撩，沉声道："请。"云殊沉喝一声，翻掌拍出，明三秋足踏奇步，错拳反击。云殊存心立威，招招毒辣，明三秋为救梁萧也使出浑身本事，他这几年妙悟神功，骎骎然已是天机宫第一高手，真才实学不在云殊之下。

转眼间，二人以快打快，旋风般拆了二十余招，云殊急于求胜，便展开"惊影迭形拳"。这一路拳法脱胎于"三才归元掌"，虚实难料，运转如风。却不料当年明三秋败于梁萧之手，事后也曾精研这路掌法。他算学之精，当世仅次于梁萧，武功更时有独到造诣，反复揣摩，对此掌法中的奥妙早已了如指掌，眼看云殊使出拳法，心中大喜。又拆十余招，忽听明三秋叫一声："着！"中指透过云殊双掌，已拂中他的"期门"穴。

云殊半身麻痹倒退三步。众人不由齐声惊呼，风眠叫道："公子，宝剑给你。"便嗖的一声抛出长剑，云殊伸手接住，展开"归藏剑"，唰唰唰一连九剑，扳回劣势。

二人疾若闪电，纠缠不定，熊熊火光中，只见两道人影越来越淡。突然间，剑光一亮，明三秋厉声大喝，但见火光忽又一暗，云殊仿佛一叶纸鸢抛出丈余，重重摔下，挣扎不起，明三秋肩井处亦是长剑入半，身后露出明晃晃一截剑尖。

明三秋反手拔出长剑，顿时血如泉涌，殷透半边衣衫。明三秋目视剑锋，苦笑道："公羊羽啊公羊羽，我破得了你的掌法，却破不了你的剑法。厉害，厉害！"不由身子一晃，以剑拄地，单膝跪在地上，鲜血顺着剑锋淌下，在木台上聚成小小一摊。

梁萧忍不住低声道："明先生，你我今生无缘聚饮，黄泉路上，梁萧当与你把盏对坐，痛饮三百大杯，少喝一杯便不是好汉。"明三秋望向他笑道："说话算话，不要忘了。"梁萧点头道："死也不忘。"明三秋又道："好个死也不忘。"于是两人相视一笑，明三秋挺身站起，剑交左手，朗声道："还有谁来赐教？"众人见状，无不骇然。贺陀罗微微笑道："好本事，我来领教领教。"此话一出，众人皆不以为然，明三秋身受重伤，贺陀罗此时出手分明是要捡便宜。他堂堂宗师，如此做派未免太过无耻，一时间南朝群雄也都面露不屑，忽听忽赤因呵呵笑道："汉人说得好，'杀鸡焉能用牛刀'，何必宗师出手，忽赤因便能结果他。"说罢满脸堆笑，举步上前。

明三秋见他逼近，心想："此人气力奇大，出手势必猛不可当，万不能令他主攻。"长剑一斜正要抢攻，忽听秦伯符冷冷道："明老弟，这一阵交与秦某如何？"明三秋诧然回头，忽见秦伯符不知何时上了木台，凛然而立。秦伯符瞧了梁萧一眼，叹道："我也不知是对是错，但看你送命，终非我愿，不过从今日之后，无论你是死是活，秦某与你都再无干系。"梁萧只觉嗓子一哽，眼角泛起泪光。

花无媸一皱眉，扬声锐喝："伯符，你也要步明三秋的后尘吗？"秦伯符默不作声，却双掌飘飘拍向忽赤因。忽赤因嘿然一笑，两拳抵住，二人身形微晃，足下木台顿时碎裂。秦伯符双目陡睁，厉声叫道："好贼子，还说不是'小黑魅功'？"忽赤因面带诡笑，并不反驳。

二人忽进忽退，拳法虽并无多少花巧，一招一式却都极尽刚猛，顷刻间，四面火把已被劲风打灭大半。天机宫诸人均知秦伯符的厉害，眼看忽赤因不落下风，无不心生诧异。

斗到间深处，忽赤因尖声怪笑，笑声凄厉听得众人均是头皮发麻。霎时间，木台上卷起一道狂风，寥寥数枚火把同时一暗，只见黑影幢幢，起落不定，哎呀一声惨呼响起，忽又归于寂静。忽听秦伯符喝道："妖孽，你敢！"火把又是一亮，众人一瞧，无不惊怒，忽赤因抱着一人，嘴里正死死咬着那人颈项，只见那人一身汉装，正是前来结盟的武人之一。忽赤因抱着那人狂奔，他的身子原本狼夯，此时却似缩小一半，蹿高伏低形同鬼魅，秦伯符虽空着双手却也追他不上，不由连声怒吼。二人流光掠影般绕着木台转了一圈，忽赤因随手一抛，手中那人吧嗒坠地，众人围上一看，只见那人颈上血肉模糊，面皮蜡黄，早已气绝了。群豪纷纷怒叫，拔出兵刃向忽赤因拥去，但碍于秦伯符与他争斗，一时不便抢上。

忽赤因饮罢人血，精神大涨，身子一舒，呼呼两掌挥出。秦伯符气为之闭，倒退两步，心想："传言果然不差，习练'小黑魅功'的妖人，每吸一人鲜血，功力便增长数成。"他凝神应对，径取守势，忽赤因步步抢攻，忽地发声怪笑，跃在半空，掌如飞来山岳向秦伯符飘飘压来。秦伯符抬手一挡，足下木台轰然坍塌，他只觉心口发热几欲吐血，又见忽赤因双掌如风连环拍落。

二人皆以神力相拼，掌力相交，笃笃作响。对过第九掌后，秦伯符内息一滞，心知牵动痼疾不由暗自叫苦。只见忽赤因第十掌已拍到，只好勉力挡出。四掌相接，秦伯符喉头微甜，噌噌噌连退六步，一跤坐倒在地，口中鲜血涌了出来。花清渊急忙纵上，取出一只青玉瓶，倒出药丸给他服下。

忽赤因收了掌，志得意满，长笑道："巨灵玄功，不过尔尔！"群雄正欲冲上前厮斗，忽见他目中精芒暴突，扫视过来，众人气势均是一馁，心中悲愤莫名。就当此时，忽听远处有人朗笑道："巨灵玄功不过如此，'大金刚神力'却又如何？"声若洪钟，震响当场。忽赤因脸色微变，放眼望去，只见北边两名僧人大步赶来，为首一人魁伟异常，正是九如，身后一人中等身材，却是花生。

赵昺害怕云殊发现自己，早先缩成一团不敢作声，这时瞧见花生，忍不住探头叫道："光头叔叔。"花生听他叫唤，哎呀一声，三两步蹿入天机宫诸人之间，众人均纷纷阻挡，哪知小和尚活似一尾泥鳅滑溜异常，东一扭，西一摆，众人拳打脚踢尽皆落空。他一步抢到赵昺跟前，修谷在旁挥掌拍出，花生身形忽矮让过来拳，肩头却从下方耸起顶在修谷肘下，修谷只觉大力涌来，惊叫着倒飞出去，正撞向来援的童铸，两人滚作一团。花生顺手揽过赵昺，大袖一挥接下花清渊一掌，呵呵笑道："不送了！"便借势蹿出人群，转回九如身边。

花无媸见花生欲来便来，欲去便去，视天机宫一众高手如无物，深感大失脸面，冷笑道：“九如和尚，你教的好徒弟！”九如拈须笑道：“不敢，不敢！”忽赤因鼻间哼了一声，高叫道：“你便是九如吗？我在西方就听过你的名声。好，你来，咱们较量较量！”

九如并不理会，看了梁萧一眼，笑道：“小子，和尚听说此间聚会顺道瞧瞧，你怎么也在这里啊？”梁萧摇头苦笑，不知从何说起。赵昺指着天机宫众人，大声道：“他们不要脸，合起来偷袭叔叔！”云殊已听到赵昺声音，生出疑心，这时看清容貌后更是心神大震：“圣上怎么到了这里？是了，定是被梁萧这厮挟持而来，只怪我一时大意未能瞧见。”

花生见梁萧四肢被缚，血流满面，不由无名火起，叫道：“梁萧，是谁打了你，俺给你出气！”忽赤因见九如师徒全然不将自己放在眼里，勃然怒道：“小和尚，我自与你师父说话，你多嘴什么？”花生正自生气，圆眼一瞪便顶嘴道：“俺自与梁萧说话，你多嘴什么？”忽赤因大怒，狠狠瞪他，赵昺想起他吸食人血的模样心里害怕，在花生耳边低声道：“光头叔叔，他咬人脖子，是个大大的坏人。”花生一点头，将赵昺交给九如，纵身跳上台去，大步走向梁萧。

忽赤因伸臂一拦，冷笑道：“小和尚，你做什么？”花生道：“俺要救梁萧，你让开些。”说罢伸手在忽赤因小腹上一推，忽赤因有意卖弄也不格挡，气贯全身好似铜浇铁铸。哪知花生一推不动，猝然加劲，忽赤因但觉巨力迭起，一重接着一重，一重却胜似一重，不由身子一晃倒退两步。他呆了呆，叫道：“小贼秃你好！”便一拳直奔花生面门，花生一旋身，挥拳击他腰胁，忽赤因矮身出腿横扫，花生大喝一声也随之出腿，双腿相交，忽赤因又是一个踉跄几乎跌倒，心中大凛，呼呼两拳击向花生胸口。

一时间，二人你来我往，斗成一处，西方群豪扯起嗓门，都给忽赤因打气，台下宋人却恼恨忽赤因残杀同胞，只盼他败落，纷纷替花生助威。呼喊声中，台上二人斗得越发激烈，只见一个高大魁伟，状若擎天巨神；一个矮小敦实，仿佛矮脚罗汉，身量看似悬殊，但拳脚相加，却不分高下。忽赤因出手虽快，花生却每每后发先至逼得他束手束脚。片刻间，忽赤因退到木台边缘，情急大吼，故技重施，一掌扫灭火把，又将一名南朝武人抓在手里，未及吸血，但闻身后风响，肩上挨了重重一拳，喉头发甜，血没吸成几乎吐出一口血来。

他无奈之下，纵身狂奔，怎料花生使出“三十二身相”，一晃身，抢到他身前，一招“马王飞蹄”踹向忽赤因小腹。忽赤因躲避不开，只得抛起怀中武人，腾出双手封挡，不料花生虽虚虚实实，但左手一探，早将那名南方武人轻轻巧巧夺过丢在一旁。那人自鬼门关走了一遭，站在当场阵阵发抖，忽觉裤裆冰凉，低头一看，已经吓出尿来。

忽赤因被花生处处紧逼，脸上无光，忽地发声厉吼，又抓一人，想要吸血长力，但他每快一分，花生也快一分，他每抓一人，花生也立时夺回。反复再三，忽赤因被小和尚逼得团团乱转，心中怒极，索性不再吸血，全力出掌。转瞬间，二人各凭神力，笃笃笃连交十掌，声如沉雷闷响，势如巨象相搏。

忽赤因气力每衰时必当吸血补充，此刻遭遇强敌消耗极大，又无血可吸，二十掌一过就渐感力怯。花生则敌强一分，我强一分，“大金刚神力”自给自足，不假外求，一时拳风呼呼，越斗越勇。

二人此消彼长又斗数轮，忽赤因出手稍缓，被花生看出破绽，忽地探手扣住他左臂肘弯的“曲池”穴，向外用力一扭，忽赤因运劲回夺，花生便顺势从他右胁下钻过去，手成虎爪扣住忽赤因的“至阳”穴，劲透五指，忽赤因立时浑身瘫软，偌大身躯已被花生高高托了起来，头重脚轻，借力便旋，旋得三旋，只听见花生喝一声：“下去吧！”便直蹿到木台下去。忽赤因头昏脑涨，摔了个唇破牙断，满口是血，半个脑袋都肿了。九如拄杖旁观冷冷笑道：“‘小黑魅功’也不过尔尔！”

南方群豪恨极了这吸血怪物，见此情形哄然叫好，若非碍于云殊面子，早就一拥而上。胡人们慌手慌脚抢了上来，将忽赤因拖回医治。

花生掼走忽赤因，纵身想抢到梁萧身前，忽觉劲风掠来，却是贺陀罗到了。花生不及抵挡，忽听九如笑道：“臭毒蛇，咱俩亲近亲近。”说罢手中木棒若怪蟒出洞，嗖地探出，贺陀罗只得放了花生，掣出般若锋反手一截。九如手中木棒搭上般若锋顺势旋转，贺陀罗虎口发热，兵刃几乎脱手，当即拳势忽转，击向九如怀中的赵昺。九如闪身让开，啧啧笑道：“贺臭蛇，你这手段还是如此下作？”贺陀罗阴沉着脸，右手舞开般若锋，左拳却尽向赵昺身上招呼。

花生见贺陀罗被师父缠住，转身蹿到梁萧身前，抓住“囚龙锁”运劲一拧，但那紫黑铁锁竟纹丝不动。花生一愣，方要运劲再拧，忽听背后细响，似有物事破空而来，只得放开枷锁，信手一捞，但觉入手轻飘，摊开手掌，却是一枚细长松针。

九如一棒迫开贺陀罗，目视黑松林笑道：“老穷酸，你来就来了，何必遮遮掩掩，哈，莫非怕老婆不成？”只听见松林中飒然一响，公羊羽鹑衣敝屣飘然走出，冷笑道：“老贼秃，你只顾卖弄嘴舌，不怕入拔舌地狱吗？”他身形一晃便落到木台之上。花无媸见他出现，面色顿转苍白，双眼盯着丈夫似要将他刺穿，花清渊望着父亲也是手足无措。云殊正自束手无策，忽见公羊羽亲来，精神一振，叫道：“师父！”但公羊羽只是冷哼一声，昂头望天，并不理会。

九如笑道：“老穷酸说得妙，这就叫作：我不入地狱，谁入地狱？正是和尚大慈大悲，哀怜世人的写照。善哉，知我者，穷酸也。”公羊羽啐了一口，冷笑道：“人不可以无耻，无耻之耻，无耻矣。”九如笑道：“穷酸你不要掉文，和尚只是问你，你到底帮着哪边？”公羊羽冷笑道：“总之不会帮你。”九如道：“依和尚看，你们杀了梁萧也是于事无补，留着他却有许多好处。”公羊羽略一沉默，徐徐说道：“若是寻常错失却也罢了，但聚九州之铁也难铸此一错，不杀此子无以谢天下。”

九如大头连摇，说道：“不然呢？大宋已是奸佞当道，国势不振，大敌当前，却让三尺小儿登上帝位，号令群臣。反之忽必烈为人干练，内有聪睿之臣，外有虎狼之师，不比其他，比比国君的能耐，两国强弱不问可知。诚所谓：‘鹰隼之侧岂容燕雀安眠。’元人固然贪得无厌，但大宋败亡也不乏咎由自取之故。倘若将一国之亡归咎于一人身上，未免太过牵强了些。”群豪听得这话虽觉不忿，但想起宋室衰微暗弱的情形，也不由大感沮丧。

公羊羽摆手道：“老和尚，你用出世人的嘴说当世人的话，未免大错特错。大丈夫在世，当顶天立地，除暴扶弱，方才不失侠义本色。倘有强人当街欺凌妇孺，你也会袖手旁观，只说‘谁教她等如此孱弱’吗？”九如道：“两国相争不同市井争斗……”公羊羽不待他说完接口便说：“事虽有轻重，但其理相同。朝廷虽然腐朽，但万千百姓又有何辜？元人蛮夷小邦，依仗强弓快马逞一时之能，但本性贪蛮，肆意征伐，不明仁义之道，不通治乱之法。圣人道‘刚不可久、坚不处下’，马上取天下，岂能于马上治之乎？我汉室虽遭外患，国脉断绝，却仍有黎民千万，豪杰无数，纵然败亡在前，但只要人心不死、道义犹存，便如神鸟凤凰，虽自焚于香木之中，却重生于灰烬之外，岂是区区燕雀之辈任人主宰？君不闻：楚虽三户，也必亡秦吗？”南朝群豪听到此处，只觉痛快淋漓，哄叫如雷：“楚虽三户，也必亡秦！”

当年秦灭六国，楚人心怀怨恨，说道：“楚虽三户，亡秦者必楚。”事后一语成谶，灭亡暴秦的刘邦、项羽均是楚人。

九如冷笑一声，说道：“这世间便就是有太多大丈夫、大豪杰了，扯虎皮当大旗，砍来杀去以致纷争不休。好，就如你老穷酸所言，你当年却又为何发下那样的毒誓，说什么即便大宋天翻地覆，也不动上半根指头？”公羊羽双眉一挑，冷冷道：“当年奸臣当朝，昏君无道，害我家破人亡。不才武功有成，也曾动过报复的毒念，欲凭一人一剑，将那些昏君佞臣、满门良贱杀个干干净净。”这番话惊世骇俗，听得人人背脊生寒，均想：“倘若真如此，可是古今未有的大血案了！”

公羊羽声音转沉，接着说道：“但也凑巧，在我行刺路上，遇上蒙宋两国交兵。不才心想：先不说蒙古觊觎，国势濒危，我弑君杀臣，倘若朝中无人承袭大宝生出内乱，岂不予了外敌以可乘之机？再说，昏君佞臣固然一百个该杀，但家中老幼却无辜，杀之有悖情理。我心中虽有这般考虑，但自知性情偏激，一旦动手，必定一发不可收拾。思来想去，终于按捺仇念，发下毒誓：即便大宋天翻地覆也定不动上半个指头。哼，旁人只道我公羊羽恋于私仇，不顾大局。殊不知，当初若不是被这毒誓困着，我三尺青锋出鞘，大宋朝早已完蛋大吉！”

众人听了这话尽是默然，云殊心想：“我始终埋怨师父不顾大节，没想到竟有这等缘由！”于是心中茫然一片，忘了孰是孰非。

九如洪声笑道：“老穷酸，难道你一生从未错过？人谁无过，有过能改，善莫大焉。嘿，罢了，你有你的道理，和尚亦有和尚的念头。如今大宋已亡，你也不必顾及誓言，咱俩抄家伙说话，只瞧是你的剑管用，还是和尚的棒子厉害。”说罢木棒一顿，白须飞扬。公羊羽微微冷笑，挽起长衫，袖手凝立。

忽听贺陀罗笑道："公羊先生，这老贼秃多管闲事，不自量力，不如你我联手，给他点教训。"公羊羽瞥他一眼，冷冷道："西域竖子，无耻蛮夷，就凭你也配与老夫联手？"贺陀罗脸上一阵青白，忽地打个哈哈，冷笑道："可是你徒弟三番五次求我来的。"

公羊羽冷哼一声，望着云殊道："是吗？"云殊一怔，低声道："是！"公羊羽厉声道："你这叫饮鸩止渴！非我族类，其心必异，当年大宋徽宗联金灭辽，辽亡之后却被金兵攻破汴梁。宋理宗联蒙破金，落得半壁河山也无法保住，你还想重蹈覆辙吗？"云殊额上汗出如浆，心中虽然不服，嘴上却不敢反驳。忽听花无媸冷笑道："好迂腐的见识，合纵连横之道，自古有之。那些蠢皇帝不会用，咱们未必就不能用。"公羊羽皱眉道："我教训自家徒弟，与你何干？"花无媸道："他与慕容有婚姻之约，便已是我花家的人，他要做什么，老身自会替他担待。"

公羊羽眉间闪过一丝讶色，沉默一下，冷笑道："随你的便！"他把袖一拂，不耐道："老和尚，打不打？"九如笑道："不打也罢，瞧你两口子斗嘴亲热，倒也别有趣味。"公羊羽双目精光迸出，两大高手凝神相对一触即发，忽听梁萧道："且慢。"二人回头望去，却见他由花生扶着缓缓站起，但花生费尽气力，也拧不开那道"囚龙锁"，急得小和尚抓耳挠腮。

梁萧对九如拱手道："大师为我出头，梁萧感激不尽。但大丈夫立世，一人做事一人当，若为梁萧微贱之躯损及大师佛体，梁萧九泉之下也万难安心。"

九如盯他半晌，叹道："你拿定了吗？"梁萧道："心意已决，还望成全。"九如仍不死心，又道："诚所谓放下屠刀，立地成佛。虽有滔天罪孽，但佛法广大，尽可化解。你不如弃绝红尘入我门下，洗尽平生罪孽，不再履足人世。"此言一出，公羊羽微微一怔，手捋颌下长须，低眉沉吟不语。

梁萧叹道："大师心意梁萧领了，但所谓'杀人偿命，欠债还钱'，我梁萧做便做了，绝不逃避！"这两句话斩钉截铁，掷地有声，群豪均想："这人虽作恶多端倒也不失为一条汉子。"

九如不由暗叹。要知古今罪人多有托庇佛法者，此辈一旦出家便再非尘世中人，只须不再作恶，那么无论官府江湖，也大都不再追究。梁萧若当真出家为僧，以公羊羽的身份气度，自也不便找他麻烦。但若梁萧一心了断恩仇不肯出家，九如纵有无量神通也化解不开这段恩怨了。

贺陀罗眼珠一转，拍手笑道："说得好，为人做事就应死不悔改。做了便做了，后悔的不算好汉。"九如听他阴阳怪气趁机挑拨，心中有气，便吹起胡须道："老和尚就不算好汉？哼，向年心软放你一马，至今想来，真是后悔至极。来来来，今日若不分个你死我活，决不罢休。"说罢不待贺陀罗答话便一棒挥出，将肚皮里的怨气都撒在贺陀罗身上。贺陀罗心中暗骂，使般若锋接住。

公羊羽盯着梁萧，面冷如冰，花生瞧得不对，一步抢在梁萧身前张臂拦住。梁萧叹道："兄弟，不关你事，你让开吧。"花生摇了摇头，闷声道："一朝是兄弟，终生是兄弟，那天你不丢下俺，俺今天晚上也不丢下你。"那日去大天王寺之前，梁萧说的话花生都牢记在心，此时不假思索说了出来，使梁萧听得心热如火，嗓子一时哽住了。

花生望着公羊羽，粗声粗气地道："读书的，你想碰俺兄弟，先要胜过俺。"说罢双拳一合推向公羊羽，拳到半途却又停住，又说道，"俺拳头重，你若害怕，立马投降，俺看你长得斯文，碰伤了你，俺心里也不痛快。"

公羊羽听他虽絮絮叨叨口气却很诚恳，微微一笑，说道："你尽力打，穷酸决不还手，打中了我算你本事。"花生哼了一声，心想这读书的尽胡吹大气，正想着伸手推出正要运劲，却见公羊羽忽地向后大大跨了一步，花生一掌推空，微微一怔，便又发声大喝，捏拳再送，直抵公羊羽胸脯，哪知拳劲方吐，公羊羽又退一步，于毫发间卸开他的拳劲。

花生心中惊怒，拳出连环，公羊羽却心如明镜，料敌先机，每每在花生拳脚将到未到之际避开，花生差之毫厘，谬以千里，出拳虽快，却总是无法中敌。二人一进一退，转眼间，只见绕着木台转了十来个圈子。花生虽拳拳用力却招招落空，胸口渐感胀懑，每出一拳，胀懑就添上一分，出到三十拳时，他身子一晃，面红耳赤，醉酒似的走了两步，忽然吐出一口鲜血。

群豪见此情形全都哗然，花生早先力败忽赤因威风八面，哪知公羊羽一招未发便将这小和尚逼得内息岔乱，口吐鲜血，这份能耐，当真近乎天人了。

梁萧见公羊羽以料敌之法挫败花生，心中骇然，纵身一扑横在花生身前，但苦于手足被锁，一跤摔倒，脸上伤口迸裂，鲜血如泉涌出。公羊羽冷眼旁观，忽道："很好，你小子虽不是东西，却还有点义气。老夫也不假手他人了，亲自取你性命！"说罢，只见袖中精光一闪，掣出青螭剑来，铮铮数声，就将"囚龙锁"挑成数段。

梁萧站起身来一眼扫去，群豪无不虎视眈眈，心知今日难逃一死，回头望去，只见花晓霜依在车旁，满脸泪痕，眼中充满深深关切。不觉昂起头来，扬声道："好。"气凝双掌正要出招，忽听花晓霜道："老先生，你还记得我吗？"公羊羽看她一眼，摇头叹道："小丫头，你不用说啦，这次我决不饶他。"

花晓霜惨然笑道："我不求你饶他性命，我只求与他面对着面，说一句知心话儿。"公羊羽摆手道："不成，你小丫头哭哭啼啼，若把老夫心肠哭软那就再也杀不了人。"一旁花无媸冷不丁地说道："原来你不仅是伪君子，还是胆小鬼吗？"

公羊羽勃然变色，招手道："好，小丫头，你过来。"花晓霜道："我娘制住了我穴道，我过不来。"于是公羊羽凤眼生威射在凌霜君脸上，吓得凌霜君心头不由得打了个突。只见公羊羽冷声说道："你放了她。"花无媸冷笑道："你说放开便放开，哪有那么容易？"她一心与公羊羽赌气，公羊羽说东她偏要说西，公羊羽说西她又自向东了，反正处处抬杠也不管有理无理。谁料话未说完，就见眼前一花，公羊羽已将花晓霜抓在手中，一旋身，掌出如风，与修谷、左元、明三叠各对一掌，逼得那三人胸口如压巨石，各自后退一步。

花无媸自侍女手中抢过一口宝剑，厉声道："清渊！"花清渊一愣，拔剑出鞘却不刺出。"太乙分光剑"非得二人同施才具威力，花无媸一人使剑，公羊羽浑不在意，形如大鸟，还当空掠了个"之"字，绕过她的剑锋便转回台上。他这一来一去，似出入无人之境，惹得花无媸惊怒交迸，旋即发出号令，天机宫诸人应声抢上，各站一角，将公羊羽围在阵心。

公羊羽斜眼一瞅，冷笑道："花无媸，单凭这区区九转八卦阵，也能困得住老夫吗？"花无媸粉面凝霜，自忖道："老穷酸允文允武，这阵势当然困他不住。但若如此作罢，又岂非便宜了他？”想着便瞥了花清渊一眼，见他望着公羊羽，眼神茫然，不由暗叹一口气：“可恨清渊性子软弱，终是不敢与他爹翻脸。”

公羊羽神色一敛，对花晓霜道：“丫头，老夫有言在先，你说话太多我可不答应。”他怕花晓霜说多了，自己心肠一软又如崂山一样放过梁萧。花晓霜点头后，转眼望着梁萧，梁萧也望着她，四目相对，少女的泪水便扑簌簌落下来，只留下两行清亮的泪痕，公羊羽瞧得不耐，掉头道：“婆婆妈妈做什么，有话快说。”

花晓霜伸袖抹了泪，强笑道：“萧哥哥，你还记得阿姨去的那天你答应了我什么话吗？”梁萧黯然点头。花晓霜抬眼望天，天上弦月如钩暗淡无光，她幽幽说道：“你答应过我，无论如何都要活下去。萧哥哥，无论你在哪儿，我的心都似这天上的月儿，时时照着你，片刻也不会挪开。”众人闻言，均想：“这女孩儿情根深种，倒也可怜。唉，只怪梁萧这厮罪孽太重，怨不得我们。”

梁萧瞧了瞧那弯弦月，心想黄泉路上，不知是否还有明月相伴。正想着，忽觉眼前微眩，双腿发软，顿时心头一惊：“糟糕，谁下了毒？”正要运功逼毒，忽听见扑通扑通，撞击声不绝，定神一望，天机宫众人已全数倒地。公羊羽也是一手抚额，足下踉跄，瞪着花晓霜，脸上流露出古怪神气。

梁萧正在吃惊，却见花晓霜忽地一挣脱出公羊羽掌握，奔上来将一粒药丸塞进他的口中，用力将他一推，喘息道：“快走……”原来，她趁说话之际，悄悄放出“神仙倒”，“神仙倒”是天下第一等的迷药，无色无味药效惊人，众人一时不觉，便纷纷中招。

梁萧解药入口头脑顿时一清，当下握住花晓霜纤手，叫道：“你也走！”花晓霜却惨笑道：“我不能走，我要救醒他们。”梁萧一愣，花晓霜抽出手来，眼中满是泪光，凄然道：“你要走得远远的，记着我的话，别再回来。”梁萧怔了怔，挪不开步子，就在此时，忽听得九如一声怒吼，梁萧侧目望去大吃一惊，敢情两人沉浸于离情别绪时，那边南方豪杰却均已倒地，九如步履踉跄，被贺陀罗逼得左右遮拦，险象环生。

第四章

浊世滔滔

花晓霜一瞧症状，便失声叫道：“神仙倒！”梁萧诧道：“晓霜，你做的吗？”花晓霜也觉惊讶，摇头道：“我没对他们下药，再说……”一指忽赤因等人：“他们怎么还站着？”

忽有一个胡人哈哈笑道：“贤师侄当真与我同出一门，连迷药都用得一样。”说的竟是字正腔圆的汉话，花晓霜正暗自诧异，又见那人在脸上一抓，手上多了一张金黄须眉的人皮面具，看他面目，正是“笑阎王”常宁，他混在人群中，趁众人关注台上时伺机下药，将数百南方豪杰一齐迷倒。

忽听贺陀罗发声怪笑，般若锋舞成斗大一团向九如当头落下，眼看就要手刃这生平强敌，忽觉背后风起，来势惊人。贺陀罗不敢大意，一掌反拍荡开一块大石，又见梁萧将石块掷出，掠过五丈之遥，一掌拍向贺陀罗。

贺陀罗足下一旋正要抵挡，梁萧却双掌忽分，左掌呼的一声将般若锋荡开，右掌变爪，扣住九如手臂将他带了过来，九如长吸一口气，盘坐地上，运功逼毒。

顷刻间，只见梁、贺二人身影交错，般若锋掠过梁萧肩头，带起一溜血光，梁萧掌缘扫中贺陀罗的右臂，使得贺陀罗痛彻心扉挫退两步，一条手臂几乎失去知觉。忽赤因看出其中厉害，呼哨一声，于是众胡人一拥而上将梁萧围在中间。梁萧见此纵跃姿态，心知来的均是好手，加上贺陀罗与忽赤因，自己今夜决无胜算，不知为何，他当此危境，胸中却了无怯意，一手按腰，纵声长笑。

贺陀罗手臂酸痛难消，他无必胜把握时决不轻易出手，虽眼看梁萧大笑，却也只是暗自调息。云殊虽也中了迷药，但他内力深厚，一时尚未昏厥，咬牙道："贺陀罗……你这算什么？你发过毒誓，要助我中兴汉室……"

贺陀罗笑道："你们汉人有句话，叫作'婊子无情，商人无义'。咱色目人做生意，那就是利字当头，敢问，是跟着蒙古人有利，还是跟着你们这些亡了国的南蛮子有利？"云殊更是羞愤交加，喝道："好贼子！"一口气上不来，吐出两口鲜血便昏厥过去。

贺陀罗心中得意哈哈大笑，忽听梁萧喝道："好个利字当头！贺陀罗，那你且看看，我这一掌是有利还是无利？"左掌一扬，使出"滔天炁"，这一掌汹涌激荡，来如沧海成空，贺陀罗为他气势所夺，神色微变，双掌也奋力送出，不料梁萧掌到半途却向右一带，忽又变作"涡旋劲"。这六大奇劲是他返回陆地后所创，贺陀罗不知其中巧妙，拳劲顿被带偏，落到左近的三个胡人身上，那三人有幸身当两大绝顶高手联袂一击，还不及哼上半声便即刻了账。

忽赤因见状，忽地纵身跳起，挥棍砸向梁萧背脊。梁萧旋身一转，左掌仍是"滔天炁"，右掌却变作"陷空力"，掌棍相交，忽赤因虎口流血，铜棍被这两道截然相反的内劲大力一扯，顿时变作一根曲尺脱手飞起。梁萧不待铜棍蹿高，左掌忽变"陷空力"，右掌变"涡旋劲"，只见铜棍凌空一折忽地扫向贺陀罗。

贺陀罗见梁萧转身应敌，正欲偷袭九如，忽见铜棍扫来，只好回身将铜棍一拳激回，梁萧却并不硬接，左掌内吸，右掌外旋，铜棍借势一转，正与两名扑来的胡人撞上，那二人被铜棍拦腰扫中，筋摧骨断，顷刻间双双毙命。

两回合之间，梁萧已连毙五人，吓得群胡魂飞胆裂，于是齐发一声喊，然后向后跳开数尺。九如瞧得痛快，叫声："好掌法！"解下葫芦抛给梁萧，"如此掌法，当以烈酒壮之。"梁萧接过葫芦拔塞一气饮尽，赞道："好酒。"群胡见他藐睨四方，脸上皆有怒色，忽见一人一跛一跛地蹿将出来，双袖一抖，射出无数银丸打向梁萧后背。

九如见梁萧似若不觉，急要招呼，忽见他眸子里奇光一转，掉过头来，噗的一声，口中酒水喷得满天都是，仿佛下一阵急雨，只见那银丸与酒珠一撞，因敌不过“鲸息功”的真力纷纷回转，较之来势还要迅疾。那胡人躲闪不及，银丸顿时击中全身，蓝焰腾腾燃烧。只听他凄厉号叫，双手撕扯衣衫，但那蓝焰燃烧奇快，眨眼间衣衫焚尽，毒火烧入皮肉。梁萧见他面皮烧破，竟又露出一张脸来，仔细一看却是火真人。

火真人与常宁同时躲在胡人队中，他因手足均残恨透梁萧，见他饮酒，只当有机可乘，便撒出“幽冥毒火”暗算，不料竟被梁萧神功迫回。只瞧他手舞足蹈，号叫狂呼，顷刻间就化作一团火光，跳动数下后扑倒在地，骨肉燃烧殆尽只剩一堆飞灰，经风一吹，徐徐散去。群胡见这毒火霸道至斯，一时噤若寒蝉。

梁萧一口酒喷死火真人，将空葫芦一掷，笑道：“还有七个？”他知道若让群胡腾出手来，南朝群豪定无一得免，于是双臂呼地一抡，内劲如霆飞电走，扫向群胡。

花晓霜见梁萧独挡强敌，一时心儿狂跳，焦急万分。忽听公羊羽道：“小丫头，你若给我解药，老夫便既往不咎，否则那臭小子迟早没命！”花晓霜想了想，说道：“放了你也好，但你须得答应，不……不与他为难。”公羊羽怒道：“你敢胁迫老夫？”花晓霜抿着嘴唇，心里好不矛盾，既想放了公羊羽让他退敌，又怕他对梁萧不利，取舍之间委实难断。踌躇间，忽听公羊羽叫道：“留心。”

花晓霜只觉右侧风起，身子略偏，一枚金针已击中手臂，微感麻痹。转眼望去，只见常宁狞笑扑来，花晓霜当下使出“暗香拳法”，双拳一拨一撩，常宁不料她中了“凝血针”还能动弹，措手不及，竟被花晓霜狠狠摔了一个跟头，顿时唇破血流，爬起怒道：“小娘皮，摔你爹吗？”公羊羽脸色一寒，喝道：“姓常的，你骂谁？”常宁被他一瞪心中微怯，忽又冷笑道：“公羊老儿，今儿可轮不得你嚣张，待会儿老子自当好好对付你。”公羊羽气得头发上指，心道：“虎落平阳被犬欺，龙困浅水遭虾戏，想我老穷酸一生傲视天下，难不成要受辱于这阴险小人？”

这时间，花晓霜忽地嗅到一丝异香如兰似麝，但稍嗅数息便觉心中烦恶，忽听常宁拍手笑道：“倒也！倒也！”花晓霜脑中忽地灵光一闪，叫道：“鬼麝魔兰？”常宁被她叫破毒药不觉一怔，花晓霜却趁机欺上双拳挥出。常宁武功平平躲过左拳，鼻梁却被花晓霜的右拳击中，只觉眼鼻酸楚，双泪齐流。

公羊羽由衷赞道：“小丫头，这一拳打得好！”常宁又惊又怒，左手一挥，又洒出一蓬红粉，花晓霜虽后退数步，但衣衫上仍是沾了少许。只见常宁伸手从腰间抓起一个盒子，揭开盒盖，嗡的一声，盒中蹿出百十只色泽乌黑、大如拇指的怪蜂，势如一团乌云罩向花晓霜头顶。

花晓霜熟读《神农典》，知道这怪蜂名叫“尸蜂”，蜇人无救，抑且身坚体硬，飞速迅疾，生来最爱吸食“血雨花”，故而驱蜂伤人之前，须将血雨花粉沾在敌人身上。花晓霜虽知其理，但去掉花粉却已不及，况且尸蜂乱飞只恐伤及旁人，当下便暗运“转阴易阳术”挥掌拍出，这些日子她得梁萧相助修为渐长，无须人畜为媒也能将“九阴毒”逼出体外。“九阴毒”性质奇特，乃天下所有毒物的克星，尸蜂与她掌风一触，皆是扑簌簌僵死一地。

常宁始料未及，不由手忙脚乱又抛出几样毒药，但花晓霜乃九阴之体万毒不侵。常宁见毒药无效，一时发急，正要使出拳脚，忽觉背后劲风压来，一时躲闪不及被重物撞上背脊，顿时喉头发甜，吐出一大口鲜血。他回头望去，却见那物是一具死尸，褐发深目，口中鲜血长流。

常宁一颗心扑地跳起，转眼望去，不过片刻工夫，场上只剩下五人。贺陀罗、忽赤因与三个胡人高手围着梁萧团团乱转。梁萧虽浑身是血，却如出笼疯虎，一转身又毙一人，信手抓住便向他大力掷来。常宁心胆欲裂，仓皇避过，他本是见风使舵之徒，见势不妙拔腿便逃，三纵两跳间，化作一道烟走得不见踪影。

梁萧心挂晓霜，连掷两具尸体欲将常宁击毙，但他已受伤不轻，内力衰减，急切间只能伤敌，却不足以取他性命，见其遁走，暗叫可惜。他略一分神，后心已吃了忽赤因一记重手，梁萧吞下涌起的鲜血，旋风般转过身子，双掌一沉一绞，只听咔嚓两响，忽赤因缩手不及双臂齐断。

贺陀罗惊怒交迸，猱身扑上，般若锋精光一闪正中梁萧大腿，梁萧当下放过忽赤因屈指倏弹，只听当的一声，般若锋被“滴水劲”荡开三尺，跟着左手如电抓向贺陀罗心口，贺陀罗翻身疾退，胸口却被指风拂中，便觉胸中好一阵窒闷难消。他心中震惊得无法可想，暗想若换作往日，这小子未必胜得过自己，今日虽以寡敌众，却连折九名一流好手，真是一夫拼命，万夫莫敌。

梁萧一招逼退贺陀罗后，忽觉腿上剧痛传来，不由一跤坐倒，贺陀罗见状心喜，纵身扑来。梁萧虽无法起身，却被逼出浑身潜力，只见他端坐不动，双掌绕身，掌力吞吐间，又将贺陀罗迫退。贺陀罗厉啸连连，如旋风般绕他奔走，手中般若锋寒光闪烁，夺人心神，不料梁萧左一掌，右一掌，出手虽非奇快，掌力却势如汪洋。贺陀罗连转十余圈却仍未看出破绽，不由焦躁起来："洒家称雄西方，竟斗不下一个重伤之人，若传将出去，岂不叫人耻笑？"谁知越是焦躁越难得手。

花晓霜见梁萧遍体鳞伤，不觉心如刀绞，一咬牙，掏出解药便想给公羊羽服下。贺陀罗遥遥看见，忽地使出"虚空动"，一晃数丈抢到她身后，一拳飞出，梁萧无力起身，虽徒自怒喝却无法救援。

花晓霜但觉劲风袭体，不由身向前倾，忽然肩头一紧被人抓住，向前拖了四尺。贺陀罗拳风落空，激得尘土四溅，抬眼一瞧，公羊羽已昂然而起，不觉吃了一惊，手足齐动似欲前奔，公羊羽正要拆解，怎料贺陀罗却身子一躬，忽地变进为退向着松林蹿去。公羊羽不防他一代高手竟会脚底抹油，一跌足正要追赶，忽见九如振衣而起，大喝一声："臭毒蛇，哪里走！"迈开大步追赶上去，刹那间，两人一前一后，势如流星赶月，钻进黑松老林，须臾便不见了踪影。原来，公羊羽、九如内力深湛，趁着梁萧拖住贺陀罗，全力逼出迷药，此时已是各自功行圆满。

忽赤因与剩下的两名胡人见状，也纷纷拔腿便逃，公羊羽青螭剑握在掌心，纵上前去刺倒两名胡人，眼看忽赤因脚步如飞已在十丈开外，当即大喝一声，软剑化作一道电光脱手而出，正中忽赤因后背，嗡的一声，将他钉死在地。

公羊羽拔出剑来回望梁萧，一言不发。梁萧心想此时交手，恐怕自己三剑也接不下，于是他惨然一笑，左掌在上，右掌在下，默默护住胸腹。公羊羽剑尖微颤，发出一声嗡鸣，不料人影一闪，花晓霜扑上前来，抱住他的手腕，急道："萧哥哥，你快走！"她犹恐不足，又张开小口，狠狠咬在公羊羽腕上。公羊羽似欲挣开，但终究长叹一声，垂下手去。

梁萧的泪水如两道清泉，化开了脸上血迹，点点滴落在地。他呆了一阵，转身扶起明三秋，目光一转，凝视花清渊道：“天机宫今日所赐，梁萧绝不敢忘，多则十年，少则八载，必当登门奉还。”花清渊等人正以内力抗拒药性，闻言均是一惊，公羊羽闻言双眉陡立，正要说话，却见梁萧一瘸一拐，已然走得远了。

花晓霜望着梁萧背影消失，心神一弛，便浑身虚脱，靠着公羊羽瘫软在地。

忽见九如大步转回，转眼一瞧，不见梁萧尸体，方才放心，问道：“那小子呢？”公羊羽冷笑道：“放他走了。你追的人呢？”九如冷冷道：“和尚心挂此间，暂且放他一次。”公羊羽哼了一声瞪着花晓霜道：“小丫头，你已遂了心愿，快将地上的人救醒。”花晓霜掏出解药，双腿却因发软无力站起，公羊羽只得亲自施救。须臾解药用尽，所幸常宁所用的也是“神仙倒”，九如也在丧命的胡人身上搜出几瓶解药给众人服下。

花无媸恼羞成怒，冲花晓霜冷笑道：“你拜吴常青为师，就学会了使毒吗？哼，好大的本事，看来天机宫这座小庙已是养不了你这尊大菩萨了，从今往后，你的所作所为都与天机宫再无干系。”花晓霜只是低头不语，花清渊夫妇虽怜女儿为情所苦，但以下犯上终究理亏，是以也不敢多言，只盼花无媸怒气平息再与她祖孙开解。

群豪虽中毒却未昏厥，前后的事已都瞧得明明白白，心中只觉无趣。东西之盟落得如此下场，众人皆是心灰意冷，便均向云殊辞别。云殊亦是心中惭愧无颜挽留，不消半个时辰，数百豪杰星散四方再无一个留下。云殊心中怨苦，不禁落下泪来，天机宫众人瞧在眼里无不叹息，花慕容面冷心软，想要劝慰他几句又不知如何开口。

忽听公羊羽缓缓说道：“哭什么！汉高祖有白登之辱，曹孟德有割须之恨，古今豪杰都难免困窘，唯有锲而不舍方能成就大功。你这般哭，能哭死胡虏，振兴华夏吗？”云殊一惊，匆忙收泪，只见公羊羽又摇头叹道，“你误信奸人几乎害了大家，这的确不对，但与梁萧一比，也只算小过，梁萧失了大节，才是错恨难返。故而小错难免，大关节上一定要把持得住。”云殊连连称是。

九如啐道：“放屁放屁，又臭又空！”公羊羽只是冷笑，心中却记挂梁萧临走时抛下的话：“那小子如今已经厉害，十年后不知又如何了得？届时若要寻仇，天机宫中，只恐无人抵挡得住。”想着此事，心中暗暗发愁。

到了天亮，众人方寻得一处小镇住下。因公羊羽来得晚，不知云殊与明三秋动手始末，当即问起，云殊便照实说了，公羊羽便将他叫到僻静处，替他运功疗伤，九如也因不愿与诸人同住，自与花生出去化缘。花晓霜独处其中，因为花无媸余怒未消，宫中诸人也都不便与她说话。

花晓霜闷闷不乐，又想起梁萧重伤在身更添忧愁，转入厢房躺了一会儿，却始终无法入眠。待了一阵又起身出房，却见凌霜君搂着花镜圆，低声哄他睡觉，花清渊也在一旁抚摸婴儿小脸，眉间露出慈爱笑意。

花晓霜瞧了片刻，心中忽地一酸：“爹娘有了弟弟，我已是多余之人，留在这里真是无趣。”她看了一会儿，便举步出门，凌霜君忍不住叫道：“霜儿，你去哪里？”花晓霜不及答话，忽听花无媸冷冷道：“她用毒那么厉害，哪里去不得？”花晓霜鼻间酸楚也不回头。来到户外，瞧得白痴儿正懒懒地晒着太阳，看见主人，一颠颠跑了过来，花晓霜将它搂住，想起梁萧又不觉落下眼泪。金灵儿也不知从哪里跳出来，钻进她的怀里，猴儿通灵，见她落泪，便拿毛茸茸的小脑袋给她蹭去泪水。花晓霜不好拂它之意，只得叹一口气收泪站起。

她漫无目的沿大路走了七八步，忽听低低呻吟，当下快走几步，遥见前方拐角处坐着一个衣衫褴褛的老妪，正捂着心口愁眉不展。花晓霜虽在困窘之中也不失医者天性，上前道：“老人家，你哪里不舒服？”那老妪道：“心痛得厉害。”花晓霜拉起她的右手正要把脉，忽见那段手腕光洁如玉，不觉惊道：“你……”话未出口，便觉腰上一麻，身子顿时软倒。只听老妪咯咯一笑，笑声清脆异常。金灵儿见主人被擒，吱的一声，伸爪便掏向老妪胸口，老妪骂声“小畜生”，一挥手将它扫了个跟头，它滚了一转便不动弹，这时又忽觉疼痛，低头一看，白痴儿死咬住自己足踝，她心头怒起，一脚踹在白痴儿头上，那狗儿头开脑裂当即毙命。

花晓霜看在眼里，芳心欲碎，泪如泉涌。忽听耳边风响，那老妪抓着她发足狂奔，不一会儿已到汉水边上。

老妪眼看无人追来，停下身形，拧了花晓霜面颊一把，拍开她的哑穴，咯咯笑道：“小贱人，你到底是落到我手里了。”花晓霜正觉她声音耳熟，忽见老妪在脸上一抹，露出一张如花俏面，花晓霜失声叫道：“韩凝紫……”韩凝紫笑道：“亏你还认得我！”忽地手起掌落，重重抽了她一记耳光，花晓霜口鼻间顿时鲜血长流。

韩凝紫面色忽转狰狞，咬牙道：“凌霜君那贱人与那负心汉竟敢如此亲热，哼，纵把他们碎尸万段也难消我心头之恨！”她一边骂，一边掐住花晓霜的脖子。花晓霜一阵气紧，耳中嗡嗡作响，隐约听得韩凝紫恨声道：“老娘今天就在你身上出气！”话音未落，小腹就吃了重重一脚。花晓霜只觉五脏六腑均挤在一处，喉头发甜吐了一大口鲜血，转眼便又昏过去。

梁萧抱着明三秋走了一程，寻了一处寺庙住下。他随花晓霜行医日久，略通医道，按药理配了几剂药物，外敷内服，又过了七八日，二人伤势渐好，彼此谈论学问，大感投契。明三秋笑道：“梁兄弟，你我当日在灵台交手，何曾想到今日？世事难料，莫过于此！”

又过月余，二人伤势痊愈。这一日，天光甚好，梁萧沿寺中回廊散步，忽见粉壁上镶了一面铜镜，料是寺中僧人整饰衣冠之处，他对镜自照，但见脸上刀疤宛然，心知这疤痕太深，恐是除不去了，即便除去了脸上的伤痕，可心上的伤痕却是一生一世也除不去的，想着便备感凄凉。又行数步，忽见壁上墨迹斑斑题了数行小字：“心如死灰之木，身如不系之舟。平生功业何处，黄州惠州儋州。”

梁萧将这诗默念数遍，心想：“心如死灰之木，身如不系之舟，而我平生的功业又在哪里？是天机宫，是襄阳，还是茫茫大海，天王寺中？”蓦然间，只觉于国于家一事无成，顿生出茫然之感。他怔忡片刻，便转回禅房，向明三秋道：“明兄，相聚月余，小弟受益匪浅，但天下无不散之筵席，今时此地，就此别过。”明三秋不舍道：“你去寻霜小姐吗？”梁萧道：“我若去寻她，势必又有一场争斗，还是不去为好。”

明三秋奇道：“那你当日为何放下硬话，以十年为期向天机宫寻仇？”梁萧苦笑道：“花晓霜背弃父母亲人，拼死救我，必受责罚，而我这么一说，他们顾忌于我必不敢待她太薄。”明三秋沉吟道：“那么老弟今后有何打算？”梁萧道：“小弟也不知道，唯有走一步瞧一步，若来日有缘，与明兄重会于江湖之上，必当把酒言欢，再叙别情。”说罢长身一揖，径向北去。明三秋望他背影消失不见，始才一声叹息向东南去了。

梁萧平生身不由己，俱随世事浮沉，今日好容易了无牵挂，却又心生茫然。如此漫无目的地走了二十余日，遥见前方拥来无数难民，一问才知是黄河决堤。他登高望去，遍地黄水乱注，万顷良田尽成湖泽，数十万灾民如星散蚁聚，挣扎呼号，哀鸿一片。

茫然中，忽听远远有人哀声歌道：“山峦如聚，波涛如怒，山河表里潼关路。望西都，意踌躇，曾是秦汉经行处，宫阙万间都做了土。兴，百姓苦；亡，百姓苦。”歌声苍凉顿挫，刺得梁萧心头隐痛，回头看去，只见万民哀号，却唯独不见了歌者的踪影，不由心想：“唱的是‘兴，百姓苦；亡，百姓苦’，但若无所作为，岂非永受苦楚？”

于是他打定主意，问明方向，召集了几十个难民，直趋河监衙门趁夜闯入。那河监正与同僚听歌看舞，宾主欢洽，猛然瞧见梁萧，不由大呼小叫，几个家奴上前都被梁萧踢翻，众官便都四散逃走，但哪逃得过，一个个都被按住捆了。梁萧坐到上座，叫过河监，询问为何不理汛情，那河监颤声应道：“仲夏水满，难免决堤，往年朝廷都有治水之策，但如今西边海都犯境，东边又与高丽、日本交战，南方还要攻打安南、占城，朝廷已是处处兴兵，哪里还能够兼顾水情？如今无粮无饷怎么治水？况且今年水势来得甚是猛烈，千里长堤处处可危，下官……下官也不知该从何治起了。”

梁萧道：“据我所知，这周遭百里有九座粮仓，你大可开仓放粮召集河工治水。”却见那河监面如土色，双手乱摆道：“那是军粮，放不得。”梁萧微微冷笑，先命一干难民将众官守着，便自往行省治所去了，只见梁萧一把将行省长官从小妾的被窝里揪了出来，命其发令开仓放粮，那长官虽吓得魂不附体，嘴里却说道：“那是供给西北战场的军粮，如果放了，下官人头不保。”梁萧将手掌在他脖子上一比，笑道：“你若不放，这颗人头同样不保，总之都是不保，但倘若你治水有功还可将功补罪。”

他连哄带吓，嘴舌与武力并用，那长官熬不住只得签令放粮。梁萧将行省长官与河监捆成一团，下在监里，日夜看守，自己却冒称钦差，坐镇行省衙门。他气派极大，且蒙古话说得流利无比，往年带兵之时又谙熟官府掌故，故而众官虽疑，却也不敢妄言。

梁萧开仓放粮后，少许赈济灾民，大部用来征召河工，七日之内，便已召集民工六万。梁萧审明涝势，图画山河，将民工分派各部，或是挖渠分流，或是高筑堤坝；或是制作器械，又或是掘堰蓄水，冲刷泥沙。他本有通天彻地之才，一朝得展所长，真是算无遗策，不出半月之功，便已将洪水泛滥之势遏住，一月期满后，河水尽平，逃难灾民皆重归故里。此时元廷也渐渐听到风声派人来探，梁萧心知不可久留，便放出长官与河监后扬长而去。

那二人虽得了自由但怒气冲天，急遣人马缉拿，却是徒自扰乱乡里，毫无梁萧踪迹。忽必烈得知河患消弭，一时龙心大悦，对开仓放粮之事竟也不予追究，反而大大称赞了一番。那二人惊喜交迸，只将治水功劳全都揽在身上，却对被擒受辱、缉捕梁萧之事只字不提。

梁萧脱身之后，望着汤汤河水想这月余经历，寻思道：“这条河裹挟泥沙，奔涌而下。我今年治好，明年不免再度泛滥，如此循环不休，不知如何是个了时。晓霜为人治病，常说‘正本清源’，治河未尝不应如此，但若要正本清源，却只怕要去大河源头探个究竟。”

想到此处，他便顺着黄河西行。这一日，梁萧历经潼关，抵达长安附近，忽地忆起故人，便辗转到了华山脚下，一问乡里，才知赵家、杨家、王家的遗眷尽被李庭接到大都赡养。梁萧心中悲喜交加，又信步来到山南小屋，只见绿竹森森，清泉潺湲，一轮小水车在屋前哗啦啦转个不停。他推门入内，却见床被虽依旧，桌椅宛然，墙上却已布满细细蛛丝。

梁萧从木桌上拿起一只竹鸟，这竹鸟本是他做给阿雪的玩物，因搁置已久布满灰尘，泪眼迷离中，仿佛又见到那个圆脸的少女在远处拈针缝衣，可伸手拂去，却又空无一物。梁萧将竹鸟贴在脸上，泪水顺颊滑落沾满了枯黄的鸟翼。

好半晌，他才举步出门，将那竹鸟调好机关，伸出手掌，那鸟儿扑地蹿上天去。梁萧怅望良久，忽地叹了口气，不待竹鸟落地，便寂然向西走去。

花晓霜醒来时，只觉凉风习习，吹在身上，剧痛稍稍缓解，她勉力睁眼瞧去，却见一个山坡四面古木森然，忽听韩凝紫笑道：“你知道这是哪里？”花晓霜转眼望她，茫然摇头。

韩凝紫道：“这里叫作百丈山。梁萧曾驻兵于此，以一千铁骑大破十万宋军，威风得很呢。”她提及梁萧，花晓霜精神稍振，举目望去，襄阳城楼隐隐约约在天边勾勒出细小的线影。却不防韩凝紫揪住她的头发，抽她两记耳光，咯咯笑道：“这是替莺莺打的，梁萧那小贼朝三暮四，竟敢抛下我那师侄，勾搭上你这个小浪蹄子。哼，你当还能见着那小贼吗？告诉你吧，我已派人给花清渊和凌霜君送信，让他们来此见我。我不仅要让他们死无葬身之地，更要他们尝尝丧女之痛。你信不信？他们若敢不来，我便把你卖到窑子里去，让普天下的臭男人都来疼爱凌霜君的宝贝女儿。”说罢又是一阵狂笑。

花晓霜原本心哀若死，听了这话却不由打了个哆嗦，心想：“落到那步田地，真是生不如死。她叫来父亲母亲，必要用我胁迫他们，我又岂能害了他们。”略一默然，忽道：“韩凝紫，你本来就是我的手下败将，暗算伤人也没什么了不起的！”韩凝紫脸色一变，厉声道：“小贱人，你说什么？”狠狠抽了花晓霜两个耳光，打得她嘴角流血，又冷笑道，“若非梁萧那小贼弄诡，仅凭你这点微末伎俩又岂是我的对手？”花晓霜道：“我是微末伎俩，可你连我都打不过，岂不是微末中的微末？”

韩凝紫的脸上青气一现，忽地抬起掌来却又停在半空。花晓霜这两句话点中了她心底的要害，想当初，韩凝紫自觉容貌本事远胜凌霜君数倍，可那一无是处的贱人却霸占了她心爱之人。此恨可比天高，输给谁也不打紧，可若输给这对母女一分一毫那也万万不能。

刹那间，她转了几个念头，而后拍开花晓霜穴道，冷冷道：“好，咱们再比一次，看你还有什么法子胜我！”说罢便后退数步，美目生寒。花晓霜默默起身，忽地抬手拍向自己头顶。韩凝紫岂容她轻易丧命，赶忙飞身抢上，左手勾她腕脉，右手食指点向她胸口要穴。

花晓霜因伤势沉重，身手迟钝，却更不料韩凝紫来势如此之快，于是瞬间手腕便被扣。她想也不想，右掌斜撩，左膝疾起，随即顶向韩凝紫小腹，正是“暗香拳法”中的一招“踏雪寻梅”。韩凝紫暗自冷笑，嘴里叫声“好”，便使出“飘雪神掌”中的“小霰散手”，双臂一圈，就将花晓霜的右臂缠住，喝声“断”。

她那日输给花晓霜，事后反复揣摩，只觉“暗香拳法”处处克制“飘雪神掌”，的确难以破解，不过因花晓霜的内力低微，如以擒拿手与之纠缠，可令其空有拳术，却无力施展。

花晓霜只觉右臂剧痛，想起“暗香拳”中还有一路叫作“折梅手”的擒拿手法，便使了出来，抖手转腕。韩凝紫一不留神几乎被她挣脱，不觉心生狂怒：“小丫头浑身是伤，怎还拿她不住？”说罢怒哼一声，运转“冰河玄功”侵入花晓霜右臂。

花晓霜只觉冷流灌入，便不假思索，施展“转阴易阳术”，阴脉入，阳脉出，“冰河神功”本是纯阴内功，在九大阳脉中一转，顷刻便化为乌有。

韩凝紫连催内力，均如石沉大海，却见花晓霜苍白的面孔隐透红光，似乎内息充盈。韩凝紫暗生惊惧：“数月不见，这小丫头内功大进了吗？”她生平自负，决不相信这小丫头胜得过自己数十年的修为，当下右手微缩将花晓霜左掌粘住，双掌内力此起彼伏地向花晓霜连绵攻来。

花晓霜却不管对方如何变化，只要内劲涌来，便左掌导入，右掌攻出，右掌导入，左掌攻出，转阴易阳，轻易便将韩凝紫惊涛骇浪似的攻势一一化解。相持了一炷香的工夫后，花晓霜虽鬓生微汗，面色却白里透红，艳若三春桃花；而韩凝紫的脸色却越见苍白，眉间透出一丝死黑之气。她忽地闷哼一声，双掌后撤，倒退数步。花晓霜见她脸色发青，眉尖颤抖，似在抵御极大痛苦，正觉诧异，韩凝紫忽地厉声尖叫：“小贱人，你对我用毒？”

花晓霜恍然大悟，适才她被迫用上“转阴易阳术”，却无意中将“九阴毒”也度了过去，韩凝紫不知不觉着了道儿，痛苦之余，怒不可遏，便抽出一柄短剑，扑上来一通乱刺。花晓霜一边避让，一边叫道：“你……你先别动，我教你怎样逼毒。”

韩凝紫却压根儿不信，只当她有意讥讽，出手越发狠辣。不出两回合，花晓霜的小臂就中了一剑，血透衫袖，眼见韩凝紫势若疯狂，心知再不逃走势必死于剑下。她先前所存死念不过迫于无奈，但现在有了一线生机自不会轻易就死，当即捂了伤口跑下山坡。韩凝紫正待追赶，却忽觉头晕目眩，浑身发冷，于是禁不住一跤跌倒，她心知如再不抗拒，毒入五脏，其势再难救，当下便盘膝运功，不敢挪动半分。这九阴奇毒本是她一手造就，今日亲受其祸，也算是造化弄人、报应不爽了。

韩凝紫所练“冰河玄功”本为纯阴一路，与“九阴毒”秉性相同，因此一旦运功，便只会助长其势，根本无法解毒。她只觉周身忽痒忽痛，乍暖还寒，诸般古怪滋味一起涌来，花晓霜生平所受的九阴毒脉之苦，她此刻也是一一领受。韩凝紫更将花晓霜怨入骨髓，恨不能食其肉，寝其皮，而后称快。

她咬牙切齿一阵，扶着树木，蹒跚走到山脚，只见郊野空旷，却不见仇人踪影，正在烦恼，忽见来路上出现两道人影，正是花清渊与凌霜君。夫妻二人，一个长袍广袖、丰神如玉，一个碧裳螺髻、清丽脱俗，两人并肩而行，宛若一对璧人。

韩凝紫望着两人走近，一颗心似在油锅里煎熬，浑身血液时凝时沸，眼眶又酸又热。忽见花清渊在丈外止步，也呆呆地盯着她，眼神似喜似悲，而凌霜君却咬着嘴唇，眼中喷出两道火舌。

三人默然对视，过了良久，花清渊叹了口气，幽幽道：“紫儿，多年不见，你憔悴多了！”二女都不料他沉默许久竟然说出这句话来，均是微微一愣，韩凝紫情难自禁，冲口而出：“你……你也变了好多……”

凌霜君却气得身子发抖，一顿足，转身便走，花清渊吃了一惊，慌忙将她挽住，问道：“你去哪里？”凌霜君怒道：“连你都不把晓霜放在心上，我还管她做什么？”花清渊一怔，苦笑道：“我怎么不把晓霜放在心上了？”凌霜君死死盯着他，咬牙道：“你见了这毒妇，不先问女儿下落，却与她卿卿我我，当我是透明人儿吗？我这辈子见过的冷血汉子，以你花清渊为最。”

花清渊脸色发白，无言以对。他一见韩凝紫，全然是不由自主说出那句话来，虽明知不对可也难以抑制。凌霜君见他呆怔模样，知他心中抱愧，更觉委屈，禁不住啜泣起来。花清渊叹了口气，将她搂在怀里，向韩凝紫道：“紫儿……咳……韩姑娘，小女无辜，负你的是我，你若肯放了小女，花清渊便任你处置。”

韩凝紫与他久别重逢，原本神飞意驰，忘乎所以，忽见他抚慰凌霜君的温柔样子，又不禁妒火重燃，脸色青白不定，轻轻笑道：“韩姑娘，韩姑娘……”她低呼数声，语中微微哽咽。花清渊见她神色怪异，忍不住唤道：“韩……凝紫，晓霜到底……”韩凝紫柳眉倒竖，忽地喝道：“韩凝紫是你叫的吗？”她望着凌霜君，冷笑道：“你的宝贝女儿，早被我砍成十八块，丢到汉江中喂鱼去了。”

花清渊倒退一步，脸上全无血色。凌霜君见韩凝紫独自一人，便已猜到女儿遇害，一听这话，二十年的仇恨同时涌上心来，挣开花清渊，纵身扑将上去，韩凝紫亦是挥剑相迎，转眼间，这对情敌斗在一起。

论及武功，韩凝紫本是高出凌霜君不少，但她身中“九阴毒”，举动迟缓，只拆了二十来招，就被凌霜君一掌打在胸前，韩凝紫步履踉跄，几乎跌倒。凌霜君重创仇敌，且惊且喜，正要抢上结果对方，眼前人影忽地一闪，花清渊已将韩凝紫扶在手里。凌霜君如堕冰窟，呆了一呆，半晌凄然道：“好，二十年前如此，二十年后还是如此，花清渊，你这一生，是护定了这毒妇吗？”

花清渊神色数变，转眼望去，韩凝紫面色委顿，口边鲜血流淌，一时间，怎么也狠不下心肠对她动手，只得道：“无论如何，也要问个明白……”话没说完，忽听一声怒哼，掉头望去，花无媸一脸怒容，公羊羽、九如、云殊与花生各站一隅，这才想起早先约好，自己先与凌霜君前方诱敌，四大高手伺机夺人。

公羊羽踏上一步，厉声道：“韩凝紫，你方才的话可当真？”韩凝紫虽没有亲眼见过酸穷儒，但公羊羽这身行头一望便可知。她自知难逃公道，心中动了倔强念头，冷笑道：“我骗你做什么？我已亲手杀死那小贱人，你没瞧见这剑上的血迹吗？”花清渊夺过短剑一看，剑脊上血迹未干，顿时心头一空，望着韩凝紫，仿佛痴了一样。

公羊羽呆了呆，忽地纵声厉啸，身形一晃，手起掌落，就向韩凝紫当头拍落。花清渊见得掌来，不由抬掌格挡，父子二人掌力一交，花清渊左膝一软，便跪倒在地，脸上涌起一股紫气。公羊羽怔了怔，撤掌叹道：“罢了，我不管了。”花无媸眉眼通红，恨声道：“有其父必有其子，哼，你也不配管他！”公羊羽苦笑道：“你说得是，我当真不配。”卷起大袖，退在一旁。花无媸上前一步，逼视花清渊道：“你还要护着她吗？”花清渊只觉脑中乱哄哄的，但挽着韩凝紫始终不忍放开。

九如长叹道：“悠悠苍天，不佑善人。花晓霜悬壶济世，救人无数，却终究不得善终。唉，罢了罢了，世间事多是如此。花生，走吧！”花生愣了一下，忽地两眼瞪圆，大声说道：“师父，你说晓霜死了？”九如瞧着徒弟，暗暗叹息，点头道：“不错！”

只见花生呱的一声，跳起三尺，指着九如鼻尖怒道：“老和尚骗俺！晓霜怎么会死？她怎么会死？”九如道：“她也是血肉之躯，怎么不会死？”花生好似热锅上的蚂蚁，狠狠踱了两步，大摇其头，连声说：“不对不对，别人会死，晓霜那样的好人，怎么会死呢？梁萧不会死，晓霜也不会死。”在他心中，怎也不信晓霜死了，环眼睁得老大，瞪在九如脸上，模样十分愤怒。韩凝紫冷笑道：“我亲手杀的，还不信吗？”

花生怒道：“你骗俺，俺不信！”韩凝紫道：“你不信，可以看剑上……”话未说完，花生便大喝一声，一拳挥来，花清渊出手抵挡，但“大金刚神力”有撼天动地之威，花清渊因心有旁骛，顿被逼了个手忙脚乱。

花无媸皱眉道：“九如和尚，天机宫的事自有天机宫处置，你们师徒凭什么插手？”九如冷笑一声，叫道：“花生，走吧。别人的家事咱们少管为妙。”花生一愣住手，忽一跌足向远处狂奔而去。九如望他背影，摇了摇头，叹道：“老穷酸，就此别过。”公羊羽虽与他斗嘴，心中却很敬重他，也合十作礼：“恕不远送。”九如长叹一声，木棒点地，人已在数丈之外了。

花无媸盯着花清渊，涩声说道：“我再问你一遍，你当真护定这毒妇吗？”花清渊的眉尖连连颤动，忽一咬牙，大声道：“不错，我花清渊既无流水公之武功，也无元茂公之奇学，更没有你的精明算计。我……我是这天机宫古往今来，第一个无能无用之人。”

花无媸不料他说出这番话，微觉怔忡。忽听花清渊又说：“从小到大，每当看着先人遗迹，我就打心底鄙夷自己，故而从不敢拂逆母亲。你逼我娶霜君，我没违拗；你要我做宫主，我也没推诿；你要我暗算梁萧，我亦是照做；你让我冷落晓霜另生镜圆，我都一一照办……”

花无媸冷冷道：“你说这些干什么，难道是我错了？”花清渊惨笑一声，说道：“母亲从来算无遗策，怎么会错？千错万错，错都在孩儿，只怪我没胆量，也没本事。有时候，我真羡慕梁萧，他敢作敢为、敢爱敢恨，纵有千般不是也胜过我花清渊万倍。”花无媸的脸色一片惨白，涩声道：“是啊，我管束你太紧，你真该大大恨我才是！”

花清渊摇了摇头，叹道：“孩儿岂敢怨恨母亲。当年元茂公早逝，天机宫大厦危倾，母亲独力支撑受过许多委屈，若无过人的决断，哪有今日之局。”公羊羽叹道：“是了，是我的错，从小到大，我都没能好好教你，若你有我这一身武功，花流水又算什么？”花清渊摇头道：“也不怪父亲，人各有志，不可强求，你性子潇洒，若被缚于天机宫内也太委屈。”自从公羊羽夫妻反目，花清渊与他第一次以父子相称，公羊羽百感交集，瞧了花无媸一眼，心中忽有几分惭愧。

只见花清渊转过头来，幽幽叹道：“霜君，我生平最对不起你。可情之一物从来无法理喻，我虽百无一用，但由始至终，心中只容得下一人。今日重见紫儿，我才明白，当年与她相别之际，花清渊这颗心便已留在她那里，今生今世……再也无法取回了！”他语气虽力持平静，凌霜君却已是泪如雨落。她内心中对花清渊爱之甚深，明知他心不在己，但也一而再、再而三地原谅他，听了这番话，她心中不胜绝望，知道自己已经永远败给了韩凝紫，再也挽不回这个男子的心意了。

花清渊举目望天，眼里泪光闪动，只见他幽幽叹了口气，说道：“是我一错再错，对不起父母，对不起妻子，对不起梁萧，更对不起晓霜。花清渊本是不祥之身，一切冤孽，由我而起，一切过失，也应由我承担，只盼诸位能看我分上，饶恕凝紫……”说到这儿，花清渊忽地掉转剑锋，抹向脖子。这一下十分突兀，众人只觉热血上冲，脑海中一片空白。

眼见血溅五步，花清渊手臂乍紧，却被人拦住，转眼看去，只见韩凝紫笑靥如花，眉生春色，眼中透出不尽温柔。花清渊心生恍惚，似乎又回到二人热恋之时，不觉轻轻叹道：“紫儿，你何苦拦我？”语声呢喃，温柔至极。

韩凝紫叹了口气，将头枕在他臂上，幽幽说道：“你以前是笨蛋，现在还是。”花清渊苦笑道：“我一向都笨，你都知道的，如今除了一死，我想不出别的法子来救你。”韩凝紫定定望着他，缓缓道：“我杀了你女儿，你不恨我吗？”花清渊叹道：“若我不负你，岂有今日？”

韩凝紫抓过短剑，握在手里，叹道：“我真的好恨，若她是我的女儿该多好。”说着轻轻一叹，“渊哥，我问你一句话，你要好好答我。”花清渊道：“你说。”韩凝紫道：“你方才说，你的心始终留在我这里，是真的，还是只为哄我？”花清渊冲口说道：“千真万确，绝无虚言。”

韩凝紫心满意足，展眉而笑。自分别以来，花清渊再也没有见过这张笑脸，一时瞧得痴了。韩凝紫叹道：“渊哥，你还记得那日我离开天机宫，去天山找师姐时，你对我念过的那首小令吗？”花清渊露出追忆之色，忽地轻声吟道：“新月曲如眉，未有团圆意。红豆不堪看，满眼相思泪。终日劈桃穰，人在心儿里。两朵隔墙花，早晚成连理……”念到这儿，忽觉韩凝紫身子抖震，眉间闪过一丝痛苦，花清渊低头看去，登时魂飞魄散。只见一把短剑已插入韩凝紫的心口，直没自柄，花清渊失声尖叫：“紫儿，紫儿……”韩凝紫强忍痛楚，死死扣住花清渊手臂，喘息道：“紫……紫儿把心还给你，从今往后，你……你要好好待你的妻女……”她眼中神光涣散，话未说完便已气绝。

剧变迭出，众人心摇神驰，全都看呆了，花清渊痛不欲生，搂定韩凝紫放声痛哭。众人虽觉韩凝紫恶毒狡诈、作恶多端，但没料到她临死之际，竟会有此一举，便是凌霜君也觉心中一空，再也提不起恨意。天机宫诸人均已赶来，前后瞧得明白，花慕容鼻间酸楚，轻声念道：“两朵隔墙花，早晚成连理。”云殊知她心意，不由将她柔荑紧紧握住，暗下决心：“从今往后，我要一心对待慕容，决不再三心二意，做出害人害己的事。”

花清渊先失女儿，又失至爱，这一哭昏天黑地，直哭到没了气力，凌霜君将他扶起，花清渊这才平复下来，对花无媸道：“人死万事空，紫儿已死，容我将她就地掩埋。”

花无媸木然道：“从今往后，凡事你自己做主，不必再问我了。”花清渊也不多说，只是赤手掘坑，将韩凝紫放入，落土之际，他长久凝视爱人遗容，终于叹息一声，推土掩埋，刻木为碑，原写“旧侣韩凝紫之墓”，但想了想，终将旧侣二字抹去。

他默默落泪一阵，方才站起，公羊羽忽道：“清渊，人之将死，其言也善，韩凝紫临终时让你好好对待妻女，莫非霜儿还在人间？”云殊摇头道：“不然，如果花晓霜未死，韩凝紫又何必自绝？”公羊羽冷哼一声，心想：“你懂什么？情之一物，原本就不可理喻，若韩凝紫不死，她与清渊这段纠葛该如何解脱？”忽又想起生平孽缘，不觉喟然长叹。

众人议论一番，决定分散搜寻，搜了一日，却是一无所获。正要返回，忽见前方路上何嵩阳带了一干南方豪杰走了过来，个个鼻青脸肿，云殊忍不住叫道：“何兄，怎会如此？圣上呢？”何嵩阳苦着脸道：“我们本带着圣上原地驻守，不料那小贼秃气冲冲折回来，不问青红，抱了圣上便走，我们奋力阻拦却被他一顿好揍。”云殊听说花生夺走赵昺，心中大怒，遂顾不得风度，破口大骂贼秃。

公羊羽冷冷道：“骂也无用，那孩子年幼，让他去了也罢。再说那小和尚武功甚高，别说他们，只怕你不受伤，也未必胜得了他。”云殊不以为然，沉默不语。公羊羽看他一眼，冷笑道：“你不必不服，你胜不了小和尚，更胜不了梁萧，那人武功之强，尤胜萧千绝壮年。将来他若寻仇，你须得日夜苦练，方可抵御一二。”

他看似是教训徒弟，实则提醒天机宫众人。众人想起梁萧临别所言均是愁上心来：“梁萧与花晓霜情深爱重，晓霜若在，他就算前来也不敢无理，如今晓霜生死不明，以那人的性子，结果实在难料。”

何嵩阳慨然道：“云公子不必挂心，那斯为南武林的公敌，只要他踪迹一现，我们势必齐心协力叫他骨肉成泥。”公羊羽冷笑道：“人多有什么用？亿万宋人，还不是败在元人手里？”众人被他揭了疮疤，皆是羞怒之色溢于言表，却见公羊羽又是一声冷笑，拔足便走，云殊方欲出口招呼，但他已去得远了。

梁萧风餐露宿溯大河而上，越往西行，气候越是苦寒，瀚海千里，渺无人烟，巨大盐湖时时可见，黄河水由浊变清，河道由宽而窄，土著言语梁萧已渐难明白，唯有凭借手势沟通。

这一日，他越过积石山，河水更见细小，人畜已能徒步涉过，心知已距源头不远，便疾行数日抵达一座大山之下，只见山脊为冰川覆盖，雪白刺眼，梁萧询问土著方得知此山名为“巴颜喀拉”。他稍事歇息，便登山而上，翻过一面岩壁后，汩汩细泉从山顶泻下汇聚成溪，溪水裹挟无数碎冰，撞击声高低起伏、若合符节。

梁萧心知此处就是大河之源，他摘下羊皮浑脱，饮尽囊中青稞酒顺手抛入水中。那皮囊在冰块间磕磕绊绊向东漂去，梁萧心中感慨：“人说河源为流觞之地，想那下游水势滔天，何等厉害，此处却不足以漂起酒囊。”看了一会儿，他突发奇想：“黄河水以如此细流化为滔滔洪水，其中的道理若能化入内功，岂非大妙？”想到此处，若有所悟，便盘膝静坐于水边。

他在河源处坐到日落方才下山，忽见大山南麓，方圆百里内星芒烂漫，莫可逼视。梁萧大感惊奇，便极目远眺，瞧出光芒出自数百泓泉水，沮洳散涣，灿若列星，汇聚一处，流入黄河。梁萧恍然而悟：“这里就该是地理志中所说的‘星宿海’了，乍眼一观，果如满天星斗散落人间，古人诚不欺我也。”

看到这儿，他心中生出疑惑，坐在一块山石上，皱眉沉思：“我少时在天机宫读《山海经》，《大荒西经》曾有言：‘昆仑之丘，河水出焉。’黄河之源，当为昆仑山，又说道：‘西海之南，流沙之滨，赤水之后，黑水之前，有大山曰昆仑之丘’。赤水为黄河，以古人之见，黄河理应出于昆仑山，但‘巴颜喀拉’山势低小，怎及昆仑山接日月、负青天的气象？再说这星宿海又是从何而来？《海内西经》曾有道：‘海内昆仑之虚在西北，河水出其东北，西南又入渤海，入禹所导积石山。’如此看来，昆仑应在积石山西北，郦道元《水经注》说‘河自蒲昌，潜行地下，南出积石’，又道‘葱岭之水，分流东西，西入大海，东为河源’，按地理图所载，葱岭、蒲昌距此千里，难道说，黄河源头远在西北，而后河水潜行地下一千余里再从星宿海冒出吗？”

想到这里，梁萧大觉不可思议，他天性好奇，心中既有疑惑，若不探个究竟，委实无以自解，他凝思半晌，决意前往西北，寻找传说中的昆仑山。

因他所带干粮耗尽，便就地打了一头野羊烤熟吃了，在岩洞中歇了一宿，次日启程向北。沿途戈壁沉沙，烈日炎炎，走了约莫十日才渐有水草迹象，苍穹尽头，白云生处，依稀刻画出大山轮廓，簇簇雪峰高入云表，冰雪耀日，光华灿然。

又行一日，大山躯干已宛然在目，横贯东西，苍苍莽莽，势如雪域飞龙，夭矫惊腾。又见山顶冰川消融，纵横蜿蜒，在原野上聚成大小海子，波光蔚然，水汽弥漫，迎日一照，流光泛彩。

梁萧不觉襟怀疏朗："化外之地竟有如此气象？中土山水虽众，但与之相较，都不免流于拘谨了！"正自揽风赏景，忽觉地皮微震，西方天空隐有闷雷之声。他循声望去，只见烟尘嚣张，凝成长长灰线，由细变粗滚滚而来。

梁萧吃了一惊："此地也有战事？"左右一瞧，千里草海无处可藏，只得抢上一处缓丘。灰线渐渐逼近，却是无数野马，鬃毛飞扬，奋蹄狂奔。马群后一箭之地，数百牧人奋力甩着套索，声嘶力竭，呼喝不止。

忽又听西南方传来蹄声，出现了数百骑人马，从前包抄过来。这迂回包抄本是草原牧民惯用的围猎之术，若用到妙处，围猎队伍八方齐至，管叫猎物无处可逃。

野马群被斜刺里一冲，顿生溃乱。突然间，马群中蹿出一匹浑身火红的野马，骨骼粗大，较之寻常野马高出一头，鬃毛奇长几乎盖住马首。这红马迎风长嘶一声，声音十分悠扬，马群闻声，旋风般向北疾驰。又见北方烟尘大起，数百余骑士迎面驰来，那红马又是奋蹄长嘶，野马群便又转向，冲梁萧这方涌来。

梁萧惯经战阵并不将马群放在心上，只是暗觉奇怪："按说东南方也该有人堵截，莫非接引有误？"念头才转，身后马蹄声响，回头望去，只见数十骑人马出现在后方，他正想来人太少，旋即又悟出其中的微妙，"是了，这支人马在那里并非堵截，而是出于惊吓，如此再三惊扰，马群势必溃乱，那时擒捉野马，就十分容易了。"

果如梁萧所料，东南人马一出，马群阵势顿时大乱。却见那头火红野马咴的一声又蹿将出来，纵声长鸣，马群好似战士听到号角，忽地齐头并进向东方冲刺。梁萧不由喝了声彩："马中之王，当真了得！"野马也懂批亢捣虚，东方诸人均是错愕不已，眼瞧数千野马奔腾而至，一时纷纷躲避。唯有一名红衣女郎夷然不惧，纵马突入马群，套索左右抽打，野马一被抽中，便吃痛让开。梁萧见那女子套索挥舞间隐有软鞭招数，不由得暗暗称奇。

那女子东一穿、西一钻地辟出一条路来，逼近红马，便翻身落上马背，众骑士皆哄然欢叫。梁萧心道："擒敌先擒王，这招使得利落，这女子似乎通晓中土武功。"

那红马桀骜不驯，能令万千同类俯首帖耳又岂容人类骑乘，顿时上纵下跳，左抛右摔，举动极为暴烈。红衣女紧紧拽住马鬃伏在马背，初时还能把持，不过片刻便觉力怯，身子如一张纸鸢般被抛得满天飞舞。

忽然间，红马四蹄一攒，身躯回旋，女子尖声骇呼，身如掷丸飞星向着野马群里落去。此刻万马奔腾，若落入乱蹄之下，真是有死无生。众骑手无不失声惊叫，忽见人影闪动，梁萧一蹿一纵将女子凭空搂在怀里，跟着身形折转落便在一匹野马背上。低头一瞧，红衣女不过二八妙龄，杏眼凝碧，极为美丽。

那少女惊魂未定，气息急促，檀口间吐出淡淡奶香，忽听她叽里咕噜极快地说了两句，梁萧不解，少女发急，手指红马又说了两句。梁萧这才听了出来，少女的话里夹杂许多突厥语。向年，钦察营中也有突厥战士，梁萧为了统率方便，也跟着学过一些，想了想，问道："你要我抓住那匹红马？"少女连连点头，梁萧叹道："物各有主，何必强求？"少女急得小嘴一扁，猛地哭道："我们追了一个多月，若抓不住它，就全完啦……"

梁萧环顾四周，骑士们已是疲态尽显，断然无力再度设围，又听少女哭得伤心，心头一软，叹道："我且试试！"说完便将她撂在一匹野马背上，自己却挥鞭纵马向红马迫近。红马吃过一回苦头，一见人来，当即奋蹄突出马群，蹄不沾地地将梁萧抛落两箭之地。

梁萧起了好胜之心，纵下马来衔尾紧追，此时东风正厉，吹得他衣袂飘飘，势如滑行草上。众骑士皆瞠目结舌，呆呆瞧着一人一马浮光掠影般奔到地平线处，忽地消失不见。

逐出二十余里，红野马越奔越快，梁萧渐被抛落，暗赞："此马神骏绝伦，几乎比得上莺莺的胭脂马了！"他俯身抓起一块硬泥捏下一枚小丸，以"滴水劲"射出击在红马后腿关节，泥丸哧的一声便化为轻烟一团。这一下力道虽轻，却叫红马后腿软麻，跛了一跛，梁萧趁势奔近，手中泥丸去如连珠，不伤红马筋骨，只令它蹄软筋麻，有力难施，去势渐渐迟缓。

片刻工夫，梁萧已抢近马尾伸手拈住，一个筋斗便翻上马背，红马见状，使出浑身解数奋力挣扎，梁萧也施展轻身功夫，任它上下起落。红马见势不妙，便撒蹄狂奔，梁萧左臂勒住马颈，又伸袖盖住马眼，红马眼前一团漆黑，唯有闭眼瞎撞，狂奔了半个时辰后，终于无法可想，驻足服输。

第五章

大哉昆仑

这边因马王离群，马群顿生溃乱，众人趁机捕捉，奈何因追逐已久，人倦马乏，而野马的性子又极为剽悍，虽堵截数次，马群溃围而出，正在焦急，忽见东北方一团红光冉冉飘来。

梁萧乘马赶至，一拍马颈，红马纵蹄长嘶，野马群哄然奔回，在它前方聚成一团。众骑士围了上来，梁萧用突厥语叫道："马王在此，不必用强。"众骑士见他骑乘红马，个个面露惊容，哄然叫道："阿忽伦尔，阿忽伦尔……"

梁萧不解其意，也不想多问，只向那少女叫道："你们回哪儿去？"少女双颊泪珠未干，听他一问，不禁破涕为笑，遥指西边："去那儿！"梁萧便轻提马鬃，红马会意，呼啦啦向西驰去。野马以它马首是瞻，一时间万马奔腾又向西方驰去，众骑手喜不自胜，纷纷尾随其后。

行了约莫百里，已是人马皆乏，一名骑手赶上来请求休息。梁萧勒马停住，不一会儿，数十骑均拥上来，骑士们纷纷下马，为首的是名胡人老者，着一袭描金短衫，头戴阔皮大帽，额宽鼻挺，身躯高大。左边便是那红衫少女，右旁则是一个唇有短髭的英俊青年，背挺如枪，双目平视前方。

老者微一欠身，用突厥语说："我是这里的族长欧伦依，年轻人，你会说突厥话，是突厥人吗？"梁萧道："我不是突厥人，你们呢？是突厥人吗？"短髭青年面露不屑，冷冷道："我们是精绝人！"梁萧奇道："精绝人？没听说过，这又是什么地方？"

那青年听得不入耳，只哼了一声，冷冷不答。欧伦依微笑道："这里毗邻西昆仑，说起来，精绝故国已破灭很久了，我们在这昆仑山下已经流浪了四百多年。年轻人，你从哪儿来？蒙古还是汉地？"他见多识广，自梁萧容貌举止就大致猜出了他的来历。

梁萧心想："无论蒙人汉人，都不会拿我当族人，天下虽大，却已无我立足之地了！"当下叹道："我乃一介浪人，无国也无家。"欧伦依见他不肯相告，只得又说："那么敢问大名？"梁萧心道："若说出名字，无异于自认出身？"想了想，叹道："你叫我西昆仑吧！"

精绝人不论贤愚，都听出此人言不由衷，原本见他降服马群心生敬佩，均想与他结交，又见他遮遮掩掩，心中顿时好感尽消。只有欧伦依看出梁萧似有隐衷，点头笑道："好，西昆仑，多谢你收服马群，你要什么酬劳，尽管说吧！"

梁萧摇头道："我不要酬劳。"听了这话，人人面露诧色。欧伦依哈哈笑道："那么，如不介意，我请你去我们的营地，喝一碗甘甜的美酒，瞧一瞧精绝姑娘的舞姿吧！"梁萧见他言语恳切，不便推辞，便拱手笑道："但听吩咐！"众人欢然大笑。欧伦依手指短髭青年道："这是我的侄孙捷苏，精绝人中最骁勇的战士。"捷苏略略点头算是打招呼。

欧伦依又指那名红衫少女道："这是我孙女……"少女不待他说完，便接口说道："我叫风怜，是精绝人中最美的姑娘。"众人皆是笑成一团，梁萧也不觉莞尔。

风怜盯着红马，眼中流出敬畏神气，说道："西昆仑，你能降服阿忽伦尔，很了不起啊！"梁萧皱眉道："阿忽伦尔？"风怜道："精绝语中，阿忽伦尔就是浴火流星，也叫火流星。"梁萧赞道："火流星，好名儿。"又见风怜轻哼一声，噘嘴道："先前若不失手，驯服它的一定是我！"明亮的大眼在火流星身上转来转去，好不羡慕。

梁萧一拍红马颈脖，笑道："风怜，若你喜欢火流星，我把它送给你吧！"话一出口，人人失色。风怜如处梦中，未及答话，欧伦依就挥手止住她，正色说道："西昆仑，若你知晓阿忽伦尔的宝贵，就不会轻易许下诺言。阿忽伦尔乃昆仑山下万马之神，不仅脚程第一而且十分神异，它所过之处，带走了所有精壮的马匹。你知道吗，这些野马，多曾是牧马人驯服过的坐骑，人们常说，一匹阿忽伦尔，抵得过昆仑山下所有的马群。"

梁萧摆手道："正因宝贵，是以最喜爱它的人才配与它为伴，何况大丈夫一诺千金，绝无收回之理。"火流星得他示意便挨到风怜身边，伸出鼻孔嗅她秀发。风怜伸手轻抚它的鬃毛，再瞧梁萧一眼，眉眼微微泛红，轻声说道："多谢……"不待梁萧答话，就纵身跨上火流星，一道烟试马去了。众人瞧她红衣红马，飞逝如电，名驹美人，相得益彰，仿佛草原之上飘起的一团烈焰，惊艳之余，皆齐齐喝彩。

梁萧凝望风怜背影，心头却浮起另一个乘马的少女影子，一时胸中剧痛，叹了口气，回头望去，忽见捷苏狠狠瞪视自己，眼里大有敌意。梁萧心中恍然，淡淡一笑，并不理会。

歇息片刻，精绝人奉上野味美酒，众人正当饥饿，当下狼吞虎咽，饱餐一顿。梁萧沉默寡言，众人也不便多问。风怜因坐得不远便时时拿眼瞧他，一旦梁萧转眼回望，她却又低下头去，雪白的侧脸上泛起一抹嫣红。

吃饱喝足，众人启程西行，停停走走，行了数日，遥见前方溪谷出现许多雪白帐篷，精绝人望见家园，不禁齐声欢呼。

早有快马通报，精绝男子乘马自营地冲出与同胞欢然相拥，他们清一色黑发碧眼，剽悍瘦削，妇女们也拥到帐外，她们多为年少女郎，个个腿长腰细，丰腴白皙。风怜乘火流星飞驰上去，翻身下马，与女伴拥在一处，叽叽咯咯，说笑不停。

欧伦依挥鞭遥指冲梁萧笑道："西昆仑，你瞧，小月亮堕进星子里啦！"梁萧见那些女郎虽也美丽，但与风怜一比却尽皆失色。众女四面围着她，真如众星捧月，一时莞尔，心道："小妮子自称精绝族最美的姑娘，倒也不是胡吹大气。"

众人拥马入营，却见营中青烟袅袅，每座帐篷上都描画一把小剑，帐前立了一个冶铁大炉，许多兵器黑沉沉的，搁在打铁砧上。一名身形高大的中年男子走上来，躬身道："族长，恭喜你成功归来。"他目光落在火流星的身上，面露讶色。欧伦依笑道："全亏西昆仑帮助，咱们的功劳，连一粒草籽也比不上。"众人的目光便齐刷刷投在梁萧身上，女人们皆是交头接耳，风怜却早已快嘴快舌说出了来龙去脉。

梁萧微感窘迫，拱手道："大家出了许多力，我只是多些运气罢了。"欧伦依笑道："是啊，做得多不如做得巧。孩儿们也很辛苦，但少了些运气。"捷苏等一众战士正觉沮丧，听了这话稍稍振奋。欧伦依又指那名中年男子："西昆仑，我与你引介，这便是我儿子铁哲。"

梁萧与铁哲相对作礼，欧伦依又问："铁哲，咱们不在，可有大事？"铁哲道："只安吉纳的突厥马贼来犯过，没近营盘就被咱们打退了。"欧伦依浓眉一皱，怒哼道："这笔账将来再算！"

梁萧仔细打量铁哲，只见他衣衫残破，手背多有灼痕，乍一瞧，不似一族副长倒似冶铁匠人。铁哲沉默少言，向众人微一欠身后便自去张罗酒肉。众人入帐，席地围坐，风怜端了一壶葡萄酒给梁萧斟满，低声道："西昆仑，我阿爹是个没嘴的酒壶，不会说话，你别怪他。"

梁萧不解道："我怪他做什么？再说了，不爱说话的人，通常都有本事。"风怜喜道："对呀，他是勇敢的战士，还是最灵巧的工匠。"忽又见捷苏死死盯着这边，于是秀眉一皱，转身去了。

这次围猎，精绝人共获得三千多匹雄壮骏马，更得到昆仑神马火流星，欢喜之情无以言表，当晚便燃起篝火，杀羊烹牛，大开盛宴。一时酒肉飘香，光影凌乱，男男女女皆是纵情歌舞、不饮自醉。族中长老轮番敬酒，梁萧酒到即干，决不推辞，也不知喝了多少碗酒，耳边歌声已是渐渐模糊，眼中人影恍惚错乱，终于趴在案上，一下子醉了过去。

醒来时，四周弥漫香草气息，梁萧隐约觉察有人正用浸湿的毛巾给自己抹脸，再一转念，惊觉自己躺在一张毡被上，当即睁开眼睛，正瞧见风怜白里透红的娇靥。风怜见他睁眼，欢然笑道："你醒啦。"

梁萧支起身子，苦笑道："惭愧。"风怜忙按住他道："你快躺下来，别乱动。"然后伸手端了一杯羊奶，递到他嘴边。梁萧喝下羊奶，默运内功，驱走酒意，遥闻鼓乐之声，便道："宴会还没散吗？"风怜笑着点头："你醒得真快，我当你要睡上三天三夜呢！嗯哪，你喝了好多酒，醉得像团烂泥……"说到这里，她抿嘴笑道，"喝醉了还哭鼻子，不害臊吗？"

梁萧一怔，醉后的事他虽一概不知，但听起来似乎出了丑，不由苦笑。却听风怜又道："你哭得好厉害，每个人都听见了，是爷爷亲自把你扶到这儿来的。他说，你是有大本事的人，不比我这个小丫头，在众人面前哭会很难堪，他还说，你……你有许多伤心事，你的眼中，那忧郁比草原上最大的海子还深。"她情不自禁，伸手碰触梁萧脸上那道疤痕，又仿佛烫了手般，一碰即收，满面羞红。

梁萧却别过头去，淡淡说道："我没事了，你出去吧！"风怜默然片刻，只得迈着细碎的步子走出帐子。梁萧待她出去才直起身来，望着摇曳的灯火，心头恍兮惚兮，想起诸多往事。

忽听得帐外传来激烈的争吵，听得出一个是风怜，另一个是捷苏。二人精绝语说得快极，梁萧听不明白，忽又听见风怜尖声大叫，梁萧一跃而起，掀帘而出。却见不远处，捷苏似乎喝醉了酒，双臂箍住风怜，鼻息粗重，眼光灼热，风怜竭力挣扎，尖声叫骂不已。

梁萧冷冷道："放开她！"他嗓音虽不高，却自具威严。捷苏为他气势所迫，双臂略略放松，风怜趁机挣脱，在他胸口狠狠打了一拳后，捂了脸飞奔而去。捷苏退了两步，按着肩头，死死瞪着梁萧，梁萧目光并不相让，沉声道："你若喜欢她，就不该强逼她。"捷苏握紧拳头，怒道："这是精绝人的事，你凭什么来管？风怜是我的，谁也夺不走！"梁萧见他怨毒神情，只冷冷一笑，正要转身入帐时，忽听远处传来号角，凄厉刺耳，响彻夜空。捷苏脸色微变，便撒腿奔向集会处。

梁萧心知有事便紧随在捷苏身后，尚未走近，就听欧伦依洪亮的声音远远传来："安吉纳，你这条蒙古人的狗，你来这里干吗？你不怕精绝的战士将你碎尸万段吗？"

梁萧从人缝中望去，欧伦依坐在上首，下方站着四个身着绣花长袍的色目人，只见为首一人高高瘦瘦，目光阴沉，听欧伦依说完，咧嘴笑道：“欧伦依，你真比发情的儿马还要莽撞！你杀了我，海都汗能放过你吗？今天我是窝阔台汗国的使节，是奉命向大汗的仆人征收贡物的。”

捷苏不待欧伦依说完，高叫道：“精绝人从来都不是海都的仆人，也不会向你的大汗纳贡称臣！”安吉纳冷笑道：“蠢东西，你自以为能挡得住花斑豹的铁骑吗？”捷苏登时便踏上一步，欧伦依挥手制止，对安吉纳道：“好吧，你先说，海都他要什么？”安吉纳笑道：“他要三千匹最快的骏马，一千个精壮的工匠，三百个美丽的姑娘，嘿，他还要精绝族最锋利的宝剑。”

场中仿佛炸了锅，皆发出震天的怒吼声，所有的精绝男子都拔出马刀。安吉纳却安之若素，笑道：“大汗说了，要么交纳贡物，要么交战，欧伦依你任选一样。”精绝人呵斥声大作，震得四面帐篷瑟瑟发抖，欧伦依一挥手，众人忽又噤声。欧伦依缓缓道：“安吉纳。”安吉纳嘻嘻笑道：“怎么啦？欧伦依，你想明白了吗？”

欧伦依点了点头，字斟句酌地道：“你告诉海都，欧伦依不会交出一匹骏马，也不会给他一把刀剑，更不会献上半个姑娘。精绝人只有战士，没有仆人。”精绝人应声叫道：“对，只有战士，没有仆人。”

安吉纳脸色铁青，厉声叫道：“大汗的怒火一旦燃烧起来，昆仑山也会化为灰烬。精绝人，一旦开战，无论你们上天入地，都将无处可逃！”欧伦依腾地站起，目光凛冽，厉声道：“滚吧，趁精绝人的怒火还未燃烧起来，安吉纳你快逃命吧！”他白须四散，雄壮躯干仿佛身后耸峙的昆仑大山。

安吉纳为他一喝，不禁退了半步，一咬牙，拂袖便走，忽又听有人叫道：“慢着！”只见捷苏一手按刀拦住他去路，安吉纳冷冷道：“你要做什么？”捷苏道：“安吉纳，我们围猎野马时，你偷袭过我们的营地吗？”安吉纳冷笑道：“那又怎样？”捷苏脸一沉，喝道：“拔刀吧！”

安吉纳冷笑不语，捷苏又跨上一步，马刀带起一股疾风，咻地劈出。安吉纳不料他真敢动手，仓皇后退，身旁三名手下拔刀护卫，但见捷苏刀锋一侧，铮铮数响，对方两把钢刀已尽被截断，而后捷苏举刀横推，当下血花四绽，只见两颗人头张口怒目跳在半空。剩下一人身子低矮绕到捷苏身后，暴喝一声欲挥刀猛斩，捷苏却头也不回，只是斜下反肘，当的一声，刀柄撞在那人刀侧，那人虎口一麻，钢刀嗖地弹回劈中额角，登时毙命。

安吉纳见状怒喝一声，绰刀扑上。捷苏刀势一沉，二人刀锋相交，安吉纳的钢刀再次被折断。捷苏挥刀上掠，只见安吉纳凄叫一声，捂着左耳腾腾腾倒退三步，指缝间血如泉涌，捷苏挑起地上半只耳朵，冷笑道："留下你的右耳，听你大汗的教训。这只左耳，花斑豹若有本事，就让他来取吧！"安吉纳眼光怨毒，死盯着捷苏的马刀，忽地点头道："刀法很好，但不及刀好！"

捷苏听出嘲讽，下巴微扬，傲然道："你要换刀再斗吗？"安吉纳冷笑道："机会多的是。"不顾耳畔血流如注，跳上一匹马，一阵风去远了。精绝人瞧他去远，均发出如雷欢呼。梁萧暗自赞许："精绝族人虽不多，但活得挺硬气。"

欧伦依手一挥，众皆肃静，他沉思片刻，忽道："铁哲，你说，现在该怎么办？"铁哲摇头道："不能战，只能逃！"众人一片哗然。捷苏不满叫道："为什么要逃？精绝的战马能把蒙古马远远抛开，精绝的战士也不比蒙古人差！"但铁哲只是盯着欧伦依，一言不发。

欧伦依叹道："不错，我们的战士不比蒙古人差，但能出战的男人有多少？三千不到！还要留人照拂妇幼老弱！花斑豹的昆仑大营铁骑三万，能征惯战。真打起来，我们赢得了吗？"精绝人闻言，纷纷面露沮丧。

欧伦依道："好了，今夜大家火速收拾，明日启程，撤往剑谷。"精绝人听到最后两字，皆流露出古怪神气。梁萧正自奇怪，忽听风怜低声道："剑谷是昆仑山中一个险要地方，精绝人在那里躲过好几次大劫。"

梁萧回头望去，见她双目红肿，睫毛上挂着泪珠，不由叹道："方才的事，别放在心上。"风怜紧咬朱唇，恨声道："他若再碰我一次，我就杀了他！"转身跨上火流星，呼啦啦向营外驰去。梁萧叫道："你去哪儿？"风怜却不答应，梁萧见众人无暇理会这边，只怕风怜孤身遇险，便牵过一匹骏马随后赶上。二人一前一后，在月光下驰骋，风怜见梁萧跟来，便按辔徐行。梁萧催马赶上，默然相随。

两人并骑驰了一阵，前方出现一座小丘，月正当空，在丘顶泻了一层明亮的银砂。风怜上了小丘，落马坐下，梁萧将马留在山下，也走上丘顶，说道：“明日就要启程，不去收拾行装吗？”风怜小嘴一噘，冷冷道：“有姊妹们张罗，才不用我操心。”梁萧笑道：“原来你是个不爱做事的懒女孩儿。”风怜急道：“才不是，我三岁就帮阿娘挤牛奶，照顾小羊羔儿。精绝人中，我羊毛剪得最快，衣衫也织得最好。我只是不想留在那儿，就怕待上一刻，捷苏又来啰唆。”

梁萧沉默时许，叹道：“我瞧他武艺很好，也有英雄气概。”风怜怒道：“你还帮他说话？”梁萧笑了笑，仰天说道：“今天月色很好。”风怜白他一眼，嗔道：“你这个大滑头。哼，他再敢那样对我，我一定杀了他。”说着从怀里取出一把银亮的小匕首在梁萧眼前比画。

梁萧向后一缩，奇道：“这是什么？”风怜见他假意流露惊惶，忍俊不禁，笑道：“这是我们精绝女子守护贞节的东西，要么刺死污辱你的敌人，要么刺死自己。”梁萧道：“那我还是躲远些。”风怜奇道：“你又没对我无礼，为什么要躲远些？”梁萧见她神色间全无矫饰，不禁忖道：“这女孩儿心性无瑕，出乎天然，我可不能再图口舌之快。”便笑了笑，不再多言。

两人并肩静坐，瞧着一钩残月、满天星斗，耳边微风飒飒，清凉如水，一时皆是身心俱寂。好半晌，梁萧叹道：“男欢女爱也不可强求，你若不爱捷苏就该对他说明白。”风怜扁嘴道：“他比牛还笨，听不懂人话。”转眼望着梁萧，不知为何，心中升起莫名情愫，一时双颊发烫，心跳转沉。迷乱间，忽见梁萧直起身来，神色专注，侧耳倾听，半晌道：“人数不少啊。”风怜奇道：“什么人？”梁萧道：“大约是蒙古人。”

风怜一惊，梁萧皱眉道：“但愿我猜得不对，不然可不妙了。”他跳上马背，疾驰而出，消失在茫茫夜色。不一会儿，远处蹄声渐响，梁萧乘马自暗夜中钻了出来飞至丘下，高叫：“蒙古骑兵，快回去！”话没说完，却见座下骏马一颠，已瘫然在地，腿腹之间插了数支羽箭。

风怜花容失色，飞也似跨上火流星将梁萧援上马背，梁萧揽住她纤纤细腰振缰疾行，火流星奋蹄狂奔，顷刻便抛下追兵，箭一般冲入精绝大营。众人正在收拾行装，听得消息不觉目瞪口呆。

捷苏叫道："绝无可能，蒙古人若要进攻，怎么会先派使者过来？"梁萧道："兵不厌诈！这是蒙古人的惯用伎俩，先派使者麻痹敌手，而后趁夜奔袭，无往不胜。"捷苏还要辩驳，欧伦依大手一挥，决然道："西昆仑说得对，捷苏，你先召集人马挡他一阵，老弱妇孺，全随我退上北坡。"

蒙古大军因行踪泄露，便索性大张旗鼓，举火行军，数千支火把汹涌而来，照得天地皆白。捷苏仓促统军出击，还没逼近，蒙古人箭矢密集，精绝战士纷纷落马，捷苏抵挡不住，且战且退，退回山坡，近千战士已是折损一半。蒙古人初战告捷，气势如虹，一路喊杀过来，欧伦依指挥众人在坡上支起铁盾，盾后设弓箭手，以弓箭射住阵脚，蒙古骑兵冲杀数次，却均被击退。

两军相持一夜，山坡上下死尸枕藉。黎明时分，曙光初现，铁哲见蒙军显露疲态，下令精绝骑兵换上铁盔铁甲，骑上马，马身也披铁甲。欧伦依挥鞭一指，两千铁骑便呼啸而下，蒙古人举弓相射，却射中精钢甲胄，箭镞尽折，铁哲仗着弓强矛利将蒙古军阵冲崩一角，直透阵心，数千蒙古军将其团团围住，铁哲率军穿梭不定，虽反复冲击，却如滚水穿冰，融开一层，还有一层，两军彼此绞杀，一时难分胜负。

激战半个时辰后，捷苏又聚集二百精骑冲下山坡，与铁哲内外夹击，蒙古骑兵抵挡不住，军阵渐渐溃乱，欧伦依喜上眉梢，欢叫道："孩子们胜啦！"精绝人皆齐声高呼，给战士助威打气。

梁萧伫立在欧伦依身后，眼看血流遍地，耳听人马惨嘶，不知为何，心中只有说不出的厌恶，但觉蒙古人胜了也无可悲之处，精绝人占了上风也不值得欢喜，只想："无论谁胜谁败，不过在长草间留下几堆白骨，千百年之后，这些尸骨还能分出敌友吗？"想到这儿，不禁万念俱灰。

东方烟尘忽起，原野尽头出现一队人马，其势不下万人，衣甲鲜明，赫然蒙军装束。精绝人在坡上瞧见，顿时欢声稀落，呆若木鸡。蒙军见援军抵达，士气大振，重又扎住阵脚。

欧伦依闭眼时许，忽地睁开道："精绝人，事到如今，还能退却吗？"众人一愣，齐叫："不能！"欧伦依扯散如雪白发，将长矛高举过顶，厉声叫道："投降者终身受尽屈辱，奋战者虽死也永享自由。精绝人，无论男女，不管老少，但凡能骑马引弓，全都随我来！”他催马突出奔下山坡，当下手起矛落将一名蒙古骑兵搠于马下。

精绝人见老族长亲自出战，敌忾之心大起，不论白发老者，还是稚嫩少年，皆挽起弓矛纷纷驰下山坡，一时碧血横飞，战事更趋惨烈。蒙古援军尚未奔近，忽地兵分两路，两翼包抄而来，分明是要截断精绝骑兵的退路。风怜见状，也召集二百个会骑马射箭的年轻女子结成一支女军，女孩儿们跨上战马，望着血腥战场，有个别胆量小的，低声啜泣起来，这哭声仿佛瘟疫，传染奇快，刹那间，老弱妇孺皆是相拥而哭，响遍山坡，风怜想要呵斥，话未出口，嗓子却早已哑了。她转眼看向梁萧，却见他两眼望天，无动于衷，不觉心中冷透：“我当他是个了不起的好汉，不想事到临头，却是个贪生怕死的懦夫！”想到此处，狠狠一抹眼泪，正要催马冲下，忽听梁萧叹道：“风怜，你留下！”

风怜不及转念已被拽下马来，梁萧翻身跨上火流星，向众人道：“你们守住山坡不让蒙古人上前一步，做得到吗？”众人应声一呆，风怜见他神色有异，心中惊疑，急道：“那山下呢？山下怎么办？”

只见梁萧眉一扬，朗声道：“交与我便是！”他凝视山下战场，又望了望身后妇孺老幼，一股热血涌上心头：“人生一世，草长一秋，我梁萧百劫之身，早已活够了。”说罢抄起一张挡箭铁盾突入蒙军阵中。一名蒙军看见，还不及放箭，火流星便来如闪电早已奔近，梁萧迎面一盾，将他连人带马打成一团肉饼。一名百夫长见状挺矛来刺，梁萧拧住矛杆，神力迸发，那人心口如遭雷击，矛尾自前心贯入，后心透出，在他身上扎了个透明窟窿，其势不止，径向前飞，梁萧马不停蹄，抢到他身后，又扣住矛身，向外一抽，只见血雨纷飞，那百夫长已是软泥般瘫在马上。

梁萧人如虎猛，马似龙惊突入蒙军阵中，左挡右刺，东驰西突，手下无一合之将，势若一道火光。将蒙古大军剖成两半，直抵军阵之后，方要纵马杀回，忽见前方援军阵中帅旗高张，旗下一人精赤上身，豹头虎目，体格格外强壮，前胸后背皆布满金钱文身，乍一看，便如一头蓄满精力的金钱大豹。梁萧心想：“这人就是传言中的‘花斑豹’吗？”一催马，直向帅旗冲去。

花斑豹本名阿鲁台，是窝阔台汗海都的义子，镇守昆仑南北，骁勇绝伦，能生裂熊罴，自号昆仑山下第一好汉。因此公有一桩怪癖，无论春夏秋冬，打仗与否，从来不着片甲寸缕，只露出遍体豹纹，故而人称“花斑豹”。他虽然不披衣甲，可身经百战，斩将夺旗，却从未伤过，此时瞧得梁萧透阵而来，甚感骇异，喝令放箭。梁萧盾牌挥舞，将乱箭一一荡开，火流星脚力惊人，蒙军一轮箭罢，第二支箭还没上弦，它已冲到帅旗下方。

花斑豹不料对手来得如此迅疾，心中大为吃惊。但他久经战阵，面对强敌，亦是夷然不惧，当即绰起大刀，如风劈出，梁萧举盾一挡，铁盾因敌不住花斑豹势大力沉，顿时分成两片，花斑豹也趁势下推，斩向对手头颈。但见梁萧眼疾手快，将刀杆攥住后，两人发力一拧，刀杆咔嚓折成两段。花斑豹虎口迸裂，鲜血长流，半个身子全都麻痹，忽地眼前一花，咽喉剧痛，原来早被梁萧一矛贯穿。只见梁萧大喝一声，将这蒙古大将挑在矛上，高高举了起来。

主帅一回合就已丧命，使蒙人三军震怖。梁萧摇动长矛，再次杀入敌阵，花斑豹的尸身上布满豹纹，挂在矛尖上分外惹眼。蒙古人如三军夺气，而精绝人则士气倍增，交锋数轮，蒙军吹起收兵号角欲向后缓缓退却，梁萧却一马当先赶上冲杀。火流星遇上战阵，兴奋嘶鸣，马群得闻鸣声，不论伤疲残跛均纷纷紧随其后，竟然不需精绝骑手驾驭。

梁萧本是无敌统帅，火流星又有号令万马的奇能，一人一马配合无间，统领精绝铁骑，势若掣电行云，追亡逐北，杀得蒙古大军伏尸三百余里，两万骑兵几乎全军覆没。

花晓霜下了百丈山，逃进一座山谷，只怕韩凝紫寻来，便寻一个岩洞藏身。她此时内伤外创，咳了一阵血后，便昏沉沉睡了过去。时至夜半，冷风吹来将她冻醒，但觉身子僵冷，心知阴毒发作，便勉力盘坐起来，以“转阴易阳术”抵御。直到次日午时，身子始才转暖，她扶着岩壁踱出洞外，只见山谷幽僻，遍长百草，便从野草中拈出几味药草，或抹伤口，或咀嚼吞下。

入夜时分，阴毒再度发作，花晓霜便继续运功抵挡，这么反反复复，挣扎了不知几日，伤势才慢慢好转，真气渐趋充盈。

这日清晨，她从梦中惊醒，身子痛楚大减，便走出洞外爬上东面山坡，眺望一轮旭日。看了一会儿，忽想起崂山之时，沧海茫茫，红日跃波，花香满衣，翠绿拂面，如今虽情景仿佛，人事却已然全非，不由黯然神伤流下泪来。

直至红日高升她才走下山坡，遥见旷野苍苍，心中不胜茫然："若是回去，那么从今往后，我就再也出不了天机宫，再也不能给人瞧病，也再见不到他了……"她懵懵懂懂走了一日，前方乱葬岗赫然在目，原来她不知不觉，又来到了文靖、玉翎合葬之地，小岗上茅屋依旧，坡上野草恰如新雨洗过，翠意逼人。

花晓霜遥见柴扉半掩，不觉心跳加剧，走上山坡，推开柴扉，却见屋内空空如也，再无一个人影。忽地她眼眶一热，傍着木榻坐下，一阵绝望涌上心头，不由伏在榻上低低哭了起来。

哭了一阵，她迷糊睡去，睡到半夜忽地惊醒。但听柴门吱吱呀呀随风响个不停，一缕细细的芦管从门外飘来，如怨如诉，分外凄凉。花晓霜推门而出，只见坟前坐了一名黑衣老者，发如霜雪，在晚风中猎猎乱舞。

那人应声回头，花晓霜一眼看清，惊退两步，失声叫道："是你，你的头发……"一时哆哆嗦嗦，说不出话来。

来人正是萧千绝，他满头黑发已成雪白，苍白的脸上布满皱纹，闻声放下芦管，冷冷道："这有什么奇怪？小丫头，再过数十年，你也一个样！"

花晓霜没料数月不见，这一代魔君居然苍老如斯，一时惧恨之意大减，怜悯之情暗生，叹道："萧先生，夜寒风冷，你还是进屋坐吧！"萧千绝冷哼一声，问道："梁萧呢？"花晓霜凄然一笑，摇头说："我也不知。"

萧千绝沉默半晌，忽道："小丫头，老夫问你一句话，你如实答我。"花晓霜道："请说。"萧千绝抬头望天，幽幽说道："倘若……倘若老夫不杀梁文靖，翎儿与冷儿会死吗？"花晓霜摇头道："不会。"萧千绝却怒哼道："胡说！"花晓霜闻声一惊，却见萧千绝叹了口气，又将芦管吹了起来，曲调满是幽幽恨意，远远传了出去。

花晓霜心想他在这里，梁萧若此时回来可是糟糕。她朝思暮想，只盼见着梁萧，这时却又隐隐盼他不要来此，一时倚门而望，心中不胜矛盾。

须臾天明，萧千绝不再吹奏芦管，只是闭眼枯坐。花晓霜始终凝视山下，忽见远方出现数条人影，她心头一急，奔出两步，大声叫道："喂，别过来。"

萧千绝猜出她的心意，暗自冷笑："蠢材，如果真是那小子，你这一喊，岂不来得更快？"那几人听得叫声，其中一人身法如电，数起数落便已到山顶，银衫白发，竟是贺陀罗。

花晓霜不料来的是他，不禁微微一怔。贺陀罗哈哈笑道："巧得很，女大夫也在？"他嘴里说笑，目光却扫向四周。萧千绝背对着他，头发尽白，贺陀罗一时未能认出，只见梁萧不在，心神稍定，笑道："女大夫，你与梁萧平日秤不离砣，今日怎么分开啦？是了，小情人闹别扭了吗？你独自一人想必寂寞，洒家陪陪你如何？"不待花晓霜答应，便伸手按向她的肩头。

花晓霜倒退一步，使招"梅雪争春"，当即拍向贺陀罗小臂"阳溪"穴，贺陀罗一声阴笑，正欲施辣手，忽听身后一个苍老的声音叫道："慢着。"贺陀罗一皱眉，负手退开。花晓霜听得耳熟，定睛望去，却见骆明绮快步走上山坡，常宁紧随其后，哈里斯则拄了一条假腿，一瘸一跛，愁眉苦脸。

花晓霜喜道："婆婆！"骆明绮瞧见她，橘皮似的老脸上微露笑意，跟着怒道："梁萧那臭小子呢？"花晓霜摇头道："他……他不在。"骆明绮叉腰怒骂："那个王八羔子，烧了老身的蚩尤林，还敢在山壁上留下名号。哼！真是岂有此理！老身此次出山，正是要与他算一算这笔账！"常宁笑道："不错，师叔，这小丫头也不是好人，您给我的尸蜂，全都被她毁了。"骆明绮脸色一沉，斥道："几个尸蜂算什么？你若伤了她，老身与你没完！"常宁马屁拍到马腿上，心下暗恼，只得干笑两声。

花晓霜眼看骆明绮与这些恶徒作成一路，正想劝说，骆明绮却抢先问道："乖女，你将《神农典》读完了吗？"花晓霜点头道："还有许多不明处尚须婆婆指点。"骆明绮得了传人，喜乐不尽，连连搓手："那狐狸精呢？可被你毒死了吗？"花晓霜连忙摇头，骆明绮不以为意，笑道："你不用着急，婆婆此番出山必然为你出气，那小子识趣还罢，若是对你不好，婆婆便将他一并宰了。"花晓霜心头剧跳，连连摆手道："不成，不成！"

骆明绮白她一眼，冷冷道："还是没出息！"

常宁按捺时许，忍不住说道："师叔，你怎将宝典传与一个女子？"骆明绮怒道："那又怎么样？师叔我也是女子，也没见比谁差了！哼，我不但要传她《神农典》，还要将别的本事也一并传她，让她压倒先贤，成为一代医学宗师，哼哼，气死那些沽名钓誉的臭男人！"常宁虽神色微变，却仍是拱手笑道："师叔衣钵得传，可喜可贺！"骆明绮瞥他一眼，微笑道："你嘴儿再甜些，哄得师叔我开心了，也许再传你两样本事。"常宁笑道："还望师叔成全。"骆明绮也笑道："好说好说！"

话音未落，忽听传来一声冷哼，贺陀罗但觉耳熟，转眼望去，脸色微变，干笑道："萧兄大驾早临，洒家竟未知觉，失敬得紧。"萧千绝却头也不回，冷冷道："一群贼鸟叽叽喳喳叫人不得清净。贺陀罗，今天老夫不跟你计较，给我滚得远远去吧！"贺陀罗眼珠一转，笑道："拣日不如撞日，相逢不如偶遇，今时此地，咱们不妨做个了断。"

萧千绝沉默一声站起身来，森然道："你一心求死，老夫若不出手超度岂非不仁。"但见贺陀罗面露诡笑，屹立不动。萧千绝目光一寒正要上前，眉间却忽地掠过一丝诧色，而后身形一晃，忽地欺向骆明绮。贺陀罗横身挡住，二人凌空一交，只见萧千绝踉跄后退，苍白的脸上腾起一抹血红，怒视骆明绮道："你是谁，胆敢用毒伤人？"

骆明绮冷笑道："那又如何？萧老怪，你号称黑水滔滔，荡尽天下，事到临头却敌不过老身一根手指头。嘿，五行散的滋味如何？方今天下无敌者，当是我骆明绮才是。"她一举制住当世高手，心中得意扬扬，不由得纵声狂笑。萧千绝只觉五脏奇痛，自恨大意轻敌，他将心神系于贺陀罗一身，却不料骆明绮下毒暗算，如有防备，骆明绮岂有出手机会。

贺陀罗深知良机难得，当即长笑一声，挥拳扑上。萧千绝原本胜他一筹，此刻因分心逼毒，大打折扣，十招不到，着贺陀罗掌风扫中，口角溢出缕缕血丝。骆明绮冷笑道："贺陀罗，别将他打死了！他中了五行散还能与你交手，内力实在深厚，留给老身，我拿他试毒。”贺陀罗笑道：“悉听尊便。”便出招略缓，立意生擒萧千绝。

花晓霜虽深知两方均非好人，但若任由骆明绮拿人试毒，却又大违医者本心，只恨自己武功低微，口齿笨拙，自保尚且不足，更遑论挫锐解纷了。正自焦急，忽听有人大叫：“晓霜，晓霜！”花晓霜回头一望，只见花生背着赵昺向这方飞掠而来，转眼便已掠上山坡，脸上挂满惊喜。

两人劫后重逢，花晓霜百感交集，眉眼一红，叹道：“花生，你怎么来啦？”花生高叫：“真的是你？俺不是做梦？”正说着，赵昺伸出小拳头敲他一记，花生奇道：“小娃娃，你打俺干吗？”赵昺哼哼道：“你知道我打你，那就不是做梦。”花生一愣，摸头笑道：“对，不是做梦，哈哈，不是做梦。晓霜，他们都说你死了，但俺死也不信，找了你好几天，都快急死啦！小娃娃说你也许在这儿，俺就一路寻过来啦。”只见他手舞足蹈，欣喜若狂，花晓霜心中感动，不由含泪微笑。

花生欢喜一阵，目光投向斗场，只见萧千绝站在当地东摇西晃，仿佛风中之荷，贺陀罗绕他东奔西走，觅机伤敌，但奈何萧千绝武功惊人，虽中剧毒，却仍是少有破绽，贺陀罗急切间无法得手，足下越奔越快，双掌如风递出。二人四掌相接，声音密如爆豆。却见萧千绝每接一掌，足下便陷落数分，片刻间，双足已陷落近尺，贺陀罗恍然有悟，笑道：“好个立地生根。”原来萧千绝抵挡不住，便以落地生根之法，将贺陀罗的掌力导入脚下，此时却被贺陀罗瞧破，不由暗暗叫苦。

花生不识萧千绝，却识得贺陀罗，心想这厮是个大大的坏人，老先生头发都白了还被他欺负，实在叫人生气。想着也不多说，随即冲上去就是两拳。

贺陀罗正凝神蓄势，欲与雷霆一击，不防花生忽来架梁，只好转身格挡。萧千绝本全凭一股意志支撑，一得外助，心神陡分，毒力直冲上来，不由坐倒在地。但他余威犹在，常宁等人虽站在一边，却无人胆敢上前。

贺陀罗与花生交手数次，知他虚实，拆了数招，内劲忽缩，花生受他气机牵引，一拳捣入，只见贺陀罗闪身避过，忽地扣住他的脉门。花生半身酸麻，急欲挣扎，又见贺陀罗忽地右手探出，一把锁住他咽喉，目透凶光，厉声道：“小秃驴多管闲事，信不信老子掐死你！”

花生将“大金刚神力”运足也敌不住贺陀罗的手劲，只见他面红耳赤，呼吸渐紧。花晓霜急道：“婆婆，你好心救救他！”骆明绮瞅她一眼，怒道：“我不救！”花晓霜一愣，问道：“为什么？”却见骆明绮小眼一瞪，顿足骂道：“女娃儿不懂事，臭小子对你再不好，你也不必找个和尚来凑数！”

花晓霜哭笑不得，忙道：“婆婆你误会了，花生与我只是朋友。”骆明绮这才面色稍缓，问道：“当真？”花晓霜连连点头。骆明绮这才哼了一声，叫道：“贺陀罗，你放了他吧。”贺陀罗因对她十分忌惮，手劲略松便将花生放下。只见小和尚捂着脖子大喘粗气，贺陀罗冷笑道：“看毒罗刹面子，我就饶你一命。但死罪可免，活罪难饶，你害我儿丢了一条腿，我也要废你一手一足。”

花晓霜惊道：“丢了一手一足，那还怎么生活？”只见骆明绮面色一沉，厉声道：“贺陀罗，我叫你放人便放，哪儿来这么多废话？”贺陀罗双眉一扬，面涌青气，冷笑道：“毒罗刹，我再三容让，你就不能给些脸面吗？”骆明绮眉头忽地一皱，常宁忙赔笑道：“师叔，常言说得好：以德报德，以直报怨。别人家的恩怨，咱们还是少管为妙。”骆明绮微一点头，不及说话，忽听花晓霜冷冷道：“好个以直报怨，你害死我师父，算不算怨仇？若要以直报怨，那我该不该向你报仇？”说罢她跨上一步，目中透出愤怒。

常宁笑容一僵，眼看骆明绮神气有异，忙道：“小丫头你胡说什么？我可没害死那个臭胖子！”花晓霜道：“你虽没杀师父，他却因你而死，如果有人弄瞎你的眼睛，刺穿你的双耳，再砍掉你的右手，你还肯不肯活？”常宁心中不由得咯噔一下，忽见骆明绮目有怒意，急忙断喝：“小丫头，你信口雌黄！师叔，你信她还是信我？”

骆明绮打量他时许，忽地摇头道：“我信女娃儿。”常宁一愣，却见骆明绮目光炯炯，射在他脸上，缓缓道，“老身知道，你一向妒忌常青，当年你乱了他的三焦，害了他一生，别人不知道，师叔我还不知吗？”常宁一时面如死灰，骆明绮瞧着他，又叹一口气道，“我本当你小时糊涂，年长一些或许悔悟，唉，如此看来，是师叔我想错了。”

常宁深知骆明绮性子乖戾，行事只在好恶之间，手指一动，自己势必生不如死，惊得牙关咯咯作响，扑通跪倒，颤声道："师叔，宁儿一时糊涂，现今想来，好生后悔。"

骆明绮听他自称宁儿，便想起若干往事，当下心头微微一软，叹道："你本是师兄的亲生儿子，常青却是孤儿。你母亲随人私奔，你爹心中有气对你管教疏慢，对常青却十分钟爱，难怪你会恨他。唉，弄到这个田地，师叔也很痛心。"只见常宁将头磕得砰砰直响，连道："师叔饶命，师叔饶命。"脸上涕泪交流哭得无法收拾。

骆明绮的心中十分矛盾，她本单恋师兄"妙手佛心"，"妙手佛心"却只得常宁这个儿子，如果杀了，师兄必然绝后，倘若不杀，吴常青九泉之下也难安心。她心念百转，对师兄之情终究占了上风，便按住杀机，长长叹了口气，正要伸手去搀常宁，忽觉一阵眩晕，不由厉声道："孽畜，你对我用毒？"常宁身子一缩，早已贴地滚出。

骆明绮与毒为伍，体质异乎常人，中毒之余仍能动弹，手指一挥，欲施反击，不料却听背后风响，无俦巨力落到背心，竟已着了贺陀罗一记重手。贺陀罗怕她下毒反噬，这一掌蓄势而发，骆明绮跌出三丈有余，口中鲜血狂涌。

花晓霜惊叫一声扑上前去，只见骆明绮筋骨尽碎已然气绝，只一双小眼兀自大睁。花晓霜想她虽为人乖戾，却对自己好得出奇，刹那间，泪水一点一滴落在骆明绮脸上。哭了时许，她拭去泪水，伸手合上骆明绮的双眼。

贺陀罗与常宁联手击毙骆明绮，但惧她临死反击，故而不敢近前。至此才信骆明绮已死，常宁便奋身跳出，当下掏出一把匕首刺向花晓霜后颈。花晓霜听到风声，侧身避开，常宁收势不及，刺中骆明绮尸身，抬脚踢开，厉声道："小娘皮，将《神农典》交出来！"贺陀罗方醒过来："是了，常宁这厮见利忘义，如果学会用毒的本事，洒家岂非为他所制？"便慌忙纵身跳出，也想抢夺《神农典》。

常宁心中焦躁，一匕刺向少女心口。花晓霜忙转身让过，脚下却绊了一下倒在骆明绮尸身上，触手处摸到一个瓷瓶，眼见常宁挥匕扑来，顺手抓起瓷瓶便向他猛掷过去。常宁一掌挥出将瓷瓶打得粉碎，内中药粉飞散，扑得他满头满脸。

常宁身子一颤，哎哟一声丢开匕首，双手捂面，扑通跪在地上。贺陀罗使"虚空动”刚刚赶到，见这情形忙不迭又跳开老远。只见常宁嘶声哀号，浑身连连抽搐，眼耳口鼻纷纷迸开，身上肌肤寸裂，流出黑色脓血。

花晓霜惊诧不已，细瞧瓷瓶碎片，其中杂着一张发黄标签，字迹细若蚊足：“二十五份五行散”。花晓霜一愣，只听常宁口齿含混，嘶声叫道：“哎哟……乖师侄……救我……乖师侄……不……好姑娘……姑奶奶，女祖宗，救我，救我……”

花晓霜呆了呆，摇头叹道：“这是二十五份的五行散，无药可救，我……我也没法子。”她不忍再看便别过头去。常宁痛苦难熬，听了此话，绝望之余咬牙怒骂：“臭婊子，小娘皮，哎哟……老子将你……哎哟……把你……哎哟……臭婊子，女人都是臭婊子，我娘是婊子……哎哟……娘……救我，救我……哎哟……”哀号声凄厉万分，持续了一盏茶的工夫，常宁声气渐弱，四肢胸腹先后溃烂，连皮带骨化作一摊黑水，四面流淌渗入泥土。

众人瞧得心惊胆寒。只见贺陀罗眼珠一转，已抢到花生身前，正要一掌拍落以绝后患，忽听花晓霜道：“贺陀罗，你还要不要活？”贺陀罗听她口气迥异平时，微微一怔，便冷笑道：“此话怎讲？”花晓霜淡淡地说：“你方才不知觉间已中了我的‘天残地灭摧心断肠大悲散’，若你胆敢碰花生半根汗毛，便只得半个时辰寿命。”

贺陀罗只觉一股寒气直冲头顶，目不转睛盯着晓霜，手掌却停在花生头上。哈里斯冷眼旁观，忽道：“宗师，我看这小娘皮在骗你。”贺陀罗两眼一翻，怒道：“你懂个屁！”哈里斯吓得一个哆嗦退到一旁，默然不语。

贺陀罗见花晓霜神色淡定，了无怯意，不觉才想起这少女已得毒罗刹真传。骆明绮方才以无形无象之毒制住萧千绝，乃是他亲眼所见，再想自己方才为常宁惨象所慑，确有片刻失神，花晓霜如果此时出手暗算，并非没有可乘之机。他生平贪生惧死，便越想越怕，心头擂起鼓来，干笑道：“女大夫，你好会骗人啊？”

花晓霜淡淡一笑，说道：“你不信，不妨试一试，你先杀了花生，再给他抵命！”贺陀罗心下大怒：“此等生死大事岂有试一试的道理？”他见花晓霜把握十足，不觉又信了几分，心中暗暗焦急：“想那毒药号称天残地灭，摧心断肠，发作起来必定厉害，只怕较之常宁所中之毒也不遑多让。”他不知五行散已是天下第一的毒药，一想到常宁死前惨状便觉心头发毛，不知不觉便已将手掌从花生头上移开。忽听哈里斯冷冷道：“宗师，你何不运功试试。”

一语点醒梦中人，贺陀罗运气一查，并无不适，不禁眼露凶光，冷笑道：“女大夫，你还真会骗人。”

花晓霜不退反进，跨上一步道：“这毒药与众不同，寻常运气岂能探出？你若不怕，不妨将中脉真气正行两次，逆运两次。”贺陀罗将信将疑，运气一试，忽觉丹田一阵刺痛，额上冷汗直冒。他惊恐之余，又瞪了哈里斯一眼，暗骂：“臭小子，洒家一念之差，几乎被你断送了性命。”再瞧晓霜，见她虽面色木然，却颇有几分冷俏。

贺陀罗越瞧越心寒，眼珠一转，忽地笑道：“女大夫，你厉害，你说怎么办？”花晓霜道：“你放了花生，我给你解药。”

贺陀罗凝思片刻，终归性命要紧，慨然道：“好，洒家就信你一次。”便拍开花生穴道，抛了过来，心中暗暗立誓：“拿到解药后，我定叫你生死两难。”

花生退到花晓霜身边，花晓霜扶着他肩，身子微微一晃。花生慌忙扶住她道：“晓霜，你怎么啦？”花晓霜脸色苍白，低声道：“你别说话，扶着我便是。”贺陀罗不耐道：“女大夫，不要拖延，快给洒家解药！”

却见花晓霜长吐了一口气，歉然道：“贺先生，你其实并未中毒，我为救花生，只好骗你一骗！”她生平从未用过诈术，这么力持镇定，几乎耗尽心力，事情一过，只觉冷汗淋漓，双腿阵阵发软。

贺陀罗哪里肯信，怒道：“岂有此理，你要赖吗？洒家方才行功，气海分明有异！”花晓霜又叹道：“真气忽正忽逆，若无消解之法势必伤及丹田，这是内功根本之理。你两正两逆，气海当然会刺痛不已。”

贺陀罗恍然大悟，继而气急败坏：“洒家鬼迷心窍，竟着了这小丫头的道儿！”一时面皮泛青，杀机流露。花生见势不对，也一步抢上。贺陀罗冷笑道：“小秃驴滚开些，苦头还没吃尽吗？”花生一呆，想到自己打不过他，心中大急，低眉扁嘴，几乎哭了出来。

忽听萧千绝冷笑道：“小丫头愚不可及，方才贺臭蛇要解药，你给他便是，五行散也好，断肠散也行，给了再说别的。”贺陀罗微一冷笑，心道：“被这两个小家伙缠住，竟忘了这个大敌。”回过头来，忽见萧千绝缓缓站起，脸上气色灰败，显然余毒未清，当下心中一定，笑道：“萧兄好硬朗，你自身难保，还要多管闲事吗？”

萧千绝冷冷道：“那又怎样？”贺陀罗笑道：“好说，这一次洒家不须帮手，再领教萧兄的高招。”他笃定萧千绝奇毒未解，故而放出此言。萧千绝却冷冷一笑，说道：“何必老夫动手。”向花生一招手，道，“小和尚，你过来。”花生望了花晓霜一眼，见花晓霜微微点头，花生这才走到萧千绝近前。

贺陀罗道：“要联手吗？好啊，洒家一并接下。”萧千绝摇头道：“老夫说不动手，就不动手，贺陀罗，你信不信，我就地指点，这小和尚两招便能叫你栽个跟头。”贺陀罗脸色一沉，冷冷道：“萧老怪，你瞧不起人？”萧千绝却不动声色，只淡淡说道：“贺陀罗，你怕什么？”

事关武林身份、江湖地位，不容退缩，贺陀罗只好说道：“指点就指点，萧老怪，你要多少时辰？”萧千绝道：“对付你，半个时辰就够了！”

贺陀罗怒极反笑，拊掌道：“好啊，洒家就拭目以待！”萧千绝冷冷一笑，冲赵昺招手道：“小娃儿，你也过来。”赵昺便也依言过去。萧千绝俯腰拈了两块黏土捏成小丸，低低咳嗽一声，缓缓道：“你俩用这泥丸来打弹子玩耍。”

花生摸着光头，不胜惊奇，可他性子随便，无可无不可，萧千绝这么一说，他也立马照做。贺陀罗虽冷眼旁观，心中却十分不解：“真是儿戏，萧老怪弄什么玄虚？”

只见萧千绝在地上一左一右戳了两个小孔，相距丈余，说道：“左边是和尚，右边是小娃儿，谁先将泥丸打入对方孔中，就算谁赢！”他对赵昺道：“小娃儿，你先来。”赵昺孩童心性，一涉玩耍便精神大振，当下瞄了一瞄，屈指轻轻一推，便将花生的泥丸碰得靠近孔洞。轮到花生，他屈指一弹，泥丸笔直射出，与赵昺的泥丸一撞，自家泥丸没破，赵昺的泥丸却被击得粉碎。

花生歉然道：“小娃娃，对不住。”萧千绝便又捏一个泥丸，花生再试，这次却将自家泥丸弹破，赵昺在一旁嘻嘻直笑。花生十分羞窘，大声说：“不算，不算。”又捏一个泥丸，一指弹出，两个泥丸一撞居然粘在一起，只见花生环眼圆瞪，望着泥丸，不知如何是好。

忽听萧千绝轻咳一声，说道：“小和尚，你这劲使得太直了。”伸指在地上画了一个圆弧，说道，“打这泥丸，不宜走弓弦路，劲力太直太快，易发难收，你要学着走弓背路，迂回射出，快中带慢。嗯，你顺着这条线弹着试试。”花生似懂非懂，便依言一试，泥丸顺着萧千绝所画弧线射出，擦中赵昺的泥丸，这一回，赵昺的泥丸没破，却被带得飞出两丈，滴溜溜一阵疾转。

花生一挠头，喜道：“俺明白啦！”又捏一个泥丸打出，这一次泥丸所行的弧线越发弯曲，一碰之下，赵昺的泥丸被激得原地飞旋，顷刻便散成一堆。花生张开大嘴，愣在当场。萧千绝冷笑道：“‘大金刚神力’至大至刚，但刚极易折少有屈曲之妙。九如和尚参透禅机，万法不拘，自有变通之道。你修为不及汝师，劲力易发难收，无以发挥更大威力。你若明白了屈曲之道，内劲直中有曲，快中有慢，便不易被人瞧破了！”贺陀罗在一旁面色阴沉，忖道：“老怪物说得天花乱坠，小和尚听得懂吗？”

萧千绝顿了一顿，又说：“时候无多，小和尚，我再传你收敛之法。”花生奇道：“什么叫收敛之法？”萧千绝道：“‘大金刚神力’一旦出手，一往无前，威力奇大，但若对手高明，故意露出破绽诱你入彀，你一击不中，对手必生凌厉反击。故而但凡出手，使一两分力须得留八九分劲，不中对手身体绝不轻易吐实。”他侃侃而谈，说的都是极精妙的拳理，听得花生连连挠头。萧千绝知他不甚明白，便道：“好吧，你再与小娃儿打弹子，且想一想，如何能既不打破他的泥丸，又将泥丸送入孔里。”

花生只得与赵昺继续打弹，泥丸松软，赵昺年幼力弱，恰好能将泥丸弹出，又不会弄破，花生却力大无穷，每每用力过猛，泥丸要么破碎，要么彼此粘住。萧千绝从旁瞧着，不时出语指点用劲之法。

黑水内功以变化见长，花生虽劲力绝强可是不知变通。萧千绝瞧他与贺陀罗动手，已知他败在何处，此时因他身中五行散之毒，无力再战，深知唯有花生才能与贺陀罗相抗，无奈之余，只好破除门户之见，指点他用劲法门，虽是只言片语，却处处直指花生的缺失。得了大高手指点，花生渐渐摸透用力轻重之妙，缓急之巧，不到半个时辰，便接连将赵昺的泥丸打入洞孔，泥丸丝毫无损。萧千绝点头道："小和尚，你用上这些道理再与贺臭蛇斗一斗。"

花生心中七上八下，但知一战已是难免，只得挠挠光头，依言站起。贺陀罗早已不耐，更不说话，只是右拳摆了个小圈，嗖地击向花生面门，正是"破坏神之蛇"的精妙招数。花生挥拳迎上，拳到半途，忽地极快圈转，击中贺陀罗小臂，贺陀罗顿时手臂酸麻，拳势偏出。萧千绝点头道："直中见曲，这招使得不坏。"花生一招得手，信心大增，双拳连绵递出，忽直忽曲，忽快忽慢，忽正忽斜，拳法飘忽不定。

斗了十余招，两人双掌相交，贺陀罗故技重施，劲力将吐未吐，忽如毒蛇回洞向内急缩，想诱花生一拳打空，怎料花生的内劲也随之一缓，凝而不散，若有无穷后招。贺陀罗心头一惊，内力向前急送，花生反向后缩，贺陀罗一拳打空，就在他旧劲方尽、新劲未生的当儿，花生拳劲暴吐，贺陀罗只觉胸口一热，噌噌噌连退三步，白脸微微发红。萧千绝冷笑："贺臭蛇，这一拳滋味如何？"

贺陀罗羞怒交加，轻敌之心尽去，吸一口气便纵身抢上，拳风纵横，声势骇人。花生得萧千绝指点，俨然身兼正邪之长，拳法于至大至刚之外横生奇变，无形中大合禅门机用，出拳随圆就方、变化无穷。贺陀罗欲再使诡招，却殊为不易。

拆了百十招，贺陀罗因功深老辣连使狠招，再将花生拳势压住，忽叫一声："中！"随即劈手一爪抓破花生衲衣，在他胸口留下五道血痕，若非花生退得迅疾，难逃开膛破肚之祸。

萧千绝眉头大皱："小和尚年幼识浅，一时机变，难以持久，不比贺臭蛇身经百战，善能转败为胜。"此时临阵交锋，瞬息百变，萧千绝来不及指点，眼看花生连连后退，心知大势已去，不由暗暗叹气："小和尚一败，老夫立时便自断心脉，绝不受辱于阴险小人。"正当心灰意冷时，忽听花晓霜扬声叫道："花生，攻他'云门'。"

花生素来最听她的，当下左拳化开贺陀罗的杀手，右手二指一并一搅，便如夜叉探海般点向他"云门"要穴。还没刺到，又见贺陀罗神气古怪，身子一躬，飘退三尺，左足陡起，长枪般刺向花生下盘。花晓霜又叫："攻'中脘'。"花生心想："'中脘'穴在他胸口，若要强攻，岂不挨他踢中？"但他不愿违拗花晓霜，不顾对方腿势拥身扑上，一拳击向贺陀罗"中脘"穴。不料贺陀罗脚到半途，却又忙不迭收了回去，向后脱出丈余避开他的拳风。这么一来，不只花生奇怪，就连萧千绝也满心纳闷盯着花晓霜寻思："这女娃儿恁地高明？老夫瞧不出的地方，她却瞧出来了？"

花晓霜眉头微皱凝视贺陀罗，双手掐算，口中急如珠炮，不断报出穴道名称。花生依言出手，无往不利，贺陀罗束手束脚，心中惊怒莫名："这小娘皮怎么看出了我的罩眼？"

原来，贺陀罗少时武功未成，却贪淫好色损及真元，于内力运转中生出了一个极大的罩眼，贸然来中原扬威，却先后败给萧千绝与九如。他逃回西域后，痛定思痛，便戒色戒淫，发奋练功，竭力弥补罩眼，尽管略有小成可也无法恢复如初。他苦思良久方想出一个法子，将这罩眼练得循三脉七轮运行，纵为高手看破，但罩眼循脉而走，稍纵即逝也叫人无从把握。

可他命乖运蹇，此来中原却偏偏遇上了花晓霜。花晓霜身兼《青杏卷》《神农典》《紫府元宗》三家之长，融会贯通于医学一道，可说旷古凌今，天下一人，凡人但有隐疾，她观色望气一瞧便知。世上内功，起初都为强身健体，故无不依循脉理，自也逃不过花晓霜的神眼。她见贺陀罗举动，便知他内功大有缺陷，但那罩眼循脉而行，变化难测，花晓霜本也难以瞧出。然而当日于大海孤舟之中，贺陀罗为求长生之道，曾与她议论过天竺医理，言者无意，听者有心，花晓霜痴迷医道，但有所闻无不铭记，事后便加以钻研，尽皆融入中土医学。忽见花生落了下风，情急之下，凭借胸中所学，算出贺陀罗罩眼运行途径，冒险一试，果然一举成功。

贺陀罗处处受制，恼怒万分，忽地掣出般若锋来，萧千绝讥讽道："贺臭蛇了不起啊，打不过就操家伙了吗？"贺陀罗却充耳不闻，他兵刃在手，胆气陡增，可惜大势已去，花晓霜对他气脉运行已是了然于胸，一眼不瞧也能随口说出穴道。花生听得烂熟，出手越发迅猛，花晓霜一字方吐，他的拳头离那穴道便已不及寸许。贺陀罗纵有般若锋之利，却也是左右遮拦，顾此失彼。

花生一路拳法使得顺畅，气势如虹，只攻不守，将"大金刚神力"的妙处使得淋漓尽致。二人翻翻滚滚，又拆百招，花生忽地一声大喝，当下一拳击中贺陀罗的“璇玑”穴，贺陀罗身子一震出手略缓，只听花晓霜叫道：“极泉。”话才出口，花生第二拳就已击中“极泉”穴。贺陀罗倒退五步，口角淌血，花生却猱身上前，双拳连珠迸发，前后三拳，拳拳着肉，贺陀罗惨叫一声，身子抛出数丈连转两转后，便重重跌坐在地，鼻口之间血如泉涌。

花生见状，一时愣住，忽听花晓霜叹道：“花生，自出洞来无敌手，得饶人处且饶人，你已胜了，便放他去吧！”此言深合花生本心，向贺陀罗唱个喏道：“老先生，你不逼俺，俺也不会打你。今后你走路，俺过桥，咱们各走一边，两不相瞧。”把袖一甩，转回花晓霜身旁。花晓霜点头道：“花生，你这话说得很好。”花生得她夸奖，比胜了贺陀罗还要欢喜，摸着光头，呵呵傻笑。

萧千绝皱眉道：“容情不下手，下手不容情，行事须得斩草除根，今日若放过贺臭蛇，来日后患无穷。”花晓霜叹道：“他经脉断了三处，已成一个废人，就算想作恶也有心无力了。”又转身对哈里斯说，“你带他去吧，望你父子今后改恶从善，否则冥冥之中必有天谴。”她神色淡定，语气从容，此时说出别有一种威严。哈里斯噤若寒蝉，当下扶起贺陀罗，一瘸一拐地匆匆去了。

花晓霜又走到萧千绝身前，说道：“老先生，只盼你从今往后，再也不要与萧哥哥为难。”萧千绝冷冷道：“你若是施恩，这解药老夫不吃也罢。”花晓霜略一默然，只将解药搁在石上淡淡说道：“你再与萧哥哥交手，休怪我出言帮他。”

萧千绝冷笑道：“要帮便帮，老夫不放在心上。”说罢抓起解药服下，长身而起，慢慢走下乱葬岗消失在道旁树林。

花生掘了一个坑将骆明绮葬下，花晓霜拜了三拜，站起身来环顾四周，山冈上归于冷清，柴扉随风而动，声如愁人叹息。花晓霜目视小屋，忽地明白，梁萧已再也不会回来这里，今生今世再也见不到他，瞧不见他的眼神，听不见他说笑，也吃不上他做的饭菜，更穿不上他缝补的衣裳了，想着想着，泪水潸然。花生莫名其妙，搓着手团团乱转，说道：“晓霜，你怎么啦，你怎么啦？”赵昺踢他一脚，骂道：“笨光头，阿姨想叔叔啦。”说着也觉伤心，小嘴一扁，也大哭起来。

花晓霜伸袖抹泪，摸了摸赵昺头顶，对花生说道：“你别在意，我心中不快活，哭一会儿便好。”想了一想，又道：“花生，我曾在观世音菩萨面前许下心愿，要四方行医化解萧哥哥的罪孽。唉，此事原本与你无关，你便带着赵昺去寻你师父吧。”花生顿足道：“怎么与俺无关？你一个人行医，好孤单呢！你去哪儿，俺也去哪儿。”赵昺也落泪道：“霜阿姨，你不要昺儿了吗？”

花晓霜呆愣时许叹一口气，默默向岗下走去，突然之间，她的心中再无惊惶，也无疑惑，静如沉渊，自信超然。屡屡的劫难，已叫这身罹绝症的弱女子坚强起来，于是她就这么挟着一身独步古今的医术，怀着一颗悲天悯人之心，娉娉袅袅走向茫茫江湖。

花生望着她的背影，忽觉有些陌生，直到赵昺催促方才将他背起，大声叫嚷：“晓霜，等等俺，晓霜，等等俺！”甩开大袖，一颠一颠地追了上去。

三人形影远去，却见萧千绝从树林中踱了出来，心想：“除了家师与耶律楚材，老夫从未受人恩惠，而今一日之间，小和尚相助在先，女娃儿解毒在后，救命大恩，无以为报。两个小娃儿本事不弱，但心慈手软，怎敌得过世间险恶，老夫不妨随在后面暗中护持。”他生平极重恩怨，仇者睚眦必偿，恩者涌泉相报，主意一定，便迈开步子远远跟在三人之后。

第六章

人命至重

精绝骑兵杀至红日平西方才回师。此战虽侥幸获胜，但精绝人损兵折将死伤过半，尽管凯旋，人人均无喜色。风怜随留守族人迎上来，强要做出笑脸，但终于忍耐不住，扑进铁哲怀里大声痛哭。

欧伦依下令收殓族人遗骸。族人们在山谷中掘出一个个剑形浅坑，将族人尸身摆成剑形，额头贴了草叶剪成的小剑，向着昆仑山的方向掩埋。梁萧暗奇，问道："这葬礼有何含义？"风怜道："精绝族以剑为神，死后也向往与神剑为伴。"梁萧猛可想起，精绝的帐篷、盔甲上均刻有剑形标记，不由生疑，问道："但为何精绝人都是用刀却无人用剑？"风怜道："剑为神明，只有一把，但爷爷说，精绝族中没有配使它的人。"

梁萧本想问神剑何在，忽见一名老者抱着一副盔甲走上来，颤声道："西昆仑，这副盔甲是我亲手锻造送给我儿子阿古的，只要是铁甲覆盖的地方，最锋利的长矛也无法刺穿，可是……可是蒙古人射中了他的眼睛……"说到此处，老泪纵横，将盔甲推到梁萧怀里，道："我把它送给你，愿剑神佑你平安。"梁萧无奈收下，其他人也陆续过来送上马刀、长矛，均是死者遗物，梁萧只得一一收下，放在身旁积成一堆，正自凄然，忽听远处传来小孩柔嫩的哭声，转眼望去，一个小女孩孤零零站在山坡上，张着嘴迎风哭泣。风怜落泪道："她的爹爹战死了，娘也中箭去了。"梁萧默然半晌，爬上山坡想摘一朵花儿给她戴上，可是草木狼藉，找不到一朵完好的野花，他只好摘下一根草茎，随手编了一匹小马递给女孩，只见小女孩呆了呆，便扑进他的怀中痛哭。梁萧心如刀割，仰望满天星斗，寻思："人与人为何总是自相残杀，难道天下之大，就没有消弭战争的法子吗？"他百思难解，心中越发痛苦。

欧伦依与铁哲商议已定，召集众人道："我们打败了花斑豹，海都定不会甘心，他有铁骑十万，我们无力抵御，只能明日前往剑谷。"众人便自去收拾，次日告别亲人坟冢，牵羊赶牛，向西北而行。梁萧与铁哲率军断后，铁哲沉默少言，梁萧心事重重，两人并行无语，一路上十分沉闷。

走了二十余日，也不知穿过多少山谷，翻过多少山梁，这一日，忽见远处一座白塔直指云天，精绝人不分老幼，齐声欢叫："剑塔！剑塔！"欧伦依遥望白塔，感慨道："一百年啦，没想到我们还是回来了。"

转过山坳，只见一条铁索大桥悬在千尺断崖上，桥北是一条峡谷，中有河水汹涌流出，抵达断崖，化瀑落下。

众人纷纷下马，牵马步行，铁索虽锈迹斑斑却依然坚固如初，人马行走其上，也无些微晃动，足见当年造桥的大匠手段高强。穿过峡谷，只见一个巨谷横亘眼前，四面青峰翠嶂，高低参差，流瀑飞落，在谷心汇成湖泊。梁萧瞧得神逸思飞："人道千峰竞秀、万壑争流，用在这里才算贴切。"

精绝人在湖边草地上搭建帐篷安顿下来。因抵达安全之地，众人分外高兴，是夜便大开盛会，男女老幼皆来到白塔之下，燃起篝火，载歌载舞。梁萧推托不过，被风怜拉去喝酒，只听诸般乐器吹打一阵后，场中忽地一静，梁萧侧目望去，见铁哲满脸严肃越众而出，众人先是一呆，欢呼起来。风怜拧住梁萧，欢喜道："阿爹要唱歌呢！自阿娘去世后，他从没唱过歌！"

只见铁哲立在场心，高大的身躯映衬白塔，仰望星空，放开嗓子便唱了起来，声如雄鹰在空中盘旋，高扬低飞，撼人心魄，梁萧不觉赞道："好嗓子！"

铁哲所唱的曲子雄浑高昂，充满穆穆敬意，似在称颂某人。精绝人皆是神色肃穆，不少人压低声音随他哼唱。铁哲所唱的是精绝古曲，言辞佶曲梁萧全不明白，只听铁哲唱到“昆仑”二字时，歌声一扬，冲天而起，众人的目光均齐刷刷向梁萧投来。梁萧一时愕然，忽见铁哲冲这方微微欠身后，便缓缓退入人群。精绝人齐声欢呼，乐器又响亮起来，曲调活泼流利、明快动人。风怜忽地起身，步入场中，众人见状，鼓掌欢笑。

风怜嫣然而笑，纤腰一拧应节起舞，她左旋右转，急蹴环行，舞至急处几乎足不点地，仿佛飞蓬翩转，回雪飘摇，又如奔轮不及，旋风犹迟。瞧得众人眼花缭乱，一迭声喝起彩来。梁萧瞧得舒服，心想：“这应该就是我娘说过的‘胡旋舞’了，千旋万绕，果然名不虚传。”一想起母亲，忽又意兴阑珊，叹了口气，将碗中酒一饮而尽，正要抽身离开，忽见风怜一阵风似的舞了过来，眸中水光莹莹，牵住了他的衣袖。梁萧一怔，场上已是忽地安静下来，人人盯着二人，神色皆是十分怪异。风怜俏脸通红，酥胸微微起伏，咬了咬唇，低声道：“你呆着做什么？与我跳呀！”

梁萧本欲推辞，但见她目光切切又不忍拂逆她意，只得随着踏出，人群中稀稀落落响起三两声欢呼，瞬间却又低落下去。梁萧但觉气氛有异，停下脚步，忽见捷苏钢牙紧咬腾地站起。风怜一咬牙，催促梁萧道：“快呀！”

梁萧已觉出不妥，犹豫间，忽听捷苏叫道：“慢着！”他手提两柄马刀，大步走来，又将一柄掷于梁萧脚下，朗声道：“西昆仑，我向你挑战！”一时众皆哗然。

原来，精绝族有择郎之俗，女子邀男子共舞胡旋，男子若是答应，一曲舞罢便可择地幽会结为夫妇。梁萧猜到几分，微微皱眉。只听风怜怒道：“捷苏，花斑豹号称昆仑山下第一勇士也挨不住他一矛，你打得过他吗？”捷苏咬了咬牙，惨笑道：“没了你，我宁愿死在他的刀下。”

场中人人屏息，死寂一片，只有湖上风来吹得呼呼作响。欧伦依也不觉站起身来，但是捷苏身为战士，依精绝风俗，战士挑战不得阻拦，欧伦依有心无力，只能露出焦灼神色。众人尽知梁萧骁勇无敌，捷苏刀法虽强，却也相差太远，风怜见捷苏如此固执，莲足一顿，气得眼中流出泪来。

只见梁萧默然片刻，俯身拾起马刀。一时间，众人的心都提到嗓子眼上，风怜秀眉微颤，欲言又止。捷苏死死攥住马刀，虎目微微泛红，直勾勾地盯着梁萧。梁萧凝视马刀，忽地叹道："你为爱人而战很了不起，不用比，算我输了。"此言一出，众人无不呆住，风怜闻言娇躯一时僵直，目光旋即涣散开去。梁萧将马刀嗖地掷入土中，飘然转身去了。

远离人群，梁萧独自攀上一处山峰，放眼眺望，夜幕下山影逶迤，他的心情也如这山势起伏难平。忽听身后传来足音，梁萧并不回头，苦笑道："欧伦依族长，你也来了？"

欧伦依笑了笑，抛给他一个酒囊，两人对饮片刻，欧伦依忽地唱起歌来，歌声洪亮，正是铁哲唱过的曲子。欧伦依唱罢，笑道："西昆仑，你知道这是什么歌吗？"梁萧摇头说："听不明白。"

欧伦依一笑，说道："用汉话说来，便是：草木青青，远来友人，山花绽笑，明月开怀；春光过眼，只是一瞬，你我情谊，可传万载；白云悠悠，只是须臾，你我情谊，千秋如恒；草木青青，远来嘉宾，心如金玉，铮铮有声；佳人绽笑，少年开怀，友人是谁，说与你听；西方巍巍，大哉昆仑！"这一番话用汉语说来，字正腔圆，一咏三叹。

梁萧苦笑一下，叹道："族长早已猜到了吗？"欧伦依拍手笑道："你是汉人吧？"梁萧却摇头道："也不算。"欧伦依皱眉道："还是没猜对？"梁萧饮一口酒，叹道："是蒙是汉，管他作甚？只要把我当作友人，那便够了。"

欧伦依笑道："听你一说，是老夫矫情了。"顿了一顿，又叹道："西昆仑，你为何不与捷苏交手，不战而退可是极大的耻辱。"梁萧却漫不经心地道："大丈夫有所为，有所不为。"欧伦依叹道："话虽如此，却是委屈了风怜那孩子，我看得出，她是真心爱你。"梁萧摆手道："我已心有所属，不能误她。"二人都是磊落之辈，寥寥数语便知对方心意，欧伦依便长长一叹，再不多言。

二人对着山风，默默喝了阵酒，欧伦依忽道："西昆仑，老夫想好了，要为你铸一把剑。"梁萧一怔，想起风怜说过的话，忙道："万不敢当！"欧伦依笑道："你当得起，比起酸穷儒公羊羽，你更当得起。"梁萧奇道："族长认识公羊先生？”欧伦依叹道：“你果然与他有些关联。唉，想起来，中土顶尖儿的人物就那么几位，寻常的也调教不出你这样的高手。老夫穷尽半生，铸剑六柄，却铸一剑，断一剑，而今只剩一柄‘青螭’，就在公羊羽手里。”

梁萧惊道：“铸一剑，断一剑，莫非您是……”欧伦依不待他说完，接口笑道：“伦依二字，在精绝古语中作‘神龙’解，我当年行走中土，因仰慕先贤欧冶子，便妄号欧龙子。”梁萧肃然起敬：“晚辈早有所闻，欧前辈铸剑之术，举世无双无对。”欧龙子笑道：“也不与你谦逊，我若自认第二，谅也无人敢认第一。只不过这二十年来，我再未铸过一剑，或许技艺已生疏了。”梁萧道：“这是为何？莫非青螭剑登峰造极再也无法超越？”

欧龙子摇头道：“剑各有主，若无剑主，铸出神剑也是枉然。剑为有灵之物，人铸剑，剑亦择人，若无剑之神气，岂能驾驭我精绝族的神剑？”他望着梁萧，微微笑道，“但你身上剑气浓烈，我倒看得出来。”梁萧被他盯得大不自在。忽听欧龙子哈哈一笑，拍地而起，说道：“没料到，我欧龙子已是垂暮之年，却还能遇上配使天罚剑的人杰。”梁萧奇道：“天罚剑？”欧龙子道：“不错，天罚天罚，代天行罚，世上恶人无数，杀之不尽，须以恶人颈血，祭我利剑神锋。”

梁萧听得心头一颤，却听欧龙子又道：“自明日起，我与铁哲将在剑塔铸剑。不过，精绝一族以剑为神，新神一出，旧神当灭，你须得用这把‘天罚’断去公羊羽的‘青螭’。”梁萧摇头道：“望前辈三思，只恐晚辈力有未逮！”却见欧龙子笑道：“我这双眼珠子不仅会相剑，更会相人，我说你行，那便错不了。”他因寻到剑主，心中欢欣莫名，忽地纵声长笑，阔步走下山去。

梁萧望着欧龙子的背影怔忡良久，心生寒意：“我罪孽滔天，哪儿配代天行罚？刀剑造出，只为杀戮，欧前辈说我剑气浓烈，莫非是指我一身杀孽、两手血腥吗？”一瞬间，他心中苦涩难言，忽地对自身起了莫名厌恶，恨不能纵下山崖一了百了，可抬头一望，却是明月清圆，光华温柔亮白。他对那明月凝望片刻，忽地死念尽消，便走下山去，将剑谷抛在身后，茫茫然向西方走去。

往日落处走了二十余日，牧草渐渐稀少，商人骑骆驼。梁萧询问行商才知此处已是伊儿汗国。伊儿汗国是忽必烈之弟兀烈旭破灭哈拔斯王朝后所建，幅员辽阔，东至尼泊尔，西及大马士革。

原来梁萧苦行数月，已抵达马拉加，时值大雨，白雨粗似牛筋，唰唰泻落，街上没有一个行人。梁萧浑身漉湿，脚下泥水哗啦作响，乍一抬眼，只见极远处的高塔浑圆及天，依稀在雨中耸立。

梁萧叩开塔门，通告姓名。门卫见他衣衫破败，大是狐疑，嘀咕了两句，便关上大门。过得一阵，梁萧正觉不耐，忽听脚步声响，大门轰然中开，兰娅披着一袭纱衣奔了出来，看见梁萧，眼里满是惊喜。梁萧也想一笑，可心口发堵，怎么也笑不出来。对视许久，兰娅眉眼泛红，走进雨里，涩声道："你才来吗？"梁萧听出责备之意，不觉一愣，忽听兰娅哭出声来："老师去世啦，他已经死啦。"

只见天上雷霆迸发，乌云翻滚，大雨如注，梁萧望着兰娅，一腔热情也随这瓢泼大雨一点一滴地逝去。

兰娅哭得有气没力，缓缓抬起头来，忽见梁萧脸色苍白，又摸摸他手，其冷如冰，不觉心头一慌，抹泪道："你……你怎么了？"梁萧摇了摇头，忽地天旋地转，两眼发黑昏了过去。

不知过了多久，他自梦中醒来，仿佛置身火炉烧得浑身难受，双眼肿胀无法睁开，偶尔又觉出一片凉意沁在身上，耳边人声低小，似乎在说什么"冰块"之语。

梁萧挣扎片刻已清醒了一些，又运气走了两个大周天，一时汗出如浆，不消片时身体就渐渐冷却。忽觉有人按着自己心口，睁眼望去，只见一个金发如瀑的美貌少女，一手按着自己胸膛笑眯眯地看着自己。梁萧心头一动，低眉一瞧不禁大惊失色，敢情他身无片缕躺在一张绣榻上面。梁萧慌忙捂住下身挣了起来。少女见他突然坐起也吓了一跳，跟着喜道："你到底醒了！"

梁萧窘道："怎么会这样？"少女笑道："你病倒了，浑身比火还烫，幸亏兰娅大人从大汗那里讨来冰块，敷在你身上才略略好些。"梁萧若有所悟，前些日子他自恃内功，餐风饮露，眠沙卧雪，从不顾惜身子，但这寒暑天气终非人力所能承受，况且他内心抑郁，邪气自然乘虚而入。

沉思片刻，梁萧问道："兰娅呢？"少女笑道："兰娅大人守了你三天三夜，困倦极了，所以我来替她一会儿。"她忽又诡秘一笑，"要不，我去叫醒她！”梁萧忙道：“我这模样怎好让她瞧见？”少女笑道：“这有什么？这三天我们天天瞧的！”

梁萧脸上微微发烫，低声问道：“这位姑娘，我这一身臭汗的，有地方洗澡吗？”少女笑道：“有呀，浴室在楼下。”梁萧道：“你把衣服与我，我自去洗来。”少女笑道：“你的衣服呀，又脏又臭，早就扔啦！”梁萧无奈，只得道：“那你拿几件男子衣服与我敷衍敷衍吧。”少女笑道：“这是女人住的地方，哪儿有男人衣服。”

梁萧大病初愈，脑子不免糊涂，无奈之余，只得扯了一块地毯裹住下身。只见那少女一边带路，一边咯咯说笑，一时间，走廊两侧便探出许多人头。马拉加天文台本是伊儿汗国贤哲聚居之地，这时出门观看的也都是闻名遐迩的学者，望见梁萧无不莞尔。有人笑道：“安吉尔，你这小魔鬼又在捉弄人啦？”

梁萧听了这话才知受了少女捉弄，一时羞怒交迸，恨不得钻地而入。他进退两难，只得在众贤哲的注视下硬着头皮走进浴室。安吉尔回头笑道：“要不要我服侍你洗澡？”梁萧沉着脸说：“不用，姑娘请自便。”少女便嘻嘻一笑，径自去了。

梁萧胡乱洗了一通，稍事振作。不一会儿，便有侍从送来衣裳，梁萧穿上，一出浴室就见金发少女候在门前，笑道：“兰娅大人在房中等你。”梁萧按捺怒气，冷冷道：“相烦姑娘带路。”少女歪头看了看他，笑道：“兰娅大人说得对，你是好人，我这么捉弄你，你也不生气。”这么一说，梁萧纵使生气也只好作罢。

二人一前一后进入一间厅房，地上铺满波斯地毯，毯上搁满水果肉食，兰娅静静独坐，衣衫素净，肌肤白嫩，眉如新月，眼光生动。她见梁萧脸色红润料已康复，不觉笑道：“我的使女安吉尔是法兰克人，她被我宠坏了，就爱捉弄人，若有得罪，你可别在意。”

梁萧皱了皱眉，侧目看去，金发少女从门外探出头来，吐了吐舌头，又飞快缩了回去。屋中二人对视半晌，神色皆是十分古怪，兰娅忽地忍耐不住，扑哧笑出声来。梁萧心想自己允称古灵精怪，惯于作弄他人，今日却在一个异族小姑娘手下栽了跟头，想来滑稽也忍不住哈哈大笑。这年余光景，他几乎从未开怀笑过，这一笑，郁积之气便去了大半，又嗅见烤肉香味，顿觉饥火中烧，绰起一把小银弯刀，割开烤得焦烂的羊腿，一阵狼吞虎咽。

兰娅瞧他吃得贪婪，眼中莫名酸楚，身子前倾，轻声道：“你走来的吗？”梁萧点了点头。兰娅又叹道：“干吗那样苛待自己？嗯，阿雪呢，她怎么没来？”梁萧手中弯刀一顿，涩然道：“她过世啦！”只见兰娅秀目圆睁，纤手捏紧了膝上的袍子，厅房寂静如死，唯有安吉尔的笑声如轻烟般袅袅远去。

兰娅还过神来，盯着梁萧，迟疑道：“你的脸？”梁萧淡然道：“被仇家划的。”兰娅心口隐隐作痛不便多问，只叹息道：“不管怎样，你来了，就很好！老师临去时留下了一道题，你若有兴致，不妨一解。”

梁萧自负算学一道，除了纳速拉丁天下再无敌手，怎奈迟了一步，这位大智者早已去世，心中沮丧自不消说，听得这话，当下便起身问道：“什么题？”兰娅瞧他神态急切，不觉笑道：“你还是烈火样的性子，也罢，随我来吧。”是时天色向晚，通天塔中甚是晦暗，兰娅掌起如豆灯火领着梁萧沿圆梯上行，进入一间宽大的圆厅。只见兰娅点燃壁灯，房中顿时明白如昼，又见向壁处架设一座天平，高及一人，左方搁一块大石，以致天平左倾。天平本是星学者炼金时所用的器械，但如此巨大者却十分鲜见。天平后两扇石门闭合严密，上面刻了一行回文，兰娅遥指回文：“那便是题目！”

梁萧低声念道：“天平左边有大石一方，镌刻生命之痕，勿得移动；房中砝码，挑选一块，置于右方托盘，务使左右均衡。”梁萧本以为纳速拉丁为一代智者，出题相难必为高明算题，谁知竟是如此题目，一时望着石壁愣在当场。

兰娅肃然道：“梁萧，这是一道锁钥之题，你若能令天平均衡，后方的石门就会打开。”梁萧道：“打开石门做什么？”兰娅却反问：“你来马拉加又是为什么？”梁萧苦笑道：“我要向西方的智者挑战，但纳速拉丁已经不在人间了。”兰娅低头半晌，眉眼微微泛红，叹道：“既然如此，你更须解开此题。只不过，砝码选错一次你便输了。”

梁萧见她目光闪烁，言语古怪，心中大为诧异：“纳速拉丁已死，我还能向谁讨教学问？”踌躇时许，便举步上前，那方大石削痕犹新，刻有一行文字：“我之生命”。墙角摆放各种砝码，大小百枚，质料无一相似，除了金、银、铜、铁、锡，还有诸般合金、木材陶瓷。每块砝码也都刻有回文，或是“国家”，或是“族类”，或是“财富”，或是“胜利”，林林总总，不一而足。

梁萧看得入神，忽听兰娅道：“你看！”梁萧回头一瞧，只见她的掌心多了一盏玻璃沙漏，兰娅将沙漏转过，微微一笑，说道：“而今开始计时，若不能在沙漏尽时得出答案，也算你输。”

梁萧心思敏捷，若论运筹方圆，穷天极地，他弹指立就，不在话下。但怎料纳速拉丁不论算术，却留了这么一个没头没脑的怪题。梁萧微感气恼，但瞧沙粒泻得飞快，不敢怠慢，当下摒除杂念，寻思：“砝码所刻回文莫不是迷魂阵，砝码分量才是关键。但眼下砝码众多，且质料各异，这一盏沙漏时光如何能称得出分量？”恍然间，他便明白了此题的厉害，额头微微渗出冷汗。梁萧为人倔拗，若非道末途穷绝不轻易认输，于是便蹲下身子在砝码中反复拣选，揣摩分量。

沙漏一泻如注，瞬间已逝去大半。梁萧百思不得其解，心中烦乱，抛下手中一枚白石砝码站起身来，抱肘沉思，但觉如此拣选，等到沙漏泻尽也难寻出足量砝码，这场斗智，自己怕是输了。他想了又想，叹了口气，回望兰娅，待要认输，忽见她大睁美目，微启朱唇，神色既似期盼又似叹息。梁萧正要开口，忽地一个念头闪过心头，旋即他浑身一震，定睛望着兰娅。兰娅见他目射奇光，心头一怯不禁倒退一步，只见突然之间，梁萧走上前来，兰娅身子一轻被他搂在怀里。

兰娅惊叫道：“你做什么？”欲要挣扎，但与这男子胸膛一碰便觉四肢绵软，有气无力，手中沙漏坠地，跌成无数碎片。梁萧抱起兰娅，大踏步走到天平前方，将她放入托盘，天平倾转过来，左右持平，咯的一声，前方石门嘎吱敞开。

梁萧瞧着门洞，叹道：“原来如此！”兰娅惊奇不胜，问道：“梁萧，你怎么猜出来的？老师说你一定猜不出来的。”梁萧苦笑一下，叹道：“若换作两年之前，我决计猜不出来。不过，适才我在砝码中拣选，见砝码上面虽刻有许多字迹，但唯独少了一样，那就是生命。”兰娅道：“但那已经刻在石块上了。”

梁萧摇头道：“中土有一句话，叫作‘人命关天’。家国易亡，财富易逝，一代王者也终成为冢中枯骨，唯有人口滋繁，永无穷尽。”说到这里，他若有所思，忽地又道，“只有生命，才配与生命匹敌，这里除了我，就只有你了……”兰娅连连点头。梁萧说到此处，轻轻叹了口气，涩声说道：“也许尊师想说的是，如果人们明白生命相若之理，彼此珍惜，这世上必将仇怨消弭，永无战争。”

兰娅盯着他微微出神，忽地叹道：“梁萧，你赢了！”她直起身子，手指石门，“那里是安拉永恒的宝库，汇集了先哲们所有的智慧。”梁萧定睛望去，门中摆放一排排书架，迎面飘来羊皮卷的气息。

兰娅望着门中，敬畏道：“老师说过，唯有尊重生命的人才配学习它们。梁萧，你解开了锁钥之题，不妨进去瞧瞧，挑战先哲，解答他们的难题。”梁萧内心一阵恍然，苦笑道：“兰娅，尊师不但学问出众而且胸襟过人，梁萧与他缘吝一面，可谓抱憾终生。”兰娅苦笑道：“这也是他临终前的了悟，可惜晚了些。”梁萧又是幽幽一叹，望着黑黝黝的门洞，一时不由痴了。

梁萧在马拉加住了下来。他研读先哲遗著，东西之学豁然贯通。兰娅得见梁萧，心意已足，朝夕看顾，不忍相离。有时入夜，梁萧登上塔顶看罢天上星斗，便向东方眺望，一望一夜，直到启明星起，他才带着一身露水回来。兰娅心中奇怪，却又不好开口询问。

通天塔中日月短促，一晃已过去三年。这一日，晨曦初露，兰娅照例捧了早点，推开石门，惊觉屋内书卷整齐却无半个人影，遥见石壁上刻了数行汉字，字字入石半寸：“光阴寸箭，一发三载。吾性拙驽，穷先人之智，耿耿依旧，落魄西行，以求解脱。朝夕得君眷顾，惶惶无以为报。人生聚散，譬如朝露，洒泪相别，望君珍重，梁萧再三顿首，不知所言。”

那字迹跳脱正是梁萧手迹，兰娅怔怔瞧了半晌，手一松，那张瓷盘也随着那颗心儿在地上跌得粉碎。

梁萧折道向南，行走月余望见大海，只见迎面的海岛上一座灯塔高入云端，累经战火，破败不堪。他凭海临风，望塔兴叹，生出兴废难知之感。

灯塔残破，不耐细看，梁萧渡过红海，几日后又深入戈壁，只见许多尖顶石塔矗立于沙海之间，四面皆是凄风惨惨，狂沙袭人。梁萧捡了一块沙石，取刀刻成一尊人像，却是一个圆脸细眉的女子，他痴痴凝望石像，又将其置于塔前，任由风吹流沙将之慢慢湮没。

在埃及住了数月，梁萧乘船出海，经过罗得斯岛，见到不知哪两国的舰队正在鏖战。这里的海面与中土不同，平静少风，千余战船百桨起落，仿佛一条条巨大的虫豸在紫色的镜面上蜿蜒爬行。商船为避战火在岛上歇了几日，直到战事平息才又重新起航。

次日傍晚，梁萧终于抵达雅典郊外。他登上一处矮岗眺望卫城，却见一片废墟，折断的大理石柱恍若战死的巨人，颓倒在荒凉的山坡上。落日正如火球西沉，山岗下的牧童哼哼有声抽打着晚归的牛群；一个吟游者怀抱唯吟我，边走边唱，歌声悠扬。梁萧聆听良久，直待歌声消失，一阵失落涌上心头，才不觉长叹一声，一振青衫走向更远的西方。

韶华掷梭，日月飞箭，弹指间又过七年。

烈日当空，沙海无垠，天地间热浪滚滚好似无色的火焰。风儿时大时小，卷起缕缕细沙扑在一个褐发汉子脸上。只见那汉子牵着骆驼，深一脚浅一脚地走着，忽地驻足眺望层叠起伏的沙海，暗自发愁。他身后一个金发白脸的少年也随之停下，又扯开革囊，咕嘟嘟大口喝酒。

褐发汉子忍不住回头叫道："卢贝阿，少喝些！咱们被困住啦！知道吗？被困住啦！"少年一抹嘴，闷声道："喝了这口，我再也不喝啦！"说罢随手将酒囊丢上驼背，怎料一没搁稳，啪嗒掉在地上，囊中的红酒一泻而出，瞬息渗入沙里。

褐发汉子顿时眼中喷火，吼道："该死的小鬼！"卢贝阿脸色发白转身便逃。褐发汉子怒骂一声，拔出一把弯刀便撒腿追赶，嘴里叫道："你逃，小鬼你逃？"因沙地松软，两人一步一陷走得分外艰难，卢贝阿忽地一脚踩虚摔倒在地，被褐发汉子一把揪住，雪亮的刀锋架上他白嫩的脖子。卢贝阿挣扎道："放开我，放开我……"

褐发汉子用刀把在他臀上狠顶两下，啐道："宰了你，少一张嘴抢水！"卢贝阿痛得龇牙咧嘴，但见他口气虽狠，眼中的怒火却已淡了，便笑道："杀了我，就没人陪你说话解闷啦，被刀砍死痛快，活活闷死才叫难过呢。"褐发汉子哼了一声，刀插入鞘，冷冷道："冒失鬼，再犯错，我一刀……"他手掌一挥露出威胁神气。卢贝阿吐舌笑道："你才舍不得砍我脑袋。"

褐发汉子冷笑道："不砍你脑袋，就不能阉了你这小狗子吗？"卢贝阿不由面红过耳，啐了一口，褐发汉子瞟他一眼，笑道："那么一来，索菲亚可要守活寡啦！"边说边瞟向卢贝阿的下身，卢贝阿被他瞧得心里发毛，叫道："浑蛋！闭嘴！"

褐发汉子嘎嘎怪笑，忽地咦了一声，手指远处："卢贝阿，你瞧。"卢贝阿正闷头生气，便怒冲冲道："瞧个鬼！"却偷眼一瞧，只见滚滚流沙中一个黑点忽隐忽现飞奔而来。卢贝阿奇道："那是……"话没说完，褐发汉子便按住他头伏了下来，低声道："是沙盗！"

只见黑影疾如飞电越来越大，一个男子形影依稀可辨，卢贝阿一颗心突突乱跳，涩声道："只来一个，怕他什么？"褐发汉子怒道："别废话！"卢贝阿屏住呼吸便伏在骆驼后面死盯来人。

那人越逼越近，却是一个身披银狐坎肩的灰袍汉子，低头弯腰，脚踩一件古怪器械，状似雪橇，中有杠杆相连，外有铁皮包裹，两侧有细长铁管，被那人双手握着，向后一扳，铁皮便骨碌碌一转，带得铁橇蹿出丈余。二人从未见过如此怪物，一时心子狂跳，掌心渗出许多汗水。

汉子双手扳动铁管，乍起乍落，衣发飘飞，宛似流沙飘行，不多时便到了骆驼之前，直起身来。卢贝阿定睛细看，来人修眉凤眼，顾盼神飞，双颊浓髯如墨，下面隐约藏了一道疤痕。

卢贝阿看得呆了，忽觉身畔飒然，褐发汉子已弯刀破风直劈那人面门。灰衣人似乎没料到骆驼后伏有人手，咦了一声，身子稍侧，褐发汉子见一刀劈空又匆忙横刀旋斩。那人却不理会，只大大踏出一步，褐发汉子便再度斩空，忙一掉头，忽见灰衣人拾起卢贝阿弄丢的酒囊，嗅了嗅，便咕噜噜喝起囊中的残酒来。

褐发汉子心中骇异，挺刀前扑，忽又来一把弯刀，当的一声将刀格住。褐发汉子怒从心起，叱道："卢贝阿，你又犯傻了吗？"只见卢贝阿脸一红，摇头道："我瞧他不像沙盗啊！"褐发汉子怒道："你懂个屁！"二人这边争执，灰衣人却只顾饮酒，褐发汉子也觉疑惑，也将弯刀慢慢垂了下来。

那灰衣人鲸吞牛饮喝光酒水后，把酒囊一扔，笑道："还有吗？"褐发汉子道："没了。"灰衣人转眼瞧他，笑道："听口音，你们是从热那亚来的？"他初时说的回族语，这时已变为拉丁语。

褐发汉子一愣，冲口而出：“没错，我们是热那亚的商人，去中国做生意，因途中遇了盗贼，伙伴们都被冲散啦。好了，这里已经没酒了，你快快走吧。”卢贝阿却忽地插嘴：“塔波罗你撒谎，咱们还有三袋酒，够喝两天……”

塔波罗不料他拆穿自家谎话，一时气结，恨不得奋起老拳狠狠揍他一顿。此时困于大漠，饮水贵于黄金，为了点滴水浆害人性命的也不足为怪。灰衣人来路蹊跷，一旦心存歹念可是大大不妙，塔波罗虽一边喝骂，一边却紧攥刀柄偷瞧灰衣人的动静。

只见灰衣人微微一笑，说道：“你叫塔波罗吗？我拿水换酒，你答不答应？”塔波罗见他衣衫平坦，铁橇空空，并无藏水之地，便冷笑道：“这沙漠里哪会有水？你骗人吧？”灰衣人又道：“圣徒摩西不也在西奈的沙海中找到水吗？上帝怎会背弃他的仆人？”塔波罗肃然道：“你也信奉我主？”一时心生亲近。

灰衣人笑了笑，看看日头，又瞧了瞧脚下的阴影，掐指算算，忽地躬下身子挖出一个深坑，而后探手入怀取出一束线香，捻动食中二指，只见红光闪处，轻烟袅袅。灰衣人将线香插入坑中后，又脱下狐皮坎肩盖住坑口，不令烟雾渗出。

二人见他举止古怪均感好奇。塔波罗见多识广，心中顿时疑窦丛生：“这人举止怪异，莫不是哪儿来的异教徒？这些古怪举动是他杀人前的仪式吗？”一时越想越惊，背脊不由冷汗渗出。

踌躇间，远方沙堆上升起了细细白烟。灰衣人笑道：“有了！”提起革囊，几步赶到冒烟处，双手便如两把小铲在沙中掘起坑来，不一会儿，他便停下挖坑，放入革囊，似在汲水。不一会儿，他走了回来，将革囊交给卢贝阿，笑道：“沉一下便能喝了。”

卢贝阿但觉入手沉实，微一摇晃传来汩汩水声，不禁喜道：“是水，真的是水！”塔波罗劈手夺过革囊，凑近一嗅，湿气扑鼻，不由瞪眼叫道：“你……你是魔法师？”灰衣人摇头笑道：“这不是魔法，只是中国人的一点儿小把戏。那边还有水，你若不怕我暗中下毒只管去取！”

塔波罗因被他道破心曲，颊上发烧。卢贝阿却年少轻率，二话不说，抓起几个空革囊就抢到坑前，只见坑内一汪泥水杂着沙子不断渗出，他汲了些许，坑底又冒出许多，似乎永不枯竭。卢贝阿灌满革囊后欢喜折回。塔波罗接过水囊喝了两口，这才深信不疑，从骆驼上取了一囊酒，递给灰衣人道："生意人说话算数，咱们以水换酒。"灰衣人笑了笑，接过便饮。

卢贝阿心头佩服，竖起大拇指道："先生，你能找到水，了不起。不过……你能带我们走出沙漠吗？"灰衣人笑而不语，只是喝酒，过了一会儿，一袋酒尽才缓缓说："出去不难，你们拿什么谢我？"

塔波罗暗服其能，便应声笑道："若你带我们出了沙漠，我就把货物分你三成！"灰衣人淡淡说道："我要你的货物做什么？你给我酒喝，我给你带路。"塔波罗不料如此便宜，生怕对方反悔，忙道："一言为定！"

灰衣人也不多说，解下酒囊边走边喝。那二人连忙吆喝驼马跟在后面，脚下忽浅忽深，踩得沙子嘎吱作响。那灰衣人虽步子极大，落足处却悄无声息，只见他时不时掐指望天，走了半个时辰后，天气向晚，由热转冷，狂风锐如利箭，夹杂沙尘，凄厉如啸。夜空澄净无翳，恰似一块硕大无朋的黑色琉璃，月亮嵌在其中，圆大光洁，映得沙海微微泛蓝，宛如深沉梦境。

卢贝阿手牵骆驼一步一陷，眼看灰衣人三步一饮，一袋酒转眼见底，忍不住问道："先生，你是东方来的旅行家吗？"灰衣人嗯了一声。卢贝阿笑道："你的酒量真好！这酒是报达人酿的，不算地道，我家乡的红酒才叫好。"灰衣人又笑道："热那亚我去过，酒好，小牛肉也挺鲜美。不过，大漠里饮酒的滋味却非别处可及！"卢贝阿一拍额头，恍然道："是啊，饥饿时吃黑面包比饱足时吃小牛肉快活。沙漠里喝酒，自也比平日快活得多。"他因只顾说话，足下绊了一跤，一头栽进沙里，抬头看时，只见一个骷髅头龇牙咧嘴，黑洞洞的眼窝与他对视。少年背脊发凉，惊惧之余又生恼怒，出脚将骸骨踢出老远，他出了这口气后，才拍手啐道："让你绊我！"

灰衣人冷眼瞧着，心想："到底是孩子，不知人间愁苦。若非遇上我，只怕你小小年纪却要与这骸骨为伴了。人说天下攘攘，皆为利往，可行商苦楚又有几人知道？在这沙海之中，又埋了多少商人骸骨？"

他想起几许往事，神色黯然，仰天叹道：“少年不知愁滋味，爱上层楼。爱上层楼，为赋新词强说愁。而今识尽愁滋味，欲说还休。辛稼轩的词虽是好的，人却迂腐了，一醉方休岂不痛快得多。”

卢贝阿不解其意，怪道：“先生，你说什么？”灰衣人淡淡说道：“随便唠叨几句。是了，卢贝阿，你小小年纪，干吗背井离乡来做行商的勾当？”只见卢贝阿面皮一红，忸怩道：“我……我赚了钱就能娶索菲亚啦！她家里很有钱，我配不上她。”灰衣人皱眉道：“此来万里迢迢，路途艰险，在家中做些生意岂不更加稳妥？”卢贝阿道：“家里赚大钱不容易，要将中土货物带回去，卖了大价钱才能够娶索菲亚。”灰衣人心想这一来一去，累月经年，那女孩子正当华年，未必能待到这少年回去。他心中寻思，嘴里却不忍说破，叹了口气，寂然而行。

走了半晚，天光渐白，一眼望去，一片沙粒中生出寥寥几丛稀疏草茎。两个行商见了，心知出了沙漠，不由欣喜若狂，塔波罗忽地扑通跪倒对天长笑，双手在胸前画着十字，卢贝阿也欢喜得大翻筋斗嗷嗷怪叫。

灰衣人笑而不语，看二人欢喜过去后，说道：“此处向东北走，当是水草丰美之地，所谓聚散无常，咱们就此别过。”正要抽身离去，塔波罗已一步抢上，叫道：“先生，您救了我们性命，叫我们如何报答？”右膝一屈便要行礼，灰衣人却大袖一拂，塔波罗只觉一只无形巨手将自己托住，怎么也跪不下去。

灰衣人虽屡显奇迹让人见怪不怪，但饶是这样，塔波罗仍觉不安：“这人真会魔法？他是上帝的仆人还是异教的魔鬼？”正自惴惴不安，忽听灰衣人笑道：“说过了，你给酒，我带路，一来一往，公平之至，你我两不相欠，何须多礼？”塔波罗自知三袋红酒不过小惠，能出沙漠才是性命攸关，二者之间遑论公平？但见对方落拓不羁，便也不好俗套，称谢一番直起身来。

卢贝阿少年心性，与灰衣人相处一晚后，见他气度恢宏心生亲近，想到便要分别，眼中酸楚，低头不语。灰衣人瞧出来了，心想这孩子重情重义却是我辈中人，便微微一笑，伸手在他肩上拍了拍，正要转身，忽听远处传来一声狼嚎，侧目望去，只见远处山丘上冒出一头黄狼，衬着惨白落月，怪眼中透出无比乖戾。卢贝阿呆了呆，倒退两步，发出一声凄厉的尖叫。

灰衣人眉头一皱，忽见塔波罗面白如纸，张嘴瞪眼，死死盯着黄狼，仿佛化为一尊石像。灰衣人心中诧异，拾起一枚细石，欲要射出时，忽见黄狼已转过身，一溜烟跑了。塔波罗身子一软坐倒在地，牙关咯咯直响："来了……恶魔来了……"卢贝阿也扑在地上，浑身发抖。

灰衣人奇道："什么恶魔？"塔波罗沮丧道："就是杀死咱们同伴的魔鬼。从撒尔马罕城出发，我们本有三百多人，哪知半途中遇上狼……"灰衣人道："那么多人，还怕几个畜生？"

塔波罗哆嗦一下，摇头道："来得太多了，四面八方都是狼嚎，也不知来了几千几万。恶狼一群一群地扑上来，人、马、骆驼，见什么吃什么。我带卢贝阿逃进沙漠才算抛下它们，卢贝阿的堂叔却不知死活……"他咽了一口唾沫，费力道，"却没料到它们还是来了。"卢贝阿忽地跳起来，咬牙道："跟它们拼啦！"

灰衣人沉吟一下，笑了笑说道："刚才不过一头狼，何苦怕成那样？"塔波罗连声道："难说，狼虽一头却未必不是探子。"灰衣人道："狼又不是人，哪儿来这么多规矩？"塔波罗双眉一沉，压低嗓子道："你有所不知，听说狼群的头领是一个人。"灰衣人皱眉道："有这等事？人狼有别，如何共处？"塔波罗说道："听说那人将灵魂卖给了魔鬼，得到驾驭狼群的本事，专门打劫客商，残杀生灵。"灰衣人摇头道："传说未必可信。这样吧，咱们再同行一程，彼此多个照应。"二人得他引出沙漠，心底已信服，又想："这人虽来历古怪可本事很大，有他相伴或能摆脱危机。"

三人走了一程后，但见牧草渐丰。日中时分，忽见前方出现一拨人马，塔波罗看清来人，喜上眉梢，高叫："弗雷德，弗雷德！"卢贝阿也满脸惊喜，招手道："堂叔，堂叔！"那边一骑人马如风奔来，马上骑士髯须火红，腰粗背阔，额头布着三道爪痕鲜红刺眼。他跳下马来，一双毛茸茸的大手搂住卢贝阿，眼里流出泪来，叫道："我以为你们死啦，以为你们死啦……"叔侄二人劫后重逢抱头痛哭。

哭过一阵，各叙别情，弗雷德沮丧道："我是阿莫老爹带着逃出来的，不过货物大半丢了。"塔波罗安慰道："货物丢了不打紧，人死就不能复生了。"弗雷德点头称是，这时一行人马才开过来，弗雷德指着一个老者道："这是阿莫老爹，突厥人，要不是他，咱们都活不了。”塔波罗一眼望去，只见那老者缠着花布头巾，面色红润，白髯如雪，个子短小，精神却很矍铄。再瞧一旁，不过寥寥十人，想及出发之际，伙伴数百，驼马千数，相形之下好不伤感。

难过一阵后，塔波罗打起精神，将灰衣人引荐给对方，众人听说这人在沙漠里掘出水来都感惊奇。阿莫盯了灰衣人一会儿，插嘴道：“山泽通气，沙中取水本是汉人道士的秘法，你从哪儿知道的？”他以汉语道出，嗓音十分洪亮。灰衣人却目光一闪，只笑道：“运气罢了，并不是什么地方都能掘出水来。”

阿莫听他避实就虚，不悦道：“那么敢问大名？”灰衣人笑道：“区区贱名，不足挂齿。”阿莫打量他一阵后，紧紧皱起了眉头。

众人攀谈一阵，发觉虽然丢了货物，但是紧要的珍宝都是贴身携带并未丢失，顿时商议到了中土后，合伙变卖宝物周转数年，等到攒足本钱再购买大宗货物运回西方。弗雷德说得高兴，重重一拍塔波罗的肩膀，道：“老弟，你说得对，货物丢了不打紧，有本领的商人，能把一个金币变成一百万个。”众人皆是大笑，气氛顿时热切起来。

塔波罗笑道：“我有一个堂兄叫作马可·波罗，他在中土经商，认识许多鞑靼大官、大商人，咱们去投靠他必不会错。”众人不由大喜，纷纷叫好，阿莫却冷哼一声，说道：“你们开心得早了吧，这里还是天狼子的地盘。保得了性命才说得上做生意。”

这话好似一桶冰水浇冷了众商人一腔热血，他们彼此呆望默默不语。灰衣人忽道：“天狼子是谁？”阿莫沉着脸不答，跨上骆驼便去了，其他人亦是默然尾随。塔波罗侧过头对灰衣人轻声道：“天狼子就是御狼人，对这名字大伙儿都很忌讳。”灰衣人点了点头，心想：“‘天狼子’是汉人字号，莫非这凶人来自中土？”当下左思右想，却想不出这号人物。

众人一路行去，又陆续遭遇逃出狼口的同伴，时至日暮，商队已增至五十人。因日头落尽，众人便围坐一团燃起篝火，说到早先际遇无不凄惶。许多人失了亲友，悲从中来，不由得放声大哭。

忽然间，只听见远处传来一声长长的狼嚎，凄厉诡异，月色也似暗了一下。场上死寂一片，塔波罗手搭凉棚极目瞧去，只见一个犬形黑影在远方一闪而没。再瞧众人，个个皆是脸色惨白，全无血色，唯独灰衣人闻如未闻，仍是含笑饮酒。正惊疑，忽听弗雷德在耳畔低声道：“塔波罗，咱们逃不掉啦，它还跟着……”

塔波罗一掉头，只见弗雷德的大胡子抖个不停，眼里满是绝望。弗雷德狠狠咽了口唾沫，又说：“塔波罗，我若死了，请你照顾卢贝阿，他年纪小，人也不大机灵……”塔波罗点头道：“若我死了，你也替我带信给我表兄。”两人四目相对，大手紧紧相握，但觉对方掌心湿漉漉的尽是汗水。

灰衣人忽道：“这天狼子是什么来历？”众人听了这个名字，面皮一绷均露出惧色。阿莫轻咳一声，拿根棍子拨弄数下让篝火明亮起来，这才缓缓说：“有人说他是狼，也有人说他是人，还有人说他是半狼半人。”灰衣人又道：“如此众说纷纭，想必这怪物肆虐已久了。”

火光之中，只见阿莫的脸色青白不定，淡淡说道：“也不算太久，蒙古人鼎盛之时，这条道路很是太平，头顶一只金盘走上一年也不打紧。但十多年前，黄金家族内乱，诸王不满大元皇帝忽必烈用武力夺取汗位，便打起仗来。连年交战弄得草原荒烟千里，白骨累累，无数人因此家破人亡，饿死的饿死，没饿死的就做了马贼。”

灰衣人皱眉道：“天狼子就是那时出现的？”阿莫道：“不错，因为战事频发故而盗贼蜂起。说起来，那天狼子也是盗贼之一，只不过他独来独往，行事格外凶残。别的马贼，比如‘天山十二禽’，也很厉害。”

一个商人插嘴道：“阿莫老爹，再往前走便近天山了，就算避开天狼子，又该怎么应付那十二只恶鸟呢？”只见众人眉头微皱，甚是发愁。阿莫摆手道：“说这话晚啦，天狼子在后面，回头路是走不了的，向着天山走还能有几分活路。天山十二禽狠毒是狠毒，但说到残忍好杀还是及不上天狼子。”众人进退维谷，一个个皆是闷声不吭。

灰衣人不解道：“狼性残忍，如何与人共处？”又见阿莫拧起灰白眉头，拈须道：“我倒是听说过一些，咳，这也是道听途说。听说天狼子本是人类婴孩，父母死于战乱，却恰逢一头母狼丢了崽子捡到了他，将他当作崽子喂养。后来一个汉族道士经过，因一时好心，便将他从狼群里救了出来，带回村庄教授本事。几年过去，那孩子似也忘了狼群中的遭遇，随道人练了一身本事，生裂虎豹，直追猿猱，成了当地数一数二的猎人。唉，也是冤孽，十八岁时，这天狼子春心萌动，不经意间爱上了一个同村的少女……”说到此处，阿莫眉间微黯，轻轻咳嗽数声。他虽不说，众人却也隐约料得后来发生了什么，默默望着阿莫，场中一时十分安静。忽然，只听一声极轻极细的狼嚎从远处升起来，悠悠忽忽，久久不绝，众人只觉颈背发麻，不由都向篝火凑近了一些。

阿莫抬起头望着天上缺月，叹了口气道：“可惜虎豹凶猛却不会采摘清晨的蔷薇，天狼子生擒熊罴却捕捉不了女孩子的芳心。他因爱那少女，时时向她赠送猎物，但那少女却喜欢上一个富家子弟。更糟糕的是，她的父母贪图天狼子的本事，也从不拒绝他送来的猎物，故而天狼子总也蒙在鼓里，欢喜不尽，岂疑有他。直到那天夜里，他打猎回来，忽然发现那少女和情人在山谷中野合。天狼子愤怒至极，当场便想杀死二人，紧要关头，他的师父却闻讯赶来。老道士出手阻拦，天狼子因斗不过师父，一气之下便逃进深山。少女与情人被人撞破，次日便互下聘礼，月后成亲。那男子本是当地望族，新婚之夜，方圆百里的人家都来道贺，载歌载舞，火光烛天，但就在大家欢喜沉醉之时，深山中却传来狼嚎之声，初时一声两声此起彼落，渐渐却是嚎叫一片，嘿，也不知来了多少野狼……”

说到这里，众商人想起那夜被劫的情形无不打了个寒战，阿莫顿了顿，又道：“人们还在奇怪，狼群却已从四面八方冲了过来，喝醉的猎人不及开弓就被咬断手腕，男人们还没拔出弯刀就已被撕破喉咙。最后，活着的人聚在一起奋力抵抗。这时他们发现，天狼子站在狼群中，赤身散发，眼珠血红，发出狼一样的嚎叫。狼群闻声，更是奋不顾死地扑上来，人们一个接一个倒下，鲜血如小溪一样流淌。后来，新郎新娘都被捉住了，天狼子当着新郎污辱了新娘，然后，野狼纷纷扑了上去……”

阿莫说到这里，不由脸色阴沉，抓起酒囊，咕嘟嘟喝个不停。场上寂然时许，卢贝阿忍不住道：“那……那新娘呢？”阿莫瞧他一眼，淡淡说道：“听说疯啦，也奇怪，天狼子竟没杀她。”卢贝阿松了口气道：“还好！”灰衣人冷冷道：“生不如死，有什么好？”他想了想，又道，“如此说来，天狼子不仅残忍而且工于心计！夺妻之恨，不共戴天，此人却能隐忍一月之久，准备妥当才伺机发难，这份耐心人所难及。”众人听言都是点头。

灰衣人笑了笑，又说：“但无论真假，老先生这故事都说得十分有趣，令人大有身临其境之感。”一个商人接口道：“阿莫老爹可是有名的故事篓子。”灰衣人笑道：“失敬失敬！”阿莫只淡然道：“胡说罢了，此地不宜久留，咱们如能加把劲赶到天山脚下，便脱险了一半。”

灰衣人又道：“那天狼子武功高强，又有驱狼赶虎之能，一心赶尽杀绝，逃到哪儿不是一样？”一个商人摆手说道：“这位有所不知，天狼子曾在‘天山十二禽’手下吃了大亏，从此不敢逼近天山。”

灰衣人来了兴致，笑问道：“有这种事？”商人叹道：“这个传说流传甚广，荒唐怪谲之处叫人不敢深信。”灰衣人笑道：“荒唐怪谲才有趣，兄台但说无妨。”

商人却笑不出来，喝了口酒，便长叹道：“听说十多年前，天狼子横行天山跟‘天山十二禽’起了冲突。双方数次拼斗，各有损伤。后来一天夜里，天狼子聚集数千头恶狼，本想趁夜奇袭十二禽的老巢，谁知这一回十二禽的大首领却设下了圈套，他一人一骑，将天狼子连人带狼诱入山谷。那座山谷天生奇特，两崖挂着冰川，形势险峻异常。大首领立马山顶，待狼群入谷后，当即点燃冰川下埋藏的火药炸毁冰川，当时雪崩数十里，仿佛天崩地裂，万千恶狼尽被葬身谷底。天狼子仅以身免，被‘天山十二禽’追杀千里，多年来都销声匿迹。唉，大伙儿只当他暴尸荒野，不想如今却魅影重现，看来老天无眼，愣是不收这个孽障。”说罢不胜颓丧。

灰衣人却不由击掌赞道：“雪葬群狼一计，气魄极大，非大英雄、大豪杰不能为之，若有机缘，真想会一会这位大首领！”众人多数来自西极，头一回听到这个传说，遥想那惊天地、泣鬼神的一战，又想象那大首领的英风侠气、跃马雄姿，也不禁悠然神往。卢贝阿道：“先生说得是，若能见那大首领一面，叫人死也甘心。”他转向那商人殷切问道，“你见过大首领吗？”

商人用手在脖子上一比，苦笑道：“说什么笑话？若我见到了他，这颗脑袋还在脖子上吗？十二禽都是无恶不作的马贼，蒙古人数次剿灭都奈何不了！”众人心头均是一冷，卢贝阿颓然地道："我还当他们与天狼子作对定是了不起的好汉呢。"弗雷德却一拳砸地，怒道："这叫'狗咬狗，一嘴毛'，都不算好人！"众人想到后有恶狼，前有凶徒，一时皆是愁上心来各自叹气。

收拾好行装，众人方要起驼动身，忽听一串銮铃响动。众人正觉诧异，忽见一人一骑翩翩驰来，只见那马遍体火红，鬃毛奇长，空有马鞍却无缰绳，马上坐了一名女子，红衣裹体，纤秾合度，脸上一袭轻纱，想是为了阻挡风沙。火光摇曳中可见少女身后横了一只五尺长匣，乌木镀金，十分郑重。

那红马奔跑奇快，顷刻就来到近前，前蹄一顿，凝立如山。众人暗中喝了声彩："好俊的马匹！"只见女子目光清亮如水，扫过众人，忽地朗声道："要过天山吗？"说的是突厥语，又脆又急，不失大漠女儿的爽快。卢贝阿嘴快，大声道："对呀！"红衣女子又道："前面有狼群，要命的往回走！"

众人心中震惊："难怪狼群没有追来，敢情在前打了埋伏？"想着不由冷汗长流。阿莫强作镇定，躬身道："多谢姑娘相告。"红衣女却不回礼，拨马便走，不料红马却打了一个响鼻，转身向人群走来。红衣女子诧道："阿忽伦尔，你又不听话了……"眼光一转落到灰衣人身上时，忽地娇躯一颤，哎呀叫出声来。

红马靠近灰衣人，伸长脖子嗅他肩头。灰衣人抚摸它的鬃毛，苦笑道："老伙计，好久不见了。"红马又咴了一声，鼻子在他脸上蹭了蹭。

灰衣人抬眼望着红衣女子，叹道："风怜，你还好吗？"红衣女子浑身一震，面纱上多了几点湿痕，忽地怒道："不好，一点儿都不好……"她忽地拉开面纱，娇艳的双颊上泪水纵横，"这十年来，半点儿也没好过……"身子微微一晃，忽地坠下马来。

灰衣汉子正是梁萧，风怜因突然见他，乍嗔还喜，百念俱涌，一口气转不过来竟然昏了过去。梁萧一步抢上将她扶住，由她后心度入一道真气。风怜朦胧中咳嗽数声，只觉背上暖流涌动，睁眼一看，只见梁萧一脸关切，她心中顿时怒气烟消备感羞赧，匆匆闭上眼睛，低声道："要你多事，还不放手？"

梁萧依言放手，但因怕她尚未复原仍是将她挽着，此时定睛细看，发现匆匆十年不见，少女早已长成，眉眼未语含情，朱唇轻轻颤抖，想要说话，却终究哽咽，一头倒在他的肩上，呜呜呜哭出声来。梁萧心中抱愧，故而任她靠着痛哭。众商人见他二人故旧重逢也不便打扰。

风怜哭了许久，委屈稍减，便抬头说道："西昆仑，你知道吗？我寻了你整整六年，我没一时不害怕，怕再也见不到你。"梁萧怪道："你寻我六年？有什么要紧事吗？"风怜又落下泪来，道："是阿爹临死前叫我寻你。"梁萧一震，脱口道："铁哲先生去世了？蒙古人攻进剑谷了吗？"

风怜摇头道："和蒙古人没干系。那一天，你不告而别，大家都很难过。第二天，爷爷就叫上阿爹，两人在剑塔里铸剑，一铸便是三年。但不知为何，那柄天罚剑铸了三年却始终无法成形。有一天，爷爷对阿爹说，天罚剑因戾气太重，为天地鬼神之忌，须以人祭剑，始能成形。"

梁萧变色道："以人祭剑？如何使得？"风怜惨笑道："是呀，阿爹也这么说，又说真要如此，最好去谷外抓恶人祭剑。可爷爷却说，这样只是徒添杀戮，戾气更重，天罚剑纵然成形也是无量凶器。他说完……说完……"风怜小嘴一扁，扑进梁萧怀里放声痛哭道："爷爷便纵身一跳，跳进了铸剑炉里……"众人闻言，无不色变。

梁萧心头顿时翻起滔天巨浪，好半天，待风怜哭够了，才说："你阿爹是怎么去世的？"风怜泣道："爷爷以身殉剑，天罚剑也成了形，阿爹也承袭爷爷的遗愿继续铸剑。他像是发了疯，不吃不睡，昼夜锻打剑坯，足足锻了三个月，憔悴得不成样子，我看不过去，就待在剑塔里陪他。"她说到这儿，沉默半晌，方才道："那晚，我给他送了饭，困倦极了，就在侧室里打了一会儿盹，忽听外面风雷交加，满天的电光似乎都向剑塔聚来。"风怜说到这里，不知为何，忽地泪如泉涌，泣不成声。

梁萧心道："天生雷电，莫不是神剑出世引动天怒？"拍拍她肩以示安慰，却听风怜勉强止泪，颤声道："我当时懵懵懂懂的，只是奇怪，为何只打雷不下雨。就在这时，忽听铸剑室中一声巨响，竟把天雷声也比了下去，我跑进去一瞧……只见阿爹倒在地上，怀里搂着一把剑，大口大口的鲜血喷在剑上……西昆仑，剑……剑是铸成啦，可阿爹却不成了，第二天就断了气……临死前叮嘱我，要把天罚剑带给你，让你守护精绝族的神剑。”说罢她一转身，捧起乌木匣子，送到梁萧面前。

梁萧心思百转，徐徐揭开箱盖，只见匣中盛放一柄乌鞘长剑，有柄无锷，锋长四尺，乍一瞧，与寻常宝剑无异。他随手拔剑，却只觉滞涩，微一用力，但听鞘内怪响连声，嘶哑难听。梁萧眉头一皱，长剑脱鞘而出，这一瞧，他微微吃惊，剑身红锈斑斑竟是一口锈剑。

众商人从旁看见，均感失望：“两个人的性命换了一把锈剑，太不值当了吧？”风怜看出他们的心思，美目喷火，挨个儿扫了过去。

梁萧略一沉吟，合上匣子，忽又放回马背。风怜急道：“你不肯收吗？是不是嫌它锈了……”当下眉眼一红，似要哭出来。梁萧摇头道：“令祖父同铸之剑岂是凡品，只是区区德行浅薄，配不上‘天罚’二字。你先留着，遇上配使的人再转赠给他。”

风怜大觉刺耳，生气道：“这是什么话？西昆仑，天罚剑生了锈，你也生锈了吗？”梁萧叹道：“你说得是，都生锈啦！”风怜银牙一咬，又拧眉道：“好啊，你不要，精绝人才不会求你，我……我走便是。”梁萧瞧她眼角细纹如丝，不复往日光润，暗想她这六年奔波也不知受了几多风霜折磨，心头一软，便拦住她道：“好啦，别孩子气，我们要出发了，你也同行吧。”

风怜怒气未消，顿足道：“我才不是孩子气，火流星是你捉的，我不骑了。”说罢气呼呼地拧过头去，梁萧无奈，翻身上马，挽住她道：“那么一块儿骑吧！”风怜略一挣扎，却终究拗不过心底的情意，乖乖上马，倚在梁萧怀里。六年来，她苦苦寻这负心汉子，可是云山渺渺、人海茫茫，风怜背地里更不知淌了多少眼泪，如今终于找到，心头万钧大石落地，但觉这暗沉沉的天地忽地有了生意，行了一程，不由意倦神疲，便打起盹来。

困倦半晌，忽被蹄声惊醒，风怜揉眼望去，只见远处奔来一彪人马。还没驰近，就有人高喊道：“你们遇上狼群了吗？”阿莫应道：“遇上啦！”对面的人马当即散成半圆包抄过来。众商人正不知所措，忽见三骑人马并骑近前，乃是三个年轻汉子，个个俊朗不凡，白缎披风里露出一段漆黑刀柄。

只见一名黑衣汉子朗声道：“狼群在哪儿？”众商人心中因拿捏不定都不作

声。那汉子脸色一沉正要发作，忽又听一名红衣汉子道：“乌鸦，我瞧他们都是寻常客商，若是为难，大首领必不高兴。”黑衣汉子不悦道：“朱雀，我不过打听一二。狼群如此神出鬼没，只怕那怪物真是回来了，大首领也说了，所以让咱们多方打听。”朱雀道：“打听归打听，你别又犯了性子，任意胡为便好。”乌鸦怒道：“当我是你吗？”另一绿衣汉子起先始终倨傲，这时开口说道：“我看没什么好问的，咱们去别处搜索，如能赶在他人前面收拾那怪物，大首领必定欢喜。”

朱雀不快道：“翠鸟，你太托大了！”乌鸦冷笑道：“怕是你太小心了，论武功，那怪物未必敌得过咱们，况且还有二十个神弩手助阵呢。”

众人应声望去，只见这些骑士身上都挂有一张四尺弩机，沉甸甸的箭袋搭在马上。阿莫拨马而出，欠身道：“三位可是‘天山十二禽’吗？”乌鸦傲然道：“是又怎样？”众商人不由得一惊，纷纷握紧刀柄。阿莫赔笑道：“‘天山十二禽’个个以禽为号，果然不假。”他顿了顿，又道：“我们商队遇上狼群，死伤惨重。如今恶狼四伏，进退不得，祈望三位大侠能指点迷津。”

翠鸟冷然道：“我们要追踪狼群，没有闲工夫……”朱雀打断他道：“他们既是客商，就理应护送到轮台。”乌鸦不悦道：“你又多管闲事！”朱雀冷冷道：“你忘了大首领的话吗？”乌鸦顿时血涌面颊，怒道：“我哪里忘了？要送便送……”话音未落，却听见一声狼嚎拔起，悠长凄厉，令人心头烦恶。

三人皆是神色大变，齐声叫道：“天狼啸月。”当即便拨转马头，不顾而去。只见朱雀驰出一程，又带七名弩手折回来，说道：“前途危险，我送你们一程！”众商人却皆是大有难色，心想你来送也未必不危险，欲要拒绝可又不敢贸然开口。

梁萧忽道：“敢问天狼啸月是什么？”朱雀瞥他一眼，淡淡说道：“那是天狼子独有的啸声！”众人听得天狼子就在附近都是脸色煞白。风怜瞧朱雀爱理不理，心中有气，便冷笑道：“‘天山十二禽’也是无恶不作的马贼，怎会假装善心护送起客商来了？”朱雀脸色一变，大声说：“‘天山十二禽’虽是马贼但亦有道，一不肆虐百姓，二不染指寻常客商，蒙古人因奈何不了咱们便大泼污水，诋毁咱们的名声。不愿在下护送的大可自便。”梁萧见他争得面红耳赤不禁心中犯疑，众客商更是不知所措，倒是阿莫镇定，当下便振缰而行，众人无奈，只得尾随。

风怜不忿道："西昆仑，自便就自便，咱们走。"梁萧道："我答应照顾他们，不可半途而废。"风怜向朱雀一努嘴："不是有他护送吗？"梁萧道："'天山十二禽'名声不佳，叫人无法放心。"风怜白他一眼："你呀，一点也不爽快。"叹了口气后，身子微仰，又倚入梁萧怀里，柔声道："可是不知为什么啊，我心里就是放你不下……"

梁萧纵使聪明十倍，此刻也寻不出话儿应付，只好做个闷嘴葫芦。默默走了一程，前方忽又传来一声狼嚎，悠长刺耳，令人欲呕，一声叫罢，便听无数狼嚎声齐相应和。只见朱雀脸色微变，当即鞭马驰出。梁萧向风怜道："咱们也去瞧瞧。"也纵马上前，火流星脚程卓绝，顷刻就赶到朱雀身旁，朱雀冲口叫道："好马！我出一百两金子买它。"风怜却冷笑道："你做梦吗？别说一百两、一千两，就是一万两也不卖！"但见朱雀脸一沉，眸子却仍盯着火流星，梁萧瞧他目光贪婪，不由微微皱眉。

行出二十余里，但见地上狼粪渐多，朱雀脸色也越发阴沉。忽见前方长草里红光闪动，朱雀定睛一瞧，忽地神色惨变，纵马冲上。风怜兀自张望却被梁萧捂住双眼，低声道："别瞧，就留在马上。"说罢也翻身下马，掠上前去，却见朱雀伏在两具尸首上咬牙切齿。看那尸首衣衫，正是乌鸦、翠鸟。只见二人连人带马骨肉支离，已被撕扯得不成样子，四周搁着五六具狼尸，其中一头背上还插了半截断刃。

梁萧环顾四周，忽地转身掠出，他去势飘忽，在草上一纵一跃，了无踪迹。朱雀大为骇异，不觉站起身来，风怜见梁萧去了，夹马便追，忽见眼前红影一闪，朱雀已横身拦在马前。风怜勒马怒道："你做什么？"朱雀双眼似要滴血，厉声道："将马给我！"忽地纵起，半空中双掌一翻，风怜便觉寒气扑面，忙叫："阿忽伦尔……"火流星当即应声拧腰，斜斜蹿出，朱雀一扑落空，急转身时，只见火流星去若蛟龙，已在十丈之外。

风怜奔出一程后，眼看无人追赶才停下来舒了口气，轻声道："乖马儿，又多亏你啦。"她流浪七年能够安然无事，大半都是因为火流星脚程了得。这时抬眼望去，只见四野空旷，冷风幽幽，拂得草丛瑟瑟作响，她胸口一阵发堵，大声叫道："西昆仑，你在哪儿？西昆仑，你……"叫到第二声，再也说不下去，想到与这冤家才见一面，又失了他的踪迹，不由芳心寸断，脑海空空，不知不觉眼泪便落了下来。正要放声痛哭，忽听远处传来一声长啸，势如惊雷滚滚，悠长不绝，连波迭浪般冲开长草在大草原上纵横奔腾。

风怜听出是梁萧的啸声，芳心突突乱跳，驰出里许，忽又见远处散落许多残肢断臂、断箭破弩，死者均是乌鸦手下的神弩手，血肉狼藉，已将大片草地染红。梁萧立在长草间，迎风长啸，激得茫茫四野回响不绝，风怜犹未近前便觉头晕目眩，便匆匆勒住马匹。忽听得东北方悠悠然升起一声狼嚎，如利锥般穿透耳鼓，正是“天狼啸月”。一时间，两般啸声各不相让，一似洪涛倒海，一如怪蛇钻云，竟在高天迥地间斗起法来。突然间，梁萧纵身跃出，向着狼嚎处飞奔过去。

风怜恍然大悟：“西昆仑发出啸声，是向天狼子挑战？”想到梁萧要与那大凶人决一雌雄，她不禁精神一振，只一转念，却见梁萧早已去如鸿鹄、人影俱无，风怜忙不迭纵马赶出。

天狼子啸至半途，忽地止声，梁萧亦是足下稍缓，双耳微微耸动。忽然又听西南方狼嚎再起，梁萧不觉心中吃惊：“这怪物脚程好快，一瞬间便去了十里之外？”他遇上生平劲敌，抖擞精神又向西奔，不料西面啸了不足半炷香工夫又是一顿，梁萧虽心下奇怪，足下却不稍停。可是不出十里，狼嚎又自东方响起，梁萧再次惊疑不定，足下再转，又奔向东方，可谁想狼嚎声却仿佛有意戏弄，忽东忽西，时南时北，起落之间，已渐渐去远。梁萧当即停下步子，岿然而立，任由长风西来，吹得衣袂猎猎作响。

此时，风怜飞马赶到滚落下来，急道：“西昆仑，你骑火流星追他！”梁萧摇头道：“此人轻功在我之上，其他功夫也必了得。况且还有狼群助阵，即便赶上也难言胜。”风怜略一默然，轻声道：“你是怕我本领不济，碍了手脚吗？”梁萧被她猜中心思，笑笑不答。风怜心生激动，双颊绯红，笑道：“不论如何，你心里是为我着想，我很欢喜。”

梁萧不愿多说，叹道：“罢了，先回去。”风怜扁嘴道：“回去做什么，瞅了那些马贼就生气。”她气冲冲地将朱雀夺马的事说了一遍。梁萧沉吟道：“他夺马也非出于歹意，而是要借火流星的脚力追赶天狼子。”风怜气道：“你还帮他说话，无端抢人马匹就是坏人！”梁萧道：“率然定人善恶，有失偏颇，一念之差往往铸成大错……”眼见风怜眉间带嗔，只得苦笑道：“好，你说如何就如何。”风怜这才低头一笑，又道：“西昆仑，你答应我一件事，好不好？”梁萧侧眼看她，风怜咬了咬嘴唇，秀目泛红，轻声说道：“我要你……我要你从今以后，再不许丢下我，方才我好怕，怕你又像上次一样，不明不白就走了……”她心中委屈，话没说完，泪水已顺着面颊滚落下来。

梁萧本不愿风怜涉险，方才独自追赶天狼子，不想却令她陷入险境，看她幽怨神情，不由心生愧疚，说道：“好，我答应你。”风怜这才破涕为笑，跳上来搂住梁萧脖子，欢喜道：“我就知道你会答应！”梁萧话一出口，就已后悔，被她一搂更不自在，便借口让她乘马代步，将她扶上马背后，自己步行相随。

一人一马在草原上并排飞驰，火流星纵蹄在前，梁萧虽步履闲闲却并不落下。风怜因得他承诺，喜不自胜，谈笑不禁。梁萧却是心不在焉，随口敷衍。他自负轻功了得，今日却败给天狼子，因此颇有几分失落，想到早先听其啸声，心想此人并不十分厉害，没料到轻功却如此高明，忖到这里，他心念忽动，咦了一声，风怜怪道：“怎么啦？”梁萧拍了拍额头，笑道：“我想到一桩蹊跷事儿……”说着脸色忽变，飞身抢出，却见前方草丛中又躺了一具死尸，红衫白披，正是朱雀。

尸身尚且完好，梁萧察看一阵，当下眉间凝霜，站起身来。风怜翻身下马，走到他身边，正要说话，忽听马蹄声响，一转眼，南边已驰来四十余骑，为首是一名娇俏女子，衣衫白缎做底，描绣七彩鸟羽。只见彩衣女于骏马急奔间跳下马来，一伏一纵便到了梁萧身前，一见朱雀尸身，当即脸色大变，骈指若剑刺向梁萧心口。

梁萧不防她突然施袭，一扬眉，便飘退丈余。彩衣女的指风落到地上，只见泥土似被无形棍棒插中，缓缓凹陷形成一个小孔。风怜怒道：“你为何打人？”彩裳女子却不理她，只秀目大睁，死死瞪着梁萧。

一名青衣女子飞马赶来，扬声叫道：“彩凤姐姐，怎么啦？”彩衣女涩声道：“青鸾，你……你先瞧朱雀！”青衣女子跳下马来，一摸朱雀肌肤，脸色惨变，反手撕开他的衣衫，只见朱雀背心肌肤上赫然多了五个淡青指印，不禁失声叫道：“天狼功！”

彩凤面色惨厉如女鬼，盯着梁萧恨恨道：“你杀了朱雀？”梁萧还没答话，风怜已抢着说：“你不要冤枉好人，我们到时，这个挨千刀的臭马贼早就死啦！”精绝人因世代与突厥马贼为敌，故风怜对马贼一流想来深恶痛绝，因而出语很不客气。彩凤怒极反笑，素手一挥，众骑士便纷纷下马，手中弩机指定二人。

第七章

故人相逢

梁萧认得这弩机名叫“八臂神弩”，发到快时，如同四人八臂一起操控。想着便身子前倾，足下贴草滑出，逼近彩凤，五指箕张，飘忽抓落。彩凤还未及转念，忽地肩头一麻已被拿住。这一扑一抓动若雷霆，众骑士虽强弩满张却也来不及发出一镞半矢，只得个个瞪眼持弩，傻在当场。

梁萧笑道：“各位听我一言。”彩凤羞愤难当，便厉声道：“别听他说，大家不用管我，快快发弩！”青鸾却好生为难，迟疑道：“姐姐，这可怎么使得？”彩凤怒道：“你不听话吗？”但见梁萧微一冷笑，目光便落到众人身后，忽地面有讶色，脱口道：“阿莫老爹，你怎么在这里？其他人呢？”

风怜循他目光瞧去，只见阿莫斜靠一匹黑马，神色委顿，手裹白布，半个身子血迹斑斑。

阿莫惨笑道：“其他人吗？死啦，全都死啦。”梁萧变色道：“你说什么？”阿莫涩声道：“你刚一走，狼群就来了，若不是这两位姑娘，我也给狼填了肚皮。”

梁萧只觉脑中轰的一声，卢贝阿的笑脸闪过眼前：“我赚了钱就能娶索菲亚啦！她家里有钱，我配不上她……”“家里要赚大钱，却不容易。若将中土货物带回去，卖了大价钱，就能够娶索菲亚了……”稚气的话儿犹在耳边，但见梁萧左拳越握越紧，锋锐的指甲陷入掌心。

忽又听阿莫喃喃道：“奇怪，你和朱雀一同走的，怎么他死了你还活着？”众人闻言，无不露出悲愤神气。梁萧眉头一皱，忽道：“风怜，你乘马先走。”风怜摇头道：“西昆仑你答应过不丢下我的。”梁萧无奈，扫视对手，自忖虽取胜不难，可是一旦出手，误会势必越来越深。他因性子骄傲，虽被误会，却也不愿出言辩解。

僵持间，忽听北方传来铁哨声，一连三响宛若九天凤鸣。青鸾喜道：“大首领！”说罢也自腰间取出一枚铁哨，应了两声。梁萧暗自凛然：“这‘天山十二禽’的大首领既能与天狼子争衡，必是顶尖儿的高手，不料西陲荒凉，竟有恁多高人？”只听北方蹄声如雷，驰来一彪人马，约莫百人，梁萧抬眼望去，双眉一颤，扣住彩凤的手掌不禁松了。彩凤不及细想，便一矮身脱出梁萧手底，拧转纤腰，连环六指点中梁萧胸口大穴。风怜从旁瞧见花容失色，一挽马鞭就向彩凤劈头抽落。

彩凤因怕梁萧临死反噬，不敢停留，便低头避开长鞭，倒掠数丈，瞧着梁萧冷冷道：“你中了六记‘梭罗指’还能活吗？”风怜丢开马鞭抓住梁萧手掌，急道：“你……”只见梁萧一摆手，挥袖在胸前一掸，布屑纷落，胸衣上露出六个指头大小的圆孔，他笑了笑，淡淡说道：“漠漠广寒，指间梭罗！你小小年纪，能将‘梭罗指’练到如此地步，倒也难得。”他嗓音低沉，中气充足，全无受伤迹象。彩凤的脸上血色尽失，她天资奇高，十五岁开始习练“梭罗指”，如今一指点出，满杯清水亦可凝结成冰，不料梁萧连中六指却毫发无伤，不由大感惊恐，厉声下令：“放箭！”

弩机频响，利箭纷出。梁萧抓起风怜向后飞退并将风怜马鞭夺过，贯入“涡旋劲”在身前抡出一个圆圈，软鞭破空，隐然有风雷异响，弩箭触及鞭风皆纷纷失了准头。

梁萧手中鞭花狂舞，足下逝如惊鸿，众人半盒弩箭还未放完，他已脱出百步之外。梁萧见这彩衣女如此狠毒，微感气恼，便挥鞭卷住一支利箭随手挥出，那箭去似电光，快过弩机所发。彩凤惊觉劲风扑面，箭尖却早已到了眼前，正惊得闭眼待死，不料箭到她颊边却斜飞而起，咻的一声蹿入高天。

只听马嘶声起，一匹白马飞驰而来，四蹄腾空，马背上绿影一闪，那支弩箭已被来人裹在袖里，白马飘忽落地，一骤一驰间已到近前。

众人精神一振，哄然叫喊："大首领！"风怜自梁萧肩头望去，那大首领绿裳紧身，外披翠缎披风，头戴了一张鲜翠欲滴的柳笠，细长的柳条低低垂下，缥缈如烟遮住面目。

风怜的心中讶异极了："这大首领威震天山南北，怎么……怎么是个女子？"定睛再瞧，那人体态婀娜，女儿身再也分明不过，风怜不觉心跳加快："她一个女儿家，娇娇弱弱却能驰骋大漠，号令群雄，天底下的女孩子虽多，却没有一个及得上她！嗯，她座下马儿也好，几乎比得上阿忽伦尔了。"忽听火流星低嘶不已，前蹄敲地颇为烦躁。风怜不知何故，便轻抚马鬃细声安慰，但火流星躁动如故，浑身筋肉鼓胀勃勃欲发。

彩凤睁开眼心神恍惚，走到白马前，颤声道："彩凤见过大首领。"绿衣女轻哼一声，说道："你平日倒会逞能！怎么今日小小一支箭就把凤凰吓成鸡了？"翠袖一挥，弩箭嗖地插入泥中直没至尾，只余一个小孔。风怜见了，更觉佩服。

彩凤羞得俏脸涨红抬不起头来。忽听绿衣女又说："我让你搜索狼群，你却怎么胡乱与人斗殴？"彩凤瞪了梁萧一眼，恨声道："大首领，朱雀死在他手里，他是天狼子一党！"绿衣女瞧了梁萧一眼，摇头道："不对！"彩凤急道："怎么不对，他与朱雀同行，朱雀死了，他却活着！"

青鸾接口道："大首领，据我察看，朱雀背后中掌，分明是遭了暗算。"绿衣女嗯了一声，淡淡说道："你把经过半点不漏说与我听。"青鸾叫过阿莫，阿莫便将如何与朱雀三人相遇，乌鸦、翠鸟如何追赶天狼子，朱雀如何护送客商，如何又听到狼嚎，如何又与梁萧并辔前往，前后无遗，絮絮叨叨地说了一遍。

只见绿衣女默然凝立，细柳遮面，瞧不出她的表情，唯见她双肩微颤，似乎心绪激动，过了良久，才慢慢说道："一日中折了三人，看来那孽畜是有备而来，只恐不止他一人，还有厉害帮手。"彩凤接口道："大首领明断，帮手就是这个灰衣汉子，此人助纣为虐尤为可恨。"绿衣女却冷冷道："彩凤，我知道你和朱雀两情相笃故而报仇心切，只是……这人决计不会是凶手。”彩凤急得面红耳赤，顶嘴道：“大首领，您说这话有什么道理？”绿衣女也不多说，掉转马头便向来路奔去，众人无奈收拾尸体后，也纷纷上马。

彩凤又气又急，呆若木鸡，忽见梁萧神色犹疑，跨上一步，叫了声：“莺莺。”声音不大，绿衣女却浑身一颤，勒住马匹，轻声说：“你……你还记得我吗？”梁萧心中一阵苦涩，幽幽叹道：“我死也忘不了你的！”

绿衣女正是柳莺莺，十年前她心如死灰后，便孤身返回天山，却适逢蒙古诸王交战，大草原上民不聊生、鬼蜮横行，牧民们饱受荼毒。柳莺莺因气愤不过，便收留了许多孤儿传授武艺，挑出佼佼者结成“天山十二禽”，专与官军、马贼作对。她武功既高，人又聪明多智，陆续削平数十股凶恶马匪，又大败天狼子将其逐离天山，还不时袭扰蒙古王公的商队，十年之中，做下许多惊天动地的大事。蒙古大军几度围剿，却均没摸着她半个影子，只好烧杀掳掠一番，诈称是“天山十二禽”所为，加之“天山十二禽”良莠不齐，日久骄横，亦惹来许多非议，大违柳莺莺的初衷。这一次，她听说天狼子卷土重来，率众来迎，怎料遇上了梁萧。

二人十年一别，余情难断，彼此对视，胸中均是风起浪涌，旁人瞧在眼里都觉讶异。风怜看着二人，心中掠过一丝茫然。默然许久，忽听梁萧道：“这些年，你还好吗？”柳莺莺却转过头去，只淡然道：“梁萧，你没伤彩凤，我很承你的情。”

风怜瞥了梁萧一眼，心想原来他叫梁萧，西昆仑这个名字不过是骗人的化名。不知为何，她心中涌起一股浓浓的酸意，心想：“为何这女子知道他的真名，西昆仑却从没与我说过……”

梁萧叹了口气，又道：“莺莺……”柳莺莺不待他多说，马鞭一振，只冷冷道：“你若是个明白人就不要拖泥带水。相见不如不见，多见不如少见……”说到这儿，嗓音忽变嘶哑，当下纵马扬鞭，率众飞驰而去。

梁萧望着柳莺莺的背影，一时也不知是否应该追上，忽听火流星发出一声长嘶，撒蹄便向柳莺莺去处狂奔，风怜慌忙搂住马颈，翻身跨上，急道：“阿忽伦尔，你上哪儿去？”火流星却只顾埋头狂奔，激得逆风怒啸。梁萧甚是惊讶，忙展轻功追赶上去。

片刻间，火流星赶上柳莺莺一行，彩凤有气无处发，瞧得风怜赶来，喝道："你来做什么？"抓过一支长矛兜头便刺，风怜大惊却又勒马不住，只得奋起右臂挡住头脸。这时她忽觉眼角灰影一闪，梁萧已抢到，转手一拨，彩凤便虎口流血，长矛跳起数丈，梁萧喝道："好歹毒的婆娘！"一伸手就将彩凤拽下马来，擎在手里作势欲掷，彩凤心中骇然，失声尖叫。

柳莺莺见属下受辱，不禁兜转马头，喝道："梁萧，你做什么？"彩凤原本惊惧，听柳莺莺一喝顿觉有了依靠，哇地哭出声来。梁萧一呆又将彩凤放下，柳莺莺瞧着风怜，心中正暗自狐疑："彩凤刺这女子，梁萧却怒成这样，他二人是什么关系？"忽觉座下胭脂马纵了起来，一声长嘶如裂金石，嘶声未绝，火流星也纵跃而起，扬蹄摆尾，发声应和。

梁萧叫道："好家伙，这两匹马儿想比个高低。"柳莺莺心想："这匹大红马非同寻常，怕是胭脂的敌手。"她心里有气，勒住胭脂马，只冷冷说道："比什么？她是她，我是我，她的马儿与我有什么相干？"

梁萧被她一顿抢白，大感无趣，伸手在火流星颈上一按，火流星敌不住他的神功，四肢撑地再难跃起。它野性一起难以收拾，挣得满嘴白沫。梁萧心中不忍，抚着它的鬃毛叹道："好马儿，别生气，人家不肯与你赛跑，咱们何苦拿热脸去贴她的冷屁股？"柳莺莺见他单凭一臂就镇住这匹稀世烈驹，心中又惊又喜，一听这话，忽又大怒喝道："梁萧，你嘴里放干净一些！"天山众人也纷纷怒骂。

梁萧话一出口也觉不雅，面皮微微一热。柳莺莺见他尴尬神气，忽地忆起少年时节，自己与他浪迹天涯、轻薄斗口的旖旎风光，心头泛起一丝甜蜜，痴痴想了一阵后，止住众人喝骂，说道："咱们还有正事，不用理会他。"便再不瞧梁萧，拍马便走。

梁萧一怔放手，火流星又蹿上去傍着胭脂奔跑，不时挨挨撞撞试图挑衅，风怜虽使尽气力却也驾驭不住。胭脂驯化已久，因没有柳莺莺号令，故而不敢妄动，唯有竭力闪避。其他人瞧得气愤，又骂了起来，只碍于梁萧武功，不敢动手教训。

柳莺莺被火流星扰得心烦意乱，大声叫道："梁萧，你的马儿你自己管好些！"梁萧冷笑一声，忽道："你是你，我是我，我的马儿与你有什么相干？"柳莺莺一呆，颤声道："说得好，你与我从来没有什么相干。"梁萧听她嗓音有异，微感歉疚，叹道："莺莺，我……"柳莺莺不待他说完拍马便走。火流星也撒开四蹄，紧追不舍。

彩凤与他人密议："大伙儿催马，把这大胡子抛到爪哇国去。"众人便纷纷打马狂奔，行了一程后，回头一瞧，梁萧却仍在一丈之外，不禁纷纷咋舌："这厮到底是人是鬼？"

又奔一程后，柳莺莺缓下马来，她虽不说话，同来的却都是"天山十二禽"中的女流：彩凤、青鸾、黄鹂、云雀，一个个气量狭窄、口齿伶俐，以彩凤为首，故少不得冷言冷语讥刺梁萧，一会儿讥他胡子太多，一会儿又嘲他脸上留有刀疤。梁萧泰然处之，风怜却听不过去，开口与她们争辩，但对方人多口利，风怜分辩不过，只气得泪花儿乱转，举目看去，却见柳莺莺低头前行，也不知想些什么。

到了午后，众人下马用饭，彩凤等人燃起篝火烹煮饭食。风怜也取了肉脯，用小刀切碎，裹在面饼里递给梁萧。梁萧接过，咬了一口，忽觉有异，掉头一看，只见两道森冷目光透过柳条射来。

梁萧心想："我对她不住，她心中恨我也是应该。"想着叹了口气，正要埋头吃饼，忽听脚步声响，举目一看，柳莺莺已径直走来，梁萧见她眼神异常，不由起身道："莺莺……"

柳莺莺一言不发，伸手从背上取下一个锦囊，抽出一张早已枯败的柳笠，双手一搓，柳笠便化为飞灰四散飘洒。梁萧口唇翕动，却终究没有说话。柳莺莺掉头走回，盘膝坐下后，便一动也不动了。

梁萧盯着地上粉末，心烦意乱，抬头望天，忽见东北方飞来十多只鸟雀。他通晓兵法，精擅风角鸟占之术，看这鸟雀来得惊乱，心念一动，冲口说道："东北方有杀气！"柳莺莺哼了一声，彩凤却冷笑道："胡说八道，你当自己是神仙吗？"话音方落，忽听东北方升起两声尖厉的铁哨，同时一支火箭蹿上高空，啪地散成橘黄火光。

柳莺莺腾地站来，锐声叫道："黑鹰求援！"她跃上马背，当下便朝向火箭起处冲去，衣袂飘飘仿佛一朵绿云。众人均是瞧了梁萧一眼，神色惊疑，也纷纷上马追随柳莺莺而去。

梁萧正要跟上，忽听风怜道："西昆仑，你上哪儿去？"梁萧道："她们遇上大敌，我怎能不加援手？"风怜略一默然，低声道："大首领她……她是你的情人吗？"梁萧略一默然，叹道："过去是。"但觉身后悄无声息，回头望去，风怜已是两眼迷离，脸上泪痕斑斑。

梁萧心神一黯，欲安慰几句，忽见风怜脸色发白后退一步，捂着脸跳上马背，当下催赶火流星向西奔去。梁萧望她背影，叹了口气，便施展轻功奔向东北。

不久望见柳莺莺身影，梁萧随众登上一座浅丘。举目望去，前方原野上狼头耸动，其势不下千头，狼嚎此起彼伏，惊心动魄。狼阵中围了四十多人，众人坐骑多被咬伤，纷纷舍马步战，其中一名黑衣汉子手持一对鹰嘴刀，刀光一闪便有狼头滚落。梁萧心想："此人就是黑鹰吗？"

柳莺莺见梁萧赶来，心中纷乱如麻，可是情势危迫一时也无暇计较。梁萧凝望时许，忽道："狼阵趋退有度，攻守得法，必然有人暗中指使。"阿莫奇道："为何不见有人？"梁萧道："换了是我，有两个法子足以藏身，一是混入人群暗中调度……"彩凤怒道："你说什么？黑鹰会是天狼子的走狗？"众人应声怒目相向。

梁萧不及辩解，忽听柳莺莺喝道："下马，上弩！"众人便弃了马匹，手持"八臂神弩"，背倚浅丘，箭镞对准狼阵。柳莺莺将鞭一挥，当下乱箭齐出，数十头恶狼已立时毙命。

狼群忽地躁动起来，东一团，西一撮，三三两两逃出弩机射程。柳莺莺见状，正要喝令上马追击，忽见群狼在远处结成两团，一左一右，兜了一个大圈子，好似两道浊流向众人后方绕来。众人转身欲射，狼群忽又合流从前扑至。柳莺莺下令结成圆阵，弩箭外向，只见狼群忽东忽西，叫人难以揣度，众人虽射出弩箭但大多落空，须臾一盒弩箭射尽，众人还不及上弩，狼群就齐声嚎叫狂奔扑来。天山众人只好丢下弩机，拔刀相迎，一时人声叱咤，狼群哀嚎，人与狼殊死相搏，斗成一团。

梁萧摇头道："擒贼先擒王，不找出首脑，狼群终究难灭。"忽听阿莫涩声道："这么说，老阿莫倒想瞧瞧西昆仑擒贼擒王的手段。"梁萧回头望去，但见老头手按伤臂，神色漠然，不由笑道："说得是，阿莫老爹大可壁上观望，看我逼那天狼子出来。”

只见他迈开大步，走下浅丘，两头恶狼欺他空手，迎面便扑。梁萧身形一错，双手抓住二狼颈皮，两头恶狼凌空扑腾，无处着力。这时一头黄狼扑来，梁萧将左手活狼迎上，“陷空力”内收，两头狼便首尾相接贴在一起，任由如何挣扎也是无法分开。

梁萧身形飘忽穿行于群狼之间，凡有狼来便如法炮制。不一时，他两手已各贴了五头恶狼，张牙舞爪，狰狞异常，好似两串活狼结成的长鞭。狼群似乎听了招呼，纷纷向梁萧扑来。梁萧笑道：“来得好！”只见他以“滔天炁”注入狼鞭，左右挥舞，仿佛雷霆扫过。一时血肉横飞，哀嚎不断，梁萧的身边狼尸枕藉、不可计数。

梁萧深入狼群吸引群狼攻势，柳莺莺也趁机下令发箭，狼群内外交困，倒毙无算。突然间，一声长嚎自狼群中响起，群狼夹起尾巴掉头便逃。梁萧笑道：“哪里走？”手中狼鞭一抖，一左一右向嚎声起处掷去，猛可间，一头白眼巨狼人立而起，前爪连挥，拨开狼尸。

梁萧动如闪电，劈手就抓向巨狼头顶，哧的一声，他的手中便多了一张狼皮。地上一个人滚出丈外翻身站起，只见他微微佝偻，浑身精赤，毛发黑漆漆地盖住面孔。他盯着梁萧，发声尖啸，遍体毛发根根竖起。

柳莺莺不由叫道：“当心，这是‘天狼功’，毛发也能伤人……”梁萧却闻如未闻，只两眼定定瞧着手中的狼皮，柳莺莺心中有气：“我何苦为他担忧？这厮不知好歹，死了更好！”忽听梁萧仰天大笑，众人都觉奇怪，彩凤努嘴道：“大胡子疯了吗？一张狼皮有什么好笑？”天狼子也觉莫名其妙，便弓腰探爪，呆呆瞪视梁萧。

梁萧笑罢，朗声道：“天狼子，你避开我一爪也算有点本事。如果全力相搏，你斗得过我吗？”天狼子仍是眼珠乱转，一言不发。梁萧又笑道：“不敢答吗？好，若你接我三掌，我饶你不死。”

他这话咄咄逼人，天狼子怪啸一声，浑身毛发耸起。梁萧纹丝不动，长吸一口气，张口喷出。天狼子只觉劲风扑面，口鼻窒息，浑身毛发向后飘飞。他惊骇欲绝向后蹿出，梁萧喝道：“还没完呢！”说罢手臂抡转，正要出掌，忽听柳莺莺叫道：“且慢！”梁萧势子一顿，问道：“怎么？”

天狼子趁机退到丈外，肌肤微微发麻，饶是他凶残绝伦也不由心生怯意：“他一口气就将我吹成这样，倘使出掌，我还有命吗？”双眼亦是左顾右盼，萌生退却心思。

柳莺莺飘然上前，冷冷道：“他杀了我三名属下，这笔账得先算一算。”梁萧皱眉道：“你要出手？”柳莺莺不耐道：“这一阵，你让不让？”梁萧对她的性情了如指掌，深知劝也无用，叹道：“也罢，你当心。”袖手退到一边。

柳莺莺见他说到“当心”二字，眉梢眼角，关切之色绝非伪饰，不由胸中一酸，黯然时许，她长吸一口气压住心底波澜，扬声说道：“天狼子，你我斗了多年，今日也该做个了断！我问你，朱雀是你杀的吗？”

天狼子只咧嘴一笑露出森森白齿。柳莺莺又冷冷道：“我却忘了你是个哑口畜生，不会说人话。”莲步轻移，飘然拍出六掌，梁萧识得这招“冰花六出”，较之当年，柳莺莺双掌交换间隙又带上了“梭罗指”的功夫，招式绵密，防不胜防。天狼子不敢硬接，形如狸猫向左蹿开。

柳莺莺一声娇喝，使招“冰河倒悬”，纵出丈余，掌劲重重，直向天狼子罩落。天狼子因对她掌上寒劲十分忌惮，一蜷身，闪电般又滚出丈余。柳莺莺一掌拍空，当即拧腰旋身，衣带当风，又飘然点出七指。天狼子躲闪不及肩头挨了一指，嗷嗷大叫，翻身跃出数尺。尚未停下，忽又蹿上，扑跌纵跃，掏抓挠拿，口间号声不绝，身法快得出奇，恍若一道闪电绕着柳莺莺转了三匝，只听刺啦一声，柳莺莺的翠色水袖已被他一抓而裂，露出欺霜赛雪的一段小臂，众人骇然齐呼。天狼子一招得手，当下厉声长号以壮声势。

梁萧瞧出天狼子这路拳法出自野狼，凶狠怪诞，出招奇突，但相较之下，最难对付的还是他周身的毛发，这些毛发因注入“天狼功”，根根锐若针芒。梁萧已臻达乘光照旷之境，自然了无所惧，柳莺莺内力却未臻绝顶，时时需躲避毛发，故而落了下风。

两人再拆数招，柳莺莺右掌拍出迫开天狼子毛发，左拳一晃直击他的面门。天狼子头向后仰，张开大嘴便向她的粉拳咬去。“天狼拳”本有一个“咬”字诀，这一咬快逾闪电，人群中顿时惊呼声起，黑鹰一挺双刀正要扑上，忽听天狼子惨哼一声，踉跄倒退数步后，满口鲜血长流，眼中露出怪讶神气，突然间，他张开大嘴，噗地吐出一堆碎石，其中赫然有三枚血淋淋的断牙。众人一怔，不由哄然大笑。

原来，柳莺莺俯身之际，已暗将一枚卵石攥在掌心，诱得天狼子张口来咬，顺手便将石块搁在他齿间，她有妙手空空之技，这一握一送，鬼神莫测，天狼子齿断血流，登时吃了大亏。梁萧不禁笑道："好一招'断狼牙'，下一招该是'刺狼眼'了吧！"柳莺莺一招得手飘退数步，迎风俏立，闻言冷笑道："卖弄嘴舌，多管闲事！"

天狼子断了牙齿，凶性却不减反增，双眼血红，怒号一声便猛扑过来。柳莺莺双足微撑，翻身纵起。天狼子见她腰际露出破绽，心头一喜，身一纵、头一低，根根黑发冲天而出，好似软针怪蛇刺向柳莺莺腰腹。

众人不及喊叫，柳莺莺叫一声"好"，就忽地摘下柳笠，瞧着天狼子毛发来势凌空罩落。柳笠三尺方圆，恰如一张软盾将天狼子的毛发全数挡下。天狼子不及转念，柳莺莺又喝一声"着"，十成"冰河玄功"已注入柳笠，笠沿的柳条水分饱满，随她真气所及，凝水成冰，如尖枪般刺中天狼子的面颊。

只听天狼子厉声惨号从天跌落，翻滚数匝后，始才掀掉柳笠，踉跄站起。只见他满脸血肉模糊，双眼鲜血如注。天狼子因眼前一团漆黑，不由得惊恐失措，嗷嗷乱叫，拳挥足踢以防柳莺莺上前，狼群听到号声，纷纷聚在他四周相护。柳莺莺一拧纤腰，宛如飞天仙子凌空飘出丈余，只因柳笠已失，她的绝世容光一览无遗，一别十年，伊人美艳如故，眉间却多了几分风霜之色。

众人见她并不追击均感迷惑，忽听梁萧叹道："杀一眼盲之人非豪杰所为，放他去吧！"柳莺莺被他道破心思，忍不住回头望去，莹莹秀目之中透出幽愁暗恨。

天狼子应声错愕，停下手脚，便侧耳倾听下文，冷不防一头灰狼从他身后无声蹿起，一口咬住他的后颈。天狼子吃痛，厉吼一声，反手将其撕成两片，狼血喷洒，染得他遍体猩红。突然间，又有三头黄狼纵起，两头咬他手臂，另一头扑向他的咽喉。

换作平日，百十头野狼也休想近他身边，但此时天狼子双目俱盲，知觉混乱，咽喉竟被黄狼一撕而破。他只觉喉间一空，浑身力气随着热血一泻而出，两头苍狼也趁势跃起将他扑倒在地。群狼平日为其驱使，饱受荼毒，均是怀恨在心，见状便纷纷扑上，只听一阵嗷嗷嚎叫后，天狼子已被撕得粉碎。

这一轮变化十分突兀，众人还过神来纷纷发出弩箭，狼群或死或伤，幸存者蹿入草原深处。众人驱散狼群，望见天狼子的残骸，均想此人虽与狼为伍，却终归是人非狼，稍一失势便为群狼所趁。

柳莺莺凝思片刻，忽道："天狼子虽死了，但这件事仍有破绽。"梁萧微微一笑，说道："不错，此天狼非彼天狼。"柳莺莺奇道："此话怎讲？"梁萧淡淡说道："这人只不过披了一张狼皮，有的狼却披了一张人皮！"他转过身子直视山坡上的阿莫，笑容一敛，沉声说："阿莫老爹，你说是吗？"

阿莫一愣，失笑道："西昆仑你说啥？小老儿听不明白。"梁萧笑道："你明白得很，我一出手就能逼出你的底细！"阿莫淡淡道："小老儿武艺平平，阁下却是一代高人，要打要杀，小老儿岂敢抵抗？"柳莺莺也皱眉说："梁萧，你先说道理！"梁萧瞧她一眼，叹道："好，我说三个道理叫他心服。"他盯着阿莫，缓缓道："其一，你向我说过，天狼子的师父是一个道士。"阿莫叹道："我也说过，道听途说，不能当真。"梁萧抬头望天，忽又笑道："那么，你从何知晓'山泽通气、沙中取水'的道家秘术，莫非你的师父也是道士？"

只见阿莫冷冷道："这个秘术，阁下不也知道吗？"他这话连消带打，十分厉害。梁萧笑道："好，这一条算你过关。再说其二，你知道我为何断定天狼子并非一人？"阿莫笑道："阁下说笑了，小老儿驽笨，怎会知道这些？"

梁萧摇头道："你不驽笨，驽笨的是我，我早该猜到这其中的诈术。我发出啸声向天狼子挑战，结果比斗轻功居然输了，我知道这天下之大，奇人辈出，可一照面，这天狼子虽武功尚可，却也不是区区的对手。是以我私心揣测，当初发出'天狼啸月'的并非一人，而是两人，一个在东，一个在西，我追东边，西边那人发啸，我往西赶，东边的又发啸声，以致我东西奔命，被你二人从容遁走。"

阿莫笑道："这与我有何干系？"梁萧冷冷一笑，又道："不错，这两点虽令我生疑却还不足以断定。"他扳下第三个指头："可惜，你一心嫁祸于我，弄巧成拙。今早你见我与朱雀离队便尾随其后，让你的同伙发出嚎叫引我离开，而后上前与朱雀相见。朱雀怎料天狼子化身为二，大意之下被你从后施袭，一举击杀。不过，你离队之事，商队尽人皆知，若我返回，势必疑到你的身上，故而你使诈将我诱开再绕道返回后，又召来狼群将商队杀了个干净。”说到这里，梁萧长长叹了一口气：“接下来，你诈作被狼咬伤，找上彩凤等人。你早将朱雀尸首搁在必经之途，估摸我发现朱雀尸首便引彩凤前来，小丫头自以为是，几乎便中了你的奸计。”彩凤听得脸涨通红，欲要驳斥，却被柳莺莺瞪了一眼，又将话吞了回去。

阿莫摇头道：“汉人有言，欲加之罪，何患无辞，你这些话都是猜测，又算哪门子道理？”梁萧眉间掠过一丝嘲意，笑道：“你说得是，这三个道理都是猜测，定不了你的罪过。不过，你却百密一疏，留下一个破绽，如今想赖也赖不掉。”阿莫笑道：“小老儿愿闻其详。”梁萧打量他一眼，笑道：“阿莫老爹，你可还记得，你以‘天狼功’击杀朱雀之时，刻意在他后心留下了五个青色指印吗？”

阿莫脸色微变，梁萧收起笑容，扬声道：“阿莫，朱雀的尸身就在你身后的马背上，你敢将手指和他背上的指痕印证一番吗？”刹那间，百余双眼睛均投在阿莫身上，场上一时寂然无声。阿莫的面肌微微抽动，忽地错退半步，双眉向下一耷，笑道：“西昆仑，算你厉害！不过你要杀我却也别想。”梁萧笑道：“不妨试试。”

阿莫手一翻，掌心便多了一把匕首，笑道：“我这一刀下去，看你怎么杀我？”梁萧眉头微皱。阿莫狞笑道：“你猜得不错，老子才是天狼子，地上那个不过是我的徒弟，也是我多年来调教的替身！”他一转眼，又狠狠瞪着柳莺莺：“你手下那些鸟男女是我杀的，要报仇吗？哈，那是休想！”

众人却不料他竟宁可自尽，想到难以手刃此人均是气愤难平。正当此时，忽见一骑人马奔来，来势奇快，顷刻便逼近山丘。梁萧吃了一惊，高叫道：“风怜，别过来！”

来人正是风怜，早先她伤心失意，夹马狂奔，眼见梁萧并未跟来，心知他随柳莺莺去了，一时心生绝望，呆坐了一会儿，忽地又想起梁萧说过天狼子十分厉害，不由担起心来，便忍不住折了回来。她赶到山丘下方，忽听梁萧叫喊，正自莫名所以，忽觉头顶风响，一道黑影已当头压来，她伸臂一格，但觉手腕剧痛，如加铁箍，方要挣扎，脖子便已被匕首抵住。

阿莫这几下兔起鹘落，干净利落，梁萧武功虽高可也鞭长莫及。阿莫绝处逢生，纵声笑道："西昆仑，老天不长眼，到底还是不肯收留老子！"梁萧一皱眉，缓缓道："你若放了她，今日我便放你一马。"阿莫冷笑道："你当我蠢猪吗？不过，我有一个疑惑倒要向你请教！"

梁萧浓眉一挑，却听阿莫笑道："我混入商队，原想伪装常人，暗中算计'天山十二禽'。不过瞧你显露武功又改了主意，心想略加挑拨，让你双方厮并。"他瞧了柳莺莺一眼："只不过，为何你一见了她便再三隐忍，若非如此，我早已大功告成。"

梁萧看了柳莺莺一眼，叹道："她与我本是故人，我明白她就如她也明白我一样。"柳莺莺闻言娇躯一震，呆呆望着梁萧，眼里浮起一抹泪光。风怜望着二人，心中凄楚："无怪西昆仑爱她，她不仅美若天仙，亦是才智过人。我和她一比，不过是个又丑又笨的小丫头……"一时万念俱灰，忘了身在何处。

阿莫默然良久，忽地叹道："我只当天下人人奸险，女子水性杨花，尤其不可深信，故而甘愿与狼为伍，却没料到今日竟输给了信任二字。哈，西昆仑，你说得对，老子就是披着人皮的狼，以往，我也曾披着狼皮做人，后来发现，还是披着人皮做狼更有意思。骗得了更多的人，吃人也不用牙齿。哈哈，名马美人老子暂且受用，西昆仑，草枯草长，后会有期！"说完纵声狂笑，众人皆是悲愤异常纷纷破口大骂，梁萧却面沉如水，目光冷冷如刀。

阿莫和他目光一会，但觉心中冰冷，低头望去，风怜目光呆滞一动不动，不觉心中得意："小丫头长得不错，又很听话。"只见他收了匕首，一拍马臀，火流星不知究竟，撒腿便跑。

众人正自束手无策，柳莺莺目光一闪，唤过胭脂，在它背上一拍，胭脂会意，当下扬起前蹄，长嘶一声，嘶声中满是挑衅。火流星应声回头，鬃毛怒张，阿莫还未转过念头，火流星已怒气冲天，直向胭脂奔去。

火流星啸傲昆仑山下，万马臣服；胭脂横行天山南北，也未逢敌手，故二马相遇，本有一争。只是胭脂被柳莺莺约束住了一味忍让，火流星百般挑斗无果也只好作罢，忽听胭脂邀战，正是求之不得。这红马性子一发，除了梁萧无人约束得住，纵使阿莫连连使力也煞不住它的去势。

手忙脚乱间，梁萧已飘身抢到马前，火流星一惊，纵蹄而起。阿莫挥掌劈落，梁萧怕误伤风怜故而不敢出掌相迎，身形一矮，便自马腹下穿过。阿莫一咬牙，匕首精光一闪，径直刺向风怜颈项，这时间，忽听梁萧一声大喝，又觉眼角紫电一闪而过。阿莫只觉肩头一凉，匕首到了风怜颈边却再也刺不下去，他随即飞了起来，往下一看，却见两条人腿好端端地跨在马上。阿莫转念未及，忽觉眼前天旋地转，身子如葫芦般滚入乱草，扭动两下，便已寂然。

梁萧见风怜危殆，情急间便从火流星臀后拔出天罚剑，运足内劲扫出，本欲切断阿莫执匕的右臂，但剑锋顺势斜下却将这一代凶人挥成两段。他因出剑太快，天罚剑又锋利得邪乎，剑过人体，直如风过虚空，阿莫肢残胸断也未立刻感觉痛楚。

一时大寇得诛，梁萧心生讶异。适才他劲透剑身，剑上铁锈变成紫色，灿若云霞，隐现星文。他虽知此剑必有神异，但何以有此变化却是想之不透，便试着再催内力，可锈剑仍是晦暗如故。梁萧百思不解，只得还剑如匣，将风怜抱下马来。经过这番变故，风怜已是呆如木偶，到了梁萧怀里方才哭出声来。

梁萧心中怜惜，正想安慰。忽听马蹄声响，一回头，只见柳莺莺已催马绝尘向北驰去。他心头一沉，便道："黑鹰，你代我照看一下这位姑娘。"黑鹰一愣，梁萧将风怜推到他身边后，也纵身跃上火流星，拍马向柳莺莺追去。

火流星一心要与胭脂较个高下，早已憋足劲头，此刻得逞所欲，自是四蹄攒空，好比昊天龙行，不一时，就望见柳莺莺人马背影。女子回头看见，便挥鞭催马。一时间，两匹神驹奋起神威，前后追逐，火流星既难逼近，胭脂亦无法将它抛下。追逐半晌，梁萧骤然提气，一起一落，跃上胭脂，柳莺莺反身一肘想要推他下马，却被梁萧搂住腰肢，叹道："莺莺，你误会了。"

柳莺莺怒道："你抱她那么亲热，还有脸说我误会？"梁萧微微苦笑，遥见苍烟淡远，湖水含碧，便说："好俊的去处，咱们去坐坐。"柳莺莺冷冷道："我干吗要去？"梁萧也不多说，抖动缰绳来到湖边，强拉柳莺莺下马。

柳莺莺余怒未消，别过身子不理不睬。梁萧只得苦笑坐下，默默望了远处一阵，叹道："我在西方待了几年，本想终老彼方，但想着你和晓霜还是忍不住回来。"柳莺莺轻哼一声，冷冷道："你有了晓霜，就不该还念着我。"

梁萧与柳莺莺阔别已久，心中千言万语，本想一吐为快，但一听这话，满心的话却变成一声叹息。他神色一黯，起身上马，忽听柳莺莺冷冷道："你去见晓霜妹子吗？"梁萧沉默时许，低声说："她罹患绝症，这些年不知是否好些。这次前去中原，若能瞧她一眼，我也心满意足了。"柳莺莺细眉一挑，问道："我走了之后，出了什么变故？"梁萧叹道："所谓云烟过眼，不提也罢。"

柳莺莺默默坐下，摘了一朵野花在湖面上拨出阵阵涟漪，她凝望湖水，忽道："你这笨蛋嘴里不说，倒愿意憋在心里？哼，也罢，我问你，那个叫风怜的女子是怎么回事？"梁萧双眉一扬，大声说："莺莺，你还提那孩子便是瞧不起人。"

柳莺莺冷笑道："我就瞧不起你！那孩子？哼，那孩子对你的心意，瞎子也瞧得出来。"梁萧不觉一呆，又听柳莺莺说："你过来。"梁萧呆呆愣愣，柳莺莺怒道："来不来？"梁萧叹了一口气，缓缓坐下，柳莺莺也不正眼瞧他，只拍了拍身边的草地对他道："坐这里。"

梁萧略微迟疑靠上前去。柳莺莺忽道："你闭上眼。"梁萧不敢违拗，闭上双眼，忽觉一双纤手搭上肩头，将他的头搂入女子怀中，软玉温香，甚是袭人，梁萧心慌意乱，挣扎欲起，忽觉脖子一凉，睁眼看去，柳莺莺已将匕首搭在他的颈上，冷笑道："我刀子一动，就能割断你这臭贼的脖子！"梁萧咽了口唾沫，干笑道："杀了我干什么？"柳莺莺道："宰了喂狗。"梁萧叹道："你好狠。"

柳莺莺怒道："少废话，我叫你闭眼，你干吗睁开？"梁萧闻言，又喏喏闭眼。他肉眼虽闭，但心眼犹开，觉出柳莺莺将匕首蘸了水给他刮起胡须，边刮边骂："邋遢鬼，这把胡子都能当扫帚使啦，无怪那些小丫头也敢嘲笑你！哼，还有这身衣服，臭也臭死了，这次被我瞧见，你若不洗个澡换身干净衣衫，便休想离开我半步。"梁萧听了这话，心中酸痛，几乎淌下泪来，一时紧闭双目，始终一声不吭。

刮完胡须，柳莺莺伸出纤指轻轻抚过他颊上疤痕，叹了口气，却没多问。梁萧偷偷睁眼从下方瞧去，柳莺莺凝注湖面，双颊发出淡淡柔光，又见一旁湖水旷远，尽头处白日西匿，云空瓦蓝，一片远山低小，含着淡淡烟气。柔风贴地扫过，拂过草尖，宛若歌吟，惊起两团明黄色的鸟儿，盘旋两圈后，各奔东西。

过了许久，梁萧听到动静，便直起身子，只见暮霭中飘来一片火光。柳莺莺拢了拢秀发，淡淡地说道："不用看，是孩儿们来了！这里是回村的必经之路。"梁萧看她惆怅神色，不禁悲从中来，再一瞧，火流星正扭头摆尾与胭脂顶撞，不由骂道："这个野小子，没有胭脂一半听话。"柳莺莺白他一眼，骂道："物似主人形！"梁萧笑道："女诸葛，你这回却猜错了，这马儿可不是我的。"柳莺莺奇道："是那女孩子的吗？瞧不出她武功平平竟能降服这匹神驹？"

梁萧摇了摇头，将昆仑山下捕马赠马的事说了。柳莺莺叹道："你呀，总是行事莽撞，不计后果。你送马给她的时候，这女孩子就已对你动了真情。"

只见一行人擎着火把，迤逦而来，风怜也在队中，神情怨苦，愁眉不舒。柳莺莺落落大方与梁萧并肩而立，黑鹰翻身下马，歉然道："大首领，坐骑被狼咬坏了，找马费了不少时辰。"柳莺莺道："不打紧。黑鹰，这位是梁萧，是我在中土时的旧识，武学深湛。你不妨向他多多讨教。"黑鹰一怔，拱手为礼。梁萧心下明白，柳莺莺想要自己传授下属武功，便也不推辞，还礼道："讨教不敢当，切磋一二当是生平快事。"众人见他言语谦和，心生亲近，只有彩凤嫌隙不减，听了这话，冷哼一声。

众人在湖边歇息一晚，凌晨出发。柳莺莺见风怜形神恍惚，心中不忍，便拍马赶到梁萧身边，低声说："不论你心意如何，对这女孩子总得有个交代。"梁萧道："我话已挑明，只怕劝慰太过又生误会。"柳莺莺沉吟道："女人间好说话，你若不介意，我跟她说说。"梁萧笑道："求之不得。"柳莺莺白他一眼，说道："高兴什么？你又欠我一个人情，早晚都得还我！"梁萧笑道："一定还，一定还！"

行了一程，遥见茅舍井然，却是一处村落，背依北坡，春水绕村而过。原本春寒未尽，但因四面环山，地气暖和，村内外早已花繁树茂，蜂蝶竞飞。

柳莺莺手指村落，笑道："梁萧，你瞧，那就是我的小禽村了！"梁萧赞道："谷幽山静，林深水曲，真是隐士韬晦之所！"柳莺莺微笑道："我本来住在瑶池，风光尤佳。后来蒙古人入山搜捕，就只好来到这里。却好，一住三年，再没挪过窝儿！”梁萧心中一酸，望着柳莺莺如花笑靥，心想：“她一个女儿家，屡屡对抗强敌大寇，其间不知历经了多少险风恶浪。”

众人将死难同伴葬在村落北坡。十年来，“天山十二禽”虽迭经凶险但从未折损一个，如今一日之间却有三人亡故，余者伤心不已，均是哭声一片。彩凤与朱雀本是爱侣，而今长空折翼，孤雁独飞，更是悲不自胜。唯有柳莺莺见惯生死，心性通达，劝道：“人死不能复生，莫要自苦太甚，想来朱雀儿九泉之下也不想见你这样。”彩凤竭力忍泪，却终究无法忍住，叫声“大首领”，便扑入柳莺莺怀里痛哭。

悲悼一番，傍晚回村，小禽村有一眼温泉，柳莺莺心思灵巧，将泉水分流，化一为十，汇入十个石砌小池，上面盖上小屋，男女各别。众人因数日来追南逐北，十分辛苦，此刻得了闲暇，便均至泉中沐浴。梁萧也浸了半个时辰，备觉爽利，又换了衣衫，来到聚义大厅。

大厅为杉木搭造，排列整齐，粗而不陋。男子们早已抵达，正在厅中议论恶斗天狼子的情形，说起痛杀恶狼凶人时，激动不已，说到死难兄弟时又是悲愤难禁，忽瞧得梁萧进来，纷纷起身施礼。

宾主落座，寒暄一阵，自然说到武功。众人问起，梁萧也就随意指点一二。说话间，忽听一阵笑语，柳莺莺手拉风怜走了进来，她换了一件鹅黄衫子，青丝尤湿，双颊被温泉热气熏过，嫣红未褪，娇艳无比。梁萧见她对风怜举动亲昵，不觉心中讶异。

柳莺莺牵着风怜，施施然坐在上首。不多久，女将们鱼贯而入奉上酒肉。梁萧本想她们何故许久不来，原是去准备饭食了。摆好杯箸，一个十四五岁的圆脸少女捧了酒壶，依次斟酒，酒液色作青碧，异香扑鼻。不久斟到梁萧身前，梁萧见她细眉大眼，与阿雪有些神似，不觉心头微动，多瞧了她几眼。

那圆脸少女面皮嫩薄，被他目光凝注，顿时红透耳根，指尖一乱，酒水洒在桌上。她着了慌，连忙伸袖去抹。柳莺莺笑道：“哎哟，雪雁这小妮子动春心了呢！”圆脸少女臊了个大红脸，十分不依，搁下酒壶，钻进柳莺莺怀里胳肢她。柳莺莺咯咯直笑，摆手道："好啦，雪雁儿，算我错啦，当我没说好不好？"雪雁这才罢手。

梁萧见她二人脱略行迹，微感好奇。柳莺莺瞧出他的心思，笑道："对敌时我做他们的大元帅、大将军，但回到这里，他们便是我的小弟弟、小妹妹了。"她抚着雪雁的脸蛋："好啦，别腻我怀里了，叫人瞧着笑话。"雪雁在"天山十二禽"里年纪最幼，故柳莺莺对她宠爱有加，此次迎敌天狼子也不忍带上，将她留在村子里面。

梁萧看在眼里，心生感慨："莺莺纵横西域，属下众多，又能苦中作乐，宽解心怀。晓霜心忧世上生死，却被幽闭在天机宫内，这十多年来必然万分难过。"想到这里，东归之心更加迫切，叹了口气，举酒饮了一口，但觉这酒入口清甜，回味深长，不禁赞道："好酒，可有来历？"柳莺莺道："这是黑马奶酒。"

梁萧注目细看，沉吟道："我以往喝过的马奶酒色泽浑白，滋味甘酸，还有一股膻味。可这酒不仅颜色青碧，而且甘甜适口，绝无异味！"柳莺莺笑道："白马奶酒滤除奶质时只搅动了几个时辰，黑马奶却要反复搅动七八天，将酒中奶质滤尽才能色泽泛青，绝无异味。"梁萧动容道："搅动七八天可要无比耐心。"

柳莺莺在雪雁脸蛋上拧了一把，笑道："我可没那穷耐心，都是雪雁儿一手酿的。"雪雁把头一低，红透耳根。梁萧没料到这羞怯无比的女孩儿竟能酿得一手好酒，便拱手笑道："原来是女杜康，佩服佩服！"雪雁怕见生人，瞟了梁萧一眼后，双颊更红。柳莺莺瞅他一眼，笑道："我这些小弟弟、小妹妹可不似你游手好闲、不学无术，他们个个都有一样厉害本事。"她一一指点道，"黑鹰儿是第一流的猎手，他相中的野兽，凶恶也好，狡猾也罢，都逃不出他的掌心。"

梁萧赞道："果然鹰眼如炬！"举酒便干，黑鹰爽朗一笑也举酒相陪。柳莺莺又道："青鸾儿会莳花，村边的花草都是她一手栽培。"梁萧笑道："姹紫嫣红，美不胜收。"又尽一杯，女孩儿最爱听人奉承，青鸾听他一赞，也大为欢喜，与他的嫌隙顿时无影无踪。柳莺莺又道："彩凤儿是咱们这儿的天孙织女，针线上的功夫，天山脚下无双无对。"梁萧笑道："妙手天成，彩凤姑娘这身衣裳也是自个儿绣的吧。"彩凤却不领情，只扭头哼了一声，冷冷道："虚情假意，言不由衷。"

柳莺莺继续引介，黄鹂善歌，云雀善舞，鸳鸯却是两人，一男一女，男的叫作铁鸳，长于建筑，女子叫作阿鸯，最会调弄脂粉。柳莺莺说到鸳鸯二人时，神色一黯，叹道："朱雀儿、乌鸦儿和翠鸟儿也各有绝技，可惜无法与你引见了。"一时间，众人俱是凄然。

梁萧正要劝慰，柳莺莺忽地摇头道："你不必多说，生若春花，死如秋叶，我也想通啦。只不过，这几人虽各有本事，却没有一个会铸刀剑的。"然后她拉起风怜，笑道，"我问过风怜，她是精绝人，精绝人铸剑锻刀，西域知名。现如今'天山十二禽'仅剩九人，再多一人就能凑成十个。梁萧，我让风怜做'天山十禽'之一，你答应不答应？"她望着梁萧，似笑非笑，梁萧不知她卖的什么关子，只皱了皱眉，笑道："她答应就好，何必要我做主？"

柳莺莺道："好说！"转眼瞧着风怜，风怜默默点头。柳莺莺又笑道："不过，我这几个弟妹都是出了名的厉害，风怜武功不济，入了伙势必要受欺辱。"梁萧瞧了彩凤一眼，虽嘴上不答，心中却称是，又听柳莺莺说道，"故而我想让她拜一个厉害师父，即便风怜一时武功未成，有了这个师父，也叫人不敢轻辱。"梁萧奇道："是谁？"又见柳莺莺冷笑道："还会有谁？远在天边，近在眼前。"梁萧吃了一惊，腾身站起，柳莺莺对风怜使个眼色，风怜当即移步上前，屈膝拜道："师父在上，受徒儿一拜！"

梁萧惊道："这可如何使得？"正要搀扶，忽听柳莺莺道："怎么使不得，难不成辱没了你梁萧？"梁萧恍然明白："是了，风怜如果做了我的弟子，那么师徒有别，她就再也不能与我有男女之私。难为莺莺竟想出这么一条绝计！"当下叹了口气，便袖手任风怜拜了三拜方才将她扶起。风怜始终低头，心中悲多于喜，泪水到底流了下来。

柳莺莺暗暗叹息，这条拜师计并非由她定下，而是风怜自己的主意，当初她告诉风怜许多往事，本是望她死心，哪知风怜听了，虽答应斩断情丝，却要拜梁萧为师。柳莺莺知她痴心难改，但以之自况，又是颇为同情，故不忍逼她太过。眼看师徒之礼已成，柳莺莺举杯笑道："今日我多了一个小妹子，梁萧你也收了一个大徒弟，你我须得尽饮此杯。"梁萧摇头道："这辈分乱得一塌糊涂。"柳莺莺白他一眼，道："咱们各交各的，你想占我便宜，小心我打你老大的耳刮子。"众人大笑。

只因同伴新丧，众人虽嘴里不说，但心头阴霾未散，难以尽兴，略略喝了两杯后，便各自回房休息。

梁萧住了一夜，次日收拾了行囊，便往柳莺莺住处告辞。柳莺莺住在一座两进小院，四面遍植杨柳。梁萧到了院门外，见彩凤坐在门首石阶，对着日光在一截水绿缎子上绣花，瞧见是他，没好气道："你来做什么？"梁萧还未答话，彩凤咬着细线，牙缝中冷冷迸出声来："大首领说了，若是叙旧，你不妨进去坐坐，若是告辞，那就不必了。"爱理不理，又低下头去。

梁萧怅立半晌，心道："相见不如不见，如此倒也干净。"再不多说，转身便走，出了村子，眼瞧转过山坳，忽觉胸中一恸，掉头望去，山边的树林里似有绿影闪过。梁萧呆呆望着山林深处，四周寂然一片，只有山风掠过头顶呜呜作响。也不知站了多久，他还过神来，幽幽一叹，掉头向东走去。

第八章

黄河九曲

刚出山口，便见风怜牵了火流星，好整以暇立在路旁，瞧见他来，顿时眉开眼笑，脆生生地叫道："师父，您一个人走吗？"梁萧深感意外，嗯了一声。风怜小嘴一噘将大衍剑横在马前，说道："你要走，也该带上这个。"梁萧道："这是你族神剑，我岂能染指。"风怜哼了一声，道："你使这把剑杀了天狼子算不算染指？"

梁萧一愣，无从辩驳。风怜又道："师父，你是天下有数的大高手，说话算不算数？"梁萧道："天下有数不敢当，但说话一定算数。"风怜道："你答应做我师父，教我武功是不是？"梁萧道："我要去中土办事，过些时候便回来教你。"风怜挺胸翘首，看着天上冷笑道："不行，我信不过你。"梁萧皱眉道："为什么？"风怜道："当日你那样狠心，说走就走。这次一走，天知道你什么时候才回来。一年、十年，还是一辈子？我才不要傻傻地等你，我要随你去中原。"

梁萧沉默不语，风怜瞧着他，心儿扑扑直跳，只怕他说个不字。过了半晌，忽听梁萧叹道："你若定要跟来，我也不拦你！"迈开步子走在前面。风怜芳心狂喜，匆匆拍马跟上。

二人行了半日，遇上牧民，梁萧便买了一匹驽马和风怜并辔而行。师徒二人朝行暮宿，到了休憩之时，梁萧便教授风怜武功。风怜天资不算绝顶，但甚为好强，梁萧教她一招半式她都要苦学勤练直到梁萧点头才罢。梁萧洞明阴阳，功参造化，胸中所学，即使是一瓢半勺也够常人受用不尽，何况他对风怜满怀歉疚，有心补偿，是以倾囊以授，格外耐心。

关山路遥，戴月披星，两人走走停停，这一日抵达黄河岸边。梁萧因久别中土，忍不住纵马上了高坡，揽辔南望，但见山峦连绵，云掩长河，其实东风正恶，浊浪滔天，落在河堤上，迸珠溅玉。

梁萧心有所动，遥指河水道：“风怜你瞧，或许过不了多久，这黄河之上，一个船夫就能驾驭小山一样的巨舰，纵使再大的风浪也无法撼动；世人也不用驱牛赶马，可用‘火’力驱赶大车；如大鹏一样的机械也会被制造出来，载了人畜，扶摇直上九天……”他说到这里，见风怜神色迷惑，不由叹道，“风怜，为师生平有三样本事：第一是算术机关、格物致理之学；第二是运筹帷幄、云侵孤虚之道；第三才是武功。可惜头一样艰深晦涩，你怕是学不了的。第二样乱世祸国，也大可不学。是以我虽于名分上是你师父，却也唯有那点微末功夫能够勉强教一教你。”

风怜微笑道：“师父你过谦啦，如果那也叫微末功夫，别人的功夫岂不比针眼儿还小？”梁萧道：“你又胡说了，任是哪门武功练到绝顶都有可取之处，你不要学了点儿本事，就敢小觑天下英雄。”风怜翘起鼻子，冷笑说：“你又作脸作色吗？哼，做师父就了不起吗？我若有你一半厉害，天底下谁也不怕！”

梁萧摇了摇头，无言以答。一路上，他也曾几度摆出师尊架势，欲要管束管束这个女弟子，哪知每到紧要关头，风怜便撒娇弄痴，顶嘴蒙混，梁萧被她三言两语一说，端的没了脾气，空负师父之名却无半点尊长威严，但好在他对这师徒虚名不甚在意，争辩几句也就任她去了。

风怜初到中原，不免事事好奇，一路询问，梁萧也无不耐心解答。二人沿河而行，只见梁萧说着说着，便豪兴焕发，大言水利：在何处可筑坝，在何处可分流，在何处可架设水车，又在何处可开渠灌溉，说到得意之处，大有图画山川、疏理天下的气概。风怜自与梁萧结识，从未见他流露出这般风采，瞧那眉眼神气，不觉痴醉，至于那些高谈阔论，当然一个字也没听进去。

二人边说边走，风怜忽指河岸边一座宝塔，问道："师父，那是什么塔？"梁萧道："那是开封铁塔，号称天下第一塔，下方是前朝故都汴梁，昔日冠盖神州，繁华不尽。可惜历经兵灾河患，已凋零衰败，盛景不再了！"说着长叹一声，大有惋惜之意。风怜也觉可惜，又问："可还剩下什么好去处吗？"梁萧沉吟道："我记得距铁塔不远有一座九曲阁，毗邻河堤，大可临风把酒，看黄河九曲，浩荡奔流。"风怜喜道："好啊，我们瞧瞧去！"梁萧抬头看看云色，但见密云迭起，心知大雨将至，当即答允，但见二人快马加鞭，便往九曲阁而去。抵达阁楼前，已是斜雨如丝，淅沥洒落。两人弃马上楼，方才坐定，便听得一阵踢踏声传来，只见从楼底走上一个儒生，方巾歪戴，下巴削尖，手里摇了一把竹扇。酒保瞧见，慌不迭叫道："哎哟，吃白食的又来啦！"当下张开双臂，便要赶人。

那儒生当堂一坐，笑骂："放你娘的屁，今天你说老爷白吃，老爷偏不白吃！"转手就从袖里掏出一锭大银，啪地扔在桌上。酒保且惊且喜，掂过真假后，笑道："贾秀才，这是你从哪儿偷来的？大相国寺还是何员外家？"儒生翻起眼白道："你狗眼瞧人吗？这银子又白又亮，怎会来路不正？王小六，屁话少说，大爷拿银子定下这桌酒席，你千万记住了。"

酒保牙缝里透出冷笑，说道："贾秀才，日前你还欠掌柜一两六分银子，这怎么算？"只见贾秀才唰的一声打开折扇，露出黑油油的扇面，懒声说道："你没长眼吗？老爷今日阔了，区区小钱，何足挂齿。"酒保平日与他胡闹惯了，闻言便道："好好，今天你权且装一回老爷，来日装孙子的时候，我再与你计较！"走出两步，儒生又招呼道："王小六，你先给老爷打一壶上色好酒，让老爷漱漱口，润润喉咙。"

酒保心里暗骂，悻悻下楼。风怜低声道："师父，这人做什么的，脸皮可真厚。"梁萧心想连你也瞧出他穷措大，装阔人，当下笑道："他大约是落第秀才，功名无着却又心高气傲，不肯屈人！"他两人小声议论，忽听那贾秀才拖长声气道："背后说人闲话，当心嚼了舌头！哼，谁又告诉你老爷是秀才了？"

梁萧本与他相距甚远，且声音又小，不想这儒生耳力极好居然听见，梁萧只得笑道："抱歉，敢情阁下是假秀才，真假之假，却不是姓贾的贾。"那儒生又笑道："谁又说是真假之假？老爷就姓贾，大名上秀下才，故合称贾秀才。"他嘴上虽笑嘻嘻，口气却很不逊，梁萧还没在意，风怜就已怒目相向。

贾秀才冲她嘻嘻一笑，便道："胡娘儿生得俊，不若嫁给贾某做个便宜媳妇儿！"只见风怜双颊涨红，握紧粉拳，梁萧却一皱眉，只摆手道："勿与这妄人计较，平白自低身份！"话音才落，又听贾秀才笑道："子曰：'夷狄之有君，不如华夏之无也'，尔等蛮夷鼠辈，混同禽兽，哪儿还有什么身份？"

梁萧一愣，才想起自己与风怜都是异族装束，风怜碧眼雪肤，一瞧就是胡人。而今元人治国，胡汉两族犹如寇仇，无怪此人口出不逊。只不过胡强汉弱之际，他却胆敢当面辱骂胡人，倒也颇具胆色，当下便笑笑，懒得理会。风怜见他不动声色，禁不住好生气闷，这时忽听身后一个稚嫩童音笑道："有趣，有趣！"风怜更恼，回头一瞧，只见不远处坐了一个俊美男童，约莫十岁，头戴二龙抢珠冠，身着白缎袍子，手中握了一把泥金小扇。

风怜瞧这小孩粉团似的一张小脸，却偏生装扮成大人，不由心头一乐，扑哧笑出声来，小孩猜到她笑什么，小嘴一扁，眼有愠色。风怜更觉滑稽，望着梁萧偷笑。

不多时，酒保端上酒水，贾秀才接过，当即斟满一盏，洒在地上。这酒是上好汾酒，酒保瞧得肉痛，忍不住叫道："死穷酸，你疯了吗？"但贾秀才不理他，一敛疏狂神态，叹道："这一碗是敬文天祥文丞相，今朝是他的忌辰。"酒保脸也绿了，手中托盘哐啷丢开，叫道："贾秀才，你胡说什么？"贾秀才两眼一翻，喝道："闭上你的鸟嘴，老爷请人喝酒，关你什么事？"酒保气得发抖，颤声道："你……你……死人能喝什么酒？"

贾秀才抬起头来，长声吟道："辛苦遭逢起一经，干戈寥落四周星。山河破碎风飘絮，身世浮沉雨打萍。惶恐滩头说惶恐，零丁洋里叹零丁。人生自古谁无死，留取丹心照汗青！"声调沉郁，胸中似有无穷悲愤。吟罢，贾秀才喝光盏中残酒，冷笑道，"有人虽死，但丹心永照，有人虽活，却不过是一具腐臭皮囊。当年文丞相被囚大都，三载不屈，壮烈赴义；而今的读书人，个个却只知卑躬屈膝于外族，贪求功名于鞑虏，没几个有骨气的东西，可耻乎，可悲也……"酒保听他口无遮拦，越说越不堪，劈手便揪住贾秀才的胸衣，发急道："你再说，我丢你下去……

啊……”惨叫声中，酒保庞大身躯腾空而起直往楼下栽去。

旁人都感错愕，梁萧却知这贾秀才身怀武功，酒保伸手拖他却反被他劈胸拽住，抛了出去，但他出手太快，寻常人看不明白。风怜也看见了，心想这无赖本事不小，又听一声惊呼，那酒保身如掷丸，忽又飞上楼来，不偏不倚砸向贾秀才。贾秀才笑道：“来得妙！”伸出折扇，在酒保腰上一拨，将他翻转过来，可楼下那人这一掷气力太大，酒保虽两脚着地却仍是收势不住，滴溜溜冲向梁萧。他又惊又怕，大声惨叫，梁萧却不动神色，随手托住酒保的腰脊，酒保陡然止步，但觉双腿绵软，扑通坐倒，脸上早已失去血色。贾秀才心中暗凛，这一拨借力打力本有数百斤力道，本存心将梁萧撞个人仰马翻，不料这异族人举重若轻，漫不经心就将人扶住。正自惊疑，忽听楼梯上咚咚咚巨响传来，夹杂着呼哧呼哧的粗重喘息，不一会儿就见一个肥胖脑袋从楼梯口钻了出来，脸上肥肉堆积，几乎不见五官，满身赘肉随他举步登楼一抖一颤，浑身汗水淋漓。

贾秀才盯着这人，眼中露出讶色。那人径直走到他桌边，拉开一张板凳坐下，却听咔嚓一声，板凳断作两截，那人跌坐在地，但幸得楼板厚实，轻响了一声后就将他稳稳托住。那人呼呼喘气，嘟囔道：“就坐地上，就坐地上！”贾秀才还过神来，不由吃惊道：“白老二，是你？”那人小眼中迸出怒意，粗声粗气地道：“贾老三，你装作不认得老子吗？哼，你欠我的五百两雪花银子呢，还来！”

贾秀才望他半晌，突然捂着肚皮哈哈大笑。白老二大怒道：“笑你祖宗！”抓起地上两条断凳，一左一右向贾秀才掷过去。贾秀才头一低，折扇左右两拨，就拨得一条断凳穿窗而过落入河里，另一条撞在墙上。白老二跳起来挥掌，贾秀才后退半步，摆扇笑道：“白不吃，慢来，你这样子可打不过我。”白不吃叫道：“废话少说，还银子来！”贾秀才笑道：“白不吃，咱俩也算是结义兄弟，区区五百两银子何必这么计较。”

白不吃啐了一口，骂道：“屁的兄弟，那银子一半是你借的，一半是你骗的，老子可以在银子上吃亏，却不能被人糊弄！”贾秀才眼珠乱转正谋对策，忽又听楼下有人咯咯笑道：“白不吃说得是，杀人偿命，欠债还钱，贾秀才你骗人钱财更加不对了。”黄影一闪，只见一个女子怀抱琵琶，俏生生地站在楼心。风怜暗道：

“这人轻功好俊。”

女子杏黄衫，绿襦裙，年约三旬，长相清丽，眉心一点朱砂痣平添了几分英气。只见贾秀才不急不恼，笑道：“金翠羽，你什么时候与白不吃勾搭上了？”黄衫女子骂道：“你这挨千刀的破落户，舌头上长疮烂到你肚肠，老娘这可是持平之论！”贾秀才笑道：“好好，今儿贾某势单力薄权且认了。白不吃，咱们来赌一把，若你胜了，银子我双倍还你。你若输了，那五百两银子就当掉进了河里。”金翠羽道：“破落户，你又想什么鬼点子？白二哥，你千万不要着了他的道儿。”

白不吃小眼连转数下，一拍大腿，便叫道：“赌就赌，怎么个赌法？”金翠羽见状，叹了口气微微摇头。只见贾秀才从怀里掏出三枚铜钱，笑嘻嘻说道：“我这法子至为简单，叫作‘望天打卦，落地还钱’，我将这三枚打卦的铜子抛起来，有一枚落地算我输，不落地算你输。”白不吃心想：“破落户竟要和我拼手快。”肥脸上不禁微露笑意。

金翠羽一转眼珠，笑道：“破落户，白不吃的‘拿云手’称雄关洛，你拼手法可占不了便宜。但你倘使将铜钱扔得远远的，他轻功不及你，势必要输。”贾秀才脸色一变，白不吃这才恍然大悟：“若非金老四提点，几乎又上当了。”当即正色道：“贾老三，那我加上一条，铜钱不得掷出阁楼，要么也算你输。”贾秀才耸了耸肩，说道：“好吧，瞧清楚了。”将手向上一挥，三枚铜钱激射而出，白不吃还未还过神来，就听哧哧连声，三枚铜钱尽数没入大梁。

金翠羽一呆，摇头叹道：“破落户，你够狠的。”贾秀才瞅了白不吃一眼，笑道：“白不吃，怎么说？”那铜钱陷入极深，唯有震碎大梁方能取出。白不吃哇哇怒叫，一跳而起，可他过于肥胖，这一跳只得三尺，一时不由恼羞成怒，抓起一张凳子往木梁打去。

金翠羽瞧见，纤指微曲，在琵琶上一拨一弹，铮的一声，指间就脱出一道黄光将长凳凌空击落，黄光落地，却是一枚黄铜扳指，金翠羽以小小扳指击落长凳，虽借琵琶弦劲却也十分惊人。

白不吃错愕间，金翠羽移步拾起扳指，笑道：“白二哥，罢了。总不能为了五百两银子拆了人家的酒楼！否则神鹰使到了，如何招待人家？”白不吃怒哼一声，贾秀才唰地撑开破扇，笑道："白不吃，说好铜钱不落地便算你输。"白不吃小眼喷火，但瞧金翠羽脸色，只得一顿足，叫道："好，算我输。"气呼呼地又坐回地上。

金翠羽怀抱琵琶袅袅坐下，笑道："关洛四杰来了三个，池老大怎么还不来？"贾秀才道："你们也是池老大召来的？"金翠羽道："是啊，听说神鹰使到了。"贾秀才斟了一盏酒笑道："神鹰令三年没过黄河！这回来了，却偏要挑这九曲阁聚头，害我这地主大大破财，真是大糟特糟。"金翠羽抿嘴轻笑道："这话要是被神鹰使听见，更加糟了。"

贾秀才一笑，又说："白二哥，话说回来，你怎么变了个模样？"金翠羽也关切道："是啊，三年不见，二哥你发福了。"白不吃小眼一瞪，怒道："发个屁福，老子这是发灾！"金翠羽讶然道："这话怎讲？"白不吃拍了拍圆大肚皮，愤然道："若有法子，谁肯长这个鸟样？哼，我是被人害的！"贾、金二人皆是面面相觑，贾秀才肃容道："你说说经过，关洛四杰一气同心，贾某拼了性命也要为你出头。"

白不吃眼里闪过一丝感动，叹道："三年前，池老大让我筹集粮草以备将来举事。我辛苦奔波，好容易张罗了两万石粮食囤在家里。谁想那年黄河大水将附近的田地一股脑儿洗了，我家门前一下子拥来许多饥民求我开仓赈济。唉，二位弟妹，不是做哥哥的心痛家财，实是因为受了池老大托付，不能将粮食随便予人……"贾秀才正色道："白二哥，这可不对。事有缓急，江湖中人予人方便，不拘一格，开仓赈灾正是分内中事。"白不吃叹了口气，懊丧道："现今想来，你说得半点儿不差，可哥哥我当时却鬼迷心窍犯了糊涂，将那群饥民一顿棍棒撵走。唉，这也罢了，你知道我素来贪杯好吃，故而才有白不吃这个名称。当日我赶走饥民后，便杀鸡宰牛，整治了一桌上好酒席，叫来几个狐朋狗党，还寻了一票窑姐儿，在家中痛快吃喝……"

贾秀才收起折扇，冷笑道："朱门酒肉臭，路有冻死骨，白老二，当时被我瞧见定要与你翻脸。"金翠羽也叹道："不错，此举大违侠义，若池老大知道了，说不定要如何对你呢！"白不吃小眼一翻，大声道："我既当着你们说出，便已不将生死放在心上，何况我变成如此模样也是生不如死。”言下大为颓唐。

贾秀才诧道：“莫非来了讨公道的高人？”白不吃点头道：“大伙儿吃喝正欢，门外突然来了三人，为首那人倒也客气，说了些好话，无非是上天好生有德，求我开仓济民之类。我那时酒意方浓，便没将对方放在眼里，只道：‘放了粮，让老子喝西北风去？再聒噪，老子拿你下酒吃，老子什么都吃过，就是没吃过人！’此外还说了许多浑话。但那人性子却好，不管我说得如何难听，总是不急不恼，好言好语。老子听烦了，趁了酒劲上前动手，不料那人所带的帮手却十分硬扎，伸手一拨，就摔了我一个大跟头……”金翠羽吃惊道：“你醉了吗？”

只见白不吃摇头道：“哪里话？二哥我一分酒一分气力，再说那日喝得正好，还没到烂醉如泥的地步。”贾秀才摇动折扇，冷笑道：“人有失手，马有失蹄，一招失手也是有的。”他与白不吃武功不相伯仲，听说他一招落败，心中颇有不服。

白不吃道：“那时我也如此想，翻身起来就踹他小腹。谁知又被拿住脚踝再摔一跤。老子不服，爬起再上，却又被摔倒。就这么前前后后摔了五六下，到底把我摔醒了。不过，咱们习武之人，功夫虽输了，一口气却不能输。于是我怒火上冲，从兵器架上拔了一杆大枪，心想擒贼先擒王，抖枪就向为首那人刺去。不料那帮手却笑嘻嘻一伸手，又将枪头捉住，老子使了吃奶的气力也夺不回分毫。”听到这里，贾、金二人不由彼此对视，脸色微微发白。

白不吃神色颓败，又道：“为首那人见状，叹了口气，又说道：‘白不吃，我再问你，你愿开仓放粮吗？’我赌一口气，当即拒绝。那人道：‘好，粮食是你的，我不逼你。但你殴打饥民，万万不该，此乃其一；外面哀鸿遍野，你却纵情饮乐，于心何忍，此乃其二；而今用心狠毒，招招夺人性命，此乃其三。就此三样，我要罚你。’我说：‘你有种就将老子杀了，要我低头，决计不能。’那人说：‘我不杀人，但听说你贪吃好货，最爱口舌之欲，我便罚你三年之中，不得吃肉喝酒。’我问：‘你想把我关起来？’那人笑道：‘我可没这闲工夫，三年之内若你改邪归正，我便解了你的禁制，但若你泄露我半点行踪，以后就休想见到我了。’说完招呼两个帮手便径自去了。我听他虽说得凶狠，但到底雷声大雨点小，心中鄙夷，张嘴骂了一通，又招呼众人继续喝酒吃肉。谁料第二天一早起床，忽觉筋骨酸痛，身子发胀，我前日摔伤，不以为意，又寻朋友吃喝。这么过了三五天后，身子却一天痛过一天，到了第七天早上，浑身皮肉似要爆裂开来！唉，我白不吃自忖也是条铁打的汉子，却痛得死去活来，可是寻遍大夫却无一人明白。”

白不吃说到这儿，肥脸上爬满苦涩。金翠羽道：“白二哥，莫非那人临走时动了手脚？”白不吃道：“我也奇怪，那人从头到尾都没动过一根手指，又如何算计到我呢？却说我痛得狠了，猛可想起那人的言语，忙叫下人煮了青菜萝卜来吃。说也古怪，这一吃素居然好了不少。我便接连吃了三天素，疼痛全消，只是练功时的身法略嫌滞涩，临镜一照，竟然胖了许多。二位也知道，老哥我素来最爱吃香喝辣，怎受得了顿顿素餐。过了四五日，我又忍不住铤而走险，这回倒也无病无痛。我不知厉害，心中窃喜，就这么一顿顿酒肉吃下来，这身子骨也似吹气球一样日日见长。他娘的，不过一月工夫，我这彪形壮汉就长成了一个胜似肥猪的大胖子。到这时我才明白那人话中的含义，不禁害怕起来，又开始吃素。还怕三年之后那人不来解救，又被迫开仓放粮，赈济饥民。唉，哥哥我本吃惯了荤腥，瞧那美酒佳馔，如何能割舍得下？故而每过十天半月总要破戒一回。这么三年过去，就成了这副模样。”说罢长叹了一口气。

贾秀才问：“那人还没来吗？”只见白不吃隐现愁容，说道：“或许时日未到，或许人家忘了。再说我胖成这样，还不知有救无救。”金翠羽却怒道：“杀人不过头点地，用这般恶毒法子折磨人，太可恨了吧？”贾秀才笑道：“我以为此计绝妙，这就叫自作自受！”白不吃怒道：“贾老三，你胳膊肘往外拐吗？”贾秀才因恼他不肯开仓济民，有心揶揄，笑道：“诚所谓好死不如赖活着，二哥你想开些。咱三个久不会面，今日定要一醉方休，哈哈！”白不吃顿时怒目相向，叫道：“破落户，你存心与我为难吗？”贾秀才笑道：“你左右已胖成这样，再胖一回也无妨。九曲阁的黄河大鲤鱼乃天下一绝，劲道嫩滑，滋味十足，今日是不能不吃的。”白不吃小眼圆瞪，呼呼直喘粗气。贾秀才向酒保一招手道：“王小六。”酒保见他显过功夫，心中虽恨，嘴里却连声答应。

贾秀才笑道：“做两尾黄河大鲤鱼来，给老爷下酒。”风怜听得心痒，便道：“咱也要一尾！”话一出口，那个小童也异口同声地叫出来，风怜瞅他一眼，微微一笑。那小童被她笑得小脸通红，张开泥金小扇遮住脸儿，扇面上描了一绺儿兰草，边上留了数行草书。梁萧乍见那行字迹，眼神微微一变。

酒保扫了众人一眼，冷冷道：“对不住，这两日风高浪急，故没一个渔家敢下河捕鱼，这大鲤鱼，当真没有。”贾秀才掉眼看去，河上波涛滚滚，雨脚如麻，心知酒保所言不假，不由大为扫兴。

酒保正待退下，忽听河上有人纵声唱道：“老子长在大河边，不靠地来不靠天，小小船儿浪里过，打个鱼儿趁酒钱。”歌声清壮，盖住那穿林打雨之声，颇有振聋发聩之势。梁萧循声瞧去，一叶小船在波涛间载沉载浮，船上站着一个渔夫，披蓑戴笠，手摇双橹，虽随那船儿起伏却始终不被风浪吞没。

不多时，船至楼下，渔夫系好船，左手拎两尾鲤鱼，右手拿一支长篙点在岸边，双手微撑，便似燕子穿云，轻轻巧巧钻过窗户落在楼心，哈哈笑道：“你们三个来得却早！”但见贾秀才三人早已起身，当即拱手笑道：“池老大！”那渔夫挑开蓑衣竹笠，正是关洛四杰之首池羡鱼，他年过五旬，恂恂儒雅，双鬓已然灰白。只见他拎起两尾活蹦乱跳的大鲤鱼，笑道：“河上风大，寻常人下不得水，我怕没的鱼吃，扫了大伙的兴致，特意赶早到河里摸了两条。”

金翠羽咯咯笑道：“大哥心细如发，当真想得周到。”贾秀才道：“错了，该是小弟心占一卦，未卜先知，故而点了这道好菜，专等池老大的鲤鱼。”金翠羽白他一眼，啐道：“破落户，你那鬼卦，骗傻子还差不多！”贾秀才做出惊讶神气，道：“奇了，我骗过你吗？”金翠羽气得脸色发白，便要嗔怒。池羡鱼伸手隔住二人，哈哈笑道：“老三、老四，我只当三年不见你俩已早结连理，却怎么还是这么拗气？”金翠羽脸涨通红，莲足一顿，怒道：“池老大，您可别张口就来，但凡天下的好女子，谁肯嫁给这个下贱无耻、坑蒙拐骗的破落户？”贾秀才闻言嗤了一声，懒声懒气地道：“你也算好女子吗？我看是猪鼻子插大葱——愣充大象吧！”风怜瞧得好笑，心道：“这厮别的还好，就是这拖得老长的腔调令人格外讨厌。”

果不其然，金翠羽俏脸又沉，池羡鱼摆手笑道：“怪我多嘴，你们要撒气就冲为兄来吧！”因他这么一说，两人便不好再吵，只得双双沉默不言。池羡鱼见白不吃体态臃肿，一皱眉正要询问，忽听一个脆嫩的童音道：“老先生，你这鲤鱼怎么卖？”池羡鱼扭头瞧去，却是屋角里那个装束老成的小童，不觉莞尔道：“小朋友，你家大人不在吗？”那小童小脸一沉，闷声道：“谁是你小朋友？哼，我瞧来不够大吗？”池羡鱼一怔，哈哈大笑，两个手指上下一比，笑道：“就这么一点儿大！”小童脸色不由更加难看，作起恼来：“老头儿卖鱼就卖鱼，哪来这么多废话？”但见池羡鱼脸色微变，白不吃性子暴躁不觉怒道：“臭小鬼作死吗？这样跟你爷爷说话？”

小童哂道：“他也配做我爷爷？哼，我爷爷一根指头能压死你们四个！”白不吃无名火起，袖子一撸，便猛然跳起。池羡鱼伸手拦住，心想：“这孩子有恃无恐莫非是高人子弟？再说我关洛四杰老大年纪，如何能与小孩一般见识？”当下淡淡笑道：“小朋友，这鱼可不是拿来卖的！”小童噘嘴道：“你这人年纪老，脸皮也老，说了假话也不脸红。”池羡鱼奇道：“我怎么说假话？”小童道：“你唱着歌儿来时，不是说‘打个鱼儿趁酒钱’吗？现在又说不卖，出尔反尔，不算好汉。”

池羡鱼哑然失笑，心想：“到底是小孩儿家，我随口唱曲他也当真。”但他素来豪气，面对妇孺亦不肯食言，想了想道：“说是这般说，就怕你买不起。”小童眉头一扬，伸手在腰间一摸，便抓起一串明珠哗啦啦搁在桌上，明珠颗颗大过拇指，光滑莹润，发出柔和光芒。

众人没料这小小孩童竟身怀重宝，心中无不惊诧，白不吃贪财好货，瞧着明珠，眼珠子几乎掉了下来。小童唰地撑开泥金小扇，笑道：“这串珠子够了吗？”池羡鱼长长吸了一口气，将眼珠从珠链上移开，瞅了瞅梁萧师徒，正色道：“小朋友，匹夫无罪，怀璧其罪，你快将珠子收起来别被坏人瞧见。”小童脖子一仰，冷笑道：“我自有主张，不劳你费心。”

池羡鱼见他虽小脸稚嫩，说出话来却老气横秋，又好气又好笑，打趣道：“小朋友，我这鱼儿想卖时，一文两文，白送也成。不想卖时，纵使你有明珠万斛我也不卖。”小童瞪眼不解，池羡鱼又笑道：“瞧你这身打扮，想必是读书人家的孩儿，我出个对子考你一考，你若答得上来，我就把鱼送你；若答不上来，哈哈，那就怪不得我了！”小童也笑道：“对对子呀，我最拿手了！”

池羡鱼心想：“这小娃儿不知天高地厚，老夫的对子岂是你对得上来的？”略一沉吟后，笑道："前两日天气窒闷，我经过河边，瞧见一尾鲤鱼出水透气，不想岸边李子树上却有个果子落水，正巧打在鲤鱼头上，小娃娃，我就以此为题，说个上联，叫作：'李打鲤，鲤沉底，鲤沉李浮。'"贾秀才击掌笑道："这个上联妙得紧，就只怕太难了些。"

那小童心道："这对子与鲤鱼相关，合情合景，李鲤谐音，忒不好对。"小眉头蹙起，看向屋角，只见屋角搁了盆秋葵作为点缀，一只蜜蜂被雨困在屋内绕着秋葵飞舞，突然一阵疾风裹雨扑进屋来，蜜蜂被风一吹，扑在地上。小童眼神一亮，脱口便道："风吹蜂，蜂扑地，风息蜂飞。"说完时，那阵风正巧过去，蜜蜂嗡的一声又飞起来。池羡鱼一愣，当即拍手赞道："妙对，妙对！"他为人豁达，认赌服输，正要递上鲤鱼时却听白不吃道："慢来！"池羡鱼诧道："白老二，你有何话说？"白不吃道："池老大，我们关洛四杰纵横一世，怎能被一个小孩儿折了威风？"

贾秀才打个哈哈，也懒声道："白老二说得是。"金翠羽虽不说话，眼中亦有赞同。池羡鱼寻思道："三位弟妹都是心高气傲之辈，我若拱手奉上鲤鱼，他们必然脸上无光。"便道："好，你说如何？"

白不吃道："咱是生意人，不及老大、老三儒雅多才，不过既是比文，那我就考考这小孩儿的算术。"池羡鱼心想："二弟分明故意刁难，这小孩儿对上对子不过侥幸，而你理财有方，算计精到，说起算术，怎能和你相比？"但碍于情分不便明说，却听那小童嘻嘻笑道："好啊，你说题目。"白不吃瞧他气定神闲，心尖儿微微发痒，清了清嗓子道："今有活鲤鱼七斤，草鱼二斤，总价四百二十六文钱……"

贾秀才插口道："几斤鱼罢了，哪有这么贵？"白不吃哼道："你懂什么，物以稀为贵，如今河上打不着鱼自然行情见涨了。咳，闲话不多说，假令现今又打了鲤鱼三斤，草鱼四斤，总共价钱二百八十文，且问，鲤鱼、草鱼每斤各要多少钱？"他一气说完，便随手端起茶盅喝了一口，瞅着那小童，满脸得色。小童淡淡笑了笑，说道："这是'直减'法，有什么难的。"闻言，白不吃手里的茶盅吧嗒一声掉在了地上。

小童取了一把竹筷，当作算筹左右一排，道："右鲤鱼，左草鱼，右行的七遍乘左行，然后连减右行三次，得草鱼每斤三十一文，再代入右行，由此可得鲤鱼每斤五十二文。”白不吃张大嘴巴，瞧他算完，口水不知不觉从大嘴里流出来。池羡鱼不觉笑道：“好个聪俊的娃儿。不知谁做了你的爹娘，真是羡杀旁人。”白不吃抹了一把口水，怒道：“不算，不算，重新来过！”金翠羽也笑道：“白二哥，你遇上行家了，有道是生手遇行家，千万莫惹他，丢脸一回也就够了，还是让他听我弹上一手，猜猜是什么曲目吧。”那小童因连过两关，眉飞色舞，当即笑道：“请，请。”

金翠羽心头打鼓：“这小娃儿莫不是还通音律？”便勉强笑笑，怀抱琵琶，正襟危坐，拨弦试音。那小童闭上双眼，摇头赞道：“转轴拨弦三两声，未成曲调先有情。”金翠羽被这小娃娃一夸，心花怒放，掩口笑道：“你这娃儿，小小年纪就这么嘴甜舌滑，长大了还不要诓死人吗？”贾秀才冷笑道：“臭美什么？小娃儿乳臭未干，他的话岂能当真？”

金翠羽恨恨地瞪他一眼，咬牙暗骂：“这呆子真是不解风情！”一整容色，拨动琶弦，但听初韵舒缓，清高雅旷，众人如处山隈水畔，眼前仿佛矮山陌远，细水长流；忽而弦音又矮，呢呢啾啾，起伏难定，似空山人语，遥相问答。正当众人渐入忘情之境时，金翠羽摘下银簪，指如轮转，破空一划，琵琶声铮然拔起，如壮士拔剑，将军披甲，万蹄杂踏，山呼海啸般扑面而来，刹那间，众人如处铁血战场，四面风声萧萧，刀枪齐鸣。不料弹到至高处时，弦声忽又低沉，如江水呜咽，败马哀鸣，远方夕阳斜堕，天地如血，于肃杀中更添凄凉，这一轮琵琶声如流水般泻过，渐弹渐缓，终又变为明快清扬，如宛转江流中托起一团冰轮，这般低回流转奏了一炷香的工夫后，曲终音散，不复再闻。

阁中寂然半晌，池羡鱼长长吁了一口气，叹道：“三年不见，四妹这手琵琶弹得越发精彩了。”金翠羽躬身笑道：“得大哥金口一赞，小妹幸如何之。”她美目流盼，又向那小孩道：“小娃娃，你听得出这是支什么曲子吗？”小童始终闭目倾听，闻言应声睁眼笑道：“这是一支曲子吗？”

金翠羽俏脸微变，却见小童摇头晃脑道：“这曲子共分五段，第一段调子旷雅，乃是《高山流水》；第二段人语空山，有隐者之趣，当是《渔樵问答》；第三段忽变轩昂，却是一段楚汉相争的《十面埋伏》；第四段一派萧索，为《夕阳箫鼓》之曲；至于最后一段，月照大江，自然是陈后主的《春江花月夜》了。”他说到得意处，童真流露，手舞足蹈。

金翠羽怔忡半晌，忽地叹道：“小娃娃，真有你的。”小童笑道：“你琵琶是弹得极好的，更难为你能将五曲混为一曲，前后衔接，不露痕迹，只不过，技法还有瑕疵！”金翠羽听他说得老气横秋，忍不住道：“不知有何瑕疵，还请指教！”小童道：“女子弹琵琶通常腕力不济，你的轮指、滚指、弹挑并非熟极而流，关节处略有滞涩。”白不吃怒道：“我四妹的琵琶关洛无对，小鬼头你胡说什么？”

金翠羽始终凝眉细听，闻言便道：“二哥莫恼，这孩子说得一点不假。”白不吃一愣，却见金翠羽挽起衣袖，露出如雪皓腕，掌腕交接处赫然有一道细长红痕，金翠羽道：“小妹这只手掌两年前的确被人斩断过！”众人闻言一惊，池羡鱼道：“何以如此？”白不吃却一跳而起，叫道：“妈拉个巴子，谁这么大的胆子！”贾秀才虽抿嘴不言，眼里却掠过一丝煞气。

金翠羽道：“两年前，我在西凉道上卖唱，遇上了凉州二鬼。”白不吃怒道：“好啊，又是那几个鬼崽子吗？”金翠羽道：“正是，凉州七鬼被咱们宰了五个，只剩大鬼、三鬼。这两个畜生洗荡了一个庄子后，杀人越货不说，还在淫辱庄中妇女，我既然遇上，焉能袖手旁观？”贾秀才忽然嘀咕道：“大鬼、三鬼武功很好啊！”金翠羽却俏脸一沉，喝道：“锄强扶弱本是侠者本分，别说大鬼、三鬼，遇上梁萧那等大魔头，老娘也不会退缩半分！”

风怜猛可听到梁萧二字，心头忽地一跳，忍不住瞧了师父一眼，却见他始终神色淡定，只低头将碗中烈酒一饮而尽。风怜心中犯疑，按捺性子张耳聆听。

贾秀才赧然道：“四妹说得是，但你孤身犯险却又如何胜出？”金翠羽白他一眼，又道：“我占了突袭的便宜，虽用‘五音箭’射死了三鬼，却没伤着大鬼。那厮倒也厉害，一口劈风刀使得水泼不进，边斗边还说些下流话乱我心神，我和他苦斗了五十余回合，因一个疏失，被他将右手斩了下来。那厮一刀得手，又使招‘风卷残云’，转刀向我颈上绕来……”贾秀才忍不住打断她道：“后来如何？”金翠羽嗔怒道：“还能如何，总不能把我劈了，你瞧清楚了，老娘是人还是鬼？”

贾秀才摸了摸头，打个哈哈道：“三分像人，七分像鬼！”金翠羽啐了一口，正色说道："正当危急，我忽听嗖地风响，一枚石子便从耳轮边掠过，当的一声就将那口劈风刀撞出老远。大鬼虎口流血，当下退了五步，他也机灵，知道来了高人，撒腿就跑，不料又是一枚石子飞来击中他的背心，大鬼顿时扑倒。我赶上前去时，见那贼子只是闭了穴道，心想除恶务尽，二话不说，便奋起琵琶将他的脑袋敲得稀烂。"

池羡鱼拍手赞道："痛快，痛快，从此西凉道上多了几分安宁！"金翠羽也点头微笑，说道："我宰了大鬼，转身来瞧，却见身后站了三人，当下施礼作谢，哪知其中一人摇头叹道：'姐姐的手段狠辣了些，为何定要你死我活呢？'我但觉这话迂腐，颇是不以为然。这时另一人又抢上前来，拾起我那只断手道：'我与你接上。'也不知他用了什么手法，伸手便将我血脉封住，而后取出小针细线，三下两下就将我这断手续上了，前前后后，我只觉手臂麻木无觉，却丝毫不觉疼痛。那人续好手腕后又抹了一些药，还给我一张药方吩咐我如何内服外敷。我也不敢怠慢，便依他吩咐找地方调养了三月工夫，手腕便完好如初，再过半年又能弹奏琵琶。唉，但如小娃娃所说，这只手却终归不及从前活便，每弹到关节处，总是有一两分滞涩。"

小童插口道："断手能续，那人的医术很了不起啊！"众人亦是纷纷点头。白不吃想了想，问道："老四，那三人什么模样？"金翠羽叹道："三位恩公不许我泄露行迹，还请二哥见谅。"白不吃道："那给你接手腕的是男是女，这总能说吧？"金翠羽迟疑一下，道："是男的，年纪很轻。"但见白不吃皱起眉头，嘀咕道："那倒不像。"贾秀才闻言道："怎么不像？"但白不吃只是摇头却不作声。

风怜听得有趣，回顾梁萧，见他望着窗外出神，便道："师父，世上竟有这等医术，真是神奇！"梁萧淡然道："断手能续不算什么，天下还有更厉害的医术呢！"风怜笑道："总不能将砍掉的脑袋也续上去吧？"梁萧怔了怔，莞尔道："那可不行。"风怜嘻嘻一笑，吐吐舌头，却听金翠羽又道："小娃娃真了不起，连这点滞涩处也能听出来，真是家学渊源，我金翠羽心服口服。大哥，这鲤鱼你给他吧！"

贾秀才忽道："且慢！容区区先打一卦，瞧瞧这鲤鱼给他吉不吉利。"金翠羽不悦道："破落户，你又弄什么玄虚？"贾秀才掏出三枚铜钱笑道："易书有云：'凶吉者，言乎失得也。'动土造房也要瞧瞧时辰吧？"当下便将铜钱撒在桌上，瞧了一眼，惊道："哎哟，姤卦，卦辞有云：'包无鱼，起凶，无鱼之凶，远民也。'也就是说，咱们没了鱼大大不妙，故而这鲤鱼还是不送为好。"

金翠羽心知肚明，贾秀才常年在大相国寺摆摊算命，这三枚铜钱到他手里，阴阳翻覆，随心所欲，要扔出什么卦象就是什么卦象，好说歹说，总能叫主顾掏钱。这姤卦自也是他有意扔出来的。金翠羽正想拆穿这套把戏，忽又听小童笑道："既是姤卦，那么还有一句卦辞你记不记得？"贾秀才一愣，道："什么？"小童道："卦辞亦有云：'九二，包有鱼，无咎，不利宾。'那便是说，你留着鲤鱼，自己没事，却对宾客大大不利。"

贾秀才不禁赞道："好伶俐的小家伙！但我们兄妹聚会，哪有什么客人？"小童笑道："没有吗？那我问你，神鹰使算不算客人？"当下四人神色陡变，却见小童手腕一翻手中就多了一块玉佩，雪白晶莹，状若苍鹰。

关洛四杰同时站起，失声叫道："神鹰令。"小童笑道："你们不送鲤鱼，对我这神鹰使可是大大不利！"四杰不由得面面相顾，一脸惊容。他们来此聚会，确是蒙神鹰使所召，但万万想不到，神鹰使竟是个孩子。

小童笑容不改从四人脸上扫过，又说道："三年前你们加入神鹰盟时怎么说的？'黄河一夫'池羡鱼自愿召集两河豪杰，而今却怎么样了？"池羡鱼面有惭色，道："那些绿林中人各怀异心，难以号令。"小童道："那么，'变铜成金'白不吃筹集粮饷又是如何？"白不吃额上冒汗，嗫嚅道："两年前黄河发大水，粮食都捐了。"池羡鱼听得一惊，还不及细加询问，那小童又道："那么'卦中千秋'贾秀才搜集的线报也该劳而无功吧？"贾秀才拱手笑道："不敢，不敢，区区一向懒散，做这种辛苦事儿力不从心，所谓'量才为用'，使者不如再派我一个好玩儿的勾当……"池羡鱼不禁叱道："老三，不得无礼！"小童冷冷一笑，又道："那么'马上琵琶'金翠羽张罗马匹却又如何？"金翠羽脸色发白，道："这个……因我当时手腕受损，故而误了那一笔买马的生意。"

小童撑开泥金小扇，摇头道："盟主对你们十分赏识，常说关洛四杰是北武林中一等一的豪杰，而今三年过去却是一事无成。”白不吃闻言面红耳赤，连珠炮似的叫了起来：“如今已是鞑子的天下，要想起事哪有这么容易？何况我……”话未说完，只听池羡鱼雷霆般一声大喝：“住口！”白不吃被他一喝，猛然惊醒，缄口不言。

池羡鱼目光如电射到梁萧身上，冷声道：“这位朋友，我们有事相商，请你下楼去，酒资饭钱，池某一概负担。”梁萧笑了笑，只举杯浅酌却不起身。白不吃恼起来，怒道：“臭胡儿，我大哥让你滚开！”当下一步抢上，向梁萧劈胸抓去。贾秀才心知梁萧不可易与，叫道：“白老二，不可造次……”但白不吃身形虽然臃肿，“拿云手”却是独步关中，贾秀才话才出口，他已抓到梁萧肩头，忽见梁萧沉肩抬手，大袖翻起已搭在白不吃手上，轻轻一拂，笑道：“接着吧。”白不吃只觉一股旋劲涌来，身不由己，陀螺般向贾秀才撞去。

贾秀才早先曾用这个法子戏弄酒保，梁萧这时也如法炮制，只是将酒保变作了白不吃。贾秀才见状，不慌不忙，也笑眯眯地使一招“呵欠连天”，当下吸了口气，身形后仰。这正是他生平绝学“懒人拳”里的招数，有四两拨千斤的妙用，本想借此以消去白不吃的来势，哪知白不吃肥胖沉重，远非酒保可比，这一撞更带上了梁萧的“涡旋劲”，着实非同小可。

贾秀才刚刚接实，便觉一腔子热血直冲喉头，心知不妙，忙叫：“池老大！”又变招“懒汉推磨”，双臂一搓将白不吃转向池羡鱼。

池羡鱼马步陡沉，双掌前后推出。他的“缺月掌力”取法明月亏盈，右掌如缺月亏蚀，以虚劲接引化去白不吃身上的旋劲，左掌又若圆月满盈，以实劲抵住他后心，这般虚实互易，反复数次，白不吃只觉身子忽轻忽重，脚下忽高忽低，蓦地一阵天旋地转后，双腿虚软，坐在地上，肥脸好比酱爆猪肝。

梁萧一袖压住三大高手，又伸手在桌上一按，飘然落到小童身前。金翠羽厉声娇叱，当下轮指勾动琴弦引起五支小箭，铮铮铮鱼贯射出。这五箭叫作“五音箭”，依宫、商、角、徵、羽五音发出，快慢不一，方位莫测。

梁萧却不回头，只左手反转，五指连弹，每一指都弹中箭身，只听嗒嗒之声不绝，“五音箭”如风车般掉了个头，嗖嗖嗖地向金翠羽反射回去。金翠羽虽心中凛然，手上却不慌不忙，抡起琵琶，铮然数响后，又将五支小箭挂回弦上。梁萧见她接箭手法如此精妙，心头喝了声彩，右手却毫不怠慢，仍是抓向小童。小童年纪虽小，却也不慌，左掌一挥，又将右手食中二指从下方穿出点向梁萧脉门。梁萧笑道："穿花蝶影手？"小童被他叫破武功，心神一乱，忽地手腕疼痛已被死死扣住。

关洛四杰见神鹰使被擒，无不惊怒，贾秀才纵身抢出，使招"日上三竿"直击梁萧面门，梁萧方要拆解，贾秀才身子右偏，又变招"懒妇绣花"，毛手毛脚直掏梁萧腰眼。

梁萧瞧他拳法有趣，微感好奇，便右手抓起小童，左手与他拆解。顷刻间，贾秀才连使"步履踉跄""昏天黑地""饭来张口""衣来伸手"，偏来倒去，俱是"懒人拳"中的妙招，看似疏懒，但实则似拙还巧、杀机暗藏。转眼间，两人已拆到第五招上，贾秀才使一招"醉踢南山"伸腿扫出，梁萧却左掌斜挂，贾秀才因立足不稳向后跌出。又见梁萧身形略转，探臂如风抓他腰际，贾秀才慌忙使招"懒人脱衣"，身子一蜷便贴地蹿出，只听哧溜一声，贾秀才一身儒袍便被梁萧抓在手里，梁萧但觉入手滑滑腻腻，低头一瞧，手心里满是污垢，大感烦恶，将衣袍丢在一旁。

贾秀才翻身站起，浑身上下只剩一条裤衩，又唰地撑开折扇，哈哈笑道："臭贼子，哈哈，老子的衣服可是宝贝，哈哈，摸一把赚十斤老泥……哈哈……"他一迭声笑得面红耳赤，可又始终停不下来，原来他虽躲过梁萧一抓，却被指风拂中了腰上的笑穴。

池羡鱼因为人磊落故而不肯恃多为胜，见贾秀才败落才朗声道："阁下好功夫，池某前来领教。"一个箭步蹿上去，当即呼呼拍出两掌。梁萧但觉掌风扑面也挥掌迎上，而后顺手一带，引得池羡鱼两掌交错粘在一处。池羡鱼又大喝一声，使出"缺月掌力"，左掌实出，右掌虚引，哪知左掌内劲吐出却如泥牛入海，无影无踪，一瞬间，只觉大得出奇的内劲涌出梁萧掌心，撞向他的右掌。池羡鱼右掌正自空虚，被这无俦内劲一撞，不由身子一晃，面涨通红，慌忙双掌虚实互易，左虚右实。但梁萧也用上了碧海惊涛掌中的"生灭道"，以虚挡其实，以实冲其虚。霎时间，只见池羡鱼被那掌劲连撞三次，脸色顿时由红变青，由青变紫。其他三人瞧出不对，不由齐声叫道：“池老大！”但他们都知池羡鱼的脾气，虽空自着急却不敢上前相助。

梁萧见池羡鱼已面色涨紫，眉间透出一股黑气，心知再过片刻，这人不死即伤，心想：“这四人均是豪侠，我若伤了他们大不妥当。”掌力骤缩，池羡鱼噔噔噔地连退三步，白不吃一步抢上将他稳稳扶住。

那小童对着梁萧拳打足踢，大叫：“刀疤脸，把我放开！”他人小拳轻，落到梁萧身上全无动静。因梁萧对脸上刀痕颇为忌讳，心头怒起，当下劈手夺过他的泥金小扇，冷笑道：“你姓花？”小童一愣，冲口而出：“你怎么知道？”梁萧道：“瞧了‘穿花蝶影手’我还不知道？更何况除了天机宫，哪儿能养得出你这小怪胎？”那小童怒啐道：“你才是怪胎呢！”

梁萧撑开那把泥金小扇，瞅着那行草书，念道：“花香满庭，慈父渊赠爱子镜圆。”他合上泥金小扇，又冷冷道！“花清渊是你爹爹，你叫作花镜圆吧？”小童小脸通红，叫道：“是又怎么样呢？不关你的事！”梁萧心想：“这孩儿果真是晓霜的幼弟，当日我被他爹爹使诈擒住，瞧过这小子一次，那时他尚在襁褓，而今却这么大了？”

花镜圆正作恼，忽见梁萧的目光柔和起来，不禁一呆，只听梁萧幽幽叹了口气，软语道：“镜圆，你姐姐还好吗？”花镜圆皱眉道：“我姐姐？我哪有姐姐？”梁萧闻言身子剧震，心中没得一乱：“是了，当年晓霜冒天下之大不韪拼死救我，势必激怒花无媸。那老太婆一贯狠毒，当年能将晓霜逼出天机宫，这次说不定已将她幽禁起来，不许她和爹娘、幼弟相见，甚至不让花镜圆知道她这个姐姐。这十多年中，也不知晓霜经受了多少苦楚……”花镜圆瞧得梁萧的面色渐转苍白，目光森冷，宛如电光，饶是他胆大妄为也不觉害怕起来。突然间，梁萧长声厉笑，砰的一声大响，梁萧已将身旁的木桌拍得粉碎。

花镜圆哪儿受过这等惊吓，忍不住扁了扁嘴，眼里淌下泪来。风怜忙道：“师父，你吓着他了。”伸手就将花镜圆揽过，掏出手巾给他拭泪，花镜圆见有人怜惜，更止不住地往外淌泪。梁萧一怔，苦笑道：“可别让他逃了。”风怜茫然不解，问道：“他一个孩子，你抓他做什么？”梁萧道：“你别多问，他不是寻常孩子。”

池羡鱼调息已毕站了起来，铁青着脸道：“今日关洛四杰一败涂地，还请阁下留下名儿来，也叫咱们栽得明白！”风怜接口道：“你问我师父啊？他是‘西方巍巍，大哉昆仑’！”四杰一愣，不解其意，梁萧眉头一拧，说道：“风怜，不要乱说。”又转身向四杰道，“四位倘若有暇，不妨转告天机宫宫主花清渊，花镜圆在我梁萧手里，他若要儿子，便让花晓霜来开封铁塔见我。”

他话没说完，就见关洛四杰脸色已然发白。十年前，梁萧震怖一时，当时关洛四杰犹未结义便已听说过他的恶名，天下侠义之士说起梁萧二字时无不咬牙切齿，恨不能生食其肉，夜寝其皮。若换作往日，四人虽明知不是对手也要以死相拼，但眼下花镜圆落入敌手，四人心有忌惮，虽恼恨却不敢妄动。

梁萧说完，便拂袖转身下楼牵马去了，风怜也向店小二讨了一把描花纸伞，抱着花镜圆随在后面。白不吃瞧二人背影消失，跌足道：“池老大，难道就这么算了？”池羡鱼沉吟道：“这大魔头已绝迹十余年，今日竟然出现在此，只怕天下从此多事。三弟，你门庭广阔，赶快设法将消息报与天机宫；四妹，你火速乘马渡过黄河，去江西总坛求见云大侠，这魔头是他的宿敌，你千万让他有个提防；二弟，你身子不便，就留在开封监视此獠动静吧。”白不吃急道：“那老大你呢？”

池羡鱼拈须叹道：“为兄要将消息散将出去，招引四方好手。这魔头大奸大恶，仇家早已遍布天下，若是大家齐心协力，定叫他不能生离中原。”白不吃一拍大腿，喜道：“池老大高见！”贾秀才默然片刻，忽道：“池老大，恕小弟多嘴，这梁萧恶名虽著，但气度不凡，不似传说中那么不堪。”池羡鱼冷笑道：“但凡大奸大恶之辈，皆必有过人的气度。”贾秀才叹道：“老大所言甚是，唉，此等人物，却偏要弃善从恶，可惜，可叹！”四人商量已毕，便各行其是去了。

第九章

龙奔万里

到了铁塔下，花镜圆兀自呜咽，双眼已红肿得活似两个核桃。风怜笑道：“小不点儿，我本当你挺硬气的，原来却这样爱哭，到底还是小孩子。”只见花镜圆把泪一抹，怒道：“你休要瞧不起人，我才不是小孩子！”风怜抚摸着他的头，又道：“做小孩不好吗？脸上老气横秋的，一点也不好玩。”花镜圆闻言哼了一声，便自顾噘嘴生气，不再言语了。

二人一边说话，一边随梁萧进了铁塔，片刻工夫就升到塔顶，只见下方城郭井然，尽收眼底，黄河远去，飘然若带。梁萧自顾盘膝打坐。风怜向外瞧了片刻，但觉神朗气清，对花镜圆道：“小不点儿……”花镜圆怒道：“我才不是小不点儿。你大我几岁就了不起吗？”风怜咯咯直笑，又伸出纤纤二指在他小脸上拧了一把，说道：“哪有你这样雪白粉嫩的大男人？”花镜圆不禁语塞，小脚一跺，道：“你瞧不起人！”恨恨地坐在地上。

风怜也傍着他坐下，笑道：“小不点儿，你别害怕，我师父不是坏人。”花镜圆道：“那干吗抓我来这里？”风怜瞅了梁萧一眼，心中也很疑惑，半晌才说：“我也不知，小不点儿，你是离家出走吗？”花镜圆瞅她一眼，冷冷道：“你在胡猜吗？”风怜道：“我小时候跟爹娘斗气时也离家出走过，但饿了两天就忍不住回家啦。”风怜因最喜欢小孩子，见花镜圆有趣，便千方百计逗他开心。

花镜圆被她笑嘻嘻看着，不禁面皮发烫。他是花家嫡孙，尚在襁褓之中便被长辈们宠爱有加，更得侍女忠仆全意抬举，故而从没有哪个女子跟他这样促膝谈心，连这等出走未遂的往事也跟他说起。花镜圆聪明早慧，因此心性不同寻常，听了这几句话，对风怜油然生出几分好感，想了想便说：“我家在一个四面环山的大山谷里，叫人气闷得紧。上个月，秦伯伯受姑爹之托出谷办事，我想要跟着他，但爹娘不让，可奶奶最疼我，被我纠缠不过就答应了让我出门历练一下，长长见识。父亲是最听她话的，便不好再说什么了。可奶奶要闭关修炼，没空陪我出来，但恰好姑婆婆和姑公公来谷里玩，姑公公是天底下最厉害的武学高手，比这个刀疤脸厉害多啦……”

风怜听他趁机贬低梁萧，不悦道：“我师父更厉害的功夫你还没见识过呢！”花镜圆哼了一声，小脸上多有不屑。风怜越发恼火，欲要辩驳却听他又道：“后来姑公公向奶奶拍胸脯，说带我出来必然平安。奶奶知他本事很大就放心啦，谁知出了门，秦伯伯和姑婆婆却把我看得很紧，这不让做，那不让做，都说我是小孩。哼，他们也不过大我个几十岁，就这么瞧不起人。所以我偏要做出事来叫他们不敢小觑我。”

风怜莞尔道：“你要做什么事情，说来听听。”花镜圆板起小脸，正色道：“我要号召河北豪杰结成义军，打败元人鞑子，恢复大宋江山！”话一出口，风怜扑哧便笑出声来，梁萧尽管闭着眼也皱起眉来，神气古怪。

风怜笑得打跌，喘着气道：“就你吗？小不点儿，哎哟，笑死我了！”花镜圆脸儿涨得通红，怒道：“你……你瞧不起我！”风怜见他羞怒交迸，眼角似要淌泪，心头一软，忍住笑道：“好啦，我怎么会瞧不起你？嗯，你再说说，怎么结成义军，打败鞑子？”花镜圆却拧过头去，气呼呼地道：“我才不说，你嘴里虽不笑，心里却在笑！”

风怜瞧他早先大言炎炎，这会儿却又孩气十足，一时不知说什么才好。枯坐了一会儿后，见他怒气消了才又逗他开口，花镜圆到底是小孩子，心思活跃禁不住挑逗，三言两语又跟风怜攀谈起来，但组建义军一事，任凭风怜如何询问他也绝口不提。

风怜听说花镜圆来自江南，便絮絮问到江南风景，花镜圆原也见识不多，只是从书本之中、长辈口里知道些许，但他心气高傲，不肯被人小觑，当下纵极想象，无中生有，将江南风景杜撰一番。他年纪虽小，但口才颇佳，风怜听得心生向往，说道："师父，中土竟有这么好的地方，咱们来了要玩要个够才好。"

梁萧去过江南，知道花镜圆底细，心里又好气又好笑："小娃儿胡吹大气，真该好好揍一顿屁股。"当下哼了一声，并不理会。

风怜见他神气冷淡，不禁疑神疑鬼："莫非我不经意触犯了他，惹他气恼？"一时心中忐忑，托了腮怔怔出神，花镜圆正说到高兴处，忽地没了听众，也觉无趣。

骤雨渐歇，只见残露凝珠垂于檐下，又听宝铎含风响出天外。沉寂间，但听塔下一阵喧哗，有人高叫："白不吃，那狗贼就在上面吗？"花镜圆探头瞧去，只见塔下已围了百十人望着塔顶指点。白不吃因身躯庞大，在其中分外显眼，只听他说道："我瞧得清楚，梁萧那狗贼就在上面，跟他姘头坐在一处。"风怜羞怒已极，当下大骂道："大肥猪，你不要血口喷人！"白不吃哼了一声，嚷道："物以类聚，人以群分，你这小娘皮跟那狗贼厮混，定也不是什么好东西……"话未说完，就见一点青光闪过，正中白不吃面门，白不吃哎哟一声，口中流血吐出一颗门牙来。

花镜圆回头看去，但见梁萧原样坐着，不禁心中好奇，猜想他一动未动又如何伤了对方。群豪见状，顿时怒气冲天破口大骂。骂声中，只见从人群里走出一人，国字脸，锉刀眉，身躯魁梧，望着塔顶扬声道："梁萧，当日你在伏牛山杀我父亲，可还记得吗？"梁萧道："阁下是谁？"那汉子道："蔡州陈鼎。"

梁萧那日在伏牛山杀人甚多，哪知有什么姓陈的好手，思忖间，又听陈鼎道："杀人偿命，姓梁的，你若有胆，便下得铁塔与我决个生死。"声如金铁交击，豪气迫人。群豪纷纷竖起拇指，赞道："好汉子！"

梁萧默然半晌，叹道："你非我敌手，不要白白送命。"陈鼎却高叫："那又如何？人生在世谁无一死。陈某宁做死鬼，也不做懦夫，哼，姓梁的，你不敢下来是吗？好，那我上来会你。"迈开大步，走向塔门，走出不到十步，忽听哧哧两下，陈鼎双腿骤麻，屈膝跪倒。这两记暗器来势奇快，陈鼎分明听得响声却也不及让开。群雄纷纷抢上，忽听叫声大起，靠近塔门的人纷纷倒地。

花镜圆始才看清，那暗器并非铁莲子、飞蝗石，却是梁萧从地砖上随手捡起的碎屑，不觉心里发怵："砖屑轻微，虽不经风吹，但一过梁萧手指便逾越百尺，毫厘不差地击中对手穴道，这份内劲准头，天机宫中只怕无人能及。"思忖间，忽又见陈鼎双手撑地，咬牙瞪眼向塔门缓缓爬近，额上青筋暴出，样貌十分狰狞。花镜圆见他如此神气，心头微觉害怕。

梁萧手指轻挥又射出两粒砖屑，击中陈鼎双肘要穴。陈鼎四肢俱软趴在地上，情知报仇无望，心中悲不可抑，伏地大哭起来。风怜看得不忍，说道："师父，天下没有解不开的结，你让他上来，有话好说。"梁萧摇头道："世上也有许多解不开的怨仇。这人性情刚直，为父报仇不死不休。我有事未了不能束手就毙，但直面交手我若不全力以赴，又未免辜负了他一片孝心。"说罢叹道，"正如他所言，我就做个不敢出头的懦夫吧！"风怜微微皱眉，欲言又止。

塔下的武人越聚越多，联手向塔里猛冲，但梁萧坐镇塔顶，正是要借此地利叫众人无法围攻。群豪虽冲突数次却都被他一一逼退。渐渐时已入夜，凄风挟了冷雨，紧一阵疏一阵地刮了起来。群豪入不得塔，只好退到一边的树林前避雨，嘴里兀自叫骂。这帮人本是出生草莽，不乏粗鄙轻佻之辈，骂了一阵不免涉及男女之事，口齿渐渐不堪。只听白不吃道："老子在这里淋雨挨风，那狗贼倒是安逸快活，却不知他这会儿怎生摆布那个小娘皮？"另一人轻笑道："那还用说，你白老二能想得到的，他想得出来，你想不到的，他只怕也想到了。就看这个上，那个下，这个下，那个上，不消几个回合，扑通一声，哈哈，大伙儿猜猜怎么着？"旁人凑趣道："怎么着？"那人又嘿嘿笑道："就看那娘们儿会不会用力太猛，将那狗贼一家伙颠下塔来，摔他个七零八落，呜呼哀哉啦！"众人纷纷狎笑起来。

白不吃笑道："罗大纲你这张鸟嘴，亏你奶奶的想得出这招。嘿，不过，那娘儿们可是个胡儿，皮肤白得跟奶似的，身子又高挑，性情如烈火，真来那么一下也未可知。"众人又笑。罗大纲笑道："不错不错。可咱们千方百计要取那狗贼性命，倘若到头来却被一个雌儿拔了头筹，那咱也忒没脸。哈哈，那狗贼倘若这么一死，倒也算是扬名千古，遗臭万年，怕只怕咱们提前说破，叫他多了个提防……"

花镜圆对这下流言语不甚了了，只觉得风怜瑟瑟发抖，禁不住牵着她手道：“姐姐你冷吗？”风怜却咬牙不语，伸手捏断一块檐瓦，忽地奋力掷出，罗大纲正说到口滑，忽听风声急来，慌忙抡起钢刀格挡，只听一声大响，钢刀脱手飞出林中，罗大纲龇牙咧嘴地握着虎口，指缝间流出血来。

风怜没料到自己随手一掷威力竟强劲至斯，也觉诧异。回望梁萧，见他含笑点头，风怜顿时胆气倍增，向塔下高叫：“谁再胡言乱语，姑奶奶打烂他的狗嘴！”但见塔下静了一静，群豪骂声又起，这一回更是猥亵下流。风怜气极，抓起檐瓦，没头没脑地就向塔下掷去，她这些日子随梁萧苦练内功已有小成，虽不能收发自如，但手劲奇大又是居高临下，一时间，只听塔下痛叫声迭起。群豪扶着伤者狼狈后退，直退到风怜再也掷打不着的地方。

花镜圆看得有趣捂嘴偷笑，忽听夜风中送来一阵鸣金溅玉似的马蹄声，顷刻就到了塔前，忽听一人叫道：“梁萧在吗？”花镜圆喜道：“秦伯伯！”梁萧陡然睁开双目，拂袖起身，长笑道：“秦天王，久违了！”这一声用上内功，雄浑悠长，直如虎啸龙吟，大半个开封古城都能听见。群豪正要重开骂局，被这叫声一镇，均是个个噤声，一时悄然。

秦伯符朗声道；“梁萧，你也算是一世之雄，与小孩儿为难，不嫌害臊吗？”梁萧又道：“我但求亲见晓霜一面，别无他想。”秦伯符哼了一声，说道：“既要求见姐姐，为什么又拿弟弟做人质？”梁萧道：“那又如何？难不成要我硬闯天机宫吗？”他顿了一顿，又道：“天王风采气度素来令我敬服。当年百丈坪上，阁下援手之德，梁萧亦是铭感于心。如今天机宫与我恩断义绝，誓不并立，花无媸心机深沉，诡计百出，若不使出这个法子，只怕我今生今世也见不着晓霜一面。倘若晓霜亲来，且身子无恙，我梁萧对天立誓，不但交回花镜圆，而且从此远走西域，终生不履中土！”

风怜听柳莺莺说起过往事，知道梁萧此次返回中原全为这个花晓霜。风怜千方百计随他前来，一半固是余情难了，另一半却也是为了瞧瞧那花晓霜的样貌。她心底总是存有几分侥幸，忖想柳莺莺人才武功举世无匹，梁萧倘若倾心于她，自己倒也死心，但那花晓霜却未必就有这份姿容才貌。风怜自忖若使些手段未必不能和她争个高低。故而听得梁萧这番言语，胸中酸溜溜的，好生不是滋味。

忽听一声清啸，只见塔下一道黑影冲天而起，不走塔门，双手勾着塔外飞檐，一起一落，顷刻就掠上六层。

风怜吃了一惊，她手中恰有一块檐瓦，便想也不想，大力掷出。那黑影却不躲闪，右掌一翻，那檐瓦嗖地原路翻转，势大力沉，快了一倍不止。风怜猝不及防，正不知如何应付，但听耳边哧的一声，檐瓦已四分五裂落在脚前。回头一瞧，梁萧袖手而立，淡然道："让他上来。"话音方落，一股惊风挟着雨点从窗外扑将进来，风怜眼前一花，就见房中已多了一个黑袍黄面的瘦削老者，花镜圆欢然道："秦伯伯，你好啊！"老者瞪他一眼，怒道："好个屁！你偷了神鹰令瞎跑还有脸叫我？"花镜圆羞恼交迸，悻悻低下头去。

梁萧躬身施礼道："多年不见，秦天王的武功越发精纯了。"秦伯符将他上下打量一番，皱眉道："你倒是贵人多劳苍老了许多。"梁萧苦笑道："不才落魄经年，自然老得快些。"花镜圆见二人相对唏嘘，不似敌人倒像朋友，心下甚奇，问道："秦伯伯，你认识他吗？他是谁呀？他说我有个姐姐，可我怎么没听爹娘说过？"他连珠炮似的将心底的疑问说出来，但秦伯符因恼他盗走神鹰令，四处招摇引来天大麻烦，故只白他一眼并不回答，又对梁萧说道："无论如何，你拿这小孩儿当人质大大不对。"

梁萧微微一笑，说道："秦天王不必多言是非。晓霜若不来，我绝不会放人。"只见秦伯符浓眉拧起，口唇微微翕动，过得半晌，缓缓道："如此看来，唯有一战了。"梁萧叹道："秦天王，若非得已，我当真不愿和你动手。"秦伯符却把袖一拂，怒道："这些都是废话！你若当真好心，就把孩子还我！"

梁萧见他言辞决绝不禁心生疑窦，笑道："天王这是何苦？只须晓霜亲至，我不仅立时放人，抑且负荆请罪，绝无二言……"但见秦伯符双眉一挑，喝道："那么闲话少说，接掌吧！"双掌一错拍向梁萧。梁萧微微一笑，双掌并出。四掌相接均无声息，突然之间，秦伯符身子一晃倒退两步，黄脸上腾起一抹火红，吐了一口气，身子鼓胀起来，好似长大一倍，双足倒踩九宫，步履滞涩。

原来秦伯符一招不胜，竟将"巨灵玄功"运到十足，如今双方身处斗室，一旦用上全力，三招两式，立分生死。梁萧心上疑云大起，高叫：“且慢，秦天王，我若要凭恃武力，早已闯入天机宫，何须拿这小孩儿做人质？”秦伯符望着他默不作声，双袖依旧鼓荡，但目光闪烁已不如适才凌厉。

二人对峙片刻，忽听一声长啸划破长空，夹杂天上霹雳甚是震人心魄。对敌二人均是一呆，秦伯符目有喜色。只听啸声渐响，苍劲悠长，恰似一条怒龙摇头弄尾地奔腾而来，初时尚在数里开外，片时已至塔下，忽高忽低，扶摇而起，瞬间逼近塔顶。

梁萧峻声道：“风怜，看住孩子！”风怜见他神色凝重，迥异平时，一怔道：“好！”话音未落，就见一团白影从楼梯口蹿将出来，梁萧马步陡沉，右掌圈转，使上“碧海惊涛掌”中的“涡旋劲”，“滔天炁”则从左掌吐出，这一圈一吐寓攻于守，威力绝大。白影与他一撞，顷刻满室狂风顿起。风怜只觉劲气扑来站立不住，只得将背脊紧紧靠在墙上。

二人交手快不可言，走马灯般拆到二十招上下。白衣人怪叫道：“小子功夫不错。”忽地拳脚并施，逼得梁萧倒退三步，梁萧定住身形，掌法一疾又将他逼回原地。

秦伯符见两人来来往往绕室激斗，难分高下，心念一转，高声道：“释岛主费神了，秦某先走一步。”那人笑道：“妙极，老子闲得筋酸骨软，今晚正要大大地费神，哎哟……”因他说话分心，不觉被梁萧指尖拂在肘上，一时酸麻难禁，叫出声来。

白衣人正是释天风，他和凌水月受花无媸之托，带着花镜圆到江湖上游历，谁知这小东西古灵精怪，到了河南地界后，趁众人不备，竟然偷了秦伯符的神鹰令擅自逃了。众人分头追赶，但花镜圆年纪虽小，心眼却多，沿途布下疑阵，几个老江湖始料未及竟然追错了方向。秦伯符最早还醒，赶回开封时却听说花镜圆被梁萧擒了，他震惊之余，当下催马赶来。释天风夫妇也随后赶到，释天风性情急躁，一得消息就施展轻功，抛下妻子，一道烟奔来，二话不说便与梁萧动手。他一身武功出神入化，转遍天下难寻对手，当真已把此老闲出病来。适逢梁萧修炼多年，武功已登峰造极，老头儿一见便觉欢喜，存心打个痛快。

秦伯符心知二人急切中难分胜负，当即抢上一步，从风怜怀里将花镜圆夺过。风怜欲要阻挡，可是满室劲气纵横，逼得她动弹不得。梁萧见状，大喝一声，左掌“涡旋劲”变“滔天炁”，右掌“陷空力”变“阴阳流”，而后五指乍分化为“滴水劲”，再与左掌一交，依循数理变为“生灭道”。他这一招均化生“碧海惊涛掌”的六大奇劲，释天风顿时手忙脚乱，连被逼退数步。梁萧足下一转蹿到窗前，一掌向秦伯符拍去。秦伯符自知不敌，就抱起花镜圆，哗啦一声撞破圆窗，从塔顶飞跃而下。

花镜圆还未还过神来已经身在半空，正欲叫喊，只觉一股强风扑面而来让他出声不得，斜雨刮面则令他无从睁眼，唯听得风声在耳，呼呼响过。群豪见秦伯符飞将军一样从天而落，又惊又喜，发了声喊，纷纷抢到塔下接应。

秦伯符只觉大地飞速逼近，塔下一干人等面目逐渐清晰。眼看落地，他猛地伸出一手抓向一角飞檐，想要借以消去些许坠势，哪知头顶风声一紧，一声大喝如惊雷劈落：“回来！”秦伯符手臂一热，花镜圆已被夺去，而他身不由己地向下跌落，地上四名好手同时抢上奋力将他托住。秦伯符抬眼一看，只见梁萧右手搂着花镜圆，左手四指挂在飞檐之上，便似败叶将落，飘飘荡荡。秦伯符定了定神，突觉肘间剧痛，伸手一摸，竟已脱了臼。

梁萧震断秦伯符手臂，夺走花镜圆，神机诡变不过刹那之间。他勾住飞檐方要纵起，忽觉头顶风响，心知释天风到了，不由暗暗叫苦，此刻他落在下方，倘若交手定然吃亏，倘若落入群豪围中，众寡悬殊，一场血战势所难免。正自转念，眼前白影一闪，忽见释天风一手挂住飞檐，笑嘻嘻地道：“来啊，小子，站着打不过瘾，咱们吊着再打！”说罢并指点向梁萧心口。梁萧见他不肯多占便宜，心中佩服，身子一摆，就翻上铁塔三层，笑道：“吊着打，小子甘拜下风。”释天风如影随形也到了三层，叫道：“站着打爷爷也是天下无敌！”梁萧又道：“那可未必。”释天风两眼连翻，怪叫道：“不服的，你把小娃儿放下，咱俩比比。”梁萧笑道：“你想赚我放人，那是白费心机。”二人虽嘴里说话，手脚却不稍停，踩着宝塔咫尺飞檐，你追我赶，疾若闪电。

塔下群豪瞧着二人履险相斗，尽皆失神，更无一人留意雨线渐粗，仿佛千万根细箭。秦伯符因心忧花镜圆，叫道：“释岛主，当心圆儿。”释天风斗兴正浓，任他怎生叫喊都是充耳不闻，与梁萧勾搭纵跃，一味向上攀升。

天色一时越发凄惨，暗云翻滚，沉如铅铁。开封铁塔本就是黑铁之色，越往高去，越是融入夜色，失去轮廓。二人渐升渐高，渐被夜色吞没，白惨惨的电光破云而出，便似从二人之间划过。秦伯符瞧得揪心，正欲设法上塔，忽听身后有人道：“秦总管，还是不要上去的好。”

秦伯符回头瞧去，凌水月撑了一把纸伞飘然走来。秦伯符施礼道：“释夫人，你来得正好。”凌水月拿住秦伯符那条断臂给他接好后，又埋怨道：“你也是久经风浪的人物，怎么乱了分寸，自己有伤也不顾惜。”秦伯符苦笑道：“释夫人见笑了。花家迭经变故，而今只有这根独苗，这次带他出来，不才担了天大的干系，倘若有个闪失，秦某自尽以谢也难辞其咎。还望释夫人召回释岛主，以免误伤了少主。”

凌水月摇头道：“拙夫这些年武功越发精强，灵鳌岛又悬于海外，对手无觅，好容易遇上这个对手，怕是万万不会放过。唉，还有一件丑事，秦总管也必耳闻：拙夫当年习练‘仙猬功’时，心智全失。虽得晓霜神医妙手，但终究未竟痊愈，拙夫心智时好时坏，七分清楚，三分糊涂。他这会子正在兴头上，咱们扰了他的兴致，恐怕适得其反，若惹得他发起癫来，我更奈何不得。”秦伯符听得这话不禁面有忧色。

凌水月笑道：“秦总管别担心，老身担保镜圆无恙。拙夫心智未失，出手自有分寸，而镜圆又是晓霜的亲弟弟，梁萧也决不会让他受损。”白不吃从旁听到，叫道：“那姓梁的狗贼阴狠恶毒，哪有这么好心……”忽见凌水月冷冷瞧来，她虽是白发萧然，但这一瞥之间却是自具威仪，饶是白不吃粗横惯了，也不觉一时语塞。

秦伯符叹道：“释夫人大约还不太清楚梁萧的为人，他性情偏执，总以一己好恶了断世情。当年他为一人之怒倾城亡国便是明证。唉，如今他定要晓霜亲来才能放人，那又如何能够？若被他知道真相……”他忧心忡忡，摇了摇头，“后果不堪设想！”凌水月也觉事情棘手，敛眉沉吟，一筹莫展。

铁塔上二人迫近塔顶，飞檐渐狭，窄处不及旋踵，抑且雨水淋下，瓦上琉璃倍加溜滑。梁萧因怀抱一人，且为只手应敌，面对释天风这等高手越发局促，唯有绕着塔身飞奔。释天风身法迅若鬼魅，时时探出长臂要从梁萧怀里夺人。梁萧本欲将人交给风怜，但苦于逼迫太紧，始终不得其便。

又转一周，梁萧心念一转，叫道："给你。"伸手间，忽将花镜圆送出，释天风想也不想便将孩子接过。却不防梁萧一转身，三拳两脚将他逼得慌手慌脚，释天风哇哇怪叫道："臭小子赖皮，分明是你的人，干吗偏要塞给我？"梁萧笑道："释岛主不是抢着要吗？给了你还要抱怨！这样吧，若释岛主真要和不才分个高低，不妨将这个孩子交给我那女徒儿，咱们以之为注，大打一场。"

这提议大合释天风心意，忙道："就这么说定了，谁反悔谁是乌龟。"说到"龟"字时，一扬手就将花镜圆丢进塔里。风怜伸手接住，但见花镜圆小脸白里透青，歪着小嘴，身子抖个不停，心知他这一回起起落落受了很大惊吓，再想到这是梁萧一手造成，更生愧疚，叹了口气便将他搂入怀里，柔声道："别怕，现在没事啦！"花镜圆略一呆滞，哇地哭出声来。

风怜从行李中取出汗巾给他拭去雨水，又给他除去湿衣湿裤，将他裹在毡被里。花镜圆本为花家一脉单传，从小养尊处优，何曾遭受今日这般惊吓，一时噤若寒蝉，任由风怜摆布。只待裹好毡被暖和了些，才略略缓过精神，忆起方才风怜给自己换衣的情形，顿觉一股别样情愫充满全身，双颊亦是阵阵发烫。他忍不住偷眼瞧去，风怜凝视窗外，面上挂满忧虑。

花镜圆但觉四周湿冷漆黑，心生怯意，禁不住将身子挪了挪靠近风怜。风怜似有所觉，回眸道："还冷吗？"花镜圆慌忙摇头，心头暖乎乎的，身子便似就要融化。

风怜叹道："我师父那样对你，真叫人过意不去。但他这样做必有道理，你可别怪他。"花镜圆听了这话，不知为何，胸中忽地涌起一股酸意，轻轻哼了一声，说道："刀疤脸太可恶，但你比他好上十倍，瞧你面子上，我就暂且不跟他计较。"风怜抚着他头，叹道："真是孩子话。"花镜圆脸色一变，大声道："我才不是孩子！"风怜笑道："是啊，你是大孩子，不是小娃娃了，但终归还是孩子。"

花镜圆又气又急，适要争辩，忽见风怜竖起食指，又指了指窗口。花镜圆立时噤声，转头一瞧，忽地一道劲风夹雨扑来打在脸上，又冷又湿，他眯眼望去，窗外两道人影宛若电光火影，隐没无端，天上虽然大雨如注，可一落在二人身上，却均被鼓荡的真气弹开。花镜圆想起这场比斗与自己的干系，心头一紧，便凝神细看。

梁、释二人心无旁骛，出手便再不留情，在塔上兔起鹘落，倾力激斗。幸得铁塔四周飞檐乃前代大匠精心构造，坚牢无比，虽经二人不断踩踏却也仍是承受得住。

斗到约莫五十回合，释天风久战无功便使出“仙猬功”，真气透穴而出，锐风纵横，无处不在。梁萧与之拆了数招，但觉飞檐狭小，“碧海惊涛掌”大开大阖颇有些施展不开，当即招式一变，使出西游途中所创的“星罗散手”来。这一路武功源自当年的“天行剑法”，十年来，梁萧武功数术俱各精进，便弃剑用掌，将诸天斗数皆化入掌指之间，一扫呆板生硬，长拳短打一经使开，放乎穹庐，收之太微，飘逸处似星芒闪忽，森严处又如北斗阵列，瞬间扳回劣势，与“仙猬功”斗了个旗鼓相当。

又斗半晌，只见梁萧将“星罗散手”使得性发，招术越变越奇，渐已不拘泥于天象，指掌间如山奔海立，沙起雷行。要知道他已西游十年，一身算学越发精微，其间依凭数理，自悟自创，竟练出许多前所未有的绝学，天象地理，万物变化，无所不包，无所不具，藐藐然已臻大成境界，便纵是天机宫历代大贤也难望其项背。释天风虽是灵鳌岛百年不遇的奇才，但遇上如此对手也觉十分为难，然而此公老而弥辣，遇强越强，敌手越强他越觉兴奋，斗到快意处时，忽地撮口长啸盖住风雷啸响，听得塔下众人魂摇神驰，几乎站立不住。

两人斗到两百招上下，梁萧已是穷神知化，数理万方。释天风渐觉难以抵挡，忽地绕塔疾走，梁萧正欲追赶，又见释天风在铁塔对面十指吞吐，指劲却弯曲曲绕过塔身无声射来。这指劲转弯之技委实出人意料，梁萧措手不及，当下肩上就中了一指，火辣辣疼痛无比。忽觉释天风指劲又至，梁萧匆忙让过，一掌拍出，掌力当空画了个弧形，半途转折，绕塔疾走击向释天风。释天风惊咦一声，连出两指击散掌劲，高叫道：“好小子，你也会这招？”

释天风的“仙猬功”又称“无相神针”，既名无相，曲直如意，变化由心。但梁萧这屈曲掌力却是出自“星罗散手”，名叫“天弧掌力”，意即天上之弧。当年他在埃及大漠中瞧过一场百年罕见的流星雨，流星彗尾在夜空中划出道道光弧，梁萧神为之夺，由此悟出这种怪异掌劲，列入“星罗散手”。

如此一来，两人武功相若，均是占不得便宜，只好一前一后绕塔狂奔，各出指掌，虽未面对，但内劲来去，却全无征兆，其势更为凶险。

斗了十余招后，梁萧的“天弧掌力”到底不及“无相神针”幻奇，渐落下风。释天风觑得亲切，当下连出数指，逼得梁萧手脚慌乱，然后逆向回奔，右掌拍出。梁萧左掌迎上，两掌一交，梁萧忽地用上“陷空力”，将释天风掌力粘住。但释天风算计精当，不待他使出“涡旋劲”便卸开自身掌劲，腰身一弓，就见百十道锐风破穴而出射向梁萧。

二人面面相对，梁萧左掌正与释天风右掌纠缠不清，忽觉百道劲气迎面射到，当真无法可想。释天风瞧得劲气中的，胜券在握，想到自己能打败如此高手，不由得意莫名，大喝一声：“下去！”喝声猛厉，数里皆闻。一声未落，忽见梁萧身形后仰，似欲栽倒忽又直起腰来，释天风还未明白发生何事，便觉右掌处一股绝强内劲已汹涌而入，他方才那招“百针齐发”倾尽内力，体内正自空虚，加之右掌已被粘牢无法摆脱，顿被那股劲力侵入掌心，瞬间封住三条经脉，释天风半身酸软，只一晃，便从塔顶栽落下去。

换作他人，连中百道“无相神针”只有输光当尽的份儿，但梁萧当年探究黄河河源，遥望“星宿海”，悟出了一门内功名为“汇涓成河”，取法百川归流，成河入海之意，能将同时侵入体内的几股真气化入经脉，再汇成另一股真气逼出体外。他初时创出这门内功不过自娱消遣，从没想到当真用来克敌制胜，毕竟如果遇上高手，以血肉之躯硬挡对方掌风指劲太过凶险，况且梁萧武功已高，便自负当世无人能同时以数十道真气击中自身。谁知释天风不仅百针齐发而且劲力分散，虽伤敌有余，但致命不足。就在锐劲入体的一瞬，梁萧不及多想，只得行险使出这招“汇涓成河”，将百余道细锐内劲纳入“手太阴肺经”后，放将出来。释天风防备全无，顿时吃了大亏。

凌水月听到丈夫喝声当他取胜，谁料却见释天风栽下塔来，顿时失声惊呼。便在此时，忽见梁萧一探身捉住释天风的足踝，喝一声“起”，就将他拽上塔檐，反身钻入塔窗。风怜见他得胜，心中忧喜难分，又瞅了瞅花镜圆，见他小脸惨白，大眼中泪水滚来滚去。风怜心中怜惜，便拍拍他头，安慰道：“别怕。”花镜圆揪住她的衣角，拼命忍住泪水。

凌水月和秦伯符因情急关心也都上了楼来。凌水月还未及开口，梁萧笑道："释夫人不必忧心，释岛主只是被封穴道。"语罢就伸手欲要解开释天风的禁制，忽听释天风大喝一声："慢着！"就见他忽地一个鲤鱼打挺，腾地站了起来。梁萧没料他这么快便冲开禁制，不由笑道："前辈内功精湛，佩服佩服！"释天风两眼圆瞪，怒道："方才是我大意，咱们再比过！"梁萧道："岛主早先说过，倘若说话不算便是什么？"释天风道："乌龟就乌龟，我灵鳌岛的功夫本就一半是从乌龟那里学来的，叫作乌龟也不冤枉。"原来灵鳌岛的始祖最喜乌龟、刺猬，由二者生息之中分别创出"蛰龙眠"和"仙猬功"，奠定了灵鳌岛武学的根基，是以释天风有此一说。

梁萧不料他堂堂宗师竟如此无赖，一时气结道："再斗一场，岛主笃定能胜吗？"释天风不由面皮一热，自忖梁萧武功与自己不相伯仲，侥幸胜了还罢，若再输一场可就永世不能翻身了，便搔头想想，说道："好吧，武功权且算作平手，咱们再比轻功。"梁萧分明胜出却被他说成平手，端的哭笑不得。凌水月和秦伯符见状，均想由着释天风胡搅蛮缠或能扳回一局也说不定，便也都静观其变。

梁萧抬眼望着塔顶，忽地冷笑道："释岛主，你自在灵鳌岛享福，何苦来架这个梁子？惹下我这个对头，怕是对你灵鳌岛没有好处。"释天风一怔，啐道："呸呸，胡吹大气，了不起吗？"凌水月却眉头大皱，寻思梁萧武功甚高，释天风倘若胡闹太过，岂不是平白给灵鳌岛树下一个空前强敌。当下略一沉吟，说道："老头子，罢了，输赢有道，你这么混赖岂不叫人笑话？"释天风素来惧内，听她一说，顿时哑口无言。梁萧瞥了凌水月一眼，心想这老太婆先不作声，非得我疾言厉色她才肯开口。

凌水月又道："梁萧，老身向你讨个情儿……"梁萧摇头道："不必了，花晓霜不来，我绝不放人。"凌水月被他堵住话头颇感狼狈，忽又听释天风大声道："霜丫头怎么能来？她……"凌水月、秦伯符又惊又急，凌水月叱道："老头子你胡说什么？"释天风惨遭河东狮吼，忙将话吞进肚里，当下挠了挠头，大为迷惑。

梁萧察言观色，心中疑窦丛生："晓霜到底出了什么事情？是被囚禁，不能出宫？还是已重病在身，难以成行……”他左右猜测，一时心乱如麻：“这事颇有蹊跷，怕只怕我在这里耽搁一日，晓霜便多受一日痛苦。好！你们不让她来，那我便直捣天机宫，用花镜圆做人质，一个换一个。”心意已决，便转向释天风，微微笑道：“释岛主方才说要比轻功，可是当真？”释天风闻言精神陡振，笑道：“比轻功你笃定要输。”梁萧一点头，道：“好，就比轻功。”释天风忽得意外之喜，叫道：“不混赖吗？”梁萧道：“只要岛主事后不混赖，想也无人混赖！不过，比法须由我定。”释天风兴致勃勃，探身问道：“怎么个比法？”

梁萧道：“比脚力，自此出发，谁先到天机宫便算谁赢。”除了释天风，众人无不吃了一惊。凌水月插口道：“这么远……”梁萧不待她说完，便抢着道：“若我输了，孩子给释岛主；倘若岛主输了，就不得再插手我与天机宫的梁子。”他也知释天风乃生平强敌，自己此番胜得侥幸，若不能叫他心服，届时天机宫之行将徒增变数。莫如再胜一场，叫他无话可说，退出纷争，自己也好专心与天机宫诸大高手周旋。

释天风并无主见，只掉头望着妻子，凌水月寻思道：“天风轻功无对。梁萧舍长取短，正合我意。只不过，长途奔走太过费力，天风年事已高，梁萧却当盛年，若追逐已久，则难言胜败。但眼下别无他法，说不得，只好担些风险。”当即微微颔首，释天风心上一喜，转头笑道：“梁小子，就这么说定。”凌水月道：“今晚大家也都累了，明朝再出发如何？”梁萧点头应允。

定下赌约后，释天风三人下了铁塔，秦伯符将群豪遣散了，一行人就在九曲阁住下，梁萧也在塔顶盘膝打坐，涵养精力。次日凌晨，雨歇天青，东方微白，梁萧用过干粮后，就下了铁塔，风怜也带上花镜圆，跨了火流星在塔下相候。

稍待片刻，释天风夫妇与天机宫诸人也都到了。众人相见更无多话，便乘船渡过黄河。踏上河岸后，只见两大高手拔足便走，端端逝如惊电，瞬间只见两个小点。凌水月见二人并驾齐驱难分高下，不由心中微凛，取胜的把握又减了几分。

风怜见状，也催马赶上。诸人早已定下调虎离山之计，欲趁梁萧被释天风缠住时抢下花镜圆，谁料火流星还不待众人出手，早已扑啦啦一阵疾跑，奔出数十丈外。众人大惊，只得拍马紧追，但火流星何等脚力，片刻就人马无踪只余袅袅轻尘。凌水月和秦伯符相顾骇然，均想："这梁萧算无遗策，说不定这次比斗轻功也有必胜之法。"

风怜赶出一程方迫近前方二人，释天风听到蹄声，回头笑道："这匹马跑得挺快，莫要被它追上了。"说着便加快脚程，梁萧见风怜赶来，再无顾虑，当下也催动内力咬住释天风不放。

二人一马沿路飞奔。释、梁二人均已知晓对方虚实，心知来日方长，短途难分胜败，是以饿了同吃，倦了就睡，遇上风雨也各自觅地躲避，并不十分紧急。忽忽行了七八日光景，但见长江滚滚，已然在望。

抵达江岸，因风怜要看江上风景，四人便停步歇息。梁萧极目眺望，但见遥山耸翠，远水翻银，船舶往返，鸥鹭齐飞。不由想起当年那场血染大江的鏖战，宋元两军无数生灵埋骨江底，而今眼目下却早已不见了血火满江、尸骨断流的影子，便似那场争夺天下的大战不过南柯一梦，须臾成空，唯有这条长江逝水，无语东流。

正在伤怀之际，忽听释天风嘟囔道："晦气晦气，两个小崽子啰里啰唆，这些穷山恶水有什么好瞧的？"梁萧回头望去，风怜骑在马上正和花镜圆指点江山，纵情说笑，释天风则背着双手，踱来踱去，一脸不耐。梁萧心道："此老精力矍铄，奔走已久也不见疲惫，过江之后恐怕还有一场好比。"

释天风踱了半晌，不由着恼，嚷道："不等了！你们不走，我先过江去！"瞧得附近有船停靠，就跑过去抽了一根竹篙，折了一段，飞身踏上，使出"乘风蹈海"的轻功在江面上滑出两丈。风怜见状，惊道："师父，不好，这老头儿本事太大，咱们快寻船过江。"

但见梁萧含笑不语，心想用这法子过江不难，但步人后尘算不得本事。他一转念，便取来两根竹篙握在双手，左手竹篙一撑，篙身忽屈忽直后将他凌空送出三丈。梁萧右手将竹篙探出，嗖地插入江水，竹节虚心，浮力甚大，乍沉又浮，梁萧借力一个筋斗又纵出五丈，右手竹篙忽又探出，竹篙沉浮之间再将他送出三丈。只见两根竹篙此起彼落，远远望去，梁萧就似一只长腿鹭鸶，在茫茫大江上恣意行走。释天风回头一瞧，不禁脱口叫道："梁小子，好手段！"

二人各显神通，横渡长江，江上船夫、渔翁皆已瞧得傻眼，只见那两人飞逝如电，你追我赶。梁萧手中竹篙使得性发，忽地后发先至从释天风头顶掠过，左篙一撑，便当先落到南岸。释天风尚在江中，见状面色灰败，嚷道："罢了，小子，算老夫折了一阵。哼，你既然上岸，干吗不先走一步？"说话声中也飞身上岸。

梁萧笑道："我徒儿还没过江呢！再说释岛主一根竹篙便能渡江，不才却用了两根，可说占了便宜，高下之别，明眼人一瞧便知。"这一顿马屁拍得释天风心花怒放，便拈须笑道："说得是，小子你武功不坏，见识更妙，这么一说，老夫确实厉害那么一些！"他一时高兴，边说边拍梁萧肩头。梁萧知他性子随便，瞧他伸手拍来也泰然受之。

不一会儿，风怜二人也乘渡船过来，见岸上二人谈笑欢洽都觉惊奇，只听释天风大声道："说起来，方才你手里两根竹竿，行动远为方便，若在江心使招枪法给我两篙，老夫躲闪之间脚下慌乱，非得扑通一声落水不可。故而这胜负之数还需仔细推敲。"梁萧笑道："不然，倘若释岛主折下竹节当作暗器，按镖法给我两记，我这两根竹竿势必折断，岂不也是扑通一声落水无疑吗？"

花镜圆听得好笑，接口唱道："老乌龟，大乌龟，扑通扑通落下水。"释天风脑子糊涂，这骂人话儿却还分得清楚，当即两眼一瞪，说道："我抓过你就这么一掷，保管你也扑通一声，变成一个活脱脱的小乌龟。"花镜圆瞧他眉眼凶狠，心里害怕，便吐了吐舌头躲在风怜身后。

一过长江，路途便已过半，两人各自加快脚程。释天风虽然年迈，但天赋异禀，气息悠长，较之少年人不遑多让，而梁萧无论内功外功，都是如日中天，一时间旗鼓相当，谁也落不下谁。

又行数日，众人已抵达钱塘江畔。梁萧驻足江边，挽起衣衫，向着浩浩江水拜了三拜。三人不解其意都觉诧异，释天风多嘴询问，梁萧却神色惨淡，一言不发。释天风挠头半晌，猛可醒悟道："好哇，梁小子你向江神默祷助你取胜是不是？"梁萧还未答话，却见释天风面向着东方双手抱拳，恭恭敬敬唱了个喏，不由怪道："释岛主这是做什么？"释天风默然不语。梁萧眉头一皱，正要作罢，释天风见他不加追问反而憋不住了，说道："梁小子，我跟你说，方才老夫向东海海神许愿，倘若此番胜出，定以乌牛白马答谢，嘿嘿，你那江神不过芝麻大小个官儿，怎比得上海神的官大？”言下摇头晃脑，甚为得意。

梁萧不觉苦笑，心道：“你心中唯有胜负，哪知道生离死别之苦。说起来，阿雪生时并不杰出，死后怕也做不得钱塘江神，顶多是个孤苦伶仃的小鬼。”想着不由胸中一酸，几乎当众落下泪来。

入夜时分，众人觅地休息，梁萧叫过风怜：“此去天机宫必有一场恶战，我对头甚多，全身而退很不容易。倘使我有不测，你也无须难过，骑了火流星赶快逃命。这几日，我已将生平武功编成口诀，自今晚传授与你，但能领悟多少就看你的造化了。”

风怜眼中泪水滚动，颤声道：“师父，咱们不若将镜圆还给老头儿回西方去吧。”但见梁萧脸色一沉，说道：“你要违抗师命吗？”风怜从没见他如此严厉，一时低了头，泪水夺眶而出。梁萧硬起心肠，道出心法口诀，逐句讲解，直待三更时分，师徒俩方才各自歇息。

这么白日里赌斗轻功，夜里传授口诀，三日光阴转瞬即逝，括苍山已遥遥在望。前一日，梁萧本已超出十丈，哪知午时不到又被释天风迎头赶上，不由暗自作恼，自忖十年苦练竟还胜不过一个古稀老者，早知如此就该昼夜兼程，倚仗年富力强将这老人拖垮，倘使这般不胜不败，拖至天机宫内对自己十分不利。一念及此，便笑道：“释岛主，咱们就在山前分个胜负如何？”释天风道：“怎么说？”梁萧指着远处一株秀出于林的大桧树道：“以那株桧树为限，谁先到就算谁赢。”释天风笑道：“好！”喝声未落，便已如风掠出。梁萧足下一紧，也紧紧跟上。

两人快似浮光掠影，顷刻就离大桧树不足十丈。梁萧眼看平肩并驰，忽地挥掌拍向释天风。释天风咦了一声也回掌迎敌，足下稍缓，不防梁萧却掌力一缩趁机抢出丈外。释天风哇哇怒叫，十指挥弹，“无相神针”铺天盖地射了出来。梁萧不过虚招使诈，释天风却招招狠辣，梁萧只得转身抵挡。

一时两人拳来脚往，总不让对方轻易上前。正斗得激烈，就见身边红光一闪，风怜乘了火流星已奔至桧树前，跳下马来笑道：“师父、释岛主，你们都别争啦，最先到的是我！”两人一愣，齐齐停住拳脚。花镜圆也笑道：“这叫‘鹬蚌相争，渔翁得利’，这次比斗轻功，你们谁都没胜，白白送个便宜给我们。”他拉紧风怜的手，眉开眼笑，紧紧挨她站着。

梁萧皱眉道：“风怜，休要胡闹！”风怜咬了咬嘴唇，大声道：“我才不是胡闹。你说了，以这株桧树为限，谁先到就算谁赢，不是吗？”梁萧道：“此次比斗只限我和释岛主，谁让你来掺和？”风怜又冷笑道：“你们两个自负轻功了得却输给了我这小女子，还有脸再比吗？”她恣意狡辩，梁萧还未及答话，就见释天风早已暴跳如雷，叫道：“小丫头，谁输给你了？你要不是骑了马，早就被我抛到几千里外去了。”风怜见他气势凶猛，不由心头微怯，花镜圆却噘嘴道：“姑公公你说得不对，书上说‘君子性非异也，善假于物也’，聪明人就要会利用外物，你们有马不骑，有船不坐，偏要两条腿跑路，岂不是天大的蠢材吗？”

释天风怒道：“小羔子胡说八道，老子一巴掌打烂你的嘴。”说罢又瞪了风怜一眼，道：“你说我输了，好啊，那咱们比画比画，看谁厉害？”话未说完，一掌便向风怜拍去，梁萧横身挡住，掌势一带，就将释天风的掌力卸开。释天风两眼翻白，叫道：“还要打吗？”梁萧冷笑道：“释岛主，说话归说话，但要出手欺辱我徒儿，不才势难袖手旁观。”释天风一拍手，哈哈笑道：“好，那老夫先打倒你，再来修理你的赖皮徒弟！”梁萧哼了一声，冷然道：“释岛主大可试试。”

风怜看见他二人又起争执，忙道：“师父、释岛主，你们都是当世高手，愿赌服输，既然我先抵达树下，凡事都须由我做主。”梁萧虽不满她所为，但释天风既对风怜不利，他自又转到风怜一方，接口道：“不错，小娃儿适才说得极是。君子善假于物，你虽胜得取巧，却也赢得聪明。有什么话只管说，我一定给你撑腰。”风怜不由大喜，笑道：“我说的第一件事就是释岛主既然输了，就应该如约退出纷争，不再纠缠我师父。”

只见释天风脸一黑便要发作，忽听花镜圆道：“姑公公，奶奶常说你武功天下第一呢！”释天风听得心头一喜，便忘了生气，咧嘴笑道：“花无媸那婆娘真这么说？”花镜圆点头道：“不过，我这次回去之后便要告诉奶奶，说你武功不算天下第一，耍赖才是天下第一，打架输了要赖，轻功输了又要赖，是个大大的老赖皮。”释天风当下一蹦三尺，怒道：“放你小乌龟的大臭屁……”正要开骂忽而忖道，“不对，花无媸那婆娘最疼小乌龟，小乌龟说话无有不听，倘使小乌龟真的这么添油加醋一说，天机宫再传到江湖上，就不只老子声名扫地，灵鳌岛上下也没脸见人了。”想着颇为踌躇，忽一顿脚，咬牙道：“罢了，事情我答应，但这个输老子万万不认。”

风怜笑道：“不认输无关紧要，答应这件事就好。第二件事嘛，师父你输了，是不是该如约将阿圆交给释岛主？”梁萧不由一愣。风怜拉住他衣袖，低声道：“师父，你是大英雄大豪杰，拿小孩子当人质，叫他父亲母亲担心难过本就不对。”梁萧默立许久，忽地叹了口气，拉过花镜圆交到释天风手里，释天风诧道：“梁小子，你当真答应把人给我？”梁萧冷冷道：“岛主答应得，梁某为何答应不得？”释天风怔了怔，哈哈笑道：“说得是！”拉了花镜圆便要动身。花镜圆却急道：“姑公公，等一下。”释天风皱眉道：“小娃儿还有什么话说？”花镜圆瞪着梁萧道：“我知道你嘴里服了心里却不高兴，我走了以后，你不许怪罪风怜姐姐。否则，哼，我饶你不过。”

梁萧皱眉道：“你有几多斤两，敢来胁迫我？”只见花镜圆脖子一梗，大声道：“我现今打不过你，但我长大了一定盖过你。”风怜见他这么为自己出头，心中大为感动。

梁萧打量花镜圆片刻，点头道：“你虽年纪不大，志气却不小，好，就冲你这句话，我不怪罪于她。”花镜圆皱起小鼻子，哼了一声，转眼瞧着风怜，想到离别在即，眼圈顿时红了。释天风将他抱起，嘻嘻笑道：“梁小子，后会有期。”语罢就展开轻功，往括苍山一道烟去了。

梁萧转过身来默然而行，风怜低头跟了一程后，忍不住道：“师父，你若不欢喜，打我骂我都行，别这般不说话，憋死人啦！”梁萧见她眉眼红红，泫然欲泣的样子，不由叹道：“你做得很对，我干吗打你骂你，我只是痛恨自己罢了。”他见风怜神色惊讶，便道，“如今想来，我拿花镜圆做人质，确是意气用事，只为我一人心安，却全不为他人着想。想不到过了这么些年，我竟还是脱不了这任性妄为的脾性。”风怜喜道：“这么说你不怨怪我啦？”

梁萧道：“今日之事，其错在我。你能不避责罚逼我放人，甚有胆识。这世上，不论学文还是习武，要想超过前人、卓然成家，都须得有这份胆识气度。高手相争，末流者比试招式机巧，次者拼斗内力深浅，而真正顶尖儿的人物，比的却是气度胸襟。你根基甚浅，智谋稍逊，按理学不好我的武功，但你自幼长于昆仑山下，天高地迥，潇洒不拘，这份气度胸怀，寻常武人都难以望其项背！”

风怜见他不但不骂，还大大夸奖自己一番，当下喜极忘形，笑道：“其实我也没什么气度胸襟，只是打心眼里便没把你当师父。”梁萧不觉莞尔，心想放眼天下，只怕没几个人能说出这等话，这女孩儿当真胡闹。

风怜又道：“说到气度胸襟，那释天风神神道道，又有什么个气度？”梁萧道：“话不可如此说，释岛主执着于胜负，为求一胜不断砥砺自身，得一敌手更是如获至宝。如此执着于武学之人，我还没见过第二个。此外，他又患过失忆之症，常处半梦半醒之间，正合无法无相之妙诣，诙谐无方，难以匹敌。”

风怜笑道：“敢情他是误打误闯成了高人。师父，那你还去不去天机宫？”梁萧道：“去是要去的。我本欲光明正大闯进去。但手无人质，只好趁夜潜入了。”风怜奇道：“天机宫的人真那么厉害？”梁萧道：“未必厉害，只是若当真动手却有些道不出的尴尬。”

师徒二人正自谈论，忽见迎面走来两人，其中一人远远叫道：“是梁老弟吗？”梁萧认出来人竟是明三秋，只见他身后随了一名十七八岁的青衣少年，额高口方，乍看有些木讷。

梁萧得见知己，不由心头一喜，笑道：“三秋兄，别来无恙？”明三秋抢上数步一把将他抱住，上下打量一番，大笑道：“老弟，为兄生怕晚来一步，凭空错过！”梁萧奇道：“明兄如何得知小弟在此？”但见明三秋环顾四周后，说道：“说来话长，梁兄弟，咱们寻个安生地方再说不迟！”

梁萧心头疑惑，便点头应允。四人寻了一处清净茶社坐定，互作引介，明三秋指着那青衣少年道：“这位是我的徒弟，姓朱名世杰，钻研算学，略有小成。”梁萧见明三秋谈笑间颇有得色，便知他对这弟子明贬实褒，也暗暗替他高兴，笑道：“三秋兄得此佳弟子，可喜可贺。”又向朱世杰拱手道：“朱世兄请了。”只见朱世杰面红耳赤几乎将手中的杯盏打翻，慌忙起身道：“世……世杰久仰梁先生大名，今日得……得蒙一见，幸何如之！待……待会儿定……定要好好请教……”他吞吞吐吐，颇见羞赧。

明三秋苦笑道："梁老弟勿怪。这孩子虽心思敏捷，但木讷寡言不善与人交往，一天之中也说不了两句话，今日只因对你景仰已久，方才说了这么多，也算是大大破例了。"梁萧笑道："哪里话，所谓智者不言，大音希声。朱世兄内秀外拙，正有古君子之风！"明三秋一愣，当下哈哈大笑，朱世杰则满脸激动地望着梁萧，大有知己之感。风怜瞧他眉眼死板，一举一动处处透着局促，不觉忖道："这木头人儿倘若一天到晚不说话，谁嫁给他，岂不要被生生闷死吗？"

明三秋又道："梁兄弟，这些年你上哪里去了？为兄时刻留意却始终没你消息。"梁萧说道："小弟去了西方。"明三秋眼神一亮，问道："听说西方有厉害算学家，可是当真？"朱世杰听了这话，当下身子前倾，目光炯炯盯着梁萧。风怜见他眼中神采焕然，迥异先时，不觉甚是诧异。

只见梁萧啜了一口茶道："那里千多年前倒是贤哲辈出，算学精妙较中土犹有过之。而今却人心不古，世道浇漓，西人皆崇信耶氏大神，算学机关都被斥为异端。公卿百姓大多愚钝懵懂，迷信全知全能之偶像，早已不知道算学为何物了。"明三秋不由捋须叹道："可惜我本想走一遭的，听你一说，不去也罢！"朱世杰眼神也是一黯。对坐半晌，明三秋忽道："梁老弟，听说你擒了花无媸的孙子要到天机宫寻仇？"梁萧叹道："三秋兄从何得知？"

明三秋苦笑道："江湖上消息灵通，况且此次云殊已连发十二道神鹰令，晓谕武林。如今许多好手都在来此的路上。我也是听到消息，昼夜兼程从扬州赶来知会你。梁老弟，常言道'双拳不敌四手'，暂避锋芒，方为上策。"

梁萧未料自己一发就牵动中原武林，更料不到云殊手段竟如此迅烈，沉思半晌，始道："三秋兄义气深重，梁萧五内俱感。但我此番若不见上晓霜一面，着实无法甘心。三秋兄你也知道晓霜的痼疾，一过十年，叫人挂念……"他说到这里，忽见明三秋眼中流露出一丝悲悯感伤，梁萧何等聪明，瞬间觉出有异，迟疑道："三秋兄，莫非你知道晓霜的近况？"

明三秋苦笑道："若不是情非得已，明某也愿以实相告。"梁萧一把扣住他的手臂，正色道："晓霜到底怎么了？三秋兄，你……你千万不可瞒我。"明三秋只觉他手劲奇大，不觉皱眉道："梁老弟，你要冷静从事，要么我宁可不说。"梁萧一怔，只得收回手掌，按住身前茶碗，努力定住心神，缓缓道："三秋兄说得是，还请直言相告。"

明三秋叹了口气，说道："我虽脱离天机宫，但宫中故旧尚多，这些年多有往来。据他们所言，十多年前，霜小姐不幸遭逢韩凝紫，已在汉水边遇害，事后那女魔头眼看难逃公道便也挥剑自尽。梁老弟，你须得想开些，有道是：'酒贱常嫌客少，月明多被云妨。'世间事原本悲苦者多，欢乐者少。况且已事隔多年，伤心也是无用，莫如节哀顺变，自解为好……"说到这里，忽见梁萧面色青灰，嘴唇微颤，眼中茫茫然一片，不由心头一惊，岔开话道："梁老弟，如蒙不弃，为兄陪你喝上几杯。"说罢招呼小二上酒。风怜见梁萧这般模样，胸中也感酸楚，握住他手，但觉入手冰凉，忍不住道："师父，别太伤心……"

梁萧身子一颤，甩开她手，摇头道："对不住，我心里乱得紧，告……告罪，失陪则个……"他语无伦次说了这几句后拔足便走，抬手之时，掌下那只茶碗竟已深陷桌内与桌面齐平。

梁萧动身奇快，奔出数丈后，众人才还过神来，风怜叫道："师父！你上哪儿去？"当下追出茶社，只见他奔走如飞，顷刻只剩一点灰色，风怜催赶火流星追到山前，却只见林霭苍茫，哪里还有梁萧的影子。

第十章

和谐之道

梁萧发疯似的狂奔，脑中空白一片，也不知奔了多久，双腿忽地虚软，不由一个趔趄跪倒在地，知觉一点一滴地浮了上来，又感到先时那种撕肝裂肺的痛楚，他只觉眼前雾茫茫一片，胸口鼓胀难言似要爆裂开来。刹那间，他突然明白，为什么秦伯符宁可拚死一战也不肯让花晓霜与自己相见，为什么凌水月不肯让释天风提到晓霜，为什么云殊又如临大敌，只因为花晓霜已经死了，所有人都心怀恐惧，不知道他悲怒之余又会干出什么蠢事。

也不知跪了多久，一阵柔风拂过他的头顶，梁萧抬起泪眼，但觉四面夏花烂漫，阳光妩媚，鸟语啁啾，泉水流泻，溶溶池沼，映出无心白云。一草一木、一泉一石，均是安宁祥和，自己身处其间益发显得突兀不堪，似乎与这天这地格格不入，相形之下，悲哀者更加悲哀，孤独者更加孤独。刹那间，他的心头掠过一个可怕的念头："老天爷厌弃了我吗？"

种种往事从心头流过：孩童之时，上天假手萧千绝拆散了他的父母；后又在天机宫苦学算数，破解天机十算却解不出最后一算；而后一场大战害死阿雪；先让他母子重逢偏又让他亲手杀死母亲；而如今更让他失去了所有的爱人。就算到此地步，老天爷还不肯罢休，当他痛苦失意之时，天地间却偏偏生机勃发，便似一群无耻的看客，幸灾乐祸，弹冠相庆。

梁萧越看越怒，忽地跳了起来，运足掌力向天空猛力劈去。六大奇劲，天弧掌力，鲸息功……但凡能够使出的功夫全都使了出来，掌力指劲一道接一道地冲上天空又在空气中悠悠散去。

发了千余掌，只见梁萧筋疲力尽扑倒在山坡上，心头一片茫然："武功又如何？算学又如何？纵然武功冠盖古今也救不了亲友爱人，纵然算尽天地的奥妙也算不清自己的命运。"他忽地心灰意冷，将头深深扎进泥土，泪水纵横，将土壤点点濡湿。

迷迷糊糊也不知躺了多久，醒来时晨曦初露已是黎明。梁萧只觉头痛欲裂，嗓子好似火烧，他爬到溪边喝了点泉水，略略清醒了一些后，跌跌撞撞下了山坡走进一处密林，但见林中浓荫蔽日，幽暗无光，枯死的老树比比皆是，蝙蝠在树间飞来飞去，毒蛇盘绕树梢，咝咝吐芯。

梁萧走了几步，双腿便没了前进的气力，只得靠着一棵枯树坐下来，败叶飘落头上也不知拂去。没过多久，往事一幕幕又从心底浮起，他力图不去思考，但越是躲避，那景象却越发清晰。梁萧只觉脑子里似有一把大锯，嘎吱嘎吱不断拖动，他不由抱头伏地，不绝呻吟。这一瞬间，他实已到了崩溃的边缘，迷蒙中，指尖忽地触到一段硬硬的东西，抬眼看去却是一截枯枝。

梁萧心头一动，不自觉握紧枯枝，随手在苍碧的苔藓上写下一道算题，顷刻间解完一题后又忙不迭地立下第二题，这般自问自答，他的心智被艰深的算题吸引，进而暂且忘了痛苦。

如此这般，梁萧不分昼夜沉浸于算题之中，不让心灵有丝毫空闲。只见他在四周密密麻麻写满算式，写了又抹，抹了再写，饿了便抓身边的苔藓菌类充饥，渴了便舔一舔枯叶上的露水。不知不觉，他已将心中对天公的怨怒付诸笔端，列出一道又一道的奇算怪题：或是搅乱历法，让日月逆行、星宿错位；或是乱设水利，令江河倒流、移山填海；甚至于浑天之内将直者变弧，圆者变直，恣意曲折，不循常规。自古以来，世人深以为然的天地至理尽在他笔下歪曲分裂，混沌一团。原本他身为当世第一算学家，也知纸上谈兵于事无补，但此时因满腔孤愤无处宣泄，故偏要逆天行事，穷极思虑，挑战苍天。

只见枝丫间影移光转，微暗还明，不知不觉变幻了三次。梁萧这时算完一题心头微动，回头观看前算，忽地目瞪口呆。原来，他发觉不论题目如何颠倒错乱，但要得出结果，所用的算法就都须简捷优美，仿佛行云流水一般和谐自然；所以不论他怎样抗拒天地，只要算到最后，算法总不免归于和谐。怔忡良久，一个念头从他心头闪过：算学取法于天地也归于天地，算学之和谐就是天地之和谐，天地法则虽能一变再变，但其中的和谐却是恒久不移的。

想到这里，梁萧只觉浑身虚软，搁下手中枯枝，几乎失去了一切斗志。昏昏默默间，脑中似有一个声音轰然震响："天行有常，不为尧存，不为桀亡。天地之行无知无觉，溶溶泄泄，和谐自然，何论什么善恶？你梁萧不过一介微贱之躯，立身于天地之间与微尘无异，所谓半生坎坷不过是天地运行之一瞬，你自以为苍天弄人却也不过是自作多情罢了……"

刹那间，梁萧的心灵生出极大变化，耳闻目见，只觉即便是这死气沉沉的阴森老林也突然有了无穷意趣。他甚至听见了蝙蝠捕猎时的叫声，毒蛇交尾时的异响；他分明看见繁茂的树枝间到处是败叶枯枝，隐现颓机，而枯死的老木却正在长出细小的嫩芽，蕴藉生意。就在此时此地，生与死，盛与衰，循环不绝，处处透着无上和谐。

沉思默想间，梁萧的心情已慢慢平复下来，但觉生平爱恨纠缠、恩怨交织都不过是天地之间的和谐运行，若一味哀伤难解，于天地无碍，也不过是自伤自怜。一念及此，他终于长长吐了口气，抛开各种思虑，背靠大树，吐纳呼吸。过得许久，他恢复了些许精力，就慢慢站起来走出林子，但见林外旭日初升，朝霞明灭不定，柔和的晨曦照在他身上，一时瑰丽如金。

他在山间默默走了一程，忽觉身后劲风陡起，反手一抄，就将七颗铁弹子一并捞在手里，回头望去，只见远处站了两人，均是汉人装束，其中一个白脸汉子拿着一张银铸弹弓，脸色惨白，双手发颤。

梁萧皱眉道："二位是谁，为何背后伤人？"两人对视一眼，那白脸汉子咬了咬牙，大声道："我背后伤人也没什么不妥，姓梁的，我认得你。你灭我故国，杀我同胞，血性男儿尽可得而诛之。我既然失手，那么杀剐听便，皱一下眉头便不算好汉！"他方才这手"七星联珠"，一发七弹，打上下三路，鲜少有人能够避开，谁料虽暗中出手却也被梁萧随手接住，他深知遇上如此强敌势必无幸，是以放出豪言，即便身死也要落个硬气。

只见梁萧淡然道："说得好，果然是背后伤人的好汉。"白脸汉子被他一语道出自相矛盾之处，不由面皮一热。另一豹髯汉子忽道："梁萧，你瞧这是什么？"摊开手掌却是一串羊脂玉珠。梁萧不由神色微变，这串玉珠浑圆莹润，正是昆仑山出产的美玉，他与风怜相处日久，自然识得是她贴身之物，梁萧心头不由一颤："糟糕，我只顾自己伤心，怎么把她忘了？"

豹髯汉子见梁萧神色，冷笑道："你认清楚了吗？这珠串的主人已被秦天王拿住了！哼，有胆量的，就去天机宫一会天下英雄！"白面汉子也道："对，咱们奉命前来寻你告与此事，但若咱俩午时不回，那女子便有性命之危。"梁萧知他二人一唱一和只为脱身，所谓午时不回多是诈术。但他此刻已无心计较，想了想挥手道："你们留下珠串，回去告诉主事的人，辰巳之交，梁萧自来天机宫拜会。"

只见那二人面有喜色，交纳珠串正要离开。忽听梁萧道："使弹弓的，你叫什么名号？"白脸汉子一愣，道："大丈夫行不改名，坐不改姓，我乃罗浮山'银弹落月'张青岩是也。"梁萧冷笑道："银弹落月，名号倒也中听！"张青岩听出他言下之意：名号虽中听，本事却未必中用，不由甚感羞怒。忽又听梁萧道："银弹落月，这弹子还你。"一挥手，七颗铁弹便鱼贯射出。张青岩伸手欲接，谁料那串铁弹竟犹如一条小蛇，半空中嗖地一扭从他手底滑过，刺啦一阵响后，尽数钻进他盛放暗器的鹿皮袋里。

这一手算计精准，神乎其技，那二人望着鹿皮袋，皆是面无人色。梁萧因悟通"谐之道"，牛刀小试，微觉满意，当下抛下二人，大步去了。

走了一段路，梁萧发觉自己这几日始终留在括苍山未曾远离，便打了一只山鸡，裹泥烤熟，就着山泉吃了。吃喝已毕，他调息了一个时辰后，但觉辰时将到，便迈步向天机宫走去。不一会儿，就遥见怨侣双峰隔水相对。梁萧胸中不由一痛：

"山水如故，人事全非，怨侣双峰尚存，但世间情人安在？"想起少年时听花慕容念过的那首古诗，不由得暗自念道："迢迢牵牛星，皎皎河汉女。纤纤擢素手，札札弄机杼。终日不成章，泣涕零如雨。河汉清且浅，相去复几许？盈盈一水间，脉脉不得语。"

梁萧的一颗心也随那诗韵古调低回婉转，久久难平："牛郎织女纵是堪悲堪怜犹能隔水相望，而我不远万里重返中土，欲瞧上晓霜一眼，却已不可再得了。"想到此处，不由泪眼迷离，但怕附近潜伏对头，被仇家瞧见怯懦姿态徒增羞辱，当下抹去泪水，走到东峰之前，将身数纵，上到峰顶，峡中长风西来，激得他衣发飒飒作响。梁萧向着东方，忽地划然长啸，啸声逆风远送，更引得群山回响，经久不绝。

片时工夫，便见一叶千里船自上游漂下，"池鹤"叶钊立身船首，手把两只龙角驶至怨侣峰下，停舟叫道："叶钊奉宫主之命特来相迎，阁下请上船吧。"梁萧见他神气冷淡，黯然道："不才再蒙叶公引渡，幸何如之！"

叶钊听了这话猛可想起，二十多年前，也正是自己将那小小顽童一手渡至天机宫中，而今人移事改，恍若幻梦。正自嗟叹，忽见梁萧已挽起长衫，自怨侣峰顶笔直纵下，不由大吃一惊，脱口道："使不得！"

梁萧来势不止，半空中一展大袖拂了三拂，劲若有质，拍得水面涟漪四起，劲气反激回来，又将他稳稳托住。三袖拂罢，梁萧已轻飘飘地落在船尾，千里船却半点晃动也无。叶钊暗暗喝彩，心中好不惋惜："此人空负不世神功，却没用在正途。"摇了摇头，旋即掉转船头，叹道："梁萧，你此番前来倒还算光明正大。"梁萧道："天机宫光明正大，我自也光明正大。"言下之意：若是光明正大，都光明正大；若是使奸弄诡，那也奉陪到底。叶钊听出弦外之音，沉吟道："此去前途多变，只怕大家都是身不由己。"

梁萧听出他的告诫之意，当下默不作声，盘膝坐下。叶钊见他心意已决，不胜喟然，当即逆流而上，经六龙瀑，过彩贝峡，不一时便至小镜湖。梁萧举目望去，但见"天机三轮"转动如故，崖上两行巨字仍是气象万千，只是栖月谷口多了一座巨大木台，势如长舌伸入湖里。百根合抱巨木深入湖水将台面牢牢撑住，台上稀稀落落站了两百来人，均是武人装束。叶钊扬声道："梁萧，这座落水擂台正是为君而设！"

梁萧暗自苦笑，便撩起袍子将身一纵，燕子抄水般掠过数丈湖面登上木台。众豪杰已然约好要杀一杀他的威风，他前脚踏上便听众人齐声暴喝，声若响雷，震得谷应山鸣。

梁萧面对千军万马也未曾惧过，闻声只是笑笑，目光投向人群，一眼就看见风怜，她碧眼雪肤，立身人群尤为显眼，花镜圆靠在她身旁，手牵风怜衣角，意态亲密。风怜见了他，狂喜叫道："师父！"梁萧却双眉陡挑，峻声道："可受了欺负？"风怜激动得说不出话，只是拼命摇头。

梁萧心头略定，正待细询，忽听一声怪笑，释天风已从人群中蹿了出来，一拳直捣梁萧面门，笑道："梁小子，几天不见送你个见面礼儿。"梁萧伸袖一拂扫中他的手腕，释天风拳头偏出，胸口微露破绽。释天风一惊，不待梁萧出手相攻便已后跃丈余，双眼瞪着梁萧，怪叫："奇怪，大大的奇怪！"

梁萧这一拂用上了"谐之道"，故而释天风只觉几日不见，对手又似高明几分，不由喜道："再来。"说罢又纵身欲上。风怜急道："释天风，你又要赖吗？"释天风怒道："女人家就是斤斤计较，要赖便是要赖，何必定要加个又字？"风怜冷笑道："谁叫你男人家记性不好。你若再纠缠我师父，我就把你的丑事逐一抖出来，叫你在江湖上没脸。"释天风怒道："打你小丫头的臭嘴，我有什么丑事？哼，你说，我有什么丑事？"吹胡子瞪眼，极尽威胁，风怜心里害怕不敢开口。凌水月却有顾忌，插口道："老头子，你乱叫什么，还不退开！"释天风见妻子发话，只得哼了一声，悻悻退下。

忽听人群躁动，只见一行人自石阵中鱼贯而出走上木台，花清渊在前，后面随着童铸、秦伯符、杨路、明三叠。这几年间，白鹤左元、丹顶鹤修谷先后身故，池鹤叶钊撑船，亦不在其间。

花清渊走到近前，只见他已是两鬓如霜，额上眉间皱纹深刻，眸子含忧，不复当年精神。梁萧望着他不觉生出悲来："不过十余年光景，他竟老成这样？"见其父，更思其女，不觉胸口一热，冲口叫道："花大……"忽又惊觉，将"叔"字硬生生咬在齿间，拱手低头，涩声道，"花大宫主，别来无恙？"

花清渊也双手微抬，本欲上前扶他，听了这话，终又无力垂下，长叹道："梁萧，你真不该来！”梁萧道：“师徒有亲，不得不来。”言罢忽有所觉，便侧目望去，花无媸不知何时已到人群之后，负手默立，她因养颜有术，故而十年风霜也未在脸上刻下多少痕迹。花慕容则立在一旁，较之云英未嫁时已丰腴许多，雨润红姿更添娇艳，怀抱一个稚幼童儿，肌肤雪白，嫩弱堪怜。

场上沉寂时许，花清渊缓缓道：“梁萧，你这次前来有何打算？”梁萧不料他问得如此委婉，怔了怔道：“不才别无他求，但请放了小徒。”花清渊不由一怔，忖度此人素来狡黠难缠，哪有这般轻易放手，迟疑片刻，面露疑色，又摇头道：“你别诳我，晓霜的事过错在我。若有怨怪，只管冲着我来。”

秦伯符正色道：“宫主，此话不妥。此番对着天下豪杰，宫主的过错便是天机宫的过错，若要怨怪，咱们都脱不得干系。何况晓霜之事，要怪也怪韩凝紫，怎能怪你？”花清渊神色一黯，又道：“可……”秦伯符知他想说什么，接口说道：“你与晓霜本是父女，血浓于水，梁萧大可怨怪天下之人，却独独不能怨怪于你。”花清渊无言以对。

梁萧见众人误会已深，只得道：“花宫主，我当真已别无他念，只请放了小徒。”众人却只是冷笑，均想此人行事不择手段，如今谁知他心中念头。

梁萧瞧众人脸色，心知难以善了，一时不由皱起眉头，忽听人群中有人叫道：“姓梁的狗贼，你何必这么多废话？有能耐的，自己抢人回去啊！”梁萧听来耳熟，放眼望去，就见贾秀才混在人群中大呼小叫。池羡鱼立身在旁，拈须冷笑，却不见金翠羽和白不吃的踪影。

梁萧眉尖一挑，笑道：“贾兄主意大妙，恭敬不如从命！”说罢身形骤晃已到风怜身前，群豪惊声怒叱，纵身欲扑，眼前又是一花，却见梁萧已挽着风怜转回原地，除了身侧多了一人，足下便似从未动过。他这一来一去势如天马行空，除了寥寥几人，无人看清他怎么出手。

群豪皆是惊惧不已，场上忽地一寂。池羡鱼瞧得气氛不对，朗声道：“诸位莫慌，这台子三面环水，贼子本领再大也休想遁走。咱们人多势众，一人给他一刀一剑便叫他难防。”众人虽点头称是，气势却已弱了。

又见贾秀才摇起破扇，嘻嘻笑道：“池老大说得是，这叫作前当猛虎，后有雷池，进也进不得，退也退不得，进一步必成丧家之犬，退一步则变落水之狗，更好痛打。哈哈，除非它背生双翅飞过去，不过狗插双翅便叫不得狗了。”释天风奇道：“不叫狗，那叫什么？”贾秀才笑道：“释岛主问得好，狗生双翅当然叫作飞狗了！”众人皆是哄然一笑，气势又复高涨。

梁萧眼见一水茫茫，无舟无楫，心想自己脱身不难，但如果带上风怜却有许多不便。思忖间，忽听风怜低声道：“师父，其实……我是故意让他们拿住的。”梁萧奇道：“这话怎讲？”风怜脸一红，低头道：“那天你匆忙走了，我骑马追赶也没赶上，我怕你想不开，又急又怕。后来我见秦伯符和释夫人乘马过来，便想他们人多势众，若要找你定是容易许多，是以上前挑衅，故意让他们捉住，告诉他们你已知花小姐的消息，进括苍山去了。他们听了怕得要死，严加防范不说，还派了许多人手寻你。”说到这里，她看了花镜圆一眼，花镜圆也正瞧着她，风怜又微笑道：“也多亏圆儿说和，这里人待我都挺客气。”梁萧听她一说，忍不住瞧了花镜圆一眼，哪知这小家伙却狠狠回瞪，眼中大有敌意。

风怜见梁萧怔然不语，心头不由七上八下，怯道：“师父，你怪我吗？”梁萧道：“怪你做什么，可既然来了就难以轻易离开了，你怕不怕？”风怜轻咬朱唇，道：“我不怕，大不了一起死！”说着双眼凝视梁萧，透出温柔情意。梁萧听了这话，傲气陡生，冷笑道：“风怜，不许提死这个字。他们纵想杀我师徒，怕也不易！”末一句直若刀剑相击，众人听在耳里无不心惊动容。

梁萧说完这句，语气又转温柔，对风怜道：“剑和马呢？”风怜一指秦伯符道：“剑在他背上，马在天机宫里。”梁萧见秦伯符的肩头露出半截剑柄，扬声道：“秦天王，你背上的宝剑还请物归原主！”

秦伯符双眼一转，心生疑惑：“他们如此看重此剑，难道这宝剑有甚奇特？梁萧武功已高，不可让他如虎添翼。”当下手捋长须，只是冷笑。天罚剑在风怜心中重逾性命，见状粉拳紧握，不由怒道：“痨病鬼，你想赖我剑吗？哼，若不还剑来，我把你胡子拔光！”众人瞧她生气之时，粉面上只得三分怒意，另七分却是娇憨，全都嘻嘻笑了起来。

风怜只道他们笑自己不自量力，当下羞怒难当，只觉一把火从心尖上烧了起来，烧得耳根也滚热发烫，正想拼死夺剑，忽听梁萧淡淡说道："风怜你退开！我本为守剑之人，神剑落入他人手，自当由为师取回。"风怜闻言双目一亮，喜道："师父，你……你肯收下剑了？"

梁萧默默点头，风怜心知他已当着众人应允，绝无反悔之理，不禁眼开口笑，再一想这些年来所受的苦楚，又不觉泪涌双目，点点珠泪挂在那张笑靥之上，便如春花初绽、含露犹香。

梁萧却没留意她那些小小心思，当即迈上一步冲秦伯符拱手道："秦天王小心，不才取剑来了！"群豪见他夺剑之前竟出声招呼，气焰嚣张至极，顿时嘘声大作。

秦伯符却深知梁萧本领，故并不当他口出大言，只冷然道："妙得紧，你只管来取！"说罢解下天罚剑丢在台上，也一足踏上。他本意是不愿宝剑碍着手脚。风怜却是怒从心起，喝道："痨病鬼，你再踩宝剑，我……我将来也把你踩在脚底，叫你翻不了身！"秦伯符全副心神系在梁萧身上，闻言并不理会。

天机宫众人都觉如果被梁萧夺走宝剑，定会大失颜面。突然之间，只见童铸、杨路、明三叠各上一步立在秦伯符前方左右，花清渊微一迟疑后也移到秦伯符背后，如此一来便结成一座五行奇阵。要知这五人均是天机宫第一流的高手，这五行阵一成，足以抵挡天下任何强敌。

释天风瞧得不悦道："五个打一个，算什么本事？"梁萧却笑道："那也无妨。"说罢身子微躬，恭声又道，"得罪了！"忽地趋进丈余，童铸、杨路四掌齐出，梁萧身子斜转就落到二人身侧。童铸、杨路掌力落空，匆忙转身防御，但梁萧仍不出招又是一转，身子撞向秦伯符与明三叠，二人方要出掌，梁萧又再度旋身避过。群豪见他只一味躲闪似是落了下风，纷纷鼓噪起来，大声出言讥讽。

梁萧广袖低垂，一步数转，虽不出手攻敌，但所到之处却尽指五行阵的破绽。结阵五人不敢怠慢，唯有随他转动。不知不觉，五人几个转身后已然面面相对。梁萧看得清楚，陡然纵起，当下连劈四掌，几乎同时击向童、杨、秦、明四人。四人但觉劲风袭来好比巨石压身，便各自奋起功力，挥掌抵御。不料这当儿梁萧却掌力烟消，身影俱无，四人身子一轻，浑身功力已被梁萧逼出，收束不住。童、杨、明三人三双肉掌几乎不分先后拍向秦伯符。秦伯符如何挡得住三人合力一击，掌力交接便觉一股腥气直冲喉头，双膝发软，几欲坐倒在地。那三人被“巨灵玄功”一阻，也各自退了一步，但觉胸闷异常。

花清渊低呼一声，一个箭步抢出，举手扶住秦伯符，取了丹药给他服下。梁萧此时无人阻挡，就飘然掠上，将天罚剑捞入手中，秦伯符急道：“糟了，宝剑！”花清渊却摇头叹道：“秦兄，虚名何足道哉，身子才是要紧！”头也不回，只运掌抵在秦伯符后心，源源度入真气。秦伯符叹了口气，便不再多言。梁萧听了这话，心中暗叫惭愧。

忽听有人纵声笑道：“精彩，精彩！出掌诱敌毫厘无差，脱身夺剑间不容发，十年一别，尊驾的功夫越见高明了！”梁萧转眼望去，只见人群中足不点地走出两人，头戴小帽，长髯及胸，梁萧但觉二人眼熟，却想不起在哪儿见过。其中一人笑道：“尊驾不认得老衲了吗？”拿去小帽，露出一个光头，继而扯掉髯须，一张肥脸堆满笑意，竟是狮心尊者，另一人也脱帽去须，双颊瘦削严厉，却是龙牙上人。

群豪一片哗然，梁萧也觉奇怪：“他们来这里做什么？”狮心尊者细眼眯起，仔细打量梁萧，笑道：“阁下既是梁萧平章，也是闯入大天王寺的假面人吧？”梁萧适才引此击彼挫败五大高手，与当年在大天王寺中不发一招、慑服降魔九部如出一辙。

梁萧见狮心尊者瞧出端倪便不再掩饰，点头道：“尊者慧眼。当年在大天王寺中，梁某因为是非之身，故不便表露真容。”龙牙上人得他亲口承认，双目透出灼灼精芒，狮心尊者冲他使个眼色，笑道：“老衲理会得，原来假面人便是梁平章，梁平章就是假面人，难怪均是了得……”话音未落，忽听“银弓落月”张青岩厉声叫道：“你们两个乔装打扮有什么阴险勾当？”

狮心笑而未答，龙牙却已重重一哼，冷笑道：“老爷们说话，你乱吠什么？”张青岩大怒，欲要回骂，却听身旁那豹髯汉子道：“张兄且慢，这两个人我认识。”张青岩一怔，却听豹髯汉子恨声道：“这两人是西域喇嘛，瘦的叫龙牙，胖的叫狮心。近年来一直在江南为恶，四处挖人坟茔，窃取珠宝，更纵容弟子欺男霸女，无恶不作。”群豪闻言，无不激愤，纷纷破口大骂。但龙牙、狮心却了无愧色，嘴角还挂着轻蔑笑意。

张青岩越发气恼，朗声道：“李英，你拿得准吗？”李英愤然道：“怎么拿不准？我的几个师叔师兄，就是因为路见不平和这瘦喇嘛的弟子大战一场……”张青岩急道：“结果呢？”李英脸色涨紫，嗓子一低：“结果，结果咱们伤了四个，那……那瘦喇嘛还没出手……”

张青岩话没听全，当下扯起弹弓一发七弹，嗖嗖嗖向狮心尊者打去。狮心尊者足不抬，手不动，只含笑望着梁萧。龙牙却陡然抢上，劈空三抓就将七枚铁弹一股脑抓在手里，张青岩不料一日之中，生平绝技两度失手，不觉呆在当场。

龙牙目光冷冷扫过众人，嘿的一声，两掌合拢，但见指缝中红光殷殷，白气蒸腾，须臾间，他两手突分，人群中惊呼大起，敢情那七枚铁丸竟被他熔铸成一颗大逾儿拳的殷红铁球。梁萧微微皱眉，心想十年不见，这喇嘛的“大圆满心髓”越发精纯了。

龙牙心中得意，傲然四顾，却听释天风笑道：“这熔铁成球也不算本事。”龙牙脾性暴烈，闻言便怒哼一声道：“我倒要见识见识释岛主的本事。”说罢将手一挥，烧红的铁球呼地向释天风飞去。

释天风见那铁球炎风四溢，来势奇缓，分明蕴含极大劲力，当下微微一笑，就轻轻伸出食指顶在铁球下方。铁球登时停在他指尖，滴溜溜旋转不已，众人顿时大声喝彩。

只见龙牙脸色铁青，冷笑道：“释岛主还会变戏法吗？”释天风笑道：“好啊，老秃驴，那老子再变个戏法给你瞧瞧！”龙牙听他出言不逊，顿时双眉陡立，目有怒意。忽见释天风握住铁球，双掌一搓，将铁球搓成一根铁棍，而后又手握两端，左右用力，铁棍拉长变细，直待双臂伸直再将细铁棍居中对折，左右拉伸，好似这铁球铁棍一到他手就变成了粉球面团，可以随意捏塑。狮心、龙牙瞧在眼里，不由双双变色。

这么折叠拉伸反复十次，偌大铁球已被拉成一根根细长铁丝。释天风这才住手笑道：“瘦秃驴，我这灵鳌岛的拉面功夫如何？”龙牙还未答话，凌水月已啐道：“你的就你的，什么叫作灵鳌岛的拉面功夫？”释天风赔笑道：“夫人教训得是，名声要紧，别让旁人把咱们当成开面馆的伙计。”凌水月白他一眼，说道：“这还差不多。”

常人瞧释天风做得容易，但武学高手却深知其中难处，铁球到底不比面团，最难得的是要将铁丝拉成一般粗细，抑且根根不断，不但要极深厚的内功，手上的劲道更须奇巧无方。不仅狮心、龙牙惊惧，梁萧也由衷赞道：“释岛主这个本事，梁萧自愧不如。”释天风哈哈笑道：“小子别忙服输，老夫的本事不止于此！”说罢小心翼翼地将手中的细铁丝又对折一回，左右用力，但听嘣嘣连声，细铁丝已断了大半。敢情人力有时而穷，铁丝因细到极处，经不住释天风逞能，一拉之下纷纷断绝。

狮心尊者见状，大笑道：“这就是释岛主的本事吗？”但见释天风死盯着断丝，脸色红了又白，白了又青，气呼呼地一掷后，便大生闷气去了。狮心尊者见状微微一笑，又向梁萧作礼道：“梁萧平章……”梁萧打断他道：“尊者叫我梁萧便是。”狮心尊者笑道：“哪里哪里，平章人虽不在，但军中余威犹存。将军的旧部土土哈、李庭连破蒙古诸王，军功之盛一时无两，强如窝阔台汗海都，一闻土土哈之名，也是望风而遁，不敢与敌！”

梁萧淡然道：“过去的事再也休提，梁萧乃一介草民，不足尊者一哂。”狮心尊者笑道：“哪里话，平章武功天下无敌，狮心素来佩服，圣上素来求贤若渴，平章若肯回头，前途依然不可限量！”说到此处，他细眼歪斜，又向群豪一瞥，高声道，“至于这些南朝余孽，无德无能，还敢与平章为难，全都不知死活。我师兄弟虽然武功低微却也是心中义愤填膺。嘿，今日与平章为难的，便是与我师兄弟为难。平章大人，拣日不如撞日，咱们不如放开手脚，就地大杀一场，杀他个血染湖水、尸横遍野，也叫这些逆贼余孽知道我大元朝的厉害。”狮心深知梁萧陷身困境，若无外力相助，决难退走，自己如加以援手，便如天降甘霖，梁萧万无拒绝之理。此人威名素著，朝野皆知，自己若能将其收服，已是莫大功劳，若再借他之手重创这些南朝余孽，更是一举两得的美事。

群豪越听越惊，梁萧一个已是棘手，若还与这两个番僧联手，后果堪虞。一时间，所有目光齐刷刷落在梁萧身上。

凌水月也想：“梁萧若攀上这两个番僧，事情可是大大不妙，但老头子许了诺言，又连败两场，倘若违诺出手，灵鳌岛数百年的威风势必堕了。何况梁萧有恩于我，老身不能过分偏袒天机宫一方。”心中两难，分外犹豫。风怜却想：“这两个和尚虽不是好人，却是大好臂助，只不知师父心意如何？”转眼望去，只见梁萧神色淡然，不见喜怒。龙牙脾性火暴，不耐道：“梁将军，大丈夫行事一言而决，何必犹豫？”梁萧淡淡说道：“犹豫什么，我不过觉得好笑罢了！”狮心皱眉道：“这有什么可笑的？”

梁萧微微一笑，说道：“想我梁某再是不堪，又岂会与盗墓淫贼为伍？龙牙、狮心，尔等也太小瞧人了吧！”

此言一出，木台不由为之一静，花清渊心头如释重负：“我到底没看错，这孩子纵然大节有亏，但小节上却决不含糊。”当即撇下心事，全心给秦伯符疗伤。

狮心、龙牙一肥一瘦两张脸涨如猪血，四眼大张，死盯梁萧。贾秀才忽地越众而出，破扇指点二人，嘻嘻笑道：“妙哉妙哉，梁萧与尔等为伍当然不妥，他是人，尔等便是狗是猪；他若是猪是狗，尔等就是猪狗不如……”龙牙闻言脸色一变，重重哼了一声，足下木板忽地出现一道焦痕，疾若蛇行就向贾秀才脚下爬去。梁萧瞥见，叫道：“当心！”

贾秀才正说得高兴，忽觉脚上灼痛，低头一瞧，但见鞋袜裤脚火苗乱窜。他吃了一惊，慌忙纵起，可那道焦痕又跟踪而至，贾秀才犹未落地，焦痕已先到他脚底，只两个起落，贾秀才便燃成了一个火人。众人瞧他手舞足蹈，满身火光，都惊呆了。池羡鱼情急关心，当下箭步蹿上，伸手拿住贾秀才胳膊，只觉一股热流直涌过来，衣袖顿时也燃了，他顾不得许多，抓起贾秀才几步抢到台边，哗啦一声将他浸入湖里，直待得烟尽火熄方才提上岸来。只见贾秀才衣衫俱破，毛发焦枯，满身灼伤处处，当真十分狼狈。

池羡鱼放下贾秀才，两手叉腰，怒道：“上人好手段，池羡鱼还要请教！”龙牙望天冷笑，足下又多了一道焦痕向池羡鱼延伸过去。

池羡鱼虽知这道焦痕古怪，却想不出应付之法，可大言已出，绝无退缩之理。正觉惶惑，忽觉眼前人影一晃，花清渊已袖手站在前方，温言道：“池兄，这点儿雕虫小技，花某先挡一阵。贾兄弟伤得不轻，你先带他下去医治。”这番话既给池羡鱼台阶可下，又将担子轻轻接下。池羡鱼衷心感激，只瞧那道焦痕来势一缓，如活蛇般扭动数下便在花清渊身前两丈停住。

花清渊微微笑道："上人的'大圆满心髓'神通了得，怎却勘不破悠悠世情？"龙牙上人被他瞧破根底，当下心头一凛，闷声道："花宫主见识了得，但不知武功如何？"两人语带机锋，漫然问答，足心却不断涌出内力，遥相攻守。

"大圆满心髓"乃密宗绝学，汲收烈日精华为己所用，高明者往往身具无铸阳劲。不少高僧圆寂之前都会召集门下弟子，催动阳劲自焚己身，烧得尸骨无存，故而世称"虹化"。龙牙的"大圆满心髓"已练至八重，叫人无端焚烧，大非难事。花清渊见这喇嘛内功奇特，池羡鱼万难与敌，情急间挺身而出，他武功本高，这十年更有精进，比龙牙只高不低，只是性情冲淡，不为已甚，虽占上风，却也只将阳劲阻住，望他知难而退。

狮心尊者见状，暗暗运气，将内力逼出足心，与龙牙的"大圆满心髓"合成一股，急向花清渊攻去。他的"慈悲广度佛母神功"登峰造极，较之龙牙还要厉害。花清渊只觉对方劲力骤增，难以抵挡，又见那道焦痕一摆一扭、一寸一尺地爬将过来，额头顿时渗出细密汗珠。

梁萧心想："这两个喇嘛以二敌一，厚颜无耻，我出手取胜不难，但臭喇嘛纵然可恶，却打着助我的旗号，我虽不受他们恩惠却也不好出手对付。"正觉为难，忽见花无媸穿过人群，飘然来到近前，漫不经意地立在花清渊身后，只见焦痕蠕动一下后忽又停住。梁萧心中一定："是了，天机宫能人众多，何须我来出头？"

双方僵持半晌，狮心尊者忽地笑道："中原当真无人了，白白站了几百条汉子却要一个女子出头。"花无媸却淡淡说道："那又怎样，尊者瞧不起女人吗？尊者练的是'慈悲广度佛母神功'，当知我佛如来也是女子所生！"狮心尊者面肌不由微一抽搐，笑道："岂敢岂敢，尊驾武功见识更胜须眉，故而才令区区平生感慨。想当初，伯颜丞相兵至临安，宋朝大军举国投降，端的是'十万大军齐解甲，更无一人是男儿'。"他最后两句以内力发出，十分响亮。只因事实如此，花无媸一时语塞。群雄更是愤怒，但想单打独斗却无人是这二人的对手。释天风又囿于诺言无法出手，只能气得哇哇怒叫。

忽听得一个声音从湖上传来："谁道大宋更无男儿？"声如平地惊雷，欺山凌谷，震得众人耳中均是嗡嗡作响。群豪喜上眉梢，同声高呼："云大侠！"狮心尊者心头一凛，回头望去，只见十余只小舟从彩贝峡中跳了出来，为首船头凝立一人，须眉似画，衣冠胜雪，肩头五色剑穗在山风中抖得笔直。

群豪又呼一声："云大侠！"呼声中，但见舟船来若飞箭，距木台已不及六丈。云殊足下一顿，船尾当即翘起三尺，众人只觉狂风扑面，抬眼间，云殊已至木台上方。

龙牙见云殊人未抵岸，声威却先夺人，便有心挫他威风，不待他落地，就闷声抢出，一掌拍了出去。众人未料他一代高僧竟施偷袭，叫喊未及，忽听云殊大喝一声，双掌疾吐。刹那间，只见狂风如啸，灼浪逼人，龙牙一声大叫，足不沾地便已跌出丈余。

云殊身子微晃，喝道："贼和尚，再接我一掌！"语罢身若旋风飙出，一掌拍向龙牙胸前。龙牙无可闪避，只得挥掌相迎，但觉对方掌如山来，自身百骸欲散，仰天跌出三丈，站立不住，连转两转，当下脸色阵红阵白，还没站稳，又听云殊一声骤喝："第三掌！"声未歇，掌已至，较之先前两掌更加凌厉。

龙牙无奈聚起残力拼死挡出，四掌相交，发出闷雷似的一声巨响。只见龙牙手舞足蹈越过众人头顶，哗啦一声栽进湖里。他早先已把"大圆满心髓"运到十足，此时身子灼如火炭，不但搅得水花四溅，抑且蒸起大团汽。

龙牙适才耀武扬威，不可一世，谁料三掌便被震落湖中，群豪但觉痛快莫名，欢声雷动。狮心尊者更是惊骇欲绝，一咬牙，趁着龙牙上人落水、云殊背朝自己的当儿，合身扑上，两道掌风利若刀戟直劈向云殊的背脊。

但云殊知觉敏锐，狮心尊者掌风未到他已转身，左拳如钩压住狮心右腕，右掌对上狮心左掌，忽地拳掌相错，右推左拉，正反两股劲力均是大得惊人。但听咔嚓一声，狮心尊者倒退三步，面色青灰如泥，一条右臂如死蛇般垂了下来。

云殊却不乘胜追击，只凝立如山，目视狮心，喝道："谁道大宋更无男儿？"他三掌震飞龙牙，半招卸下狮心右臂，此时雷霆一喝，但见狮心尊者身子忽震，双目陡张，哇地吐出一口鲜血。

释天风双眼发亮，高叫："你是老穷酸的弟子吗？功夫不坏，来，让我指点你两招！”说罢摩拳擦掌，兴奋不已，凌水月一把将他拽住，怒道：“老头子，莫要搅了人家的正事！”她瞧云殊威势，心底微微生怯，唯恐释天风当众丢人。释天风因被她拽住，只得不情不愿地退到一边。

哗啦一声水响，龙牙从水下钻了出来，将身一摇，大喝道：“小子莫狂，老衲还没输呢！”原来他那三次退得迅疾，已消去云殊大半掌势，是以并未重伤，自忖还能再战。众人见他嘴硬，全都笑了起来，贾秀才也趁机调笑：“各位可否听过一个笑话？”旁人道：“什么笑话？”

贾秀才将折扇唰地展开，那扇子被火烧过，焦黑破烂，他也不顾好不好看，当即摇扇笑道：“话说从前有个人在岸边看佛经，有头猪却在水中游泳。”风怜奇道：“猪也能游泳？”贾秀才道：“天下怪事多了，人嘴里能放屁，猪干吗就不能游泳？”旁边人哧哧偷笑，风怜恍然悟到贾秀才又在变着法儿骂人，当下噘起小嘴，怒哼一声。

贾秀才又道：“猪游了一会儿，瞧那人念念有词就爬上岸来指着佛经问道：‘这是什么东西？’那人如实答道：‘这个叫书！’那猪又指着书上的两个字问：‘那这两个弯弯曲曲的又是什么东西？’那人道：‘这个，念作老衲，就是自称我的意思。’喃，大伙儿且猜猜猪怎么说？”众人已十九猜到，但仍是有人故意问道：“怎么说？”

贾秀才哈哈笑道：“那头猪愣了半晌，突道：‘奇怪，为何偏你有书，老衲却没输呢？’”众人哄然大笑，有人大声道：“猪头猪脑的，有书没书还不是一样？”只见龙牙脸色青红不定，狠瞪着贾秀才，心想这贼厮鸟若落到老衲手上，保管叫他求生不得，求死不能。

风怜冷笑一声，说道：“贾秀才你只会骂人猪狗，瞧你自个儿的模样，倒像是一头烫了毛的死猪。”众人一瞧，但见贾秀才须发焦枯，浑身精湿，除了略显瘦削，还真有一些烫毛猪的风采，便有好事者偷笑了起来。龙牙上人瞧了风怜一眼，心中暗怀感激。

贾秀才却镇定自若，摇扇笑道：“姑娘你有所不知，猪在《易经》中为豚，豚卦有云：‘好豚，君子吉，小人否。’也就是说，猪也有好坏之分，我这等好猪能叫好人吉利，恶人遭殃，惩恶扬善，功莫大焉，至于那些不认输的，统统都是坏猪……”他歪解卦辞，正当兴头，忽地又敛眉一惊，向花清渊等人团团作了个揖，哈哈笑道：“鲁班门前弄大斧，天机宫前谈易书，小生无意冒渎大贤，惭愧惭愧。”

风怜见他滑稽模样也不禁咯咯笑了起来：“看起来，你这头好猪端的皮粗肉厚，烫也烫不死的。”贾秀才拱手笑道：“姑娘过誉，贾某生受了。”风怜又道：“诸皮之中唯脸皮最厚。”只见贾秀才面色不改，只打个哈哈，晃头道：“知我者，姑娘哉！”风怜拿他没法，只得恨恨住口。

其他船只也都到了，船上所载均是昂然大汉，共二十八人，何嵩阳、靳文均在其中，清一色身着白衣，但与云殊不同，这些汉子额上都缠了一抹朱红丝带。狮心尊者自行接上断臂后，又运气数匝，疼痛稍减，忽见众人额上红带，心头一动，冷笑道：“尊驾姓云，可是江西红带军首领，云殊云大侠？”云殊道：“不错！”

狮心、龙牙均是一凛，红带军纵横江西两广，屡与元廷为敌，令元廷万分头痛，但几度围剿却都是损兵折将，无有寸功。

狮心、龙牙对视一眼，均想：“此人乃天下第一大寇，今日咱们陷身此地，左右难活，但若能将此人格杀也算够本。”陡然起了搏命之心。狮心尊者高叫：“云大侠，适才我师兄弟二人多有轻敌之念以致败绩，如今更请一战，云大侠应允吗？”

云殊冷冷道：“请！”只见狮心尊者脸色阴沉，一掌缓出拍向云殊左胁，云殊还未抵挡，又见龙牙上人一个箭步抢到，掌风如炙袭他右胁。众人又惊又怒，齐叫道：“臭秃驴，二打一，不害臊吗？”花清渊高声道：“云兄弟，我来助你！”说罢举步欲上。忽听云殊笑道：“还请宫主稳坐，看云某怎生破敌。”说话声中，双掌分出，顿时激起两道劲风，将狮心、龙牙一并接下。狮心、龙牙起先确有轻敌之心，此时全神贯注联手对敌，果然威力大增。

只见狮心、龙牙虽攻得甚急，但云殊拳掌也快得出奇。他自创“惊影迭形拳”，几抵神微之境，拳意追影，影到拳至，由旁观者看来，他一拳方出，后拳早已追上第一拳的影子，斗到急时，但见形影相叠，来去如潮，也不知有多少个云殊在场内奔走。

三人以快打快，转眼便拆了五六十招。狮心、龙牙掌法使开后，一个热浪冲天，一个冷气森森，云殊犹如置身冰火炼炉，当下运功抵御，渐渐地右半身殷红如血，左半身却透出青碧之色。群豪瞧他久战不下，又忽生异相，都担起心事。忽听云殊发声长啸，反手摘下宝剑，剑不出鞘刺中龙牙小腹。龙牙痛哼一声，当即跌坐在地。狮心不由悚然一惊，方欲纵身后退，忽见云殊已挥剑劈来，慌忙挥掌格挡。肉掌与剑鞘相交，咔嚓一声，狮心掌骨碎裂，痛彻心扉，未及惨呼，又见云殊剑花挽出刺中他的“膻中”穴，狮心青郁郁的脸上泛起一抹殷红，人如醉酒，踉跄后退，喉间咯咯数响，忽地两眼一翻，仰天栽倒，背脊撞上木台发出砰然大响。

靳文见状，也飞抢上来，举剑削往二僧颈项，忽听云殊道：“他二人武功已废，不足为害。他们说大宋更无男儿，那便送他二人出去让世人瞧瞧，我大宋有无男儿。”众人哄然大笑，云殊一拂袖，凝视地上二僧，凛然道：“都给我滚吧！”龙牙伤势稍轻，当下挣扎起来，扶着狮心，踉跄上了小船，顺水去了。

梁萧瞧得皱眉，心想此举太过意气用事，这两个番僧为何来此本就成谜，怎能图一时痛快轻易放其离开。但云殊这一仗胜得酣畅淋漓，威震异邦，大长中原武人的志气，群豪心中唯有痛快二字，哪儿还顾得上其他。梁萧正自疑虑，忽见云殊转身盯来，眼中寒意摄人。二人目光相交似有火光迸出，但见云殊慢慢开口：“一过十年，足下安然无恙，云某真有不胜之喜！”他虽口中道喜，脸上却冷冷冰冰，殊无喜色。

梁萧也淡然道：“尊驾尚在人间，梁某岂敢先亡？不过尊驾来得甚巧，再晚一分半分怕就见不着我了。”云殊笑道：“因突发战事，云某一时脱不得身，故而才请大伙儿前来陪你一阵。万幸赶得及时，倘若你死在他人剑下，云某岂非抱憾终生？”梁萧微微一笑，一拍剑道：“闲话少说，你们是一齐上来还是车轮战法？”云殊摇头道：“云某既然来了，群殴烂打、车轮战法统统都不用。”梁萧道：“那便是单打独斗了？”云殊扬声道：“不错，十余年心愿只盼今朝得偿。”

直到此时，但见两人各自气定神闲，全不似仇敌相见，却如故友重逢，唯有深知二人仇怨者才能听出话中的杀气。

梁萧点头道：“这么说，既分胜负又决生死了？”云殊凝色道：“不错，既分胜负，又决生死！”花慕容听得这话，不由心弦一颤，失声叫道：“云郎！”云殊雄躯一震，回头望去，正瞧见娇妻弱子，花慕容娇靥上布满惊悸，怀中小孩瞪着一双乌溜溜的大眼瞧着云殊，忽地脆生生叫了声："爹！"

云殊听得这声，不由眉尖一颤。这些年他出生入死奔波于复国大业，本就与妻子聚少离多，而今久别相逢却又要与宿仇一决生死，若是自己败亡，妻子女儿又会怎样？一念及此，不觉心乱如麻，但这犹豫不过刹那间事，云殊当即长吸一口气，心想还没交手岂可自乱心神。一咬牙就将目光从妻儿身上挪开。花慕容瞧他容色，已自了然，不觉凄然一笑将孩子交到仆妇手里，纤指按上腰间剑柄。

梁萧沉吟道："梁某败了，万事俱休。倘若侥幸胜了，又该如何？"云殊道："若你胜了，自然无人阻你离开！"此言一出，就听见议论声嗡然响起。靳文上前一步，高叫："师叔何必与他啰唆，乱刃齐下，还怕此獠不死吗？"云殊却摇头道："武林之中不比疆场杀敌，以众凌寡，不算好汉！"但见靳文面有惭色，便低头道："师叔教训得是！"

云殊游目顾视群豪，朗声道："倘若云某败亡，还请诸位信守承诺，不得留难此人，即使报仇也待将来。"众人见他神色凝重，均是生出悲壮之情。梁萧也不觉点头："此人这份豪气倒也远胜当初。"

云殊手按剑柄拔出剑来，只见剑身光亮清澈，隐闪赤芒，云殊手拈剑锋，沉声道："此剑久经杀戮，刃间有血光涌动，宛若火光，故名炎龙。在云某手里已斩三千三百九十四人，足下是第三千三百九十五个。"梁萧笑道："九五乃是至尊之数，不才若能授首却也幸甚。但不知，那三千三百九十四人中，又有几个恶人，几个好人？"

但见云殊面色微变，沉吟道："成大事者不拘小节，难免错杀无辜。"梁萧点头道："这话足见坦荡。"说着便拔出天罚剑来，众人瞧得是把锈剑，均是大笑。风怜羞怒道："有什么好笑？宝剑又不是女孩子，要那么好看干吗？"众人闻言笑声更响。贾秀才笑道："姑娘有所不知，女孩子丑些犹能做老婆生孩子，但剑若是锈了可是要命的事情。"云殊也道："若剑不合用，大可换过。"梁萧却摇头道："不必。"只见他神色凝定，手抚长剑，慢声道，"草木为剑也可伤人，何况此剑乃天下第一剑，铸成以来仅杀一人。"说到最后两句时，声若殷雷滚滚，竟将场中哄笑一时盖住。

云殊闻言脸色微微一变，冷冷道："天下第一剑？哼，不打诳语吗？"梁萧道："绝非诳语！"云殊点头道："好，阁下请了！"梁萧也身形微躬，长剑斜指道："请！"请字出口，双剑已交。这二人俱为当代剑道奇才，这一出手各抢先机，一轮快剑使得如光流影散，瞧得人眼花缭乱，几乎喘不过气来。

疾风般缠斗数回合后，梁萧只觉云殊出剑飘忽百变，无迹可寻，不但瞧不出"八大剑道"的影子，而且连"归藏"之意也被化去，剑来剑去，全然看不出先天易理的影子。梁萧越斗越惊，心想："此人剑术之强，已仿佛当年酸穷儒公羊，只是太过狠辣了些。"

云殊这些年纵横沙场、杀人无数，元廷为了除他，不断派出奸细刺客，蒙汉高手。他这一路剑法实是于战场中出生入死锤炼而来，故一旦展开，剑下难有能过十轮之将，但与梁萧斗到这里，也觉迷惑："这厮当年武功已自了得，急切间胜不得他也罢了。但他此时所使剑招明明依循先天易理，偏又浑然天成，叫人虽看得明白却也破解不了。"两人各怀心思，剑招也渐渐生出诡奇变化，忽快忽慢，快时迅若风雷，如癫如狂，慢时剑锋飘若柳絮，如带千钧。

这般时快时慢，虽乍看安稳，但在高手眼中却比快剑抢攻更惊险十分。要知快剑抢攻不过一逞气力之勇、应变之速。但此刻不仅斗力，抑且大斗智谋，招式变缓或是因为虚招诱敌，或又是因为观敌虚实，蓄力蓄势，便如雷雨之前，先有狂风乱起再有乌云聚合，然后雷鸣电闪，最后才是大雨滂沱。天地施威尚且蓄势而行，何况凡俗武功。是以二人出剑越慢，便越是深思熟虑，不出剑则已，出则必是杀招。二人都是当世罕有的大高手，深明此理，故一人放慢，对手自也心生顾虑，不敢随心所欲施展快剑，以免显露破绽。

释天风被夫人逼着旁观，颇感失落。但他天性嗜武，瞧到精妙处不由得眉飞色舞，大呼小叫，不时挥拳出脚，推演双方变化，评判二人得失。他旁观者清倒也时时切中弊端，可是说来容易做来难，场上二人耳中虽听得清楚，却苦于对手变招太快太奇，取胜之机稍纵即逝。

风怜瞧得焦急，靠近释天风问道："释岛主，你说，谁的胜机更多一些？"释天风道："难说，梁小子剑法极好，但姓云的也不差，公羊穷酸教出这样的徒弟真是叫人羡慕。"他说话之时，双眼兀自不离斗场，两个食指也当作宝剑缠来绕去，不断推敲变化。

风怜大感失望，噘嘴道："这里的武功就数你最好，你若说不上来还有谁能说得上来？"释天风听了这话，大喜道："小丫头说话大有见地，老夫的武功当然最好。"却见风怜眼珠一转，问道："释岛主，你和姓云的打，谁更厉害一些？"释天风想也不想，冲口便道："那还用说，自然老夫厉害！"风怜笑道："好啊，这么说师父笃定胜了？"释天风奇道："这话怎讲？"风怜道："在开封铁塔时，师父胜了你半招自然比你厉害，如今你又比姓云的厉害，这么推断起来，岂不是师父比姓云的更加厉害？"

释天风挠头道："这个，这个……"他输给梁萧是铁板钉钉，赖之不脱，但胜过云殊却是信口胡吹，从没试过。风怜不待他多想，一口气追问："难道释岛主胡吹大气，原本就不及姓云的？"释天风不由怒道："放屁！"他骂得不雅，风怜却不以为忤，嘻嘻笑道："既然释岛主不是吹牛，那师父就笃定胜了。"释天风心想小丫头言之有理，梁萧胜了自己半招，若他败给云殊，自己岂不也跟着败了。他一时着急，当下高叫道："不错，梁小子必胜无疑，姓云的输字当头。"

此地除了梁、云二人，就数释天风武功最高，他一出口，旁观的群豪无不担起心事。释天风说罢当即付诸行动，出言尽挑云殊破绽。一时之间，就好比梁萧的武功又加上了释天风的见识，两大高手合斗云殊一个，云殊渐感吃紧，渐处下风。

花无媸瞥了风怜一眼，心想有其师必有其徒，这小丫头好不狡狯。当下微微一笑，说道："释岛主稍歇，老身想与你打个赌。"释天风好奇道："赌什么？"花无媸又笑道："我们猜猜场上斗剑二人谁会胜出。"释天风笑道："好啊，赌赢了有什么好处？"

花无媸笑道："若老身赢了，还请释岛主指点我这孙儿一套厉害武功。"释天风笑道："这个容易。我赢了又如何？"花无媸笑道："若释岛主赢了，老身就让你看一遍我天机宫的《太乙分光剑谱》如何？"

释天风不由大喜过望，冲口而出："此话当真？"要知"太乙分光剑"为天机宫镇宫绝技，已臻武道绝诣，当年花无媸与公羊羽用这套剑法双剑合璧，杀得萧千绝大败而逃。释天风嗜武如命，几次来到天机宫都为借剑谱一观，可是任由他软磨硬泡，花无媸却只是婉拒，不料今日口齿松动，叫他如何不喜。

花无媸淡然道："当着天下英雄，老身岂能说话不算？"释天风喜不自胜，当即拍手道："好啊，老夫赌了。"花无媸笑道："释岛主快人快语。场中二人，你我各猜一人如何？"释天风道："好，你赌云殊胜吗？"

花无媸却摇头道："不对，我猜梁萧胜！"众人应声吃惊："云殊是她爱婿，她怎的却赌敌人获胜？"释天风不假思索，张口便道："好啊，那老夫便赌云殊胜。"话一出口，又觉别扭，挠头道："哎哟，不对不对，我方才还说梁萧胜的。"

花无媸脸一沉，当即正色道："释岛主，当着天下英雄的面，咱们绝无二言。如此说定，倘若梁萧胜了，岛主便教圆儿武功；若小婿侥幸胜出，老身立马交出《太乙分光剑谱》。"释天风拧起眉头，心想若梁萧胜了，自己赌输不算，还得花费工夫教那小浑蛋武艺。倘若云殊胜了，就能看到梦寐以求的剑谱，想来十分划算。

当下他主意一变，目视斗场道："云小子这一剑使差了，若是刺'神阙'穴，梁小子必然不妙，嗯，好，上刺'下陵'，对，下刺'天泉'。"口吻一改先时，俨然指点起云殊的剑法来。

凌水月忍不住瞅了花无媸一眼，心想："花家妹子心思端的机巧，几句话便迫得老头子变了心意。"但到此地步，她也无可奈何，只得长叹一声，壁上观望。

风怜越听越觉不对，怒道："释岛主，你好偏心。"释天风却诈作不闻，嘴里自顾唠叨。风怜一顿足，举掌就劈向释天风，但见释天风头也不回，伸出一指就点中风怜的"五枢"穴，风怜的身子动弹不得，骂人又觉嗓子干涩，一句话还没出口，眼泪却扑簌簌先流下来。

花镜圆见状，忽地闷声蹿上，冲着释天风捶打。释天风让开两拳，瞪眼道："小浑蛋，你也来打我？"众人都觉奇怪，但见花镜圆小脸紧绷仍是挥拳乱打，释天风只好弹出一道劲风将他点倒。花无媸最疼这个孙儿，慌忙上前解穴，但释天风的"无相神针"何等厉害，花无媸连试几种手法都是无效，不禁怒道："释天风，你干吗伤我圆儿？"

释天风瞅她一眼，心道："是了，这小娃娃故意捣乱，好叫梁萧取胜，逼我教他功夫。哼，花无媸帮腔，那也是怕老夫胜了瞧了她的剑谱，嘿，你祖孙俩一条心，老夫怎能上当？"当下笑了笑并不理会，只不断出语相助云殊。

花无媸气头一过也寻思："如今比剑要紧，万不能得罪此人。但他点了圆儿穴道也不能这般算了，日后有暇再与这老浑蛋算账。"眼看花镜圆流出泪来，只当他中了指劲难受，不觉心痛欲碎便紧紧抱着孙子，眼鼻一阵酸楚。

云殊得了释天风言语，渐渐扳回劣势，炎龙剑如泼风一般将梁萧压住。梁萧所受压力越大，心思也益发专注，长剑守得滴水不漏，云殊纵有释天风相助，遽然间也难将他击破。二人剑气纵横又斗了十余回合，梁萧心念微动，忽地觉出云殊剑法中有一丝不谐，虽然稍纵即逝可也分外清晰。梁萧因悟通"谐之道"，故而灵觉敏锐，不仅自身出招力求和谐圆通，而且对手出剑稍有不谐便能知觉。

再斗数回合后，云殊剑招中的不谐再次闪现，抑且瞬间出现两次。梁萧恍然大悟，原来不论多强的高手，剑使得久了，只要精力松懈，剑招中也必然出现不谐。就好比算数之时，算式不谐便会结果错误，剑招中若有不谐也势必影响气势，流露败机。

梁萧看破这一点，当下掌中运剑，心中默察，渐渐觉出云殊剑法中更多的不谐之处，有的清楚，有的细微，但用心体察，均是不难把握。陡然间，他的眼前呈现出一个前所未有的奇妙境界，云殊的剑法再也不是无迹可寻。梁萧欣喜之余，又是唏嘘，深感人力有时而穷，终不及宇宙浩大浑成。

想到此处，梁萧依循云殊剑招，依"谐之道"刺出一剑，挑中云殊剑身，铮然声响，云殊剑势一乱，不由大吃一惊飘身后退。梁萧当即纵身赶上，两人长剑相交，但见云殊剑势又乱，不得已施展身法，再度后退。片刻间，只见梁萧连出五剑，云殊便退了五次，转眼退到木台边缘。众人但见情势急转直下无不惊诧，纵以释天风之能也是张大嘴巴，不知从何说起。

身后已是湖水，云殊退无可退，忽地剑法转疾再次祭出快剑，处处抢占先机。梁萧只屹立不动，长剑绕身，忽前忽后。云殊则如一道电光，人剑合一只在他身周盘绕。只听铮铮声不绝，长剑连番交击，只见云殊长剑屡被梁萧挑开，处处受制，气势大减。但受制越多，剑法中的不和谐也暴露越多，此消彼长，但见梁萧出剑越发随心所欲，云殊纵然剑如狂风，但剑招却已破绽百出。除了几个顶尖高手，群雄均没瞧出其中奥妙，只见云殊逼近梁萧，当即鼓噪叫好。

叫得半晌，只见云殊圈子越绕越大，初时五尺方圆渐渐扩到一丈，虽兀自狂奔不休却似乎无法自主。群豪纵使武功再差，至此也瞧出高下，鼓噪声渐渐低落，只瞧得梁萧出剑悠然自得，斗到性发，索性闭眼出剑，此时他心思已敏锐非常，不以目视也能听出云殊剑风中的任何不谐之处，应声发剑，无有不中。众人见此奇景，全都惊得呆住了。

只见贾秀才眼珠乱转，忽地叫道：“梁萧，有能耐的敢塞上双耳吗？”梁萧笑道：“有何不敢？”说罢右手长剑拆解云殊剑招，左手便撕下衣角塞住双耳。但纵是眼不见，耳不闻，他以神遇敌也能感知云殊剑意中的不谐，剑出如神，叫云殊占不得半点便宜。贾秀才瞧得心生佩服，一时竟然忘了仇恨，叹道：“姓梁的，了不起。”池羡鱼不禁怒道：“老三，你胡说什么？”贾秀才忙道：“大哥教训得是，小弟看入神了。”

斗到此时，云殊早该弃剑认输，但这一战不只关乎他自身荣辱，更负有天下之望，不觉心想：“若论斗剑，我早已一败涂地，但今日乃是赌斗生死，大不了一死罢了。”当即一咬牙，剑意越发癫狂，尽是同归于尽的打法。

梁萧心中也很矛盾，如今已占尽上风，刺杀云殊易如反掌，但想他一死，世间又多一对孤儿寡母，但若云殊不死，势必又会纠缠不休。自己生死事小，但风怜却是无辜，云殊疾恶如仇，未必肯放过这个后患。况且他心中对云殊也怀有几分敬意，不忍让他败得太过难堪，是以径取守势，只盼他知难而退。谁料云殊不但不愿认输，招式却越发狠毒。梁萧拆了数招后，心知若不将此人逼入绝境，今日绝难脱身。想到这儿，不由暗叹一口气，喝道：“看我大直剑！”只见天罚剑直直劈落，气势一往无前正中炎龙剑剑身，铮然声响后，炎龙剑应声而断。众人吃了一惊，方信“天下第一剑”并非虚言。风怜见“天罚”显威，不由欣喜万分，虽然动弹不得却也是大声叫好。

只见云殊虎口迸血，手握断剑踉跄后退，梁萧又变一招“双弧斩”，长剑居空划了两个半弧，分斩云殊胸间面门。云殊身子一躬，当下倒纵丈余。花清渊急道：“云殊接剑！”当即奋力掷过一把剑来，云殊正欲伸手去接，却不料梁萧使一招“螺旋刺”，抖着剑花刺来，只听当啷一声，已将来剑挑飞。这连环三剑都是梁萧从数术中淬炼而出，合以“谐之道”，威力绝大。

“螺旋刺”原本取法螺旋线之理，只见天罚剑自小而大挽出数个剑花后，一眨眼就已将云殊套入其中，剑风森冷在他脸上掠来掠去，逼得云殊汗毛陡竖。梁萧喝道：“还不认输？”云殊却咬牙不语，并掌拍出，梁萧见状又使出“周圆剑”，剑脊圈转压住云殊双腕，轻飘飘地贴着他的手臂向他颈项削来。云殊心中暗叹：“罢了。”不知为何，死念一起，他的心中好似放下了一块万斤巨石，浑身竟有说不出的轻快。

梁萧这招“周圆剑”并非杀着，否则剑锋直落，云殊早已双腕齐断，不料剑意未绝，云殊竟束手待死，一时微感意外，是以长剑停在半空，不知应否削下。这时但觉身后锐风忽起，若有兵刃刺来。梁萧趁机反手出剑挑中那人剑身，回头一看，但见花慕容倒退两步，俏脸苍白，眸子清亮冰冷，好似一泓秋水。

云殊见妻子出手，微一愣神，脱口道：“慕容，你做什么？”花慕容凄然一笑，说道：“做什么？难道什么也不做，眼瞧你死吗？”云殊摇头道：“我与他已约定在先，你这么做岂不是叫我食言而肥？这男人间的事情，你女人家不要多管！”花慕容咬了咬下唇，又大声道：“女人？女人就不是人吗？女人就不知爱恨了吗？不错，什么复国大计、江湖道义，我都不懂。我只知道，我可以没有丈夫，但女儿不能没有父亲！”

云殊不由心头一颤，忍不住侧目望去，但见女儿被仆妇搂着，似乎刚刚哭过，小脸上还挂着泪珠，见他望来，便叫一声：“爹。”云殊心往下沉。那小女孩叫过云殊后，又望着花慕容道：“娘，抱抱。”小嘴一撇又似要哭。

花慕容一颗心如被铅刀旋割，许多往事涌上心头。她因自幼失去父亲，所以对那从未谋面的父亲又爱又恨，虽然母亲不让众人提及父亲的名字，但她却极想知道，她那个名动天下的父亲到底是什么样子。那天她在苏州郊外救下云殊，得知他是公羊羽的弟子后，不禁十分好奇，不时向他询问父亲的情形，相处日久，不知不觉间竟将对父亲的孺慕之情尽皆转移到了他的身上。她也知云殊另有心爱之人，他对自己虽看似很好，但实则看重的是天机宫的奇技异能、敌国财富，他心中只有复国大计，故没给儿女私情留下什么余地。但即便如此，她仍旧让母亲答应了婚事，可就在那时，他却不告而别去了南方。这一去，时间久得令她几乎绝望。后来云殊失魂落魄地回来了，还大病了一场。她看得出来，他身上的某个地方已然死了，不但因为复国无望，更因为他再也得不到真正喜欢的人。但她什么也没说，一改娇纵脾气，只温柔地看顾着他。那天晚上，他终于忍不住在她怀里哭了起来，那一瞬间，她忽地明白，怀里的这个男子虽外表犹如钢铁，内心却脆弱得像个孩子，然而就是这颗心，却偏要担负起那明知不可为之的重任。那个夜里，她将自己交给了他。成亲后，云殊极少在家，却总是在外奔波，她心里明白，与国家大义相比，自己这小小女子根本不算什么，是以也没什么怨言。后来有了女儿，让她多了很多安慰，但也因此更怕失去丈夫，从不信佛的她也悄悄地拜起了菩萨。有一次，云殊受了很重的伤回宫疗养，她忍不住劝他别再去了，他却顿时发起了脾气，不顾伤势当夜就走了。她哭了一晚，第二天又托秦伯符去照看他。多少年来，她总是默默忍受，直到此时此刻。

只见花慕容心念一转，仿佛过了十年光阴，忽地又银牙紧咬，展剑刺向梁萧。梁萧进退两难，但花慕容长剑既来也唯有举剑抵挡。忽听花无媸叫道："清渊。"花清渊应了一声，就见太阿剑拔出鞘来，迎风一指刺到梁萧面门，梁萧不愿和他交手，当即长剑下指，飘然后退。

花慕容回头唤道："哥哥。"花清渊对她微微一笑，眼神暖如阳春，忽地屈指弹剑，朗声道："慕容，好了吗？"花慕容心热如火，当即叫道："太乙分光！"只见兄妹二人双剑交击发出一声悠长轻吟，剑光流散向梁萧分心刺来。

梁萧的心中不由一阵凄凉，当年他为学"太乙分光剑"来到天机宫，千辛万苦推演"天机十算"，而今剑法不但没学成，反倒成了这路剑法的靶子，真是世间莫大的讽刺。"太乙分光剑"已破武道绝境，纵使当年萧千绝极盛之时也未能接下百招，此时一经使来果然不枝不蔓，流畅无伦，若以人比之，就好比绝代佳人，纤秾合度，余赘全无。

兄妹俩这一合上手，剑上威力添了何止数倍，一轮急攻迫得梁萧连连倒退。群豪惊喜莫名，迭声喝起彩来。只见那两人剑法刚柔互易，阴阳倒置，剑上劲力大得惊人，只唰唰数剑就将梁萧逼到木台边缘。释天风瞧得入神，不禁脱口道：“久闻‘太乙分光剑’为天下武学樊笼，盛名之下果然不虚。”

风怜瞧得焦急，问道：“这话怎么说？”释天风道：“也就是说，天底下不论多强的功夫，遇上这套剑法也都是笼子里的猛兽，爪牙无所施展。”又想到方才梁、云斗剑，梁萧胜出，自己再也无缘一窥剑谱，不由得伤感起来。

风怜哼了一声，说道：“我才不信，我师父也很厉害。”释天风叹道：“梁小子自然厉害，方才打败云殊时的剑法，神乎其技，老夫也未必对付得了。”风怜道：“好呀，老头儿，你终于承认敌不过我师父了。”只见释天风脸色发黑，怒道：“我什么时候认了？”风怜冷笑道：“不承认就不承认，总而言之，管他什么樊笼、鸟笼，我师父一个打两个也不会输。”释天风却摇头道：“难说，这路剑法取法太极变化，不仅是两个人那么简单，依我看，这路剑法有两合：第一为剑合，便是说剑招配合，变化精妙。第二是气合，这个可了不得！你看，花丫头早先内力平平，如今却堪比一流高手，缘由便在于气机变化。因为男女二人所用内功不同，阴阳之气彼此交流，太极生两仪，初时也只算得两人；待得两气回流后，两仪生四象，就有了四人的内力，而后四象生八卦，无异于以一身化四，两个人身具八个人的内力，倘若让他们八卦推衍，复归混沌太极，那时剑上劲力之强，绝非人力能够比拟。”

风怜听得脸色发白，不由呆了呆，又大声道：“释岛主，怎么才能让他们变不出那个浑蛋太极呢？”她有意放大嗓音好叫梁萧听见。但见释天风怒啐一口道：“是混沌太极，不是浑蛋太极。哼，老夫倘若知道能怎么破解，那这剑法便不叫天下武学的樊笼了。说起来，只有老穷酸和花无媸那两颗心子，一个八窍，一个九窍才能想出这种鬼门道。”说到最末一句，口气中颇有些酸溜溜的意思。

风怜越听越怕，忽见梁萧仅余一足踏在木台边缘，长剑急舞，花氏兄妹虽攻得甚急，歌诀也不及吟诵，但无论怎样出剑，却始终不能将梁萧逼落水中。风怜心想：“师父必定不会输的，定能想出巧妙法子。”心念未绝，忽听梁萧一声长啸，当即抖手刺出数剑将花氏兄妹逼退数步。

释天风失惊道：“是了，老夫算掉了一合。”风怜见梁萧大举反攻，不禁问道：“什么合？”释天风道：“便是‘意合’，使剑二人须得心意相合才能发挥绝大威力。他兄妹顺畅时犹能齐心合力，但一遇阻碍便各有所想，乱了方寸。”

风怜见梁萧占了上风，心中喜乐，不由拍手笑道：“对呀，这就叫作末流者比招式，二流者比内功，第一流的高手比的乃是气度胸襟。”她把梁萧的话原样搬出，释天风大觉入耳，心生感叹：“小丫头虽年纪不大，却能说出这等道理。不错，第一流的武功也要第一流的人物来使。”

梁萧虽被“太乙分光剑”压制一时，但他深信无论什么功夫，使得久了都不免流露不谐之处，只须紧守慢挡，以待其弊。果不其然，斗了半晌后，但见对方渐生不谐，梁萧伺机出剑，不时扰乱，迫得花氏兄妹唯有两仪生出四象，却始终达不到四象生八卦的地步，更不用说复归混沌、结成太极剑圈了。此消彼长，两人剑法不谐处越来越多，梁萧的剑法却越来越强，斗了一会儿，忽喝一声：“着！”只见天罚剑抖手一挑，花慕容顿时长剑脱手，嗖地向远处落去。

这时但见人影一闪，花无媸已凌空接下长剑，叱道：“慕容且退！”说罢一闪身，已抢到花慕容身前将梁萧接下。母子连心，“太乙分光剑”威力陡增，一时两仪生四象，四象生八卦，又将梁萧剑光压住。但梁萧已渐入佳境，心性通明，拆了七八招便已瞧出端倪：这对母子虽然知音解意，配合甚洽，但性情却不甚相得。花无媸秉性阴柔，心机深沉，是故剑意绵绵不尽总是留有余力；但花清渊却冲淡优容，当攻不攻，当守不守，剑上少了一股所向披靡的霸气。是以二人剑法均偏阴柔，无以互补，虽御敌有余，但取胜不足。梁萧瞧出这一不谐，当即退让数招，立施反击，唰唰数剑便将花氏母子结成的太极剑圈一举击破，重新打回八卦之形。

释天风叹道：“空有不世剑法却发挥不出，真是叫人气闷。”风怜心中得意，笑道：“你气闷不打紧，我看得舒服就好。”

只见这时山光如酒、日已西斜，晚风悠悠在湖上吹起如皱涟漪，忽听石阵中传来清朗吟声：“莫听穿林打雨声，何妨吟啸且徐行。竹杖芒鞋轻胜马，谁怕？一蓑烟雨任平生。料峭春风吹酒醒，微冷，山头斜照却相迎。回首向来萧瑟处，归去，也无风雨也无晴。”

第十一章

一剑横天

众人掉头望去，只见石阵中悠然行出一人，斗笠蓑衣，大袖飘飘。天机宫众人忽见有陌生人从“两仪幻尘阵”中走出，都感惊疑。秦伯符喝道：“什么人胆敢擅自闯宫？”那人笑道：“我不过随便瞧瞧，天机宫的人就是小气。”云殊听得耳熟，心念一闪，脱口叫道：“师父吗？”但见那人轻轻一笑，摘去斗笠，乌须长眉，逸兴遄飞，不是公羊羽是谁？

秦伯符心想：“原来是公羊先生，难怪能在石阵中来去自如。只是他怎的不从湖上来却从天机宫里出来。”云殊上前两步，一膝跪倒，叫道：“师父！想死徒儿啦……”师徒两人一别十年，云殊话未说完已自哽咽。公羊羽不由眉头一皱，摇头道：“还是这么不争气。”

云殊闻言，只得忍住悲戚，说道：“师父，你怎么来了？”公羊羽冷冷道：“我不来，你收拾得了吗？”云殊不禁面红如血，大感惭愧。花慕容见了公羊羽，心中波澜顿生，移步上前，低声道：“爹，你来了吗？”公羊羽点点头，轻叹道：“慕容，你还好吧？”却见花慕容手捻衣角，默然不语。

梁萧重现中原，消息传遍江湖，公羊羽无心听到，又听说花镜圆落入他手，饶是此老性情乖戾也忍不住匆匆赶来。但他不愿被天机宫察觉，是以趁夜潜入，藏身“两仪幻尘阵”中。他久别此地，在石阵中待得久了不禁起了怀旧之思，便趁宫内众人外出等候梁萧时，入宫闲逛。

睹视旧居，公羊羽回想以前种种，不胜唏嘘，走着走着来到向日书房，但见房中陈设如故，笔砚宛然，往日所爱书籍一本未动，桌椅几凳格外洁净，再看年少时写下的诗词楹联，也是历历如新。公羊羽一路看下去，心中不觉痴了，看到最后，在树林中寻了个幽僻处便坐了下来。

多年来他走过千山万水，却遍寻不着了情的踪迹，而今岁月蹉跎，年事渐高，胸中那份如炽情感也渐渐淡去。此时独自静坐，沉恨细思，只觉自己毕生一任性情，虽负虚名，对妻儿却亏欠太多，倾尽余生也偿还不尽，唯有抱愧长眠地底，他思来想去，生出不胜之悲。如此恍惚已久，不觉时光已逝，抬头看时，竟已是黄昏。他想天机宫高手尽出，人多势众，当下也不着急，不慌不忙出了石阵，却正好瞧见花无媸母子联剑对敌。

公羊羽细观斗场不由拧起眉头。释天风见他，不禁唤道：“老穷酸，你来得好啊，老夫正满天下找你练手，有心不如碰巧，咱们这就切磋切磋。”但公羊羽目视斗场并不理会。释天风当即顿足上前，凌水月拉住他道：“公羊先生有要事，你别烦他。”释天风道：“我跟他切磋武艺，也是要事。”只见凌水月脸色一沉，瞪眼怒视，释天风便顿生畏怯，缩头缩脑地就退到她身边去了。

花无媸母子听见公羊羽来到，心神都是一乱，剑法不觉露出破绽。梁萧眼见又来一个强敌，忽使一路“浑天三弦剑”，只见天罚剑大开大阖，抖起数个老大剑花，纵横交错，正斜互连，剑花里夹杂直劈斜刺之术，顿将花无媸母子逼得接连后退。公羊羽瞧到这里，忽地动步，拂袖将花清渊带到一旁，叹道：“这一阵让我来吧。”

风怜怒道：“不要脸，说好单打独斗，现在却又是二打一，又是车轮战……”还要措辞再骂，忽见公羊羽袖中吐出一道青虹，清光流动，分明是口宝剑。她心念忽动，急道：“师父，这是青螭剑，新剑已铸，旧剑当亡，快将它砍断了！”她从小就听祖父说过青螭剑的模样，是以一眼认出。

梁萧听得这话，猛可想起欧龙子说过的话。铸一剑，断一剑是精绝族的族规，也是守剑者必遵的约定，当下便不再迟疑，忽向花无媸急攻两剑，公羊羽挥剑来救，梁萧又倒转剑锋，只见天罚剑闪过一道紫芒，忽地缠住青螭，两剑相交，就听叮的一声，青螭剑已断了三寸长一截。

青螭剑锋利冠绝天下，今日忽被截断，公羊羽不由大吃一惊，猛然省悟道："梁萧，这剑是欧龙子新铸的？"梁萧道："不错。"说话间，两人兀自快剑急攻，公羊羽此次已是小心翼翼，但见断剑屈曲如蛇，再也不与天罚剑相交，口中却道："欧龙子可还好吗？"风怜见了青螭剑，已知公羊羽是前代守剑之人，心中敬意油然而生，听他一问，当即含泪答道："爷爷以身殉剑，已经去世了。"

公羊羽当即飘退数尺，错愕道："你是他孙女？"风怜点了点头。花无媸见公羊羽停手，独剑难支，也只得退在一旁。但见公羊羽沉默片刻后，对梁萧道："这剑叫什么名字？"梁萧道："天罚。"公羊羽又沉思片刻，忽地仰天叹道："欧兄求仁得仁，可敬可叹！不过他铸成此剑却选了你做守剑之人，真叫人想不明白。天罚天罚，代天罚罪，却不知欧兄之意是让你罚人还是罚己。"说着眉间颇有嘲意。

只见梁萧沉吟道："既罚自己，也罚他人。"公羊羽笑道："这话答得好！"当即与花无媸对视一眼，心中已各自明白，这对头剑法通神，掌上更有无双神剑，今日若将他放走，实在后患无穷。他二人果决善断，虽然彼此怨恨半生，但一遇如此强敌又生出敌忾同仇之意，公羊羽当即朗声吟道："天清地浊！"花无媸也应道："乾坤定矣！"语罢两人并肩出剑，唰唰刺向梁萧。

梁萧无法可想只好挥剑抵挡。刚接数剑便觉不妙，这对怨侣携手，威力超乎想象，一转眼，二人就已连攻十余剑，梁萧竟没还得一招。却不知公羊羽和花无媸同感奇怪，他二人已有数十年未曾一起练剑，不料此时联剑合击，竟然神明意会，得心应手较之往昔犹有胜之。

梁萧一边退让，一边默察不谐之处，却是一无所获，只觉这二人招式变化相宜，神气交融无阻。公羊羽斗得性发，仿佛又回到少年时光，与花无媸琴瑟相偕、同创剑法的光景，那时的眉梢眼角记忆犹新，故而他忍不住瞧了花无媸一眼，心中感慨万千："万万没料到，我二人还有联手对敌的一天！"花无媸看他眼神，也知他心中所想，心头不禁一酸。不知为何，此人对她那等决绝，但她对此人却难以忘怀，宫中公羊羽所留的楹联诗词一无所变，书房陈设也仍如故往，每日她总会去那里小坐半晌，追思往昔，不胜伤感，有时候午夜惊回，心中也尽是他的影子，一时也不知自己到底是爱他，还是恨他，爱恨交缠，叫人苦恼。思忖间，忽听公羊羽朗声道："雷风相薄。"花无媸心旌动摇，应声道："水火不射。"四象生变，八卦相荡，剑法更趋凌厉。

梁萧越斗越惊，心想："按理说，这对恩怨夫妻最该南辕北辙才是，怎会使出如此浑然无极、上达天道的剑法？"忽听公羊羽一声疾喝："阴阳化生！"花无媸当即应道："太极成矣。"只见剑法圆转，太极剑圈已然结成，梁萧如陷汪洋大海，唯有苦苦支撑。

花清渊瞧到这里，禁不住热泪盈眶，回头顾望，花慕容也已泪流满面，他明白妹子心意，便握住她的纤手将她揽入怀里，但见花慕容肩头颤抖，低声抽泣。他兄妹自幼便有一个心愿，便是指望父母重归于好，谁想竟在如此情形下得偿所愿。他二人深明剑理，情知若非父母心心相印，绝难将"太乙分光剑"使到这个地步，花清渊不由想道："若非梁萧，恐怕也无今日。"心中油然生出感激，扬声叫道："爹、娘，将此人降伏即可，不要伤他性命。"

公羊羽笑道："好说，梁萧，你服不服输？"梁萧已陷绝境，仅是二人无俦剑风就已叫人喘不过气来，更不要说那无上剑意了。但听了这话，胸中却生出一股傲气："我梁萧死则死矣，又何须他人垂怜？"想到这里，忽地纵身疾走，公羊羽夫妇全副精神锁在他身上，双剑如磁石一般紧紧吸在他身后。只见梁萧奔到刻画"竖尽来劫，河图洛书无一可据而可据者皆空"的那行巨字下方，纵身跃起，落在"空"字顶端一点，足下便如钉岩石，剑尖斜指上苍，喝道："一剑横天百世空！"

群豪闻言皆是一凛，梁萧言下之意分明自矜天下无敌，众人心虽不甘却是无话反驳。公羊羽见梁萧一反常态，出语挑衅，猜出他想借地势取胜，当下笑道："臭小子，你这叫癞蛤蟆打呵欠……"花无媸冷冷接道："胡吹大气。"说话声中，但见二人如影随形，两把长剑好似合成一柄，凌空刺出。梁萧勉力抵挡两回合后，退到“皆”字上，公羊羽后发先至，抢到“皆”字右边“匕”旁，口中长笑道：“王图霸业皆有终。”喝声中，又见梁萧且战且退，退到左方“匕”旁，花无媸则占住下方“日”字。三人各据一方，又斗得数回合，梁萧遮拦不住，便纵上“者”字，扬声道：“生者长哭死者笑。”

只见公羊羽长剑探出在花无媸剑上一挑，花无媸借力纵起，身如飞燕，在崖壁上画了个弧，绕过梁萧落在“据”字上，喝道：“退据无门难重重！”长剑择高而击，与公羊羽上下交攻。如此一来，梁萧当真是“退据无门”，只好长剑在“者”字上一点，又学花无媸模样，贴着崖壁绕到“可”字上抢占地利。

只见释天风功聚耳目，专注观战，连三人所吟诗句也不放过，忽地拧眉道：“梁小子放屁，生者长哭死者笑？死者呜呼乎哀哉才该大哭特哭。”风怜欲要辩驳却又寻不出道理。花镜圆久不说话，这时却忽道：“你自己不懂却来怪别人，这叫作：死，无臣于上，无臣于下；亦无四时之事，从然以天地为春秋，虽南面王乐，不能过也。”释天风皱眉道：“什么乱七八糟、春秋难免的？”

花镜圆道：“这是庄子的话，意思是：人一死，便再无尊卑之别、衰老之患，逍遥快活之处，做皇帝也比不上。活着的人却要奔波劳碌，伤春悲秋，哀天顿地，怎比得上死者的快乐呢？”释天风却哼声道：“放屁放屁，小浑蛋哪学来的歪理，活着学武打架，喝酒唱歌那才叫快活。不服的，你叫个死人来跟老夫比画比画！”

只见花镜圆也冷笑道：“好呀，那我问你，你若学不到武功，打不过别人，难道就很高兴吗？”释天风闻言一怔，想自己毕生学武，武功不济输给别人时内心深受煎熬；武功好了又发觉人上有人，嫉妒不已；就算当真天下无敌，但若无架可打也必定寂寞苦闷。思来想去，忽地怅然若失，瞅了花镜圆一眼，心想这小家伙竟懂得如此深奥之理，真是奇了怪了。

他瞅花镜圆，小家伙却瞧着风怜，风怜正自发怔，心想：“师父这句话大有厌世之意，想是那晓霜姑娘去了，他心灰意冷，觉得生不如死。今日如能脱身，怎生才能想个法儿替他开解？”她因满怀忧虑，全不觉身边那个小小孩童已然流下眼泪。

崖上三人踏着巨字不断攀升，横竖曲折、点撇钩捺均成战场。崖高千尺，令人望之帽脱，只瞧那三人越攀越高、身形渐小，每落上一方巨字，便口吟诗句，将巨字嵌入句中。诵到十来句时，只见崖壁上三个小影轻摇轻晃，仿佛身入云中、倚天而斗。

贾秀才心生感慨，不由叹道：“池老大，这场论剑，我贾秀才以前没见过，将来怕也瞧不到了。”池羡鱼也点头道：“三弟说得是，倘若只论武功，敌友双方都是旷古凌今，足见风流。”其他人虽嘴上不说，闻言也暗暗称是。

梁萧使尽解数，踏上“竖尽来劫”的竖字，也无可趁之机，便再往上去，但见崖壁泛青，滑不留足，只得喝道：“白云端头竖大旗！”以明始终，然后逆着寒风将身纵起，袖袍高涨，势如一杆凛凛大旗，贴着峭壁飘落，下落之时，不时挥剑搭上凸石借以消势。公羊羽和花无媸见状也齐身纵落，半空中长剑互挑，当啷消去下坠之势，落水之时，坠势随之消尽，竟没激起半点浪花。群雄见两人在水面上下起伏，心中奇怪，再定睛细看，原来两人踩着湖中两根铜铸杠杆。这些杠杆连接“天机三轮”和“两仪幻尘阵”，成百上千犹如蛟龙纠缠。

梁萧因不似两人彼此借力，是以先发后至，落水时双剑明晃晃刺来，梁萧抵挡不及，踩着杠杆退到天璇轮下，足踏轮叶，升到高处笑道：“二位前辈，敢来这里赐教吗？”“天机三轮”乃天机宫动力之源，为巨瀑冲击，终年转动，梁萧如此做法，是要将公羊夫妇引至轮上，借巨轮旋转扰乱二人剑法。

公羊羽猜出梁萧主意，心道：“此子心思机巧，尤胜武功。”当下拈须笑道：“这题目出得奇妙，老夫若不接下岂不坏了大伙的兴致。”他与花无媸激斗虽久，但阴阳交融，气机回流，非但不觉倦怠，而且精力渐长，当下便与花无媸并肩携手纵上天璇轮，与梁萧斗在一起。三大巨轮本为世间奇迹，故三人踏轮激斗，不只是变数倍增，抑且雄奇之处也是古今所无。台上众人既感眼界大开又觉忧心忡忡，其中花氏兄妹尤为发愁：“梁萧一味游斗，爹娘剑法纵然神妙，但年岁已高，若有三长两短岂不叫人终生抱憾。”

花镜圆但瞧风怜始终平静，憋了许久，忍不住问道：“风怜姐姐，你不为你师父担忧吗？”风怜默然不答，心想：“师父武功盖世，无论怎么凶险，他总能寻到应付法子。即便当真胜不了，他死了，我也不活，总不至于叫他孤零零、冷清清地走在黄泉道上。”当下心念已决，目视梁萧的身形，脸上露出温柔笑意。

只见三道剑光翻翻滚滚，自天璇轮卷到居中的天枢轮，又从天枢轮卷到天机轮。梁萧渐感技穷，因为不论巨轮旋转还是瀑布冲刷，公羊羽和花无媸两把剑始终和谐天然，毫无可乘之机，且尤为可怕的是，自己正当壮年，气血充沛也罢了，但这两个古稀老人斗了许久，竟也脸泛异光，神采飞扬。他苦斗半日，所遇尽是当世高手，但斗到此时，忽觉内力运转渐缓，生出衰竭之兆，一时越觉心灰：“我已穷尽智力，世间竟有如此武功，叫人无话可说。更何况这剑法纵然厉害也是两人施为，我全无臂助，只凭一把长剑撑到如此地步，料也无人胆敢小瞧于我！”想到此处，脑海忽地电光划过，又喃喃自语道：“既有长剑在手何为全无臂助？”

公羊羽见他口唇翕动，但奈何耳间水声如雷听不明白。他与梁萧斗到此时，爱才之心早已压过家国仇怨，但觉此人才智武功均可照耀千古，自己二人如将这一代奇才歼于剑底，委实可惜，是以虽占尽上风却不忍遽下杀手，当下笑道：“梁萧，你要认输不是？你只须弃剑，咱们便就此作罢。”他这话以内力道出，压住瀑布巨响，花无媸听了这话也暗自点头，她对梁萧本无切身仇恨，只不过耽于大义，被迫迎战。

梁萧却如中魇一般，闻如未闻，只兀自挥剑腾挪。公羊羽瞧他神气古怪，颇感讶异，将前言又说了一遍，梁萧却还是不答。公羊羽不觉心中有气，寻思：“若不将这小子彻底折服，今日定是断无了局。”当下他心念一动，花无媸也立时洞明，只见双剑神妙莫测，一上一下夹住天罚剑身，同时力绞，欲叫梁萧长剑脱手。风怜远远瞧见，不由心头一紧，未及惊呼，忽又见梁萧身轻如羽，随着天罚剑滴溜溜转了两周后，不但消去对方劲力，抑且穿过对方两剑缝隙，纵剑直刺，迫得公羊羽夫妇撤开双剑。

梁萧一招得手，心中亮堂：“天罚剑为精绝之神，两代剑师性命所系，好比欧龙子父子与我并肩作战。我却将它当作兵器死物，真是对两位前辈莫大的不敬！”他悟通关窍，当即对天默祷：“欧大师，铁哲大师，二位英灵在上，请助梁萧退敌。”

祈祷已罢，他高叫一声：“‘太乙分光剑’算什么？且看我人剑相御的手段。”声传湖上，群山皆响，但见梁萧话一出口，长剑已歪斜左刺，公羊羽挥剑挡住，花无媸也斜刺里赶上，刺向梁萧膝间的“伏兔”穴。谁料梁萧长剑刺出的一刹那，身子却如被狂风吹起向右飘出，呼的一掌直扫花无媸面门，一时间，也说不清是梁萧使动了天罚剑，还是天罚剑带动了梁萧。

只见花无媸长剑圆转，自下撩起扫向梁萧手腕。但梁萧出掌之际，天罚剑已受牵引闪电折回，嗡的一声就斩向花无媸的长剑。花无媸纵使再多十柄宝剑，也不敢硬挡天罚剑的神锋，无奈纵身后退。梁萧却不追赶，掌剑又顺势偏转，齐向公羊羽攻去。公羊羽因怕坏了双剑和谐之妙，不敢纠缠，也随花无媸后退。

梁萧一招逼退两大强敌，当即抢上一步，故技重施，忽而以人运剑，忽而天罚剑又变成主人，梁萧成了他手中兵刃，使到精妙处，长剑已然脱手，只见剑如飞蛇行天，人如白云翻舞，人与剑时分时合，变化奇绝。

释天风见梁萧招法奇变，一时双目大张，瞧了一阵，忽地摇头叹道：“好一个人剑相御。”风怜瞧不出究竟，着急道：“什么叫人剑相御？”释天风道：“自古剑法练到绝处，不过以人御剑，但梁小子不仅以人御剑，而且以剑御人，人与剑互引互动，无穷如天地，不竭如江河。原本他一人一剑，势单力薄，在老穷酸夫妻联手之下，决计讨不得好去，而如今人剑相御，便如凭空多出一位得力帮手。‘太乙分光剑’之所以厉害，只因其阴阳造化、生生不息。如今梁小子已人剑同心，也是生生不息，生生不息遇上生生不息，胜负之数可是难说。”众人听他一说，均感惊奇。

风怜歪头想了想，笑道：“我明白了，是以师父并不把天罚剑当作剑。”忽觉手足能动，敢情时刻一到，释天风封住的穴道已自然解了。释天风皱眉道：“女娃儿说话古怪，不当作剑，难道当作人？”风怜道：“那是当然。”心想师父必是将天罚剑当作了父亲和爷爷，与他们在天之灵并肩作战。想到这儿，不由眼圈儿倏红，泪水顿时迷蒙双眼。此时梁萧已将“人剑相御”使到得意处，天罚剑泛起离合紫光，剑上的锈斑都变成星文霞彩，绮丽绝伦，遥遥看去势如一道长长紫电，众人不由啧啧称奇。纵使风怜生于铸剑世家，对这奇象也道不明白。

忽听一个洪钟般的声音传来：“善哉善哉，梁萧创出如此神技，真为武学放一异彩！”风怜回头望去，不知何时，人群中已多了一个须眉皆白的高大和尚，手持一根木棒，嘴角微带笑意。释天风哈哈笑道：“九如你这老秃驴鬼鬼祟祟，什么时候来的？也不给我打个招呼。”凌水月白他一眼，当即合十笑道：“未迎大师佛驾，真乃罪过，拙夫有口无心，胡言乱语，还望大师见谅。”

九如笑道：“无事献殷勤，必有图谋，释夫人你越客气，和尚就越不安。”他说得直白，凌水月不禁脸上一红，说道：“大师法眼无差，老身确有所图。”九如笑道：“请讲。”凌水月道：“这三人斗剑，目前虽旗鼓相当，但人力有限，总会分出胜负。故而依老身之见，冤家宜解不宜结，任谁伤损皆是不好。还请大师与拙夫联手将三人分开，大师与梁萧有旧必能说服他解开心结，远扬他处。若是公羊羽和花家妹子不允……”只见她忽然住口，笑而不语。

九如笑道：“和尚明白了，倘若此间有人不允，合和尚与梁萧二人之力，虽压服群雄未必能够，但要走脱却是绰绰有余。”众人闻言，均是一凛。凌水月叹道：“不错，而今此法最善。”

九如一瞧斗剑处，笑道：“释夫人言之成理，和尚正为挫锐解纷而来。”他白眉一耸，忽又笑道：“释岛主，上吧。”释天风也嘻嘻一笑，道：“好！”忽地一拳，直奔九如而来。

九如早有防备，当即挡下这拳，骂道：“老乌龟，你又发癫了？”但见释天风拳脚密如雨点，口中却笑道：“扰人打架就好比夺人口食，没得折了寿数。这场比斗古今少有，怎能被你老秃驴搅了？常言说得好：‘兵对兵，将对将，玉皇大帝对阎王。’那边主将逞威，这边咱们做偏将的也该另辟战场。”说话中已不知出了几拳几脚，九如不敢大意，将木棒插在一旁，也挥拳抵挡。

凌水月气急骂道：“死老头子，你张着两眼怎就不看看风色？”释天风因几度被妻子阻拦，无法出手殴斗，早已憋得心痒，好容易找到借口出手，如何收敛得住，故任凭凌水月斥骂，他却只是装聋作哑。

正斗得不可开交时，忽见两艘小船一前一后从彩贝峡里出来，前方一船忽地加快近了木台，只听船上传来一声大喝，一道人影就如鬼如魅般抢到相斗二人之间，挥手一拳，势大力沉，当即迫得释天风倒退两步，定睛看去，来者却是一个年轻和尚，身材敦实，圆脸上一双环眼灼灼逼人。

和尚一拳既出，后着也绵绵而至，与释天风斗在一起，九如反被撇开。释天风与他拆解数招，喜道："小秃驴好本领！"他有架可打，有敌可斗，不论对手是谁都是欢迎之至，当即打起精神，与那和尚拳来脚往，斗了个难解难分。

众人眼看又冒出个年纪轻轻的大高手，心中都觉惊讶，只见来船抵岸后，船上跳下一个精壮汉子、一个怀抱琵琶的黄衫女子。池羡鱼识得黄衫女子正是金翠羽，不由奇道："四妹，你来了……嗯……这位是……"那精壮汉子接口笑道："池老大，你认不出小弟了？"池羡鱼这才恍然道："啊，白老二，你怎么就瘦下来了？"白不吃却只呵呵直笑，面有得色。

贾秀才瞪眼道："白不吃，你是面团捏的吗？说胖就胖，说瘦就瘦！"金翠羽笑道："白二哥不是面团，只不过有人神通广大把他这大活人当面团捏了一回。"池羡鱼和贾秀才同声道："是谁？"金翠羽美目流转，顾望湖上，众人随她目光看去，后面一艘船也已近了，由池鹤叶钊掌舵，须臾靠近木台，当先走下一双女道士，年长的虽鬓发苍然，但面容清秀，一个约莫三旬，眉眼秀丽。

贾秀才问道："白老二，莫不是这两位道长？"白不吃摇头道："不是。"此时，船上走下一个俊秀少年，身着长衫，仪态儒雅。贾秀才皱眉道："这人年纪太小却也不像。"金翠羽却冷笑道："有志不在年高，如你这般懒散无聊，纵活上百岁也是枉然。"贾秀才笑道："我知道了，你是看人家年少英俊，是不是？但就你这把年纪，你瞧得上人家，人家可未必瞧得上你。"金翠羽气得俏脸发白，出手如电，啪的一声，贾秀才脸上就多了五个指印，贾秀才却嘻嘻直笑，手中折扇轻摇，就似这巴掌从没打过。

正自斗口，忽见叶钊扶着一位女子，恭谨下船，那女子虽称不上绝色，但眉眼温柔，不失清雅，淡蓝布衣洗得发白，朴素整洁。贾秀才瞧见她，不知为何胸口一热，心想："就是她，就是她了。"天机宫众人见了这个女子，个个面露惊疑之色。

那女子抬眼扫过场上，轻轻一笑，扬声道："大家都住手吧！"声如乳莺初啼，十分娇柔。年轻和尚闻声，收拳飘退三尺，合十道："老先生，不打了吧！"

释天风却怪眼一翻，怒道："小秃驴这是什么话？我问你，饭吃到一半能否不吃？屁放到一半能否不放？"和尚挠挠头，道："饭吃到一半，不吃尚可，但屁放到一半不放，岂不憋死人了？"

众人见他武功虽高得出奇，说话却傻里傻气，又觉吃惊，又是好笑。释天风笑道："小秃驴知道就好，打架如同放屁，若打到一半就不打了，岂不憋死人了？"说罢一拳送出，那和尚只得出手抵挡。九如却始终笑眯眯地立在一旁，既不相帮，也不劝阻。

忽听天机轮处传来一声长啸，梁萧脱出太极剑圈，身化流光向这方驰来。公羊羽夫妇两把长剑如影随形，也紧追不舍。梁萧抢上木台，忽地一掌拍向释天风，释天风背腹受敌只得跳开，却见梁萧不顾身后利剑，将天罚剑就地一插，张开双臂，就将那年轻和尚搂住，大笑道："花生，哈哈，好花生！"一边大笑，一边将和尚绣球似的抛上半空，接住又抛，抛了再接，一次高过一次，花生手脚乱挥，惊得哇哇大叫："梁萧，梁萧，你要摔死俺吗？"

梁萧这才让他落地，哈哈大笑，花生也是心中激动，但抓抓光头，不知说什么才好，也唯有呵呵憨笑。梁萧转眼望去，拱手道："了情道长！"欲要下拜，年长女道士慌忙将他扶住："勿要多礼。"梁萧起身，又对那年少女冠微微一笑："哑儿道长美了许多。"哑儿虽白他一眼，眼角却含笑意。了情叹了口气，心想："这孩子又胡闹了，赞出家人怎能用一个美字。"

梁萧笑了笑，又向那儒衫少年道："你是晷儿？"那少年眉眼微红，拱手道："梁叔叔安好？"梁萧见十年光景，小小孩童已长成谦谦君子，不由欣慰难言，目光一转落到蓝衫女子身上时，忽地身子微微一震。蓝衫女子眉眼里笑意流动，梁萧却嘴唇一颤，话没出口，两行眼泪已夺眶而出，但觉双膝酥软，扑通便跪倒在女子脚前号啕大哭起来。他适才一人一剑，力压群雄，从头至尾也没流露半点怯态，此时却哀不自禁，大放悲声，让众人好生惊愕。蓝衫女子亦是眼圈儿微红，将他扶起道："萧哥哥……我……"梁萧紧紧握住她的手，道："晓霜……我当你死啦……我当你死啦……"

花晓霜这些年历尽艰辛，性子已变得十分坚韧，但此时也禁不住流下泪来，说道：“萧哥哥，都怪我不好，我怕家里阻我行医，是以隐姓埋名不叫他们知晓。”梁萧哭到此时，心情才慢慢舒展，于是收起眼泪，忽听花清渊幽幽叹道：“霜儿，你……你这么做，太叫人伤心了。”话未说完，声音已自哽咽了。

梁萧一时惊觉，便放开晓霜双手，回过身来面对公羊羽夫妇，高声道：“二位还要再斗吗？”夫妇俩一时面面相觑，又见花晓霜踏上一步，躬身道：“爷爷、奶奶，还请瞧霜儿的面子，别再斗了。”公羊羽捋须不语，花无媸却轻哼一声，转过脸去。

了情稽首笑道：“恭喜公羊先生，恭喜花姐姐，贤伉俪这路剑法已是心心相印，想来宿怨已消了。”公羊羽一怔道：“慧心，你……”了情又接口道：“贫道了情，先生莫叫错啦。而今贫道心结已解，既然敢来，便不怕面对往事。唉，世事难料，说起来，咱们谁又没有错过？梁萧纵然错了，但知过能改，善莫大焉，所谓冤冤相报，何时能了？”她嘴里说着，目光却向公羊羽投去。

二人对视半晌，公羊羽心中升起一阵凄凉，这一刻，在了情眼中，他再也看不见林慧心的影子，这位昔日恋人当真已勘破情关，恩怨情仇尽皆了了。刹那间，公羊羽只觉半生苦恋都付诸流水，不由心灰意冷，叹道：“云殊，你过来。”云殊依言上前，公羊羽抬起手中软剑，又道：“这柄青螭剑是精绝族的神剑，欧龙子托我守护，是以没有传你，如今天罚既出，青螭算是废了，不过，此剑虽短了三寸，但锋利依然罕有，你好好护持，莫要辜负了它。”

云殊惊退道：“这如何使得，师父留着防身才好。”公羊羽却摆手道：“今日一战，足慰平生。从今往后，老夫再无动剑的兴致！”他道出“封剑”之意，众人均是一惊。云殊不敢再推，只得接过宝剑。

花无媸冷冷旁观，忽地转身向石阵走去，了情扬声道：“姐姐且留步，了情有话要说。”当即足不点地赶了上去，与花无媸并肩走入石阵。哑儿见师父追上昔日情敌，因怕她吃亏急要跟上，花慕容却忙道：“小道长，这石阵古怪，我带你进去吧。”哑儿也听过天机石阵的奥妙，不敢违抗，只得随在花慕容身后。

公羊羽叹了口气，正欲转身，花清渊却忽地横身拦住，拱手道：“父亲慢走。”公羊羽皱眉道：“怎么？”花清渊又道：“数十年来，清渊都没能尽孝道，这次父亲来了，无论如何还请盘桓几日。”说罢眼眶泛红，跪在地上连连磕头，公羊羽叹了口气，将他扶起，黯然道：“该是我对你不住，多年来都没能照看过你。”

他此话一出，无异正面认错，知他性情者都觉讶异。云殊也喜道：“师父若肯留下，徒儿也当多留几日请教武功。”公羊羽冷冷道：“请教什么？你还用我教吗？”他明骂实褒，脾性依然乖僻，云殊唯有诺诺连声。

释天风在一旁笑道：“是啊，老穷酸你不走，老秃驴也来了，咱们这些老家伙当好好聚聚，比武拼酒，醉他个三天三夜。”九如也笑道：“你要讨好老穷酸，何必把和尚拖进去，和尚我一向敬谢不敏。”释天风又笑道：“老秃驴小气，你想想，如今的年轻人一个比一个厉害，咱们这些老家伙若再不加把劲合创几样厉害功夫，岂非尽被比了下去！”

九如笑道：“老乌龟，天人有道，不服老可不行！”凌水月也笑叹道：“大师别听拙夫胡言乱语，不过你们三位难得一聚，聊聊天、喝喝酒也是好的。”九如点头道：“释夫人此言大善，和尚恭敬不如从命。”释天风又笑道：“还是老婆厉害，无怪我总是怕你。”他口无遮拦，当众说出惧内之事，凌水月不由面皮一热，低声骂道：“你这个老不修的！”

花清渊留住父亲，心头快慰，向群豪道：“诸位英雄，小女既然无碍，过节也就了啦。不才因祖训在身，故难以尽延各位入宫聚饮。我已命人在东北七星谷备下牛酒，还请诸位赏脸一顾。”这场打斗草草收场，群豪失望者多，欢喜者少，只纷纷客套几句后，就悻悻去了。

花清渊注视花晓霜道：“霜儿，你也去见见你娘，自你失踪之后，她身子始终不好。”花晓霜细眉一挑，露出惊色，侧目望去，梁萧正与赵昺低声说话，便道：“萧哥哥，我要入宫看看母亲，你要跟来吗？”

梁萧得知赵昺果如少时所言未学武功，专攻医术，心中不胜感慨，听了花晓霜之言，摇头道：“我不去了。”花晓霜一点头，又握住他手，手指轻颤，在他掌心写道：“明早在落雁峰下等我。”

二人四目相对，梁萧心中怅然若失，举目望去，见风怜与花镜圆说了几句，抬头道："师父，镜圆邀我入宫玩两天，顺道将阿忽伦尔带出来。"她说话之时，目光却投在花晓霜身上，神色甚是凄婉。

花晓霜讶然道："梁萧，她是你徒弟？"梁萧脸一热，正欲分辩，花晓霜却已上前拉住风怜的手笑道："你长得可真美，嗯，我送你一样物事。"从腰间锦囊中取出一颗龙眼大小的红珠道："这是我炼的一颗'牟尼珠'，能辟毒虫，也能解毒，虽不大好看却还中用，你若不嫌弃就当是见面礼吧。"她爱屋及乌，对风怜也十分温和。

风怜眉眼一红，低声道："多谢师母……"声音虽小，花晓霜却听得双颊泛红，不敢再瞧梁萧，拉着风怜匆匆入谷。九如与释天风夫妇也并肩跟上，公羊羽走了两步，忽地掉头道："梁萧，你说这一场若斗下去，谁能胜出？"梁萧道："早十年，先生必胜无疑，晚十年，小子或能胜出。今日胜负，当看运气！"公羊羽哼了一声，说道："什么早十年，晚十年，你是说我老了？"梁萧又道："前辈直问，晚辈也直答。"

公羊羽手捋长须，抬眼凝视一轮夕阳，忽地吟道："谁道人间再无少，门前流水尚能西。"吟罢纵声长笑，震林荡谷，宿鸟惊飞，笑声未尽已消失在石阵之内。

花生见九如也去了，便道："梁萧，俺好久没见师父了，要陪他说说话。"梁萧笑道："你自去便是，何必跟我说。"虽脸上强笑，心情却更见沉重。但花生欢欢喜喜，跟在九如身旁就消失在石阵深处。

云殊始终望着赵昺，待得众人走尽，才上前道："若云某双眼未拙，这位当是圣上吧。"赵昺怔了怔，他因久随晓霜、花生，性情朴直，不善作伪，只得道："云大将军，做皇帝的赵昺早已死在崖山，如今的赵昺只是一个区区郎中罢了。"

云殊却扑通跪倒，流泪道："圣上，真是你吗？"赵昺手足无措，只得赶忙扶住他道："云将军万勿如此，你屡兴义师，我都知道。只是……我才能疏浅，不能相助，实在万分抱歉。"云殊却固执不起，道："下臣有许多事欲禀圣上，还请圣上随我入宫，容下臣一一禀明。"赵昺皱眉道："云将军快快起来……"云殊又接口道："圣上若不答应，下臣便不起来。"赵昺知他为兴复故国费尽心机，想要拒绝又觉于心不忍，不由眼巴巴地望着梁萧求助。梁萧摇头道："你已长大成人，凡事应自己做主。”赵昺闻言点了点头，对云殊道：“云将军，皇帝我是不做，但我随你入宫，你有话直说，我听着便是。”云殊心想能入宫便好，慢慢开导于他也可，当下欢喜起来，也挽着赵昺入谷去了。

不多时，人已散尽，木台上只剩梁萧一个。太阳早已落山，暮霭沉沉，湖水凄清，空中弥漫着沁人心脾的冷意。梁萧呆立片刻后，又取了一块木板，施轻功掠过湖面到了落雁峰下。落雁峰顶云生雾绕，山脚对着湖水长满野生桑梓，桑叶阔大，望之如云。

梁萧在树下坐了一阵又烦躁起来，起身踱步，心想：“晓霜这一去不知还能来否？那花无媸诡计多端，心肠又狠，未必不会拦她出宫。虽说风怜也入谷去了，晓霜若不来，我借口见风怜或能闯入宫去，但我说过不进谷，却出尔反尔，徒惹人笑……”胡乱想了一阵后，他坐下来背靠大树欲要入睡，但因心绪起伏没有丝毫睡意，遥听见七星谷中传来鼓乐声，心知群豪正在欢饮，两相映照越发孤寂起来。

梁萧抬眼望天，天上星子明亮，粒粒犹如白石。他无数次看这星空，每次都感觉不同，此刻的星光迷蒙模糊，竟有一种说不出的忧伤。过了一会儿，喧哗声平息下来，晚风微凉，一阵阵拂起他的衣发。梁萧不由起身踱步，而后又坐下来观望群星，可过不多久便又厌了，只得站起来回走动。

起初长夜漫漫，一刻半晌都似经年累月，可是一过午夜，星汉流西，忽觉时光又变得十分迅疾。过了一阵，启明星已显露出来，梁萧想到黎明将至，忽又生出说不出的惧怕，恨不能挽住耿耿星河让这长夜永不过去。可他越是想挽留，天也亮得越快，星光渐暗，东天破晓，彤云中，一弧白光若隐若现，太阳就要升起来了。突然，他隐约听到湖上传来轻微的响声，心头一喜奔到湖边，却只见黑漆漆死寂一片，不由心头一灰：“她不会来了吗？”这念头刚刚生出又被他极快地压了下去：“天这样黑，她哪会来呢？梁萧啊，你也太性急了些。”

他对着黑沉沉的湖水呆立了一会儿，复又绕至树下，背着旭日盘坐。但觉四周静悄悄的，梁萧似能听到自己的心跳，一下一下，越跳越快，越跳越沉。树枝、树叶的影子已分明起来，万物复苏，山谷中传来雀儿的啼声。他不敢去瞧湖上，唯有耳朵始终张着，却只偶尔听到湖中传来鱼儿戏水的声音。

这时天已大亮，光明遍地，白亮亮的十分耀眼。梁萧又忍不住跳将起来，眺望湖水，湖上空荡荡的只有两对燕子飞过，双尾其明如剪，飞羽仿佛薄薄的金片，双双钻入湖上的白雾。梁萧抱着头，颓然坐在一块大石头上，心中分外茫然："巳时快到了，她若还不来，大约再不会来了。晓霜不会爽约，她不来，那便是被阻着拦着再也来不了了。"双眼没得一酸，泪水便不争气地落了下来，隐隐感到自己再也进不得天机宫了，便觉这一湖一阵如宇宙洪荒，将自己和花晓霜永远地分开了。就在他行将绝望之际，忽听湖上水响，伴着一阵歌声："隰桑有阿，其叶有难。既见君子，其乐如何？"歌声娇柔动听。梁萧一怔，慢慢抬起头来，但见日光和煦，雾霭淡淡，湖水其碧如蓝，一叶小舟从雾气中漂了过来。花晓霜含笑俏立船尾，手摇兰桨又唱道："隰桑有阿，其叶有沃。既见君子，云何不乐？隰桑有阿，其叶有幽。既见君子，德音孔胶。心乎爱矣，遐不谓矣？中心藏之，何日忘之。"

梁萧当年行医时也曾读过《诗经》，记得这是一首《隰桑》，说的是一个女子看到爱人站在桑树地里喜乐无比的感受。梁萧听得痴了，不禁和道："既见君子，德音孔胶。心乎爱矣，遐不谓矣？中心藏之，何日忘之。"念着念着，只觉神魂摇荡，竟连小舟靠岸也忘了相迎。

花晓霜拴好小船，提着一个红漆食盒袅袅走来。她已换过衣衫，蓝衫垂膝，白襦系腰，头上一块白亮细绸围住发髻，乍一瞧便如一个娇俏村姑。见了梁萧，不禁笑道："萧哥哥，我来晚了些，你饿坏了吧。"将食盒放下，打开盒盖，菜香扑鼻。梁萧没来由地心头发紧，嗫嚅道："晓霜，你这是做啥，我……我不饿，你干吗麻烦自己？"

花晓霜笑道："才不麻烦，你昨晚没睡好吧？"梁萧奇道："你……你怎么知道？"花晓霜又笑道："我是大夫，一看你气色便已知了。"梁萧不由大窘，抱过食盒吃了一阵，忽见花晓霜目不转睛瞧着自己，不由面皮一红，说道："你瞧着我干吗？"花晓霜笑道："萧哥哥，我若这样瞧你一辈子，你怕不怕？"梁萧先是一愣，忽地又搁下木筷，失笑道："晓霜，十年不见，你也变机灵啦？也会牙尖嘴利地戏弄人了。"花晓霜莞尔道："不是我变机灵了，而是萧哥哥你变傻了，呆头呆脑活似一个大笨驴。"梁萧跳起来，笑道："好呀，你骂我！"当下丢开食盒，搂着晓霜就疯转起来。花晓霜不防他狂性大发，忙叫："萧哥哥，别转啦，我病发了，头都晕了。"梁萧这才醒悟道："该死，我忘了那病。"急急停下，就毛手毛脚地要给她度过真气，花晓霜却抓住他的手，轻轻一笑，咬住嘴唇低声道："萧哥哥你真笨，我骗你的呢，我的病早已好了。"

梁萧先是一呆，忽又倒退两步，继而心涌狂喜，竟忘了怪她骗人，只猛地挽住她手，纵声大笑起来，笑了好一阵，方道："不骗人吗？"花晓霜含笑道："这次不骗人。"梁萧不觉莞尔。

二人因心中喜乐，便挽着手在山谷中徜徉。走了一阵，忽见一眼寒潭，清莹透彻，善可鉴人。花晓霜临水自顾，忽见鬓间已有几缕白发，心头不觉一痛。梁萧猜到她的心思，眼看繁花正茂，便摘下一朵紫色大花别在她的鬓间。花晓霜却偎入梁萧怀里，忽地轻声抽泣起来，梁萧将她搂着，亦是黯然无语。花晓霜哭了半晌抬起头来，抹泪道："萧哥哥，我再也不想离开你了。"梁萧道："那是自然，我死也不和你分开了。"这几句话在二人心中曾设想过千百遍，事到临头却毫无阻滞，平平淡淡地便说了出来。一时间，二人两手紧握，四目相对，彼此心意交融，已不言自明了。

花晓霜沉默半晌，忽又叹道："萧哥哥，这些年来，我空自多了许多白发却是一无所成，真叫人泄气。"梁萧却皱眉道："这些年你走遍天下，活人无数，怎会一无所成？"花晓霜道："你算算，即便我一天救十个人，一年也才救三千多人，十年也救不到三万个，何况一天多半救不了十人的。有些病我更是治不了的，当年向观音大士许下的愿心一半都没做到。"说罢不胜气馁。

梁萧沉吟道："常言道：'一人计短，二人计长'。一人本领再大终也有限。晓霜，你教过昺儿医术，何不大开痒序再教导一干得力徒弟，徒弟再教徒孙，徒孙再传徒弟，长此以往，代代不穷，所救病人又何止亿万？"花晓霜怔了怔，喜道："萧哥哥说得是，过些日，咱们就盖所房子，找些聪明的孩子好好教导。"梁萧笑道："盖好学堂后，门前还须写副对联。"花晓霜笑道："什么对联？"

梁萧一本正经道："右联就叫作'莲足踩扁鹊'；左联则是'粉拳揍华佗'。"花晓霜白他一眼，佯怒道："好呀，你不敬先贤不说，还把我比成当街撒野的泼妇了。”梁萧笑道：“别忙嗔怪，还有横批呢。”花晓霜奇道：“哦，好歹说来听听。”梁萧深深看她一眼，又叹道：“那便是‘阎王服输’了。”二人不觉相视而笑。

笑了一阵，梁萧又道：“有了门联，门神也不可少。正好我和花生一边一个，若哪个学生不听教的就踢他屁股。”花晓霜嗔道：“胡闹，小孩子哪挨得住你的拳脚？再说萧哥哥你本事天大，怎好来给我看门，庙小不敢容神，我敬谢不敏了。”梁萧摇头道：“我的本事不过屠龙之术，无所用之。”花晓霜见他说话时眼中掠过一抹痛色，心中也不由难过，忽道：“萧哥哥，我学医是为治病救人，那你学算学武又为什么呢？”梁萧想了想，道：“倘若容我胡说，我倒有四个心愿。”花晓霜奇道：“什么心愿？”

梁萧仰首望天，缓缓说道：“叫世上怨恨烟消，要天下再无恶人，令黄河不再泛滥，让人间永无战争。”花晓霜心想叫黄河不再泛滥尚可一试，但其他三个心愿却是没法完成了。她眉间一黯，却又听梁萧笑道：“晓霜，我说了是胡说，你别当真。”花晓霜强笑一笑，岔开话道：“萧哥哥，落雁峰顶有座聚仙台，眼界开阔，大可一览括苍山胜景，咱们去瞧瞧好吗？”梁萧含笑应允。

二人并肩上山，一路上苍松倒挂，流瀑湍飞，道旁奇花异草览之不尽。将到山顶，远远瞧见一角红亭，花晓霜笑道：“那便是聚仙台了。”话音未落，忽听亭中传来琴箫合鸣之声，琴声华彩，如牡丹盛放，珠玉满堂；箫声却是冲淡平和，好比林泉漱石，不着人间烟火之气。

梁萧怅然道：“不巧，先有人来了。”花晓霜在他耳边低声道：“弹琴的是奶奶，奏箫的是我师父，她们是从另一条路上来的。”她吐气如兰，梁萧只觉面颊酥麻，不禁莞尔，心想花无媸与了情竟会琴箫合奏，也不知公羊羽听了做何感想。却听花晓霜又道：“萧哥哥，咱们还上去吗？”梁萧摇头道：“聚仙台上已有高人聚会，我这后生小子凑什么热闹？”花晓霜知他心结难解不愿与众人相见，当即依从。

但听琴箫相应，甚为和谐，过了一阵后，曲终韵绝，只听花无媸笑道：“诸位听我与了情道长奏得如何？”了情叹道：“惭愧，惭愧，花姐姐琴技无双，了情献拙了。”

九如笑道：“倘若两人都奏得一般精湛，倒未必中听。但方才这一曲，能短能长，能刚能柔，变化齐一，不主故常。”公羊羽也道：“老和尚评得精当，如此琴箫和响，方得天趣。”说着叹了口气，若有所感。话音未落，便听释天风打了个呵欠，嚷道：“去他的天趣地趣，听得老夫两眼眯眯。这吹的吹，弹的弹，咿呀呀难听至极，还不如下山找个娘姨，唱支小曲来得正经。”

山顶上静了一静，忽听凌水月气急道：“老头子你真是蠢，没得丢尽了我的脸。”释天风哼哼道：“老夫虽会打架，但不会听曲，你们几个不必拿牛眼瞪我，此处不留爷，自有留爷处，我寻梁萧切磋武功去。”

梁萧听到这话，慌忙抱着花晓霜纵起数丈，抓住一块凸石挂在崖壁上。只见释天风急如狂风，从下方山道经过，拐了个弯儿，就一道烟下山去了。梁萧瞧他去远，才大大松了口气，花晓霜低笑道：“昨夜亏得师父说和，奶奶、爷爷言归于好倒是一件天大的美事。”梁萧想公羊羽生平任天而动，晚年却屈于伦常。看起来，无论公羊羽如何不肯服老却也终究经不住岁月催迫。想着不胜慨叹，说道：“晓霜，我猜想你爷爷奶奶之所以不睦，并非为了别的，只因相知太深。”花晓霜奇道：“怎么说？”梁萧道：“他们两人心思敏锐，善能洞悉他人心意，是以才能使出那般剑法，叫我无法取胜。不过，人心总是有善有恶，他俩既深知对方的好处，也深知对方的坏处，好的不说，但坏处多了不免引起争端。偏他二人都很自负，明知对方心思却偏是不肯屈就，唉，这较之彼此误会还要令人恼怒，久而久之势必闹出岔子。”

花晓霜想了想，笑道：“还好萧哥哥聪明，我却笨得紧。”梁萧摇头道：“你才不笨，但你总能委屈自己容让我的性子。”花晓霜嘴角含笑，心道：“你又何尝不是，堂堂大算学家、大将军却屈尊降贵陪我到处行医。”想着偎入梁萧怀里，心中惬意已极。

忽见一道人影从山下飞驰而来，梁萧瞧那身法只当是释天风转回，近了一看却是云殊。云殊神色惶急，全没留心四周急奔上山，高叫：“师父、师娘，各位前辈，事情有些不妙。”公羊羽不悦道：“慌什么，天塌下来有长汉顶着。”云殊惭道："是！徒儿方才得到消息，镇南王脱欢率领数万兵马已开入括苍山，直往天机宫来了。"众人均是一惊，凌水月道："云贤侄，莫不是讹传？"云殊叹道："绝非讹传，鞑子来势之快，迅雷不及掩耳。"山顶上一阵默然，忽听花无媸道："无妨，'两仪幻尘阵'精微奥妙，便有十万雄兵也休想攻破。"云殊应了一声，内心却隐觉不安，但何处不妥却又说不明白。

因大军压境，众人也无心赏玩景致，便匆匆下山。梁萧待众人背影消失始才跳落山道，见花晓霜蛾眉深锁，便道："我们也去。"花晓霜迟疑道："萧哥哥，你见了他们不免又受屈辱！"梁萧却道："事到如今哪管什么屈辱不屈辱？"两人下到山脚，但见彩贝峡两侧旌旗招展，均是大元旗号，元军来来往往正向湖中吊落战船。梁萧暗觉吃惊："这些兵马来得好快！"转眼望去，群豪面带忧色立在栖月谷口观望。天机宫自建成以来，防御消极，并无弩炮防守，元人若从彩贝峡顶吊下战船，便可直抵栖月谷了。

梁萧与花晓霜乘小舟也抵至谷口，众人因大敌当前，故而见了二人也无心计较。花无媸瞧着元军忙碌，喃喃道："元人轻车熟路，章法严密，处处针对我宫地势，莫非谷里出了奸细？"众人面面相觑，皆感迷惑。

梁萧忽道："若我料得不差，并非内奸，而是多年前的叛徒。"花无媸双肩微震，侧目道："你是说明归？"梁萧点头道："明归早已投入脱欢手底，但不知为何今日始才动手。"云殊道："缘由再明白不过。蒙古诸王始终与元廷交战，故鞑子无法南顾。而今诸王尽被土土哈击败，鞑子腾出手来，第一件事便是对付南方义军。只是奇怪，鞑子皇帝何以知道天机宫便是义军的首府？"说罢皱眉沉吟。

梁萧冷然道："那有什么稀奇？你图一时之快放走那两个番僧，他们出去了，元人还有什么不知道的？再说他们能混得进来，那他人自也混得进来。只怕此间虚实对方早就探得清楚。"云殊面色涨紫正想辩驳，却听释天风高声道："你们两个说来说去顶个屁用？且看老子夺一艘战船回来，先杀一杀他们的威风。"他说动就动，凌水月未及阻拦他已施出"乘风蹈海"，当下起落如风逼近元军战船，元军大惊失色，一迭声发起喊来。

释天风正要纵上船头，一阵箭雨从峡口上方射来，他大喝一声，挥掌扫落箭矢，但真气微微一泄，身子落回水中。霎时间又是一波箭雨射来，释天风双掌齐飞，勉强挡开，脚下却已踩虚没入水中。箭雨再至，释天风双足落水，平衡已失，手忙脚乱间大腿中了一箭。眼看元军箭矢不绝，正觉难当，后襟忽地一紧被人向后拖出数尺，抬眼看去却是梁萧。

第十二章

月照大江

梁萧左手抓着释天风，右手舞剑拨打箭支，一时也腾不出手来抛掷木板。眼看难以支撑，花生将擂台木板扳断一块，运足“大金刚神力”，喝一声：“去！”那木板贴着湖面飞转，瞬间落到梁萧身后，梁萧当即翻身纵上，花生第二块木板又已掷来，这么乍起乍落，花生掷到第十六块木板时，梁萧已携释天风返回台上。凌水月眼中喜现泪光，连声道：“梁公子，生受你了。”说罢又扶起释天风替他拔出羽箭，心中气痛难当，方要骂上两句，眼泪却已落了下来。

释天风正觉丢了面子，忽又见她流泪，不禁烦躁道：“老太婆，你哭什么，不就挨了一箭吗？离肠子远得很！”凌水月却气道：“死老头子，我跟了你四十年便操了四十年的心，你……你就不能安分一些让我多活几年吗？”释天风瞧她泪水涟涟，真情流露，只得嘟囔几句再无他言。

这一回未挫元军威风，反倒折了一个绝顶高手。群豪正自气馁，忽见元军阵中驶出一条小船，船上站了一名元将，头戴铁盔，身着便袍，高叫：“梁萧，兄弟土土哈在此，但求一晤。”身旁两个士卒摇橹如飞，片刻已至湖心。

梁萧眉头微皱，了情道：“梁萧，此事蹊跷，只怕内有阴谋，还是不去为妙。”九如却道：“管他什么阴谋阳谋。梁萧，机会难得，此人送上门来，就抓他做人质，迫使元人退兵。”梁萧思索一阵，回头道：“晓霜，我去去就来。”花晓霜点头道：“小心一些。”但见两人深深对视一眼，梁萧转身荡起小船驶到湖心。两船相靠，一个元兵便拿钩挠将船固在一起。

较之当年，土土哈容貌未改，髯须却浓密许多，顾盼间目光逼人。两人对视片刻，土土哈手指船头道：“坐。”梁萧颔首。两人相对而坐，土土哈提起一袋马奶酒，道：“请！”梁萧亦接过，拔塞便喝。

两人默不作声，连尽四袋马奶酒，土土哈忽将空皮囊掷入湖中，笑道：“梁萧，你若要抓我做人质现在最好不过！”梁萧却摇头道：“你先说来意。”土土哈叹了口气道：“梁萧，三狗儿、杨小雀、王可的父母兄妹都安好，富贵荣华享用不尽，你只管放心。”梁萧道：“很好。”土土哈神色忽地一黯，又道：“但囊古歹在漠北与叛王们交战，被叛王大军围困，兵尽粮绝，自刎而死。”梁萧眉头一颤，半晌道：“他马革裹尸也算了了夙愿。”

两人相对无言，土土哈抓过两袋马奶酒，抛给梁萧一袋，两人仰天饮尽。两边人马听不见二人说话，只瞧他们不断喝酒，心中都很疑惑。

顷刻间，二人又尽三袋烈酒，土土哈朗声道：“叙旧已毕，且说正事。”梁萧道：“请说。”土土哈道：“天机宫为江南义军巢穴，镇南王早已有心攻打，只是一则要攻打安南、占城，二则此地鬼斧神工，是故以明先生推断，非有数万精兵无法攻破。”

梁萧插口道：“明先生便是明归？”土土哈道：“不错，他如今是镇南王的军师。西北诸王已败，窝阔台汗海都遣使称臣。圣上此时命我南来，便是要协助镇南王肃清南朝余孽。”梁萧又冷然道：“阁下威震宇内，彪炳当世，当真可喜可贺。”土土哈听出他话中讥嘲，苦笑道：“梁萧，你别取笑。说到沙场对垒，我远不及你。但此次经明先生筹谋，镇南王与我皆有备而来，天机宫已破在旦夕。抑且狮心龙牙说了，云殊等人都在此间，是以今日一战，势所难免。”

梁萧默然许久，忽而叹道：“土土哈，你的汉话流利了许多。”土土哈不防他说出这句，微微一怔，说道：“梁萧，我并非说笑，早则今夜，迟则明天，天机宫必遭攻破。多年来，我为圣上东征西讨，立下不少功劳，只要你一句话，土土哈愿以所有功劳富贵换取你的性命。”

梁萧却摆手道：“土土哈，你心意很好。但你不知道，我这身本事大抵来自天机宫。人生天地间，饮水思源，不可忘本，天机宫有难，梁萧自当拼死力战，与之偕亡，岂有苟存独活之理！”说到最后一句，声音如掷金石。

土土哈久久无语，半晌起身道：“好，梁萧，你若要拿我做人质，就只管动手。”身后两名士兵应声一惊，噌地拔出钢刀，土土哈却举起手来，沉声道：“不得动手。”二人一呆，钢刀复又退入鞘中。

梁萧淡淡一笑也起身道：“土土哈，你以兄弟之礼见我，我自当以兄弟之礼待你。”挥袖震断钩挠，朗声道：“就此别过，后会有期！”

土土哈雄躯一震，虎目中泪光闪动，躬身抱手，涩声道：“好，就此别过，后会有期！”二人均是果决之辈，话一说尽，便各自撑船返回己阵。

梁萧登上木台，释天风顿足怒道：“梁萧，你怎么不把人抓回来？”众人均是脸色疑惑。梁萧摇头道：“大丈夫有所为有所不为，此事甚为抱歉。但我既然回来，自当与诸位同生共死守护天机宫！”靳文冷笑道：“我看你是与鞑子商量好了，回来做奸细，想把天机宫卖了……”话未说完，云殊忽地厉声道：“住口！”靳文被他一喝，不觉怔忡。云殊两眼望天，忽地又沉声道：“文儿，你记住了。他虽是强仇大敌却不是阴险小人，这等卑鄙之事，别人纵然会做，他却做不出来。”他嘴里虽这般说，却自始至终没瞧梁萧一眼。

云殊一言既出，旁人自无多话。靳文恨恨瞧了梁萧一眼，悻悻退下。梁萧也不料云殊会出言为自己开脱，心中满不是滋味。公羊羽也点头道：“不错，大敌当前，别中了鞑子的离间计。”梁萧不觉苦笑，寻思道：“或许真是离间计也说不定，但他人无情，我绝不能无义。况且土土哈说得不错，今日一战，势所难免，抓他也没甚用处。”

众人静静观望，不一时，只听战鼓雷动，元军战船纷纷驰出峡口向栖月谷驶来，船头士卒扯满强弓硬弩，箭镞在阳光中闪闪发亮。花无媸忽道：“清渊，你率宫中弟子拆去这座木台，而后藏身石阵，守好入口，其他人随我退入宫中。”花清渊应命，待得拆去木台，元军已然逼近放箭，众人只得退入石阵。

在宫中守候片刻，众人均有愁容，云殊忽道："师母，依照兵法，天机宫一旦谷口被战船封锁，则后无退路，怕是一处死地。"花无媸却摇头道："无妨，即便明归居中引路，但我谷内尚有枢纽，鞑子倘若入阵，我就操纵枢纽，改变阵法走向，叫他们欲进不得，欲出不能，生生饿死在阵中。谷内存有二十年粮草，种有菜蔬，养了牲畜，咱们就和鞑子比比耐性。"云殊叹了口气道："但如师母所言！"愁眉不展，退到一旁。

到得夜里，谷外元军呼声如雷，遥遥传入谷内，众人无人能够合眼，全都静静聆听。枯坐到次日凌晨，花清渊遣人来报，只说元军仍未入阵。花无媸眉间隐现焦虑，负着手踱来踱去。其余人都沉默，就连释天风也觉出气氛有异，不好大声叫嚷。

辰时左右，忽听元军发一声喊，跟着一声巨响好似晴天霹雳。众人一跃而起，梁萧、云殊同声叫道："来了！"花无媸当即停下步子，面若寒冰，身子发起抖来，公羊羽缓缓起身握住她手。

片刻间又是一声巨响，不一时，连响三次，最后一声格外震耳，似有什么随之倒塌。忽见叶钊一道烟奔入厅中，面无人色，颤声道："不好了，鞑子用火炮将天璇轮击毁了。"花无媸身子一晃坐在椅上，目光呆滞，脸上失去血色。

云殊腾地站起，断然道："与其坐以待毙不若奋力出击。"手臂一挥，喝道："是好汉的都跟我来！"群豪哄然应诺，随之奔出，诸大高手也紧随其后。释天风不顾伤痛也要跟上，但被凌水月劝住。

群豪出了石阵，只见元军已将战船排成一列，瞧见众人出谷，当即乱箭射来。群豪手持盾牌兵刃，齐声大喝，奋力冲上。元军发出硬弩火箭，劲急绝伦，铁盾也是一击而裂，一时间，群豪惨呼大起。梁萧、云殊、九如、花生、公羊羽五大高手勇冒矢石，冲近战船。九如师徒手持巨木，奋起神威，左右横扫，所到之处，战船无不粉碎。公羊羽师徒双剑齐出，纵横军中，无人可挡。梁萧亦手持天罚剑，直透敌阵，奔到铁铸火炮前，掌心紫电乍闪，金铁交鸣，以一剑之威就将铁炮连着炮手齐齐斩断。他毁了一炮，又旋风般绕过箭雨蹿上另一战船，天罚剑荡开人群，紫光迸出又毁一炮。

不一时，梁萧已将五门铁炮尽数摧毁，只听身后惨呼大起，回头一望，群豪死伤遍地，鲜血染红湖水。公羊羽也身中一箭由云殊护着且战且退，九如师徒仗着兵刃粗重将近岸处的战船尽皆捣毁，但元军战船不断从彩贝峡驶出，散成一圈，隔水发箭，劲箭如雨，好似不休不歇。九如一边挥舞巨木，一边高叫："梁萧，退了吧！"梁萧暗叹一声，当即纵身跃下战船，顺势一剑划落，剑锋所及将战船劈为两段，继而奋力杀出重围，踏水上岸，护着伤者退入石阵。

回到宫中一点人数，居然死了三成，剩下的也大多带伤。公羊羽和花生都中箭，且公羊羽伤势尤重，但他性子倔傲，纵然血染衣衫，也是神气不改。花晓霜与赵昺忙拿来伤药给众人裹伤救治。

释天风待得气闷，远远瞧见公羊羽，不觉笑道："老穷酸，你也挨箭了？妙极，妙极！"凌水月怒道："老头子，这时候你还说这些浑话！"释天风也怒道："你还说我，若让老子去了，保管杀得鞑子屁滚尿流，老穷酸武功虽然不济，但有老子看着，也不至于伤得这么厉害。"公羊羽听得恼火，冷冷道："姓释的，你只会说嘴，方才怎的没见你的影子？哼，灵鳌岛的高手都是缩乌龟壳的高手吗？"

这话好似火上浇油，释天风当即跳将起来，高声道："他娘的，我想在这儿闲待吗？好啊，我挨箭儿，你也挨箭儿，咱俩扯平，谁也不占便宜。来来来，就此大战三百回合，不迎战的就是乌龟。"公羊羽一拂袖，冷笑道："奉陪到底！"凌水月见梁萧就在近旁，忙道："梁公子，帮个忙。"梁萧摇头苦笑，而后仗剑隔在二人之间。释天风道："梁小子，你要帮哪个？"梁萧道："我谁也不帮，大敌当前，二位前辈何必争这些闲气。"

释天风生平只认输赢，自忖眼下伤重敌不过梁萧，只得怒哼一声，气呼呼地坐在一旁。公羊羽见他退了也不再相迫，但觉伤口疼痛，当下也坐到一边调息。

到了未时，元军重新调来火炮，也不靠岸，只是隔水轰击天枢、天机轮。梁萧连冲三次均被箭雨迫退。

申酉时分，在巨响声中，天枢轮终于颓倒。天机宫诸人遥遥望见不禁泪如雨下，花无媸也一失镇定，放声痛哭："祖先四百年的心血毁于一旦，我们这些不肖子孙还有何脸面苟活世上？”众人听了，亦是个个惨然。

沉默半晌，云殊忽又道：“只要‘天机三轮’一破，‘两仪幻尘阵’威力就会大减，元军又有明归指引，入宫便已不难，而今之计当是如何突围。”公羊羽冷笑道：“还有什么计谋，元人守住峡口已成瓮中捉鳖之势。”

凌水月叹道：“只要突围，一切好办，我儿海雨已停了八艘海船在钱塘江口，咱们突围以后乘船出海，鞑子也没奈何。”众人你一言，我一语，议论许久终无定论。远处炮声震耳，元军炮石依旧不断轰击天机轮，花无媸已止住哭泣，咬着嘴唇，脸色阴沉。

梁萧始终一言不发，沉思许久后，忽向花无媸一拱手道：“花前辈，若我猜得不错，这宫中另有出路！”花无媸冷冷瞧他一眼，花清渊的眉头却是一颤。众人本已绝望，闻言均是精神一振，目光都落到花无媸身上。

花无媸冷冷道：“天机宫四面环山，哪有什么出路？”梁萧道：“天机宫历代智者辈出，绝不会没人想到今日局面。这宫中一定留了退路。”花无媸只是木然不语。花清渊忽地上前一步，低声道：“母亲……”花无媸厉声截断他道：“清渊，你记得创宫先祖的训诫吗？”花清渊微微一震，低头道：“记得，书在人在，书亡人亡。”

花无媸神色稍缓，又颔首道：“你记得就好。四百年来，我花家始终守护这亿万藏书不曾丢失一卷，今日事到临头，唯有拼死护书，绝不能半途而逃！”话说到此，众人已都明白，宫中确有出路，但花无媸明了死志，宁可战死也要守护宫中藏书。许多绿林豪杰不由心中动摇，有人叫道：“你花家要誓死守书，又何必拉我们陪葬？”此言一出，有人出声赞同，也有人怒声呵斥，大骂此人没志气。那人却道：“留得青山在，不怕没柴烧。守着这些书卷也没多大用处，还不如留下有用之身，与鞑子们慢慢周旋。”群豪心中暗暗称是，斥骂声渐渐稀落了。

花无媸却冷哼一声，阴阴说道：“鞑子是你们引来的，就想这么走了？”她目光冷如冰雪扫过众人，忽地停在梁萧脸上，恨声道：“倘若你不助元攻宋，就算大宋灭亡，我天机宫也不会出世，引火烧身。”梁萧一时语塞，心想：“我攻城破阵的确用了天机宫的本事，若不给世人一个交代，他们实在说不过去。”花无媸哼了一声，目光一转又落到云殊身上，厉声道："还有你，若不是你一味与元人为敌，哪有今日之局？"云殊闻言，低头无语。

原来花无媸眼看天机宫亡在眉睫，已心意大变，但觉天下人人可恨，忽地发出一声尖笑，笑声凄厉，令众人心生寒意。花无媸一声笑罢，咬着一口细白牙齿，又恨声道："今日既然来了，谁也别想逃走，全都给我留在这里！"此话一出，人群中生出一阵骚动，有人怒道："花无媸，你这话算什么？我们买的是云大侠的面子，又不是你天机宫的面子。你凭什么让我们留下等死？"花无媸却冷笑道："那条秘道只有老身知道，你们杀了我也休想出去！"

群豪大怒，纷纷鼓噪起来。天机宫子弟挡在花无媸身前，双方势成僵持。凌水月皱眉道："花家妹子，就算别人不好，我夫妇二人总没开罪你吧？"花无媸又冷道："那又怎样？城门失火，殃及池鱼。只怪姐姐来得不是时候。"

凌水月只得苦笑道："你说得好。既然来了，我也不后悔。何况我和天风俱已年迈，死不足惜。不过你的孙儿呢？他年纪幼小，也要跟着陪葬不成？"花无媸身子微颤，瞧了花镜圆一眼，忽地心肠一硬，高声道："他年纪再小也是天机宫弟子，书在人在，书亡人亡！"此话一出，天机弟子热血尽沸，禁不住齐声道："书在人在，书亡人亡！"肃杀之气弥漫谷中。

忽听一声巨响，天机轮终被击毁。众人心神一凛，纷纷握紧兵刃，群豪中有人叫道："再不走便来不及了，大伙儿并肩上，抓住这老虔婆，逼她说出秘道！"不少人应声起哄，花无媸却只是冷笑。

白不吃忽地怒起来，涨红了脸，指着起哄的人骂道："操你祖宗，你们好歹也是个汉子，死便死了，有什么好怕的？他娘的，白某怎会与你们这些孬种为伍！"贾秀才也朗声道："白二哥说得是，当初咱们来救援天机宫便是存了必死之心，怎的事到临头却恁地没种。"金翠羽也道："不错，你们对付梁萧时的豪气去哪儿了？以众凌寡个个都是好汉，遇上鞑子人多，就连我这个娘儿们都不如了吗？"池羡鱼也踏上一步，道："你们要与天机宫动手，除非从姓池的身上踏过去。"云殊立在池羡鱼身边，闻言淡然道："加上云某一个。"一时间，群豪已分作两群，看似壁垒分明，实则人人心中都很矛盾。

此时间，遥听得元军的喊杀声，众人都明白，元军已经开始闯阵。“两仪幻尘阵”一旦无法转动，威力将会大减，加上有明归指引，元军破阵只是早晚间事。

梁萧眉头一皱，忽道：“所谓‘书在人在，书亡人亡’委实荒谬绝伦。”花无媸却怒哼一声，道：“你怕死便怕死，不要辱我天机宫的祖训！”梁萧又叹道：“正因你食古不化所以空守着祖上留下的基业，却不明白天机宫的精神。”花无媸怒道：“我已在天机宫待了数十年，还不如你明白吗？”梁萧摇头道：“你待上一百年也是枉然！我问你，你算得出天机十算吗？算得出元外之元吗？”说到算学之精，梁萧已是天下第一人，花无媸听了这话，顿时无语。

梁萧目视众人，又缓缓道：“书是死的，人是活的。世间书籍都是人写出来的，何况若无善学善解之人，纵有亿万书卷也与废纸无异。”他望着花无媸，目中精芒闪动，道：“书不在了又如何？天机宫不在了又如何？只要人还活着，天机宫的智慧便不会失传。”

花无媸虽一生守护天机宫，但这个道理却从没想过，听到此处不觉口唇微张，一时痴了。公羊羽这时叹了口气，也说道：“无媸，梁萧说得有理，人在书在，但人不亡，则书不亡。”花无媸闻言扁了扁嘴，心弦陡然崩断，靠在他肩头放声痛哭。

元军喊声越来越响。“苍鹤”杨路半身是血，带着两支羽箭跌跌撞撞奔了过来，急道：“鞑子快通过石阵了！”梁萧双眉一挑，沉声道：“先挡一阵。”提剑奔出。云殊等人也紧随其后。

只见花无媸神色数变，忽地咬牙道：“随我来。”带着众人走到一片光秃秃的石壁前，搬开一块大石，露出一节异常粗大的铁柄，柄上生满铁锈。花无媸将铁柄拉出来对九如道：“相烦大师神力。”九如走上前来扳动铁柄，转了数匝，便听嘎吱声响，石壁就向上升起，露出一座三丈方圆的千斤铁闸。九如将铁柄再转数匝，千斤闸也轰然升起，露出一个黑黝黝的洞口，只觉一股寒风从中扑出，阴森森地砭人肌骨，洞中一级级石阶向上延伸，也不知通向哪里。

花无媸苦笑道：“这个秘道通往谷外，是家父元茂公暗中建造，当初我还认为他谨小慎微，如今想来，家父才是不拘成法，深谋远虑！”她回顾众人道：“各位请吧！”公羊羽却皱眉道：“你不走吗？”花无媸惨笑道：“我不留下来怎对得起列祖列宗。”话未说完，公羊羽和花清渊不约而同，一左一右，忽地点中她的穴道。花无媸不防丈夫儿子同时算计，不由惊怒叫骂。

花清渊躬身一揖，苦笑道：“母亲得罪了，您年事已高，即便留下也当是孩儿。”公羊羽却两眼一翻，怒道：“放屁，要走都走，不走都不走！”

花清渊额上汗出，嗫嚅道：“可是……”公羊羽当即截口道：“我做你老子，还是你做我老子？你立马召集所有男子女眷，统统离开！”花清渊本无主见，公羊羽又气势逼人，只得匆匆应命，召集众人去了。

此时“两仪幻尘阵”前已成修罗屠场，元军士卒不断从石阵中涌出，箭似飞蝗，刀枪如林。梁萧四周尸体也越积越多，同伴越来越少，纵以他百战之身也杀得手软。正当此时，忽听身后花清渊高叫：“梁萧、云殊，大伙儿都撤了，你们也快退吧！”

群豪听言纷纷后退，元军也穷追不舍。众人且走且斗，不消片刻，已到秘道之外。花清渊指挥天机宫弟子以弩箭守在秘道两侧接引群豪。梁萧见状，忽施反击，直蹈敌阵，斩了两名百夫长后，又将眼前敌人杀散，正欲退回秘道，忽听花慕容惊叫：“云郎！”回头望去，云殊肩背腿上已各中两箭，被数百名元军围在阵心，四周同伴早已死尽，云殊独剑迎敌，身法渐渐滞涩。

花慕容惊骇欲绝，当即提剑冲出秘道。花清渊想要阻拦，忽又见梁萧纵身赶至，抓住花慕容肩头，柔劲涌出，花慕容不由自主向秘道倒飞回去，她心中惊怒，厉声喝道：“好呀，姓梁的你落井下石吗？”梁萧听惯了詈骂，一时也懒得辩驳，只挥剑冲入阵中直抵云殊身后。云殊已杀得红眼，发髻纷乱，瞧得眼前人影晃动，不顾敌我，举剑便刺，梁萧挥剑挡住，喝道：“是我！”云殊这才神志一清，怔然道：“是你？”梁萧点头道：“并肩杀出去。”云殊心神一阵恍然，全不料今生今世竟会与这生平第一大仇人联手对敌。

元军越来越多，弓弩手结成阵势，羽箭纷纷射来，梁萧刺倒一人夺过一把单刀，见云殊魂不守舍，大喝道：“呆什么？我守，你攻！”云殊还过神来，只见梁萧左刀右剑，抡得好似两轮满月，将射来弩箭纷纷荡开，刹那间，他豪气顿生，长啸一声，纵剑杀出。两人背靠着背，云殊挥剑开路，梁萧则阻挡弩箭，一正一反，如影随形，片刻间已离秘道不远。此时，花清渊因敌不住元军的强弓硬弩，已向秘道内缓缓退却。

厮斗间，忽听远处惨呼连连，梁萧举目望去，却见远处五个天机宫弟子在树林边被一队元军围住，这一瞥的工夫又倒了两个，余下三人苦苦支撑。云殊振剑欲上，但觉创口鲜血急涌。梁萧略一沉吟，忽道："云殊，你先退吧！"云殊冷笑道："你有胆气，我就没种吗？"梁萧只得苦笑道："你有妻儿，我却没有。"

云殊不觉回眸望去，花慕容眼中含泪，脸上满是焦虑，再回头时，梁萧已越过众人奔向那三名天机宫弟子。云殊忽地胸口一热，正要随上，忽见花慕容、花生、九如已齐齐杀出，上前迎接。此时元军潮水般绕过梁萧向秘道大门奔来。云殊心知守住秘道更紧要，当即一咬牙，转身刺倒数名元军，与众人合在一处，将数百名元军杀散，守在秘道口处。

梁萧赶到时，三名弟子已只剩两人，回头看时，元军封住退路，箭如潮涌，将秘道口众人射得抬不起头来，一队铁甲步兵手持利刃，居中突出扑向秘道口。再过片刻，秘道就有失守之虞。

一刹那，梁萧的心中已有决断，他抓起一名弟子，大喝一声，猛力一抛，那弟子就如腾云驾雾似的飞过人群头顶落到秘道前方，花生飞步抢上将那弟子接住。九如则挥棒击打箭矢，师徒联手，一进一退，快逾闪电。梁萧又抓住剩下那名弟子如法炮制，这次却是了情与云殊奔出，一个接人，一个挡箭，转眼又将那名弟子救了回去。

梁萧回头一望，再无被困之人。风怜手持盾牌，迎着箭雨从人群中挤出来，高叫："师父，快些回来！"花晓霜在人群之后，也瞪大眼睛望着梁萧，面色苍白如纸。梁萧眉头一耸，挥剑劈翻两人，长吸一口气，扬声道："云殊，放闸！"

众人均是一怔，忽听梁萧又喝一声："云殊，放闸！"这时秘道前方已聚了千余元军，喊声震天，一部围攻梁萧，一部发箭射入秘道，众人抵挡不及，已有人中箭叫出声来。云殊望着梁萧，脸色惨白，一只手按上闸阀，这闸阀一旦拉下，千斤闸落地，外面再也休想打开。风怜一边叫唤梁萧，一边回望，不由尖声叫道："姓云的，你敢落井下石，我做鬼也不会放过你。”花生也叫道：“别放闸，梁萧，俺……来帮你。”低头便想冲出，却被一阵箭雨逼回，刹那间，花生忽觉一只纤手颤抖着搭上肩膀，回头望去，花晓霜满脸都是泪水，双唇微微颤动。此时间，花生才发觉，所有人的目光都落在花晓霜的身上。

梁萧又喝一声：“放闸！”声音里透出无比焦虑，此时他身边四面八方已都是元军，流矢乱飞，刀枪并举。花晓霜望着梁萧，双颊白得近乎透明，她的身子晃了一下，艰难地转过头，哑声道：“姑父，请放闸。”风怜怒道：“师娘，你疯了吗？师父还没回来，臭女人，你……你根本不是我师娘，好啊，你们都不管他，那我去救他！”正欲奔出，鼻间忽地嗅到一股异香，只觉天旋地转昏倒在地。

花生一惊，急道：“晓霜，你……”花晓霜却几乎虚脱，全靠花生支撑，只觉那声音细微难辨，好似来自天外而不是从自己嘴里吐出来：“放闸！”

云殊双眼一闭，伸手拉下闸阀，千斤闸轰然落下，随着一阵哧哧的细响，将无数箭矢隔在外面。花晓霜呆呆地瞧着最后一丝光亮消失在闸底，心中的光亮也随之泯灭，唯有无穷无尽的黑暗涌上来，将她徐徐吞没。

梁萧眼看闸落，心头再无牵挂，当即人剑相御，出没无端，在楼台巷道间与元军游斗，天罚剑饱吸人血，散发出妖异紫芒。

不一时，一伙元军抬着撞木奔向千斤闸门，梁萧也逆着箭雨奔到撞木近前，人剑如一，当即将撞木劈成三截。元军纷纷叫骂发箭，梁萧躲闪不及，肩背交处中了一箭，痛入骨髓。他咬牙杀出重围退上灵台，将二十八个浑天仪踢落台下，砸得元军嗷嗷惨叫。斗了片刻，元军攻上灵台，梁萧又纵身跳落，翻翻滚滚，辗转杀过“冲虚楼”“春秋庐”后，却在“药王亭”又吃了一箭，气力渐衰。梁萧心中明白，自己多支撑片刻，余人就可逃得更远，是以拼死苦战。

斗到午时，梁萧连毙大将，始终不让元军有暇破闸。他纵然无敌于天下，但以一敌万也是勉强，只瞧元军越来越多，渐渐气力难支。正斗得艰苦，忽听东方传来一声长啸，元军阵势一乱，梁萧趁机突出重围，举目望去，不胜惊疑，忽见萧千绝黑衣飘飘冲开一条血路，一路杀到近前。

萧千绝瞧见梁萧，扬声便叫：“小丫头和小和尚呢？”梁萧只一转念，就明白他说的是花晓霜与花生，当下道："都走了。"萧千绝眉头一皱，道："谷中只你一个？"梁萧道："不错。"说话声中，两人会合一处，可是对望一眼无话可说。

萧千绝一言不发，转身便只顾伤人，他手无兵器，要么空手杀敌，要么夺取他人兵刃，任何兵器到他身边均成夺命凶器，所向全无一合之将。梁萧心中万分纳闷，不知这大仇人为何此时出现，又为什么一见面就问晓霜花生，可是顽敌四伏，一时无暇多言。

两人默默杀出一程后，前方一队元军挺枪扑来，两人正待抵挡，冷不防后方飞来一蓬箭雨。梁萧觉出箭来，正要反剑扫落，怎料两处伤口牵扯剧痛，转身稍稍迟缓，箭镞已迫在眉睫，这时但觉眼角处黑影一闪，萧千绝横身掠出，轻轻一掌就将他送出三尺来远。

梁萧险死还生，掉头望去，萧千绝紧抿嘴唇，目光游移不定。两个元军挺枪扑来，萧千绝转身扬手，抓住双枪反送回去，那两人哼也未哼，登时倒地毙命。

他这一转身，梁萧赫然看见他背后插了两支羽箭，心头急往下沉。萧千绝身被重创，使出这一招已很勉强，毙过二人后，禁不住步履踉跄。忽地一记流矢射来，正正贯穿他的左胸，他眼前一眩，不由倒退三步，几个士兵见状，抡刀挺枪趁势向他杀来。

刀枪未到，紫芒星闪，天罚剑已横天划来，三个元军登时了账，其他人也发一声喊后，纷纷狼狈逃开。梁萧一跃而上扶起萧千绝，且战且退，退到一边的天元阁上。这所阁楼正是他向年学算学之地，地处天机宫中心，高达九层，窗开八面，楼道逼仄陡峭，十分易守难攻。

两人居高临下，元军急切间却又不敢冲上，只向阁中放箭。一直退到顶层，羽箭才难射到。萧千绝这才坐了下来，闭上双眼微微喘气。梁萧望着他，心中百味杂陈，万不料自己孤危独绝的时候，与自己并肩杀敌的竟会是萧千绝，更不料生死关头，这老魔头居然舍身相救，代他挡下夺命羽箭。

刹那间，无数念头涌上心头，梁萧望着这个不共戴天的大仇人，心中恍兮惚兮，一时不禁痴了。

萧千绝忽一抬头，口角淌血，目视梁萧道："小丫头与小和尚真走了吗？"梁萧默默点头。忽见萧千绝双目一亮，傲然道："好得很，老夫欠他俩一条命，今日到底还了。哼，老夫生平恩怨两清，从不欠人。"说罢目中威棱毕露，纵声长笑。

萧千绝为人极重恩怨，当日被花生和晓霜所救，之后就一直遥遥跟随二人。花晓霜三人多年来闯荡江湖，能安然行善，全赖萧千绝暗中护持，将恶事凶事都包办。后来花晓霜遇上了情师徒，又听到梁萧的消息，结伴南来到了括苍山前。故而萧千绝不便相随，便觅地饮酒，谁知不过一日，又听说元军攻打天机宫。萧千绝杀入宫中欲助花晓霜、花生二人脱身，孰料遇上了梁萧。

方才他见梁萧难逃箭射，本可袖手旁观以求自保，谁知紧要关头仍是挺身而上，事后想来，也觉莫名其妙。他得知恩人脱险，心中快慰，笑了两声，但觉气息稍弱，脸色越发灰白，瞅了梁萧一眼，又淡淡说道："小子，你不是恨我得紧吗？如今要杀老夫十分容易，干吗还不动手？"

梁萧默默注视萧千绝，老魔头双目如炬，生死在即也不退让。突然之间，梁萧怨恨烟消，心中只余悲悯，叹道："罢了，萧千绝，我不杀你了。"

萧千绝却冷笑道："让你杀你不杀，你这小子倒也古怪！"梁萧也冷冷道："你老怪物做事又何尝不古怪？"萧千绝八字眉向下一垂，点头道："说得好，我是老怪物，你是小怪物。"梁萧也点头道："不错，你是老怪物，我是小怪物。"

萧千绝一愣，看了梁萧一眼，忽地纵声大笑，笑声未歇，他双目陡睁，拔出胸前羽箭忽地挥手掷出。这时一名元军正从窗外走廊边冒出头来，这一箭正正刺穿他的胸口，将他带得飞下阁楼，长箭穿胸而过，劲急不减，嗡的一声又将楼下一名千夫长钉死在地。元军齐发一声喊，惊得纷纷退下阁楼。

萧千绝掷出这天雷霹雳似的一箭后，放声长笑，但只笑了半声，忽地脖子一歪，盘坐而逝。

元军密密层层地围住阁楼，均为萧千绝临终一箭所慑，一时无人胆敢上楼。忽又见一顶八人大轿分开众人，急急赶来。轿上跳下一人，盔甲上镶金错银，极尽华贵。一名千夫长匆忙上前，跪道："镇南王，梁萧与一名反贼藏在楼顶，居高顽抗，还请王爷下令。"

脱欢额上青筋暴突，此次损兵折将却没逮住一个俘虏，他惊怒欲狂，深感对朝廷无以交代，盯了天元阁一眼，恨声道：“放火烧楼，逼他们下来！”千夫长迟疑道：“可是，明先生说了，不许用火。”脱欢瞪他一眼，冷笑道：“他是镇南王，还是我是镇南王？”

千夫长心头打了个突，匆匆发令放火，刹那间，火箭如蝗向天元阁射去。不一会儿，天元阁已是火光熊熊，烧得毕剥作响。

火烧得正盛，忽有一道人影越过人群飞掠而来，黄衫白须，正是明归。他奔到脱欢身前，惊道：“大王，为何放火烧楼？”原来明归守在石阵，正指挥诸军出入，忽望见天元阁火起，大吃一惊，匆忙赶来。

脱欢正在恼怒，闻言怒道：“本王做事要你多说？哼，一个逆贼也没拿住，你叫我如何向朝廷交代？诸军听令，将这劳什子天机宫烧个精光，出出本王这口鸟气！”明归大惊，还不及阻拦，又见千箭齐发射向其他房屋，火借风势，天机宫顿时烧成了一片火海。

明归看着冲天火光，不禁呆了，他十多年来处心积虑要从花无媸手中夺回天机宫，甚至不惜委身外族、引兵攻打，谁料到头来所有心血却付之一炬。他又心痛，又愤怒，望着冲天烈焰，心头也似被火烧灼。

明归一咬牙，跪拜下来，沉声道：“大王，还请看明归多年追随的分上，速速下令灭火，救出屋内图书。”脱欢却冷冷道：“本王决断的事从来不改。你好好指挥军队去，烧几座房子，几本图书有什么了不起的……”正说着，忽见明归抬起头来，眼里迸射凶光，不觉惊道：“你做什么？”

他惶急起来抽身想要后退，明归却早已跳起，双掌齐出，正正击中他的胸口。这一掌全力发出，当即将脱欢的肋骨打塌了大半，脱欢口吐鲜血，俯下身子欲要拔剑，却被明归抓住头颅，向右一拧，脱欢顿时喉骨碎裂，哼也未哼就委顿在地。

明归击毙脱欢，众军无不愕然，继而刀枪齐上。明归大吼一声，挥掌拨打，片刻间，就连毙十名元军，可背上也中了一箭，深入肺腑。他奋起神威，挥掌震死一名元兵，跌跌撞撞蹿了数步，忽觉后心锐痛，只见一根长矛已刺入后心，明归回掌击断矛身，头也不回，发疯似的向天元阁扑去，但尚未奔到便已伤重不支，一头扑倒在地。

明归早已觉不出疼痛，两眼也被鲜血模糊，恍惚间，只觉耳边似乎传来一个女孩儿脆生生的嗓音：“明归哥哥，你又在天元阁看书吗？嗯，我问你，咱们为何要守护这些书呢？”“小嫱，是你啊？这些书都是祖先们用性命保下来的。父亲说过了，书在人在，书亡人亡。故而不管花家还是明家，但使活着一天，便要誓死守好这些书……”

“书在人在，书亡人亡。”明归的神志一清，又奋力挣扎起来向天元阁走了两步，双手虚抓，似要将火光拨开从中拿出什么。此时间，他的身边呼声大作，刀枪如雪花飘落，明归一个趔趄，顿被湮没在下方。

远处响起一串马蹄声，土土哈骑着战马迤逦而来。一名百夫长面如土色，上前涩声道：“大将军，明归阴谋弑主，镇南王已殉国了！小人护驾不力，还望大将军责罚。”土土哈只冷冷瞧了脱欢的尸体一眼，却并不说话，又抬眼望着天元阁，但见烈火明亮，只一阵的工夫已然烧到阁顶。

忽然间，只听阁楼上有人高声歌道：“草木青青，远来友人，山花绽笑，明月开怀；春光过眼，只是一瞬，你我情谊，可传万载；白云悠悠，只是须臾，你我情谊，千秋如恒；草木青青，远来嘉宾，心如金玉，铮铮有声；佳人绽笑，少年开怀，友人是谁，说与你听，西方巍巍，大哉昆仑！”歌声雄浑高旷，刹那间，众军眼中都似有了幻觉，在熊熊火光中瞧见一座大山，绵亘东西，巍峨异常。

唱罢此曲，那人一声长笑，冲天而起，土土哈端坐马上，凝如磐石，徐徐高举右手。

笑声忽歇，一道离离紫电飞泻而下。土土哈眼中闪过一抹痛色，随即钢牙一咬，手臂挥落。一时间，千箭齐发，密如飞蝗。

出乎众人意料，梁萧避开箭雨，却反身钻入火焰，炎炎大火，竟成绝妙屏障，因火势冲天，故而无人敢于冲进阁楼。但梁萧算计精准，天罚剑一路向下，斩梁断柱，摧枯拉朽，天元阁受力应力的所在已尽被截断，顷刻间摇摇欲坠，活是浴火的怪物，发出吱呀呀的悲鸣。

梁萧身子落地，一掌送出拍中一根立柱。天元阁早已岌岌可危，只听一声巨响，整栋阁楼应手倒塌，势如天崩雷动，披火带风直向西北方压下。楼下的元军躲闪不及，一时死伤惨重，梁萧也借此声威向前猛冲，剑光与火光相乱，断是难分彼此。

纵如土土哈也没料到他出此奇计，他正当其锋，虽侥幸逃脱性命却被一根火木击中战马，当即摔落马下，浑身欲裂，仓促间不及发令，眼望梁萧分江辟海后，一口气突出数里，已直奔栖月谷口而去。

土土哈猛可明白了梁萧的居心，挣扎起来下令追击，可已迟了一步，梁萧几个起落便钻入了天机石阵。

明归一死，元军中再也没了深谙石阵的能人，这一座石阵是华夏智慧所聚，纵无“天机三轮”，依然厉害无比。梁萧一入石阵，如鱼得水，每一尊石像都成了他的帮手，随他破敌，任他躲藏，宫内的元军因无人指点，故一旦入阵，便纷纷陷身其中，想要找出梁萧好比大海捞针。

梁萧借着阵势神出鬼没、杀伤无数，他算定元军精锐进宫，那么阵外的元军势必虚弱。不待更多元军追来，他就翻翻滚滚一气杀出石阵。到了阵外，背上又中一箭，所幸未中要害。他咬牙苦战抢到一叶小船，又逼迫船夫顺流向下，到了彩贝峡口，元军矢石乱下，小船惨被打翻。梁萧藏身船下，船底反成盾牌，上方矢石击中船底，要么嵌入，要么弹开。有人乘船逼近，均被他由下戳穿船底。

梁萧历经巨鲸之劫，故而水性天下无双，若换在平时必能安然脱险，但此刻身中数箭，更有许多刀枪创口，因一入水中，创口鲜血涌出，梁萧只觉自己渐渐头晕眼花，后力不济。

这么苦苦支撑出了彩贝峡，经过六龙瀑后，一抬眼，怨侣双峰已遥遥在望。他心知只要穿过这两座山峰藏入深山大壑，当可从容脱身，谁知潜到岸边，忽见前方甲杖鲜明，站立一支人马。

梁萧心中一凉，忽地一口水灌入口鼻，几乎窒息沉没。他鼓起余勇，跳出水面，又冲入元军阵中。一阵箭雨射来，梁萧挑开数箭后，忽觉胸口一凉，一支冷箭已穿胸而过。他一个踉跄，几乎摔倒，只觉身子空虚，血肉消泯，眼前金星乱迸，四肢无比软弱。但奇怪的是，这一刻，他的脑海却空明出奇，许多人影在他眼前一闪而过，父亲、母亲、阿雪、柳莺莺、花晓霜……人人冲他微笑，似乎伸手可及。

梁萧拄剑于地，但觉耳边的喊杀声呼啸而过。他想要起身却已没了力气，想要发笑但已发不出声音。他感觉四面刀枪涌来，耳边传来惊怒的叫骂。忽地一股疾风扫过响起金铁交鸣，惨叫、悲泣、人体与钝物相击的声音也越来越清晰……声音却忽又模糊起来，仿佛一阵轻风，渐渐离他远去。莫名的解脱涌上心头，梁萧已倒了下去，失去意识的一瞬，他似乎听见有人呼喊他的名字，像花生，也像云殊……是谁都好，而接下来，他再也听不见了。

残阳落尽，寒烟沉沉，钱塘江浩荡流入大海。入海口扬起几张白帆，各自绣了一头金色鼍龙，苍烟落照间，平添了几分血色。

花晓霜站在岸边，定定望着远处，身后站着天机宫的女眷弟子。

过了许久，暮霭中出现了几个人影。花晓霜心头一紧，双腿发软，几乎站立不得。只见那人影渐渐清晰起来，花生满身是血，双手横抱一人，蹒跚走在前面，云殊手持长剑，一瘸一拐地跟在一旁，九如、释天风、公羊羽、花清渊、秦伯符皆是默然相随。

花晓霜欲要上前，可又挪不动步子，想要流泪，却早已没了泪水。只见花生走到她面前，将手上那人放下。四周静悄悄的，落针可闻。花晓霜俯下身子，抱起那个熟悉的男子，抚摸那张冰冷的脸，十年来，她不止一次在梦中见到这张脸。她真想这又是一场噩梦，一觉醒来，只见不尽长夜，什么都没发生。

花晓霜抬眼望去，花生伏倒在地，哀哀哭了起来，一拳一拳敲打泥地。花晓霜虽已见他哭过多次，可是从没见他哭得如此悲恸。赵昺也跪在地上，龇牙咧嘴，满脸是泪。云殊望着天，他在瞧什么呢？爷爷低头盯着地上，又有什么好看？九如大师好平静，脸上瞧不出一丝喜怒。释岛主的样子真奇怪呢，又像是哭，又像是笑。一时间，花晓霜仿佛置身事外，除了怀里的人儿，一切都与自己没有干系。

女眷虽纷纷啜泣，可都竭力压抑不敢大放悲声，只有风怜僵直站立，眼光怨毒，一个个扫过众人，似要把每一个人都记在心里。

花晓霜的手从梁萧的脸上一点一点往下滑去，抚过嘴唇，又抚过颈项，这一天一夜，她早已哭干了眼泪，明明想哭却偏又哭不出来。或许，今后她再也不知道什么是哭，也不知道什么是笑，就和怀里的这人一样，只安安静静地度过余生。她的手指向下滑落，又停在梁萧的心口上，突然间，她震了一下。她给千万人把过脉，天下没有哪个大夫的手指比她更巧更灵。她分明感觉得到，梁萧的心脉深处还有一点暖意，似断还续，绵绵若存。

花晓霜如梦方醒，失声叫道："萧哥哥，我一定救活你，一定救活你……"她当即用力抱起梁萧，向那白帆海船奔去，沿着河岸，她摇摇晃晃，越奔越快，声音也越来越大，越来越急，"救活你，救活你……"众人听得一呆，哗然而惊，纷纷发足也随她奔去。

不知过了多久，花生从地上抬起头来，江口的海船早已不知去向。万籁俱寂，只有岸边的衰草丛里偶尔传来寒虫鸣声。

九如喝了一口酒，叹道："你清醒了吗？"花生摇头道："师父，俺也不知是清醒还是糊涂，总之心里难受。"他默然半晌，又问道："梁萧呢，他活着还是死了？"九如笑了笑，说道："和尚也不知道他是活着还是死了。死了万事皆空，活着呢，你难道要跟着人家夫妻过一辈子吗？"

花生怔忡半晌，眼中又流下泪来，说道："师父，俺心里好苦，为啥这世上总有那么多辛苦？俺若不长大该多好，什么都不用想，什么都不用做，白天喝酒，晚上睡觉。看不到流泪，也看不到死人，什么都看不到。"

九如看他一眼，叹道："痴儿，你已在红尘中厮混了十多个春秋，还不明白吗？世事便是如此，你要看时，众生百态，光怪陆离，引人哭，引人笑，你不要看时，又哪有什么芸芸众生？哪有什么大千世界？不过是荡荡虚空罢了，或许，连虚空也没有的。"

花生悚然一惊，刹那间，他只觉十多年的所见所闻顿时在脑海中一闪而没。他怔忡时许，忽又慢慢起身，仰望那一轮满月，心中竟是前所未有的平静。

九如看他神色，站起身来，合十道："善哉善哉！"花生一拂袖，也合十说道："喜似悲来悲还喜，流着眼泪笑嘻嘻。菩提树下呆和尚，雨过山青搓老泥。"

九如叹道："善哉，你已入道，但还未及深，和尚赠你一偈：'百尺竿头不动人，虽然得入未为真。百尺竿头须进步，十方世界是全身。'"

花生却理也不理，九如尚未说完，他已拂袖而去，边走边自大笑，笑声中已然听不出悲喜。九如不由赞道："好和尚，恁地了得！"目送花生远去后，又转过身来，将葫芦中的残酒一饮而尽，系在腰间，抬头瞧瞧天色，木杖就地一顿，大笑道，"去！寒鸦掠过乱云去，咫尺茫茫是醉乡。笑！一笑寂寥空万古，三分明月照大江！"说着步履潇洒，当即往东而去。其时间，头顶小月一盏，洗得江水流白，几羽晚鸦曼舞云中，不知飞向何方。

图书在版编目（CIP）数据

昆仑．大结局 / 凤歌著．— 成都：四川文艺出版社，2019.5

ISBN 978-7-5411-5140-8

Ⅰ．①昆… Ⅱ．①凤… Ⅲ．①侠义小说－中国－当代 Ⅳ．① I247.5

中国版本图书馆 CIP 数据核字（2018）第 203408 号

KUN LUN DA JIE JU

昆仑．大结局

凤歌 著

责任编辑 邓 敏
责任校对 汪 平

出版发行 四川文艺出版社（成都市槐树街 2 号）
网 址 www.scwys.com
电 话 028-86259287（发行部） 028-86259303（编辑部）
传 真 028-86259306

邮购地址 成都市槐树街 2 号四川文艺出版社邮购部 610031
印 刷 河北鹏润印刷有限公司
成品尺寸 166mm × 235mm 开 本 16 开
印 张 18.5 字 数 270 千
版 次 2019 年 5 月第一版 印 次 2019 年 5 月第一次印刷
书 号 ISBN 978-7-5411-5140-8
定 价 42.00 元